TAMANHO 44

também não é gorda

OBRAS DA AUTORA PUBLICADAS PELA RECORD

Avalon High
Avalon High – A coroação: A profecia de Merlin
Como ser popular
A garota americana
Quase pronta
O garoto da casa ao lado
Garoto encontra garota
Ídolo teen
Pegando fogo!
A rainha da fofoca
Sorte ou azar?
Tamanho 42 não é gorda
Tamanho 44 também não é gorda
Todo garoto tem

Série O Diário da Princesa

O diário da princesa
A princesa sob os refletores
A princesa apaixonada
A princesa à espera
A princesa de rosa-shocking
A princesa em treinamento
A princesa na balada
A princesa no limite
Princesa Mia
Princesa para sempre

Lições de princesa
O presente da princesa

Série A Mediadora

A terra das sombras
O arcano nove
Reunião
A hora mais sombria
Assombrado
Crepúsculo

Série As leis de Allie Finkle para meninas

Dia da mudança

Meg Cabot

TAMANHO 44
também não é gorda

Tradução de
ANA BAN

Rio de Janeiro | 2009

CIP-BRASIL. CATALOGAÇÃO-NA-FONTE
SINDICATO NACIONAL DOS EDITORES DE LIVROS, RJ

Cabot, Meg, 1967-
C116t   Tamanho 44 também não é gorda / Meg Cabot;
tradução Ana Ban. – Rio de Janeiro: Galera Record, 2009.
(Heather Wells; 2)

Tradução de: Size 14 is not fat either
Sequência de: Tamanho 42 não é gorda
ISBN 978-85-01-08025-7

1. Wells, Heather (Personagem fictício) – Ficção. 2. Crime
contra estudantes universitários – Ficção. 3. Homicídio –
Ficção. 4. Ritos de iniciação – Ficção. 5. Ficção americana.
I. Ban, Ana. II. Título. III. Série.

CDD: 813
09-4711   CDU: 821.111(73)-3

Título original norte-americano:
SIZE 14 IS NOT FAT EITHER

Copyright © 2006 by Meg Cabot, LLC.

Todos os direitos reservados. Proibida a reprodução, no todo ou em parte,
através de quaisquer meios.

Texto revisado segundo o novo Acordo Ortográfico da Língua Portuguesa.

Direitos exclusivos de publicação em língua portuguesa somente
para o Brasil adquiridos pela
EDITORA RECORD LTDA.
Rua Argentina 171 – Rio de Janeiro, RJ – 20921-380 – Tel.: 2585-2000
que se reserva a propriedade literária desta tradução

Impresso no Brasil

ISBN 978-85-01-08025-7

PEDIDOS PELO REEMBOLSO POSTAL
Caixa Postal 23.052 – Rio de Janeiro, RJ – 20922-970   EDITORA AFILIADA

Ei, barista
Sexo com gosto de café
Por que não me chama para sair
Em vez de dizer "Qual é?"

"Ei, barista"
Composta por Heather Wells

O cara atrás do balcão não para de olhar para mim. De verdade.

E ele é gostoso. Para um garoto de 20 anos que é barista, claro. Aposto que ele toca violão. Aposto que ele fica acordado até muito tarde da noite, dedilhando, como eu. Dá para ver que fica pela leve sombra sob seus olhos verdes com cílios compridos, e pela maneira como o cabelo louro cacheado dele tem uns tufos espetados por toda a cabeça. É cabelo de quem saiu direto da cama para o trabalho. Não teve tempo de tomar um banho porque ficou acordado até tarde, ensaiando. Igualzinho a mim.

— O que vai ser hoje? — ele me pergunta. Mas com um olhar. Um olhar que com certeza diz: *Estou te analisando.*

Eu sei que é para mim que ele está dando mole, porque não tem mais ninguém na fila.

Bom, e por que ele não *poderia* estar me olhando com segundas intenções? Eu estou bem. Quer dizer, as partes do meu corpo visíveis fora das minhas roupas volumosas de inverno, pelo menos, estão bem. Eu com certeza passei rímel *e* base hoje de manhã (diferentemente do Carinha do Café, eu gosto de disfarçar as minhas olheiras). E, com a minha parca, não dá para ver os dois (tudo bem, cinco) quilos que eu ganhei nas férias de fim de ano. Afinal, quem conta calorias no Natal? Ou no Ano Novo? Ou depois do Ano Novo, quando todos os doces de Natal estão em liquidação? Há tempo de sobra para voltar à forma antes da temporada dos biquínis.

E, tudo bem, faz cinco ou seis anos que eu repito isso para mim mesma, e ainda não tentei de verdade... Entrar em forma para a temporada dos biquínis, quer dizer. Mas, quem sabe? Talvez neste ano eu tente. Tenho dois dias de férias para tirar, tudo que eu juntei desde que terminou meu período de experiência, em outubro do ano passado. Posso ir para Cancún. E, tudo bem, só para passar o fim de semana. Mas, mesmo assim...

Então, e daí que eu sou cinco (bom, talvez oito) anos mais velha do que o Carinha do Café? Eu ainda tenho as manhas. Obviamente.

— Um café moca médio, por favor — digo. Eu realmente não gosto de bebidas cheias de espuma e um monte de chantili por cima, mas este é o primeiro dia oficial do semestre de primavera (Primavera! Sei!), e faz frio de verdade lá fora e está prevista uma nevasca para mais tarde e Cooper saiu hoje de manhã (para destinos desconhecidos, como sempre) sem deixar a cafeteira ligada, e a minha cachorra Lucy não quis sair porque estava muito frio, então eu provavelmente vou encontrar uma bela surpresa dela quando voltar para casa, e eu REALMENTE preciso de uma bebida que me anime e me faça parar de sentir tanta pena de mim mesma.

Além do mais, sabe como é: já que estou desperdiçando cinco dólares em um copo de café, é melhor pegar logo o melhor.

— Um café moca médio saindo — o Carinha do Café diz, fazendo o copo dar uma cambalhotinha no ar. Sabe como é, daquele jeito quando jogam os copos para cima, como se fossem revólveres em filmes de faroeste.

Ah, sim. Ele toca violão com *toda* a certeza. Será que ele fica por aí compondo músicas que nunca consegue juntar coragem para apresentar de verdade, como eu? Será que ele vive questionando seus talentos para a composição, como eu faço?

Não. Ele tem coragem de chegar na frente de uma multidão com uma guitarra e suas próprias letras e cantar. Quer dizer, olhe só para ele.

— Leite de soja ou desnatado? — ele pergunta.

Ai, meu Deus. Não vou conseguir encarar meu primeiro dia de volta ao trabalho depois das férias com leite desnatado. E o de soja? Soja?

— Leite integral, por favor — eu digo. Mais tarde eu vou me comportar bem. No almoço, vou comer só um frango à parmeggiana com salada. E talvez só uma COLHERADINHA de frozen yogurt de baixa caloria...

Humm, a menos que Magda tenha recebido mais sorvetes Dove Bar...

— Sabe — o Carinha do Café diz quando meu pedido fica pronto —, realmente parece que eu conheço você de algum lugar.

— Ah — eu respondo. Estou corada de prazer. Ele se lembra de mim! Ele deve ver centenas, talvez MILHARES de nova-iorquinas loucas por cafeína todos os dias, mas ele se lembra de MIM! Felizmente, está tão frio lá fora, e tão quente aqui dentro, que as minhas bochechas vermelhas podem ser facilmente atribuídas ao fato de que eu estou com calor demais por causa do meu casaco, e não por eu estar emocionada com o fato de que ele se lembra de mim.

— Bom, eu moro e trabalho aqui perto — respondo. — Venho aqui o tempo todo. — O que não é exatamente verdade, já que o meu orçamento anda bem apertado (devido ao meu salário irrisório), e bebidas espumosas de café com toda a certeza não fazem parte dele, já que posso tomar café de graça a hora que eu quiser no refeitório.

Só que lá não tem xarope moca. Nem chantili. Tentamos colocar uns tubos de chantili no refeitório, mas os alunos viviam pegando para encher os colegas de creme enquanto dormiam.

— Não — o Carinha do Café diz sacudindo a cabeça fofa e despenteada dele. — Não é isso. Para falar a verdade, alguém já disse que você é muito parecida com a Heather Wells?

Pego a minha bebida da mão dele. Claro que essa é sempre a parte que me causa problemas. O que eu respondo? *É, bom... porque eu sou a Heather Wells*, e daí corro o risco de ele me convidar para sair simplesmente porque acha que eu ainda tenho conexões na indústria musical (coisa que não tenho. Consulte acima, em referência a: medo de ser vaiada e expulsa do palco).

Ou será que eu só dou uma risada e digo: *Ah, que coisa, não?* Porque daí, o que vai acontecer depois se a gente começar a sair e ele descobrir que eu sou mesmo Heather Wells? Quer dizer, eu provavelmente conseguiria guardar segredo por um tempo, mas no fim das contas ele ia descobrir o meu nome verdadeiro. Tipo quando estivermos na alfândega voltando de Cancún. Ou quando estivermos assinando a certidão de casamento...

Então, resolvo responder:

— É mesmo?

— Claro. Bom, se você fosse mais magra — o Carinha do Café diz com um sorriso. — Aqui está o seu troco. Bom dia!

O que não dá para acreditar é a cidade toda estar se preparando para uma tempestade de neve — quer dizer, tem caminhões cheios de sal e areia percorrendo a 10th Street, quebrando os galhos das árvores quando passam; já acabaram o pão e o leite nos mercados; não tem nada na TV além de informações sobre a tempestade que se aproxima — e, ainda assim, os traficantes de drogas não arredam pé do Washington Square Park.

Acho que isso só serve para mostrar que nós, os americanos, temos muito que aprender com a nossa população imigrante que trabalha tão duro.

Mas lá estão eles, parados na calçada, com suas parcas Perry Ellis, tomando um mochaccino fresquinho. Como nesta manhã há previsão de cair uma nevasca (em Nova York, pelo menos) a qualquer momento, há pouca gente caminhando a pé, mas quem passa recebe ofertas calorosas de erva.

E, tudo bem, as ofertas são unanimemente recusadas. Mas quando os traficantes me veem arrastando os pés toda desanimada na direção deles, fazem a gentileza de gritar a lista de seus estoques na minha direção.

Eu daria risada se ainda não estivesse tão mal-humorada por causa do Carinha do Café. Isso sem contar o fato que, cada vez que eu coloco o pé para fora de casa, sou abordada por esses sujeitos. Parece não fazer diferença para eles eu nunca ter comprado nada. Eles só dão de ombros, como se eu estivesse mentindo ou algo assim quando lhes digo que o estimulante artificial mais potente que tenho consumido ultimamente é cafeína. Triste.

Mas não estou mentindo. Uma cerveja de vez em quando é o máximo de aventura a que eu me permito.

Cerveja light, claro. Ei, uma menina precisa se cuidar.

— O que você está achando da coisa branca que deve cair do céu logo, logo, Heather? — um dos traficantes, um sujeito afável chamado Reggie, pergunta para mim, afastando-se de seus compatriotas, educadamente.

— Melhor do que a coisa branca que você e seu grupo de escórias da sociedade estão oferecendo, Reggie. — Fico chocada de ouvir meus próprios resmungos. Meu Deus, qual é o meu problema? Geralmente, eu sou supereducada com Reggie e os colegas dele. Não é recomendável irritar o traficante local.

Bom, geralmente, eu não sou chamada de gorda pelo meu Carinha do Café preferido.

— Ei, amorzinho — Reggie diz, com ar magoado. — Não precisa ofender.

Ele está cheio de razão. É errado chamar Reggie e seus amigos de escória da sociedade quando usamos o mesmo termo para nos referir àqueles senadores de meia-idade que defendem a indústria do tabaco.

— Desculpe, Reggie — digo, de coração. — Você tem razão. É só que já faz nove meses que você tenta, todos os dias, me vender drogas na porta da minha casa, e faz nove meses que eu digo não. O que você acha que vai acontecer? Que eu vou virar uma fissurada em crack da noite para o dia? Vê se me dá um tempo.

— Heather — Reggie suspira, olhando na direção das nuvens cinzentas espessas lá em cima. — Eu sou um homem de negócios. Que tipo de homem de negócios eu seria se deixasse de oferecer algo a uma jovem como você, que está passando por um período muito difícil da vida e que provavelmente poderia se beneficiar de uma forcinha química, não fazer nenhuma tentativa de negociar uma transação comercial?

E, para ilustrar o que quer dizer, Reggie pega um exemplar do jornal *New York Post* que traz dobrado embaixo do braço e abre na primeira página. Ali, em letras garrafais, a manchete grita: *Está tudo em cima de novo*, sobre uma foto em preto e branco do meu ex-noivo com sua atual noiva, a princesa do pop Tania Trace com quem teve uma relação que vai e vem.

— Reggie — digo, depois de tomar um gole restaurador do meu café moca. Mas só porque estou com muito frio. Na verdade, eu nem quero mais aquilo, porque está coberto com a mácula do Carinha do Café. Bom, talvez eu ainda queira o chantili, que meio que faz bem para a gente. Quer dizer, é um laticínio. E laticínios são parte importante de um café da manhã equilibrado. — Você acha mesmo que eu fico o dia inteiro sem fazer nada, fantasiando a respeito de voltar com o meu ex? Porque nada poderia estar mais distante da verdade.

Na realidade, eu passo o dia inteiro sem fazer nada, fantasiando sobre ficar com o irmão do meu ex, que continua insistindo em permanecer absolutamente imune aos meus charmes.

Mas não há razão por que o meu traficante local precise saber disso.

— Minhas desculpas, Heather — Reggie diz e volta a dobrar o jornal. — Só achei que você ia querer saber. Hoje de manhã, no canal New York One, disseram que o casamento ainda está marcado para acontecer na catedral de St. Patrick, com a recepção no Plaza, no sábado.

Olho estupefata para ele.

— Reggie — digo. — Você assiste ao New York One?

Reggie parece ficar levemente insultado.

— Eu confiro a previsão do tempo, como qualquer novaiorquino, antes de sair de casa para o trabalho.

Uau. Que fofura. Ele vê a previsão do tempo antes de sair de casa para vir traficar drogas na esquina da minha casa.

— Reggie — digo, impressionada. — Minhas desculpas. Admiro a sua dedicação. Além de você se recusar a permitir que o clima o afaste do trabalho, você também está a par das fofocas locais. Por favor, continue tentando me vender drogas.

Reggie sorri, mostrando todos os dentes, muitos dos quais com revestimentos (nada discretos) de ouro.

— Obrigado, amorzinho — ele diz, como se eu tivesse acabado de conceder a ele alguma honraria muito grande.

Retribuo o sorriso, então continuo meu trajeto até o escritório, arrastando os pés pela rua. Mas eu não devia falar assim. O tempo que eu levo para ir de casa até o trabalho realmente é muito curto, o que é bom, já que tenho problemas para acordar na hora certa de manhã. Se eu morasse em Park Slope ou no Upper West Side ou algo assim, e precisasse pegar o metrô para ir ao trabalho todos os dias, seria impossível (mas se eu morasse em Park Slope ou no UWS, a lei exigiria que eu tivesse filhos, então dá no mesmo). Acho que eu realmente tenho muita sorte, por um lado, quer dizer, claro que eu mal tenho dinheiro para tomar um café moca, e graças a todas as festas de fim de ano a que fui, já não caibo mais na minha calça de veludo cotelê stretch tamanho 42, a menos que esteja usando calcinha modeladora por baixo.

E, tudo bem, o meu ex está prestes a se casar com uma das 50 pessoas mais bonitas segundo a revista *People*, e eu nem tenho carro; casa então, nem pensar.

Mas pelo menos eu moro em um apartamento de arrasar, no último andar de um predinho de tijolinhos sem pagar aluguel, a dois quarteirões do meu trabalho, na cidade mais bacana do mundo.

E, tudo bem, só aceitei o emprego de diretora-assistente de um alojamento da Faculdade de Nova York para poder estudar de graça e realmente obter o diploma de bacharel que eu menti ter no meu currículo.

E, confesso, tudo bem, estou tendo uma certa dificuldade para entrar na Faculdade de Artes e Ciências por causa do meu resultado no SAT, que foi tão baixo que a reitora só vai me aceitar quando eu me inscrever (e passar) em um curso de recuperação de matemática, apesar de eu explicar que, em vez de pagar aluguel, faço toda a parte da contabilidade de um investigador particular muito fofo, e que nunca cometi um erro de conta, que eu saiba.

Mas é inútil achar que uma pessoa burocrática e sem coração (mesmo que seja a sua patroa) vá tratar a gente como uma exceção.

Então, aqui estou eu, com quase 29 anos, prestes a aprender multiplicação de BINÔMIOS pela primeira vez (e deixe-me dizer uma coisa: estou tendo muita dificuldade em imaginar alguma situação em que eu realmente vá precisar usar isso).

E, sim, é verdade que eu fico acordada até muito tarde compondo músicas, apesar de eu não ser capaz, por nada deste mundo, de encontrar coragem para apresentá-las na frente de qualquer um.

Mas, mesmo assim. Meu trajeto até o trabalho só demora dois minutos, e eu vejo meu chefe/senhorio, por quem eu tenho uma queda muito séria, às vezes sem nada além de uma toalha, quando ele corre do banheiro para a lavanderia para pegar um par de jeans limpo.

Então, a vida não está assim *tão* ruim. Apesar do Carinha do Café.

Mesmo assim, morar superperto do meu local de trabalho tem suas desvantagens. Por exemplo, parece que as pessoas não têm o menor pudor de me ligar em casa para falar sobre questões desimportantes, como privadas entupidas ou reclamações de barulho. É como se só porque eu moro a dois quarteirões de distância, eu devo ter disponibilidade de ir até lá a qualquer hora para dar conta de assuntos de que o meu chefe, o diretor do prédio, que mora lá, deveria cuidar.

Mas, de maneira geral, eu gosto do meu emprego. Até gosto do meu novo chefe, Tom Snelling.

E é por isso que, quando eu entro no Conjunto Fischer naquela manhã ártica e descubro que Tom ainda não chegou, fico meio desanimada (e não só por não haver ninguém para notar que eu cheguei para trabalhar antes das nove e meia). Ninguém além de Pete, o segurança, que está ao telefone, tentando falar com o diretor da escola de algum de seus vários filhos para saber de uma advertência.

E acho que tem uma aluna de plantão na recepção. Mas ela nem ergue os olhos quando eu passo, de tão entretida que está com um exemplar de *Us Weekly* que ela roubou do cesto de distribuição (Jessica Simpson está na capa. Mais uma vez. Ela e Tania Trace estão disputando pescoço a pescoço para ver quem é a Vagabunda do Ano dos Tabloides).

Quando eu viro no corredor e passo pela frente do elevador, percebo a fila de alunos de graduação em frente à sala do diretor do alojamento. E me lembro, tarde demais, que o primeiro dia do semestre de primavera também é o primeiro dia que muitos garotos voltam das férias de inverno; os que não ficaram no alojamento (quer dizer, conjunto residencial estudantil) para cair na balada até as aulas recomeçarem hoje, logo depois do Dia de Martin Luther King.

E quando Cheryl Haebig (uma aluna de segundo ano da Faculdade de Nova York desesperada para mudar de quarto porque é uma animadora de torcida toda otimista e sua atual colega de quarto é uma gótica que despreza qualquer expressão de adoração pela instituição de ensino e tem uma cobra de estimação) pula do sofá azul-institucional na porta da minha sala e berra meu nome, já vejo que vou ter dores de cabeça matutinas.

Ainda bem que tenho o meu café mocha médio para me fazer seguir em frente.

Os outros alunos (que eu reconheço um por um por já terem visitado a minha sala antes devido a conflitos com colegas de quarto) começam a se levantar do piso de mármore onde estavam sentados esperando, porque o sofá só tem dois lugares. Eu sei o que eles estavam esperando. Eu sei o que eles querem.

E não vai ser nada bonito.

— Olha só, pessoal — eu digo, tirando com dificuldades as chaves da minha sala do bolso do casaco. — Eu já disse. Não vai haver trocas de quarto até todos os alunos transferidos se mudarem para cá. Daí, vamos ver o que sobra.

— Não é justo — exclama um rapaz magrelo com discos plásticos enormes nas orelhas. — Por que algum aluno transferido idiota fica com a prioridade das vagas? A gente chegou primeiro.

— Sinto muito — digo. E sinto muito mesmo, porque se eu pudesse trocar todo mundo de quarto, não ia mais ter que ficar ouvindo os seus choramingos. — Mas vocês vão ter que esperar até todo mundo se acomodar. Daí, se sobrar algum lugar, a gente pode fazer as trocas. Se aguentarem até a segunda-feira que vem, quando soubermos quem deu entrada e quem resolveu não aparecer...

Sou interrompida por um resmungo geral.

— Vou estar morto até a segunda-feira que vem — um residente garante a outro.

— Ou então é o meu colega de quarto quem vai morrer — o amigo dele responde. — Porque eu vou ter cometido um assassinato até lá.

— Não vai ter nada de assassinar o colega de quarto — digo, depois de abrir a porta da sala e acender a luz. — Nem de se matar. Vamos lá, pessoal. É só mais uma semana.

A maior parte deles vai embora resmungando. Só Cheryl continua por lá, com uma expressão toda animada, e me segue para dentro da minha sala. Percebo que ela traz a reboque uma menina toda acanhada.

— Heather — ela diz mais uma vez. — Oi. Olha só, lembra quando você disse que, se eu achasse alguém para trocar de lugar comigo, eu poderia mudar de quarto? Bom, eu achei uma pessoa. Esta aqui é a colega de quarto da minha amiga Lindsay, a Ann, e ela disse que troca comigo.

Tiro meu casaco e penduro em um gancho próximo. Eu me afundo na cadeira da minha mesa e olho para Ann, que parece estar resfriada, do jeito como funga em um lencinho de papel todo amassado, por isso ofereço a ela a caixinha de lenços que tenho comigo para o caso de derramar Coca Diet.

— Você quer trocar de lugar com a Cheryl, Ann? — pergunto a ela, só para ter certeza. Não consigo imaginar por que alguém gostaria de viver com uma pessoa que pinta a parede do seu lado do quarto de preto.

Mas, bom, provavelmente a colega de quarto de Cheryl também se incomoda com o fato de o lado dela do quarto estar decorado com tantos amores-perfeitos, que são a mascote da Faculdade de Nova York.

— Acho que sim — Ann responde com ar abatido.

— Ela quer, sim — Cheryl me garante, cheia de animação. — Não quer, Ann?

Ann dá de ombros.

— Acho que sim — repete.

Começo a sentir que talvez Ann tenha sido coagida a aceitar esta troca de quarto.

— Ann — digo —, você *conhece* a colega de quarto da Cheryl, a Karly? Você sabe que ela, hum... gosta de preto?

— Ah — Ann responde. — Sei. O negócio de que ela é gótica. Sei sim. Tudo bem.

— E... — hesito em tocar no assunto, porque, que nojo. — E a cobra?

— Tanto faz. Quer dizer — ela olha para Cheryl —, não quero ofender nem nada, mas eu prefiro morar com uma cobra do que com uma animadora de torcida.

Cheryl, longe de se sentir ofendida, olha para mim toda radiante.

— Está vendo? — ela diz. — Então, podemos preencher a papelada da nossa troca agora? Porque o meu pai está aqui para me ajudar na mudança, e ele quer voltar para New Jersey antes que a tal nevasca comece.

Pego os formulários e me vejo dando de ombros, igualzinho a Ann... isso meio que pega.

— Certo — respondo, e entrego a elas os papéis que precisam preencher para fazer a troca. Quando as meninas (Cheryl agitada de tanta animação, Ann visivelmente mais calma) terminam de preencher os formulários e saem, dou uma olhada nos relatórios da noite anterior. O Conjunto Fischer conta com funcionários trabalhando 24 horas por dia:

um segurança, alunos-recepcionistas e assistentes de residentes, alunos que, em troca de não pagar a taxa de alojamento e alimentação, atuam como uma espécie de mãezona residente em cada um dos vinte andares do edifício. Todos eles têm que preencher relatórios no final do turno, e o meu trabalho é lê-los e dar um retorno das observações. Isso sempre faz com que a minha manhã seja interessante.

Os relatórios vão de ridículos a banais. Na noite passada, por exemplo, seis garrafas de cerveja de um litro foram jogadas de uma janela de um andar alto em cima de um táxi que estava passando lá em baixo. Dez policiais da 6ª Delegacia chegaram e correram escada acima algumas vezes, sem serem capazes de identificar quem as tinha arremessado.

Na outra ponta do espectro, alguém deu sumiço no CD do Mês da Columbia House de alguém, o que causou muita consternação. Um dos ARs relata, tristonho, que uma residente bateu na porta do quarto dela várias vezes, berrando: "Eu odeio este lugar". O AR deseja encaminhar a aluna para o Serviço de Aconselhamento de alunos.

Outro relatório afirma que um pequeno tumulto ocorreu quando um funcionário do refeitório deu uma bronca em uma aluna por tentar fazer uma pizza de muffin inglês no forno de torradas.

Quando meu telefone toca, atendo na hora, feliz por ter algo para fazer. Eu adoro o meu trabalho, sim de verdade. Mas preciso reconhecer que ele não estimula muito o meu intelecto.

— Conjunto Fischer, Heather falando, como posso ajudar? — Minha última chefe, Rachel, era muito severa em relação ao modo como eu atendia ao telefone. Apesar de Rachel não estar mais por aqui, é difícil largar velhos hábitos.

— Heather? — Dá para ouvir uma ambulância ao fundo. — Heather, é o Tom.

— Ah, oi, Tom. — Dou uma olhada no relógio. Nove e vinte! Boa! Eu estava na minha mesa quando ele ligou! Posso não ter chegado na hora, mas pelo menos foi antes das dez. — Onde você está?

— No hospital St. Vincent. — Tom parece exausto. Ser diretor de um conjunto residencial estudantil da Faculdade de Nova York é um trabalho que exige muito da gente. É necessário cuidar de uns setecentos alunos de graduação, sendo que a maior parte deles, com exceção de algum acampamento de verão ou um tempo em um colégio interno, nunca esteve longe da casa dos pais durante muito tempo... imagine só se algum deles já dividiu o banheiro com outro ser humano. Os residentes procuram Tom para resolver todos os problemas que têm: conflitos com o colega de quarto, questões acadêmicas, preocupações financeiras, crises de identidade sexual... Pode pensar em qualquer coisa: Tom já teve que lidar com o problema.

E se um residente se machuca ou fica doente, é tarefa do diretor do conjunto residencial assegurar-se de que ele ou ela está bem. Nem é preciso dizer que Tom passa muito tempo em prontos-socorros, especialmente nos fins de semana, que é quando a maior parte dos menores de idade resolve beber. E ele faz tudo isso (fica de plantão 24 horas por dia, 343 dias por ano — todos os funcionários administrativos da Faculdade de Nova York têm 22 dias de férias por ano) ganhando pouco mais do que eu ganho, além de alojamento e alimentação gratuita.

Ei, por acaso é alguma surpresa meu último chefe só ter durado alguns meses?

Mas Tom parece bem estável. Quer dizer, tão estável quanto um ex-zagueiro da Texas A&M com mais de 1,90m de altura e noventa quilos, cujo filme preferido é *Adoráveis Mulheres* e que se mudou para Nova York para finalmente sair do armário pode ser.

— Olha, Heather — Tom diz, cansado. — Vou ficar preso aqui pelo menos mais algumas horas. Ontem teve um aniversário de 21 anos.

— Opa. — Aniversários de 21 anos são os piores. Inevitavelmente, o infeliz aniversariante é forçado a virar vinte e uma doses pelos convidados da festa. Como o corpo humano não é capaz de processar essa quantidade de álcool em um período tão curto de tempo, na maior parte das vezes o residente acaba comemorando seu grande dia em um dos pronto-socorros mais próximos. Legal, não é?

— É — Tom diz. — Detesto ter que pedir, mas será que você pode pegar a minha agenda e remarcar todas as minhas audiências judiciais desta manhã? Não sei se vão internar este garoto ou não, e ele não nos dá permissão para ligar para os pais...

— Sem problema — respondo. — Há quanto tempo você está aí?

Tom exala profundamente.

— Ele ainda estava na sétima quando desmaiou. Então, desde a meia-noite, ou mais ou menos isso. Perdi totalmente a noção do tempo.

— Eu vou praí ficar no seu lugar, se você quiser. — Quando um aluno está no pronto-socorro mas ainda não foi internado, é política da Faculdade de Nova York que um representante da instituição fique com ele o tempo todo. Você não pode nem ir para casa para tomar uma porcaria de um banho se não tiver ninguém para ficar no seu lugar. A Faculdade de Nova York não deixa seus alunos sozinhos no pronto-socorro. Só que os próprios alunos com frequência recebem alta e vão embora sozinhos, sem se dar ao trabalho de avisar, então você fica lá uma hora assistindo a uma novela em espanhol antes de se dar conta de que o garoto nem está mais lá. — Assim pelo menos você pode tomar café da manhã.

— Sabe, Heather — Tom diz. — Acho que vou aceitar a sua oferta, se você não se importar.

Digo que não me importo e já estou pegando dinheiro da caixa do troco para tomar um táxi antes mesmo de desligar o telefone. Adoro a caixa do troco. É como ter um banco próprio, logo ali na sua sala. Infelizmente, Justine, a garota que ocupava o meu lugar antes de mim, achava a mesma coisa, e gastou todo o dinheiro do Conjunto Fischer que ficava ali para comprar aquecedores de cerâmica para os amigos e familiares dela. O Departamento de Orçamento até hoje examina os nossos recibos com toda a atenção e olhos de águia toda vez que eu os levo para receber reembolso, apesar de todos serem perfeitamente legítimos.

E até hoje eu não descobri o que é um aquecedor de cerâmica.

Termino de remarcar todos os compromissos de Tom, então acabo com o meu café moca em um gole só. *Se fosse mais magra*. Sabe de uma coisa, Carinha do Café? Com aquelas unhas compridas que você não corta porque é pobre demais para comprar uma palheta nova, parece uma mulherzinha. É, é isso aí. Uma mulherzinha. O que acha disso, Carinha do Café?

Uma parada rápida no refeitório para pegar um bagel para comer no caminho do hospital e eu vou estar pronta para partir. Quer dizer, cafés moca são mesmo muito bons, mas não fornecem energia duradoura... não como um bagel. Principalmente um bagel cheio de queijo cremoso (laticínio) e recheado com várias camadas de bacon (proteína).

Peguei meu casaco e estou indo pegar o meu bagel quando reparo que Magda, minha melhor amiga do trabalho e caixa-chefe do refeitório, está parada à porta da minha sala, parecendo muito desconcertada.

— Bom dia, Magda — digo a ela. — Você não vai acreditar no que o Carinha do Café disse para mim.

Mas Magda, que normalmente é uma pessoa muito curiosa, e grande fã do Carinha do Café, não parece interessada.

— Heather — ela diz. — Tem uma coisa que eu preciso mostrar para você.

— Se for a primeira página do *Post* — eu digo —, o Reggie chegou na sua frente. E, de verdade, Mags, tudo bem. Está tudo bem comigo. Não acredito que ela o aceitou de volta depois daquela coisa toda do Pussycat Dolls com a Paris. Mas, ei, o pai dele é dono da gravadora. O que mais ela poderia fazer?

Magda sacode a cabeça.

— Não — ela diz. — Não é o *Post*. Só venha comigo, Heather. Venha comigo.

Curiosa (mais porque ela não abriu nenhum sorriso do que por realmente achar que ela tem algo assim tão aterrador para me mostrar), sigo Magda pelo corredor, passando pela sala do governo estudantil (fechada assim tão cedo pela manhã) e pela sala do chefe de Magda que, estranhamente, está vazia. Normalmente, a sala do chefe do refeitório está sempre cheia de funcionários reclamões e de fumaça de cigarro, já que Gerald Eckhardt, diretor do setor, é fumante inveterado. Ele só devia fumar do lado de fora do prédio, mas eu sempre o pego baforando na mesa dele, depois exalando a fumaça pela janela aberta, como se achasse que ninguém iria perceber.

Mas não hoje. A sala está vazia (e sem fumaça).

— Magda — eu digo, quando o avental cor-de-rosa desaparece pelas portas de vaivém da cozinha do refeitório, sempre barulhenta e cheia de vapor. — O que está acontecendo?

Mas Magda não diz nada até estar parada ao lado de um gigantesco fogão industrial, sobre o qual uma única panela foi colocada no fogo. Gerald também está lá parado, parecendo deslocado com seu terno executivo no meio de seus funcionários de avental cor-de-rosa, deixando todo mundo pequenininho com sua constituição grandalhona (resultado de experimentar sua receita de frango à parmeggiana um pouco demais).

Gerald está com ar... bom, só tem uma palavra para isto: amedrontado. O mesmo vale para Saundra, a atendente do bufê de salada, e para Jimmy, que serve no balcão de pratos quentes. Magda está pálida por baixo da maquiagem colorida. E Pete (o que Pete está fazendo aqui?) está com cara de quem vai vomitar.

— Certo, pessoal — eu digo, convencida de que esta é alguma piada para cima de mim. Porque Gerald, por trabalhar no ramo da alimentação, é um pregador de peças de longa data, um mestre do rato de borracha na gaveta da mesa e da aranha de plástico na sopa. — O que foi? Ainda faltam três meses para o dia da mentira. Pete, o que você está fazendo aqui?

E é aí que Pete (que, por algum motivo, está usando uma luva acolchoada de pegar pratos quentes) estica a mão e ergue a tampa da panela que ferve com toda a alegria, e eu dou uma boa olhada no que tem lá dentro.

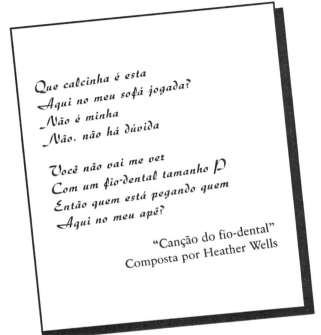

Que calcinha é esta
Aqui no meu sofá jogada?
—Não é minha
—Não, não há dúvida

Você não vai me ver
Com um fio-dental tamanho P
Então quem está pegando quem
Aqui no meu apê?

"Canção do fio-dental"
Composta por Heather Wells

O refeitório do Conjunto Fischer está lotado, mas não de alunos. Dissemos aos residentes que havia um vazamento de gás; não perigoso o bastante para precisar evacuar o prédio inteiro, mas que exigia o fechamento do refeitório.

O mais triste é que os residentes estavam todos com os olhos tão turvos por causa da festa da noite anterior que realmente pareceram acreditar em nós. Pelo menos ninguém reclamou (assim que eu comecei a distribuir vales-refeição, para que eles pudessem ir comer na união dos estudantes).

Agora o salão do refeitório continua lotado, só que de diretores, administradores, funcionários do refeitório, policiais e investigadores de homicídios em vez de uma garotada de 18 anos.

Mesmo assim, o lugar está estranhamente silencioso, de modo que as lâmpadas econômicas parecem estar fazendo mais barulho do que o normal (elas também lançam reflexos nas janelas de vitrais coloridos no topo do pé-direito alto). Por cima desse barulho, dá para ouvir Magda fungando. Ela está sentada em uma extremidade do refeitório com o resto das colegas dela, todas com redinha no cabelo, uniforme cor-de-rosa e unhas bem feitas. Um policial metropolitano está conversando com elas em um tom bem suave.

— Vamos deixar vocês irem para casa assim que pegarmos as impressões digitais de vocês — ele diz.

— Para que você precisa das nossas impressões digitais? — o queixo de Magda treme de medo, ou talvez de indignação. — Nós não fizemos nada. Nenhuma de nós matou aquela menina.

As outras funcionárias do refeitório soltam murmúrios de concordância. Nenhuma delas matou aquela menina.

O tom do policial continua gentil.

— Precisamos das impressões digitais de todas vocês para podermos saber quais impressões digitais na cozinha são de vocês, senhora, e quais são as do assassino. Se é que ele deixou alguma.

— Pode examinar o quanto quiser — Gerald diz, apresentando-se para defender suas funcionárias. — Mas vou dizer aqui e agora que nenhum dos meus funcionários é assassino. Certo, pessoal?

Todo mundo que está de avental cor-de-rosa assente com a cabeça, em um gesto solene. Os olhos delas, no entanto, brilham com alguma coisa além de simplesmente lágrimas. Desconfio que seja animação: além de terem encontrado uma vítima de assassinato na cozinha delas, bem no meio dos cachorros-quentes e das barrinhas de manteiga de amendoim com geleia, agora ainda são testemunhas importantíssimas de um crime, e, como tal, não estão sendo tratadas como funcionárias do refeitório (intocáveis, pelo menos do ponto de vista dos alunos), mas sim como seres humanos que de fato têm o dom do raciocínio.

Para algumas delas, isso realmente pode ser um fato inédito.

Avisto a cabeça do Dr. Jessup, chefe do departamento de acomodação, em uma mesa com vários outros integrantes da administração, todos com aparência atordoada. A descoberta de uma cabeça morta no campus obrigou todo o pessoal do administrativo a vir trabalhar antes das dez, apesar da tempestade de neve anunciada. Até o reitor da faculdade, Phillip Allington, está aqui, sentado ao lado de Steven Andrews, o novo técnico-chefe do time de basquete, que parece preocupado. E tem boas razões para isso: todo o time principal de basquete da Faculdade de Nova York (isso sem contar a equipe principal de animadoras de torcida) mora no Conjunto Fischer, graças à proximidade do prédio ao Complexo de Inverno, o centro esportivo da faculdade.

Depois das duas mortes de alunas no prédio no primeiro semestre (o que garantiu ao Conjunto Fischer o apelido de Alojamento da Morte), todos os funcionários da universidade (inclusive os técnicos esportivos) parecem ter ficado um tantinho sobressaltados. E quem pode culpá-los? Principalmente o reitor Allington. O mandato dele não tem sido nada fácil. Ninguém sabe melhor do que eu, a diretora-assistente do Alojamento da Morte.

E agora parece que as coisas ficaram infinitamente piores, não só para o reitor, mas também para o chefe do meu chefe, o responsável pela acomodação... e ele sabe muito bem disso. O lencinho de enfeite que ele sempre deixa enfiado no bolso da lapela está todo amassado, como se alguém realmente o tivesse usado (ao exercitar minhas habilidades investigativas superlativas, cheguei à conclusão de que foi usado pelo próprio Dr. Jessup). O fato de ficar sentado com o corpo todo recurvado em uma cadeira na frente de uma mesa pegajosa do refeitório por meia hora também não serviu para amenizar o amarfanhado do terno do Dr. Jessup.

— Heather — o Dr. Jessup diz para mim, com um pouco de entusiasmo demais, quando me aproximo da mesa dele, por ter sido chamada da minha mesa (para onde fui imediatamente depois da revelação de Pete e comecei a ligar para todo mundo que pude imaginar, inclusive o Dr. Jessup e o meu chefe, Tom) por um dos policiais.

— O investigador Canavan quer falar com você. Está lembrada do investigador Canavan da 6ª Delegacia de Polícia, não está?

Como se eu fosse capaz de esquecer.

— Investigador — digo e estendo a mão direita na direção do homem de meia-idade com aparência levemente amarrotada e bigode já ficando grisalho, que está parado com um pé apoiado no assento de uma cadeira vazia do refeitório.

O investigador Canavan ergue os olhos da caneca de café que tem nas mãos. Ele tem os olhos da cor de ardósia, e a pele ao redor deles é enrugada devido à exposição demasiada à ação do clima. Não é brincadeira ser investigador de homicídios em Nova York. Infelizmente, nem todos são iguais a Chris Noth (aquele ator de *Law & Order: Criminal Intent* e também de *Sex and the City*). Aliás, que eu tenha reparado, nenhum se parece com ele.

— Prazer em vê-la de novo, Heather — o detetive diz. O aperto de mão dele continua formidável como sempre. — Compreendo que já viu a cena. Então, tem alguma ideia?

Olho do investigador para o chefão do meu departamento mais uma vez.

— Hum — digo, sem ter muita certeza do que está acontecendo. Espere... será que o Dr Jessup e o investigador Canavan realmente querem a minha ajuda para solucionar este crime hediondo? Porque esta atitude é totalmente oposta ao que aconteceu da última vez que eu quis ajudar... — Onde está o resto dela?

— Não foi isso que o investigador Canavan quis dizer, Heather — o Dr. Jessup responde, com um sorriso forçado. — Ele quer saber se você reconheceu... aquilo?

Carol Ann Evans, reitora de alunos (é, aquela mesma que não vai me deixar estudar na faculdade dela até eu mostrar que sei multiplicar frações), por acaso está sentada ali perto, e faz um barulho meio de vômito e cobre a boca com um lencinho de papel amassado quando escuta a palavra *aquilo*.

E, que eu saiba, ela com certeza nem deu uma olhadinha no que tinha dentro daquela panela.

Ah. Eles realmente não querem a minha ajuda. Não ESSE TIPO de ajuda.

Eu respondo:

— Bom, é meio difícil saber. — Não há a menor chance de eu anunciar, na frente de toda essa gente, que Lindsay Combs, rainha do baile de volta às aulas e (agora não mais) futura colega de quarto de sua melhor amiga, Cheryl Haebig, aparentemente tinha sido decapitada por uma pessoa ou por pessoas desconhecidas, e a cabeça dela tinha sido deixada em uma panela no fogão do refeitório do Conjunto Fischer.

É, eu sei. Eca.

— Vamos lá, Heather — o Dr. Jessup diz, com um sorriso que não chega exatamente até seus olhos. Para o investigador Canavan, ele diz, alto o bastante para todo mundo no refeitório escutar, aparentemente em um esforço de impressionar o reitor Allington, que não faz a menor ideia de quem eu seja (apesar de a mulher dele e eu quase termos sido assassinadas pela mesma pessoa): — Nossa Heather conhece cada um dos 700 residentes do Conjunto Fischer pelo nome. Não conhece, Heather?

— Bom, de certo modo — respondo, pouco à vontade.

— Quando eles não acabaram de passar algumas horas cozinhando na panela.

Isso saiu nojento demais? Acho que sim. A reitora Evans está de novo com ânsia de vômito. Não era minha intenção causar nojo. É só que... falando sério.

Espero que a reitora não vá usar isso contra mim. Sabe como é, na questão de ser admitida na faculdade de Artes e Ciências.

— Então, quem é ela? A menina? — o investigador parece não se dar conta de que quase todo mundo presente ao refeitório está escutando a nossa conversa. — Um nome seria bacana.

Sinto meu estômago revirar um pouco, como aconteceu na cozinha quando Pete ergueu a tampa e eu deparei com aqueles olhos que não enxergavam mais nada.

Respiro fundo. O ar no refeitório arde nas narinas com seus cheiros de café da manhã de sempre... ovos e linguiça e calda. Não dá para sentir o cheiro *dela*.

Pelo menos, acho que não.

Mesmo assim, ainda não tive tempo hoje de manhã para o meu desjejum de sempre de bagel com cream-cheese e bacon. O café moca (até agora) foi mais do que suficiente. O assoalho do refeitório está balançando um pouco perante os meus olhos.

Limpo a garganta. Pronto. Assim está um pouco melhor.

— Lindsay Combs — digo. — Ela namora... namorava ... o ala dos Maricas. — Maricas é o nome (infeliz) do time de basquete de 3ª divisão da Faculdade de Nova York. O time perdeu seu nome verdadeiro, que era Cougars, em um escândalo de fraude de resultados na década de 1950, e desde então ficou com Maricas... para a diversão dos times contra os quais joga, e para a infelicidade eterna dos jogadores.

Todo mundo no salão engole em seco e o reitor Allington (vestido, como sempre, com sua interpretação do que um aluno de faculdade usa, se estivéssemos em 1955: uma jaqueta esportiva da Faculdade de Nova York e calça de veludo cotelê cinza) chega a exclamar:

— Não!

Além do reitor, o técnico Andrews (como eu sabia que aconteceria) fica pálido.

— Ai meu Deus! — ele diz. É um sujeito grande, mais ou menos da minha idade, com cabelo escuro espetado e olhos azuis que desarmam a gente... aquilo que se chama de irlandês moreno. Ele seria bonitinho se não fosse tão musculoso. Ah, e se por acaso notasse a minha existência.

Não que, se ele notasse, pudesse dar em algo, já que o meu coração pertence a outro homem.

— A Lindsay não — ele diz, com um gemido.

Eu entendo o que ele quer dizer. Entendo mesmo, de verdade. Cheryl Haebig não é a única que gostava de Lindsay... todos nós gostávamos. Bom, todo mundo menos a nossa assistente administrativa de pós-graduação, Sarah. Lindsay era uma garota de imensa popularidade, capitã da equipe de animação de torcida da Faculdade de Nova York, com cabelo cor de mel batendo na cintura e seios do tamanho de melões que Sarah afirmava serem produto de cirurgia plástica. Apesar do jeito como Lindsay torcia pela escola até parecer excessivo e chato de tão animado (para mim, no mínimo) às vezes, pelo menos era uma variação agradável em relação aos alunos típicos da Faculdade de Nova York que recebíamos na nossa sala: mimados, insatisfeitos e sempre ameaçando ligar para o pai/advogado se nós não arrumássemos um quarto individual ou uma cama maior.

— Jesus Cristo. — O Dr. Jessup não acreditou quando eu liguei para ele e disse que precisava ir para o Conjunto Fischer o mais rápido possível devido ao fato de uma de nossas residentes ter perdido a cabeça... literalmente. Agora ele está com uma cara de quem finalmente começou a absorver a informação.

— Tem certeza, Heather?

— Tenho — respondo. — Tenho certeza. É a Lindsay Combs. Cabeça das animadoras de torcida. — Engulo em seco de novo. — Desculpem. Eu não quis fazer um trocadilho.

O investigador Canavan tira um bloquinho de anotações do cinto, mas não escreve nada nele. Em vez disso, fica passando as páginas lentamente, sem erguer os olhos.

— Como você sabe?

Estou me esforçando muito para não lembrar daqueles olhos cegos voltados para mim, só que não consigo.

— A Lindsay usava lentes de contato. Coloridas. Verdes. — Era um tom de verde tão artificial que Sarah, no escritório, sempre perguntava, depois que Lindsay saía: "Quem ela acha que está enganando: aquela cor não ocorre na natureza".

— Só isso? — o investigador Canavan pergunta. — Lentes de contato coloridas?

— E os brincos. Ela tem três de um lado, dois do outro. Ela ia muito à minha sala — completo, como que para explicar por que eu sei tantos detalhes a respeito dela.

— Era encrenqueira? — o investigador Canavan pergunta.

— Não — respondo. A maior parte dos alunos que vão parar na sala do diretor do conjunto residencial vão lá ou por terem se metido em encrencas ou por estar com algum problema com o colega de quarto. Ou, como no caso de Lindsay, porque querem uma camisinha grátis, que eu deixo em um pote na minha mesa, em vez de colocar bombons (têm menos calorias). — Preservativos.

O investigador Canavan ergue suas sobrancelhas grisalhas.

— Desculpe, não entendi.

— Lindsay passava sempre lá para pegar preservativos gratuitos — digo. — Ela e o namorado mandavam ver.

— Nome?

Percebo, tarde demais, que acabei de incriminar um dos meus residentes. O técnico Andrews também percebe.

— Ah, vamos lá, investigador — ele diz. — Mark não seria capaz de...

— Mark de quê? — o investigador Canavan quer saber.

O técnico Andrews, percebo, parece estar em pânico. O Dr. Allington se apressa em acudir seu funcionário preferido. Bom, mais ou menos.

— Os Maricas têm um jogo muito importante amanhã à noite — o reitor começa a dizer, todo preocupado. — Contra os Devils da Faculdade da Zona Leste de New Jersey. E desta vez nós estamos com uma vantagem.

Ao que o técnico Andrews completa, na defensiva:

— E nenhum dos meus rapazes tem qualquer coisa a ver com o que aconteceu com a Lindsay. Não quero que eles sejam arrastados para dentro disto.

O investigador Canavan (sem nem parecer que está mentindo, porque eu sei que está), diz:

— Eu me solidarizo com o seu dilema, técnico. Com o senhor também, Dr. Allington. Mas o negócio é que eu tenho um trabalho a fazer. Então...

— Acho que não está compreendendo, detetive — o Dr. Allington interrompe. — O jogo de amanhã à noite vai ser televisionado pelo New York One. Milhões de dólares em anúncios nos intervalos estão em jogo aqui.

Fico olhando fixamente para o reitor, boquiaberta de surpresa. Reparo que a reitora Evans está fazendo a mesma coisa. Nossos olhares se cruzam e fica óbvio que nós duas estamos pensando: *Uau. Não acredito que ele acabou de dizer isso.*

Seria de se pensar, levando em conta que operamos na mesma onda cognitiva, que ela seria um pouco mais solidária em relação ao curso de recuperação de matemática. Mas parece que não.

— É o *senhor* que não está entendendo, doutor — a voz do investigador Canavan é dura e alta o suficiente para fazer com que Magda e suas colegas funcionárias do refeitório parem de chorar e ergam a cabeça. — Ou vocês me dão o nome do namorado da menina agora ou vão mandar mais garotas para casa dentro de caixões ainda neste semestre. Porque eu garanto que o canalha que fez isso com a srta. Combs, seja lá quem for, vai fazer de novo, com outra pessoa.

O Dr. Allington ficou olhando com muita severidade para o investigador, que devolveu o olhar com mais severidade ainda.

— Mark Shepelsky — eu me apresso em dizer. — O nome do namorado dela é Mark Shepelsky. O quarto dele é o 212.

O técnico Andrews se joga por cima do tampo da mesa, enterrando a cabeça nos braços. O Dr. Allington resmunga e aperta a ponta do nariz entre o polegar e o indicador, como se tivesse sido acometido repentinamente por uma dor de cabeça de sinusite. O Dr. Jessup só olha para o teto, enquanto o Dr. Flynn, o psicólogo residente do Departamento de Acomodação, lança um sorriso triste para mim da mesa à qual está sentado com os outros funcionários administrativos da faculdade.

O investigador Canavan parece um pouco mais calmo enquanto folheia mais uma vez seu bloquinho e anota o nome.

— Pronto — ele diz. — Não doeu nada, não foi mesmo?

— Mas... — eu digo. O investigador Canavan suspira de maneira ruidosa por causa do meu "mas". Só que eu o ignoro. — O namorado da Lindsay não pode ter nada a ver com isto.

O investigador Canavan volta seu olhar severo para mim.

— E como é que você pode saber disso?

— Bom — respondo. — Quem a matou precisava ter acesso à chave do refeitório. Porque ele precisaria de uma para se esgueirar para dentro do refeitório antes de abrir para fatiar a namorada, limpar o local e sair antes de os funcionários chegarem. Mas como é que o Mark iria arrumar uma chave? Quer dizer, se for pensar bem sobre o assunto, os seus principais suspeitos tinham que ser os funcionários do Conjunto Fischer...

— Heather. — Os olhos já apertados do investigador Canavan se fecham ainda mais. — Não comece... eu repito. Não comece a ficar achando que você vai sair investigando por conta própria o assassinato desta menina. Isto é obra de uma mente doente e desequilibrada, e é para o bem de todos, principalmente o seu, que desta vez você deixe as investigações a cargo dos profissionais. Pode acreditar, temos tudo sob controle.

Fico olhando estupefata para ele. O investigador Canavan sabe ser assustador quando quer. Dá para ver que até os reitores estão com medo. O técnico Andrews parece apavorado. E ele é uns trinta centímetros mais alto do que o investigador, e uns vinte quilos mais pesado... tudo só músculo.

Fico com vontade de observar para o investigador que eu não precisaria ter lançado minha própria investigação pessoal nos assassinatos do semestre passado se ele realmente tivesse me escutado desde o início e acreditado que os casos *eram*, de fato, assassinatos.

Mas desta vez parece bem óbvio que ele já entendeu isso.

Eu provavelmente deveria dizer a ele que não tenho absolutamente desejo nenhum de me envolver com este caso criminal específico. Quer dizer, jogar meninas em um poço de elevador é uma coisa. Cortar fora a cabeça delas? Realmente não é algo com que eu queira me meter. Meus joelhos ainda estão tremendo por causa do que eu vi dentro daquela panela. O investigador Canavan não precisa se preocupar mesmo com a possibilidade de eu fazer investigações por conta própria desta vez. Os profissionais são muito bem-vindos para solucionar este caso.

— Está ouvindo o que eu estou dizendo, Wells? — o investigador quer saber. — Eu disse que não quero ver você repetir a sua performance...

— Já entendi — interrompo rapidinho. Eu poderia entrar em detalhes, como por exemplo dizer que não ia ter como eu querer me envolver com animadoras de torcida sem cabeça, mas percebo que a decisão mais sábia é simplesmente ficar quieta. — Posso ir agora? — pergunto, dirigindo a questão mais para o Dr. Jessup, já que ele é, de fato, o meu chefe... bom, Tom é meu chefe direto, mas como Tom está ocupado tentando descobrir se há alguma chave do refeitório sumida (tarefa que ele parece estar adorando, já que assim fica bem longe do que encontraram no fogão; além do mais, o fato de terem pedido a ele que fosse procurar a chave realmente demonstra que o investigador Canavan tem razão... a polícia tem mesmo tudo sob controle), Stan é o recurso mais próximo que eu tenho aqui.

Mas Stan está olhando para o chefe dele, o reitor Allington, que está tentando chamar a atenção do investigador Canavan. E isso é mais ou menos um alívio, já que eu já tive toda a atenção do investigador Canavan que posso aguentar por hora. Esse cara sabe ser *assustador*.

— Então, o que o senhor está falando, investigador... — o Dr. Allington vai dizendo, com uma construção de frase tão cuidadosa que serve para ilustrar todo o estudo que lhe valeu seu Ph.D. — O que deduzo que o senhor está dizendo é que esta questão tão infeliz provavelmente não estará esclarecida até o horário do almoço de hoje? Porque o meu departamento estava planejando uma função especial para hoje à tarde para homenagear nossos alunos atletas que se esforçam tanto, e seria uma pena ter que adiar...

O olhar que o investigador lançou para o reitor poderia ter congelado lava.

— Dr. Allington, não estamos falando de algum garoto que vomitou o café da manhã no vestiário depois da aula de ginástica.

— Percebo que não, investigador — o Dr. Allington diz. — No entanto, eu estava torcendo para que...

— Pelo amor de Deus, Phil — o Dr. Jessup interrompe. Ele já ouviu o suficiente. — Alguém tentou fazer um ensopado com uma menina, e você quer abrir o bufê de saladas?

— Só estou dizendo — o Dr. Allington responde, parecendo indignado — que, na minha opinião profissional, seria melhor não permitir que este incidente interfira na rotina normal dos residentes. Se você se lembrar, há alguns anos, quando a faculdade sofreu uma onda de suicídios, foi toda a divulgação que gerou tantas tentativas de copiar o ato...

O investigador Canavan aparentemente não conseguiu deixar de erguer uma sobrancelha grisalha incrédula ao escutar isso.

— O senhor acha que meia dúzia de universitárias vai correr para casa e arrancar a própria cabeça?

— O que eu estou tentando dizer — o Dr. Allington, prossegue, com ar de desdém — é que, se o almoço for cancelado, isso sem mencionar o jogo de amanhã à noite, vai ser impossível impedir que a verdade a respeito do que aconteceu aqui vaze. Não vamos ser capazes de fazer com que algo assim fique abafado por muito tempo. E também não estou falando de publicações sensacionalistas como o *Post*, nem mesmo sites de notícias locais como o 1010 WINS. Estou falando de jornais de grande circulação, o *New York Times*, talvez até um canal de notícias como a CNN. Se vocês não encontrarem o corpo daquela menina logo, investigador, pode ser até que as redes de TV aberta se interessem. E isso pode ser muito prejudicial para a reputação da faculdade...

— Cabeça sem corpo encontrada em refeitório de alojamento — Carol Ann Evans diz, surpreendendo a todos. Quando todos viramos para ela para olhar, ela completa, com voz estrangulada: — nesta noite, no *Linha Direta*.

O investigador Canavan ajeita o peso do corpo e tira o pé do assento da cadeira.

— Reitor Allington — ele diz. — Daqui a cerca de cinco minutos, meu pessoal vai fechar esta ala toda ao acesso do público. E, quando digo público, estou incluindo os seus funcionários. Vamos lançar uma investigação de larga escala para este crime. Pedimos a sua cooperação. Pode começar retirando-se, junto com seus funcionários, das áreas adjacentes, assim que o meu pessoal tiver terminado de falar com eles. Em segundo lugar, vou ter que pedir para que este refeitório permaneça fechado até eu avaliar que é seguro voltar a abri-lo. A menos que eu esteja enganado — o tom do investigador dá a entender que isso é muito pouco provável — uma das suas alunas foi assassinada na propriedade da faculdade hoje pela manhã, e o assassino dela continua a solta, possivelmente aqui mesmo no campus. Possivelmente até aqui neste recinto. Se tem algo que pode ser mais danoso à reputação da sua faculdade do que isto, não consigo imaginar. Realmente não acho que adiar um almoço ou um jogo de basquete se compara a isto, não concorda?

Acho que não dá para culpar a reitora Evans por ter tido um ataque de riso nervoso bem neste momento. A sugestão de que pode haver um assassino de alunos entre os funcionários administrativos da divisão de Vida Estudantil da Faculdade de Nova York basta para fazer com que o indivíduo mais calmo do mundo tenha um ataque histérico de riso. Seria muito difícil encontrar no planeta um grupo formado por pessoas mais tediosas do que este. Gerald Eckhardt, com seu fumo sorrateiro e seu alfinete de gravata brandindo um cutelo de açougueiro? O técnico Andrews, com sua calça de moletom e sua jaqueta atlética matando uma garota a golpes de machado? Dr. Flynn, com todos os seus sessenta quilos, usando uma serra tico-tico para desmembrar uma animadora de torcida?

Essas coisas simplesmente estão fora do âmbito do possível.

E, no entanto...

E, no entanto, até mesmo Carol Ann Evans deve ter se dado conta de que a pessoa que matou Lindsay tinha acesso total ao refeitório. Só alguém que trabalha no Conjunto Fischer (ou no departamento da Vida Estudantil) teria acesso à chave.

E isso significa que algum funcionário que trabalha com a parte de alojamento ou de alimentação poderia ser o assassino.

O triste é que isto nem me surpreende.

Uau. Acho que eu *realmente* sou uma nova-iorquina insensível.

Só porque você recebeu um bônus vasto
Não comece a achar que é nosso dono
Claro, não temos dinheiro para diversão
de alta classe
Mas no prédio da vida, você ainda
está no andar de baixo

"Banqueiro"
Composta por Heather Wells

3

— Tem um monte de recados para você — Sarah, nossa assistente-administrativa de pós-graduação (cada conjunto residencial tem um APG que, em troca de isenção de taxa de alojamento e alimentação, ajuda a cuidar dos aspectos administrativos do prédio), me informa sem rodeios quando eu entro. — Os telefones não param de tocar. Todo mundo quer saber por que o refeitório está fechado. Estou dando a desculpa do vazamento de gás, mas não sei por quanto tempo as pessoas vão acreditar, com todos os policiais que não param de entrar e sair. Já acharam o resto?

— Shhh — eu digo, olhando ao redor de mim na sala, para ver se não há ali nenhum residente à espreita.

Mas o escritório (ainda todo enfeitado com um pinheirinho falso, uma menorá e cuias de Kwanzaa, graças à minha mania de decoração de fim de ano, um tanto rebuscada demais) está vazio, à exceção de Tom, que voltou a sua sala (separada da minha por uma grade de metal) e está murmurando ao telefone.

— Tanto faz — Sarah diz, revirando os olhos. Sarah está fazendo mestrado em psicologia, por isso ela entende muito sobre a mente humana e seu funcionamento. Ou pelo menos acha que entende. — Metade das pessoas do prédio ainda nem acordou. Ou, se acordou, já saiu correndo para a aula. Então, você acha que vão cancelar o jogo de amanhã? Não por causa da nevasca que está para vir, mas por causa... sabe como é. Dela?

— Hum — eu digo, esgueirando-me para trás da minha mesa. É gostoso sentar. Até agora, eu não tinha percebido como os meus joelhos estavam tremendo.

Bom, não é todo dia que a gente vê a cabeça decapitada de uma animadora de torcida em uma panela. Principalmente quando se trata de uma animadora de torcida que você conhece. Não é para menos que eu estou um tanto abalada. Além do mais, tirando o café moca, eu ainda não tomei café da manhã.

Não que eu esteja com vontade de comer. Bom, não muito.

— Não sei — respondo. — Estão querendo interrogar o Mark.

Sarah parece aborrecida.

— Não foi ele — ela diz, em tom de desdém. — Ele não tem inteligência para isso. A menos que tenha recebido ajuda.

É verdade. Os padrões de admissão da Faculdade de Nova York estão entre os mais elevados do país... menos quando se trata de atletas. Basicamente, qualquer jogador mais ou menos decente que deseje estudar na Faculdade de Nova York é aceito, já que, como a instituição está na 3ª divisão, todos os melhores atletas costumam ir para faculdades da 1ª ou da 2ª Divisão. Apesar disso, o reitor Allington está determinado a fazer com que seu legado para a Faculdade de Nova York seja transformá-la em verdadeira competidora no mundo dos jogos universitários (dizem que seu objetivo máximo é fazer com que a faculdade retome seu lugar na 1ª Divisão).

Mas a probabilidade de isso acontecer (ainda mais depois do que ocorreu hoje) é muito pequena.

— Não consigo tirar isso da cabeça — Sarah está dizendo. — Onde será que o corpo dela foi parar?

— Onde todos os corpos de Nova York aparecem — eu digo, olhando para os meus recados de telefone. — Em algum ponto do rio. Ninguém vai achar antes da primavera, quando a temperatura subir o bastante para fazer o corpo flutuar.

Não sou especialista em perícia, é claro, e ainda não pude me inscrever em nenhum curso de Justiça Criminal, graças ao curso de recuperação de matemática que eu preciso fazer primeiro.

Mas já assisti a muitos episódios de *Law & Order* e de *CSI*.

Além do mais, sabe como é, eu moro com um detetive particular. Ou "compartilho o domicílio com", eu devia dizer, já que, quando digo "moro com", parece que nós compartilhamos mais do que isso, o que não é verdade. Infelizmente.

O corpo todo de Sarah estremece, apesar de estar bem quentinho na sala e de ela estar usando um suéter listrado bem grosso, tricotado por uma colega do *kibutz* onde ela passou as férias de verão do primeiro ano. Forma um visual e tanto por cima do macacão dela.

— Simplesmente não faz o menor sentido — ela diz. — Como é que pode ter havido mais um assassinato neste prédio? Nós realmente ESTAMOS nos transformando no Alojamento da Morte.

Estou olhando os meus recados. Minha melhor amiga, Patty (ela sem dúvida viu a primeira página do *Post* de hoje e está tão preocupada quanto Reggie em relação ao efeito que isso pode ter sobre mim). Alguém que não quis deixar o nome e disse que ligaria mais tarde (algum cobrador, sem dúvida). Estourei os limites de todos os meus cartões de crédito na loucura de compras de presentes antes das férias de fim de ano. Se eu conseguir segurar até março, pago quando receber a restituição do imposto de renda. E... abano uma tira de papel para Sarah.

— Isto aqui é sério? Ele ligou mesmo? Ou você está tirando uma com a minha cara?

Sarah parece surpresa.

— Sinceramente, Heather — ela diz. — Você acha que eu iria ficar fazendo piada em um dia como este? O Jordan Cartwright ligou mesmo. Ou pelo menos alguém que *diz* ser o Jordan Cartwright ligou. Ele quer que você retorne a ligação imediatamente. Disse que era de importância vital. Ênfase no vital.

Bom, isso é bem a cara de Jordan mesmo. Tudo é de importância vital para Jordan. Principalmente quando se trata de me humilhar de algum modo.

— E se o corpo da Lindsay não estiver no rio? — Sarah pergunta. Suponha que ainda esteja no prédio. Suponha que... meu Deus, suponha que ainda esteja no quarto dela!

— Neste caso, a Cheryl já teria dito alguma coisa — digo. — Porque ela e a colega de quarto da Lindsay trocaram de lugar hoje logo cedo.

— Ah. — Sarah parece decepcionada. Mas então se anima. — Talvez esteja em algum outro lugar do prédio. Como por exemplo no quarto de outra pessoa. Dá para imaginar chegar ao quarto depois da aula e encontrar um corpo sem cabeça na sua cadeira giratória? Tipo, na frente do seu computador?

Meu estômago se aperta. O café moca não está caindo bem.

— Sarah — eu digo. — É sério. Cala a boca.

— Ai meu Deus, e se a gente encontrar o corpo na sala de jogos, em cima da mesa de pebolim?

— Sarah. — olho para ela com ódio.

— Ah, anime-se, Heather — ela diz, com uma risada. — Você não percebe que eu recorri ao humor mórbido para tentar romper a conexão entre um estímulo tão horripilante e uma resposta emocional indesejada como repulsa ou medo, que neste caso não seria útil nem profissional?

— Eu prefiro a repulsa — digo. — Acho que ninguém precisa ser profissional quando tem uma animadora de torcida sem cabeça envolvida na história.

É neste momento que Tom resolve aparecer à porta de sua sala.

— Será que podemos não dizer estas palavras? — ele pergunta, enjoado, segurando no batente para se equilibrar.

— Quais palavras? — Sarah tira alguns cachos de cabelo encaracolado de cima do ombro. — *Animadora de torcida?*

— Não — Tom responde. — *Sem cabeça.* Nós sabemos onde está a cabeça dela. É o corpo que está sumido. Ai, meu Deus, não acredito que eu disse isso. — Ele olha para mim, arrasado. A parte de baixo dos olhos dele, já vermelhos, estão cheias de olheiras arroxeadas, por causa da noite passada no hospital, e o cabelo louro dele está todo colado na testa, bem desarrumado, por falta de produtos. Em circunstâncias normais, Tom não seria pego assim tão desarrumado; nem morto. Na verdade, ele é mais encanado com o cabelo do que eu.

— Você devia ir para a cama — eu digo a ele. — A gente cuida de tudo aqui, a Sarah e eu.

— Não posso ir para a cama agora — Tom parece chocado. — Uma menina foi encontrada morta no meu prédio. Você pode imaginar o que o Jessup e todo mundo acharia disso? Se eu simplesmente... fosse para a cama? Ainda estou no meu período de experiência, sabe como é. E se ficarem achando que eu não aguento o tranco... — Ele engole em seco. — Ai, meu Deus, por acaso eu acabei de dizer a palavra *tranco*?

— Volte para a sua sala, feche a porta e descanse um pouco os olhos — eu digo a ele. — Eu cuido de tudo para você.

— Não posso — Tom diz. — Cada vez que eu fecho os olhos eu vejo... a Lindsay.

Não preciso nem perguntar o que ele quer dizer. Eu sei muito bem. É que a mesma coisa está acontecendo comigo.

— Oi. — Um garoto com um casaco de capuz e um piercing no nariz com um par de bolinhas enfia a cabeça dentro da sala. — Por que o refeitório está fechado?

— Vazamento de gás — Sarah, Tom e eu dizemos todos ao mesmo tempo.

— Caramba — o garoto diz, com uma careta. — Então eu tenho que atravessar o campus inteiro para tomar café da manhã?

— Vá até a união dos estudantes — Sarah diz bem rápido e entrega para ele um vale-refeição. — A gente paga.

O garoto olha para o passe.

— Beleza — ele diz, já que, com o vale, a refeição não vai ser subtraída da cota diária dele. Agora ele vai poder jantar DUAS vezes, se quiser. Sai arrastando os pés, bem feliz.

— Não sei por que nós simplesmente não contamos a verdade para eles — Sarah declara assim que ele se afasta. Vão descobrir de qualquer modo.

— É verdade — Tom responde. — Mas não queremos causar pânico. Sabe como é, para todo mundo não ficar achando que tem um assassino psicopata à solta no prédio.

— E — eu completo, com muita cautela — não queremos que ninguém fique sabendo antes de falarmos com os pais da Lindsay.

— É — Tom diz. — É isso aí.

É estranho ter um chefe que, na verdade, não sabe o que faz. Quer dizer, Tom é ótimo, não me entenda mal. Mas ele não é nenhuma Rachel Walcott. O que, no final das contas, até que é uma coisa boa.

— Ei, pessoal — Sarah diz. — O que eu sou? Ha, ha, ha, poft.

Tom e eu nos entreolhamos sem entender nada.

— Sei lá — eu digo.

— Alguém que perdeu a cabeça de tanto rir. Entenderam? Ha, ha, ha, poft. — Sarah olha para nós com ar de reprovação por não darmos risada. — Humor mórbido, pessoal. Para nos ajudar a SUPERAR.

Lanço um olhar para Tom.

— Quem ficou com o aniversariante? — pergunto a ele.

— Aquele que foi parar no hospital? Quer dizer, eu e você estamos aqui, não?

— Ah, droga — Tom diz, empalidecendo completamente. — Esqueci dele. Recebi este telefonema, e...

— Você simplesmente *largou* o garoto lá? — Sarah revira os olhos. O desprezo que ela tem pelo nosso novo chefe é algo que não tenta esconder. Ela acha que o Dr. Jessup devia tê-la contratado para ficar responsável por tudo, apesar de ela ser estudante em tempo integral. É uma estudante integral cujo passatempo nas horas vagas é analisar os problemas de todo mundo que ela conhece. Eu, por exemplo, supostamente sofro de problemas de abandono, devido ao fato de a minha mãe ter fugido para a Argentina com o meu empresário... e todo o meu dinheiro.

E como eu não abordei a questão de maneira tão agressiva quanto Sarah acha que eu deveria ter abordado, com a ajuda da lei, eu supostamente também sofro de baixa autoestima e passividade. Pelo menos segundo Sarah.

Mas eu acho que tenho uma opção (bom, não exatamente, porque até parece que eu tenho dinheiro para levar o caso para o tribunal): posso ficar jogada pelos cantos, lamentando o que a minha mãe fez. Ou posso deixar isso para trás e seguir em frente com a minha vida.

Por acaso é errado optar pela segunda?

Sarah acha que sim. Mas ela só me diz essas coisas quando não está me acusando de ter algum tipo de complexo de Super-Homem por querer proteger todos os residentes do Conjunto Fischer de qualquer mal.

Realmente o motivo por que Sarah não ficou com o emprego e ele foi dado a Tom não é nenhum mistério. Tom só diz coisas como seus sapatos são lindos e só pergunta se você assistiu *American Idol* na noite anterior. É muito mais fácil se dar bem com Tom do que com Sarah.

— Bom, acho que assassinato se sobrepõe à bebedeira — eu digo, para defender Tom. — Mas, mesmo assim, precisamos que alguém fique lá com o residente, principalmente para o caso de ele não ser internado... — Se o Stan descobrir que estamos com um residente no pronto-socorro sem ninguém para supervisionar o tratamento, vai ter um chilique. Não quero perder meu chefe, bem agora que estou começando a gostar dele... — Sarah...

— Tenho laboratório — ela diz, sem nem erguer os olhos das páginas de visitas que está juntando para fazer cópias, para que a polícia possa conferir se Lindsay recebeu visita na noite anterior, que tenha decidido recompensar sua hospitalidade cortando a cabeça dela fora.

Só que, é claro, Lindsay não tinha recebido ninguém. Já tínhamos repassado os registros duas vezes.

— Mas...

— Não posso faltar — Sarah diz. — É o primeiro do semestre.

— Eu vou, então — eu digo.

— Heather, não. — Tom parece estar em pânico. Não dá para dizer se é porque ele realmente não quer que eu passe pela provação de uma sala de espera de um pronto-socorro de Nova York depois do que eu já passei hoje de manhã ou se ele simplesmente não quer ficar sozinho no escritório, levando em conta que começou no emprego há tão pouco tempo. — Vou pedir para um dos ARs...

— Todos vão ter aula, igualzinho à Sarah — respondo. Já estou em pé, pegando o meu casaco. A verdade é que não estou tentando ser mártir. Realmente estou aproveitando qualquer desculpa para sair daqui. Mas tento fingir que não. — É sério, não faz mal. Vão ter que interná-lo logo, certo? Ou vão ter que dar alta. Então, eu volto logo. É um *garoto*, certo?

— Que menina seria tão idiota a ponto de tentar tomar vinte e uma doses na mesma noite? — Sarah pergunta, revirando os olhos.

— É um garoto — Tom diz e me entrega um pedaço de papel com um nome e um número de identificação de aluno anotado, que eu enfio no bolso. — Não é uma daquelas pessoas que mais gosta de conversar neste mundo, mas, bom, ele ainda estava inconsciente quando eu saí de lá. Talvez já tenha acordado. Precisa de dinheiro para o táxi?

Asseguro a ele que ainda estou com a quantia que tirei da caixa de metal antes, quando eu estava indo rendê-lo... antes de termos sido informados a respeito de Lindsay.

— Então — Tom diz com a voz bem baixinha, quando já estou me dirigindo para a porta. — Você já teve que lidar com uma situação destas. — Nós dois sabemos o que ele quer dizer com *isto*. — O que, hum, eu devo *fazer*?

Ele realmente parece preocupado. Isso e o cabelo todo desarrumado fazem com que ele pareça mais novo do que é... que, com 26 anos, continua sendo mais novo do que eu. Tem quase a mesma idade do Carinha do Café.

— Seja forte — eu digo e coloco a mão no ombro enorme dele, coberto por um suéter da marca Izod. — E, independentemente do que faça, não tente resolver o crime por conta própria. Pode *acreditar* em mim.

Ele engole em seco.

— Pode deixar, até parece que quero acabar com a *minha* cabeça em uma panela. Não, obrigado.

Dou um tapinha carinhoso e reconfortante nele.

— Se precisar de mim, é só ligar para o celular — digo.

Daí me apresso corredor afora e deparo com Julio, o chefe dos serviços, e Manuel, o sobrinho dele, que acaba de ser contratado (o nepotismo floresce tanto na Faculdade de Nova York como em qualquer outro lugar), que estão colocando tapetes de borracha para proteger o piso de mármore do sal que os residentes vão trazer nos pés quando finalmente começar a nevar.

— Heather — Julio me diz, todo preocupado, quando eu passo por ele com ar despreocupado. — É verdade o que estão dizendo? Sobre... — Os olhos escuros dele se dirigem para a recepção, onde policiais e representantes da administração da faculdade pululam como fashionistas em uma liquidação de peças de desfile.

— É verdade, Julio — paro para dizer a ele, em voz baixa. — Encontraram um... — estou prestes a dizer que é um corpo, mas isso não é exatamente verdade. — Uma menina morta no refeitório — Resolvo colocar assim.

— Quem? — Manuel Juarez, um cara tão lindo de morrer que já ouvi algumas das alunas (e alguns dos alunos também) que trabalham com a gente suspirando por ele (eu nem me dou ao luxo porque, é claro, não acredito em romance no local de trabalho. E também porque ele nunca olhou para mim duas vezes e provavelmente nunca vai olhar, com tantas moçoilas casadoiras de 19 anos com a barriga de fora por aí. Eu não mostro a barriga desde, hum, desde que ela começou a escapar por cima da cintura do jeans), parece preocupado.

— Quem é?

— Na verdade, ainda não posso dizer — digo a eles, porque precisamos esperar até que a família da falecida seja informada antes de divulgar o nome dela.

A verdade, é claro, é que se fosse qualquer pessoa sem ser Lindsay, eu teria dito a eles na mesma hora. Mas todo mundo gostava de Lindsay (até os funcionários do edifício, cuja tolerância para com as pessoas cujos pais garantem nosso salário é mínima, para colocar de uma maneira suave).

E não vou ser eu quem vai contar o que aconteceu com ela.

E este é um dos motivos por que eu estou tão feliz por ter arrumado uma desculpa para sair daqui.

Julio lança um olhar aborrecido para o sobrinho (acho que é porque ele também sabe que eu não tenho permissão para divulgar o nome) e resmunga alguma coisa em espanhol. Manuel fica completamente corado, mas não responde. Eu sei que Manuel, assim como Tom, ainda é tão novo no emprego que está no período de experiência. E também sei que Julio é um dos supervisores mais severos. Eu não ia querer que ele fosse meu chefe. Já vi como ele fica quando pega residentes andando de patins no chão que ele acabou de encerar.

— Preciso ir para o hospital por causa de um outro aluno — digo a Julio. — Espero voltar logo. Fique de olho em Tom para mim, pode ser? Ele não está acostumado com essas coisas.

Julio assente com ar grave, e eu sei que o meu pedido vai ser atendido em detalhes... Mesmo que para isto Julio precise fingir que alguém derrubou uma lata de refrigerante na frente da porta da sala do diretor do edifício, para que possa passar meia hora limpando.

Consigo passar pelas pessoas que estão na recepção e saio para o frio da rua sem ser parada por mais ninguém. Mas apesar de (milagrosamente) haver um táxi encostando na porta do Conjunto Fischer bem quando eu saio, eu não o chamo. Em vez disso, vou correndo a pé até a esquina e sigo em direção ao prédio de tijolinhos de onde saí apenas duas horas antes. Se vou ter que passar o dia inteiro sentada em um hospital, preciso pegar algumas coisinhas: tipo o livro didático do meu curso de recuperação de matemática, para eu estar pronta para a minha primeira aula, caso não seja cancelada por conta da neve, e talvez o meu Game Boy, que tem um cartucho de Tetris (ah, a quem eu quero enganar? Entre estudar e jogar Tetris, pode apostar que vou passar a manhã tentando bater o meu próprio recorde). Além disso, também posso convencer Lucy a sair para fazer o que precisa fazer, e assim eu não vou ter que me preocupar em encontrar surpresas mais tarde.

As nuvens lá no céu continuam escuras e pesadas com a umidade acumulada, mas eu sei que não é por isso que Reggie e seus amigos não estão por ali. Eles debandaram por causa da presença policial reforçada no entorno do Conjunto

Fischer, logo ali. Provavelmente estão na Washington Square Diner tomando um cafezinho. Assassinatos prejudicam tanto o tráfico de drogas como prejudicam outras atividades.

Lucy fica tão confusa de me ver em casa assim tão cedo que se esquece de reclamar de ter que sair no frio para o jardinzinho dos fundos do avô de Cooper. Quando eu volto depois de pegar meu livro e meu Game Boy, ela está sentada na frente da porta, com sua obra fumegando a alguns metros. Deixo-a entrar mais uma vez e limpo a sujeira apressada. Quando estou saindo de casa, reparo que a luzinha de recado da secretária eletrônica do corredor está piscando; este é o telefone da casa, não o comercial de Cooper. Aperto o PLAY e a voz do irmão de Cooper enche o recinto.

— Hum, oi — diz o meu ex-noivo. — Este recado é para a Heather. Heather, estou tentando ligar no seu celular e no trabalho. Acho que sempre ligo quando você não pode atender. Será que pode retornar assim que receber este recado? Tem uma coisa superimportante sobre a qual eu preciso falar com você.

Uau. Deve ser mesmo importante, para ele estar me ligando no telefone da casa de Cooper. A família de Cooper não fala com ele há anos, desde que ficaram sabendo que o patriarca da família, o fundador da Cartwright Records, Arthur Cartwright, tinha deixado o prédio de tijolinhos dele no West Village, um imóvel de primeira linha em Nova York (avaliado em oito milhões de dólares), para o neto ovelhanegra da família. Mas as relações já não eram muito boas antes disso, graças à recusa de Cooper de entrar nos negócios da família (para ser mais exata, Cooper se recusou a cantar na Easy Street, a boyband que o pai dele montou).

Aliás, se não fosse eu (junto com a minha melhor amiga, Patty, e o marido dela, Frank), Cooper teria passado o Natal e o Ano Novo sozinho (não que a perspectiva parecesse incomodá-lo tanto assim), em vez de aproveitar o carinho da família... Bom, da família de Patty, pelo menos, já que a minha ou está na prisão (meu pai) ou fugiu com o meu dinheiro (minha mãe. Na verdade, acho que é bom eu ser filha única).

Ainda assim, nos anos que namorei o irmão de Cooper, descobri que as coisas importantes para Jordan raramente eram importantes para mim. Então, eu não corro exatamente para o telefone para ligar para ele na mesma hora. Em vez disso, escuto o resto dos recados: uma série de gente que desliga sem falar nada (telemarketing, sem dúvida). Logo saio de novo para o frio e me dirijo para o St. Vincent.

Agora que eu quero, claro que não encontro nenhum táxi, de modo que preciso caminhar cinco ou seis quarteirões (daqueles bem grandes, entre avenidas, não os pequenos, entre ruas) até o hospital. Mas, tudo bem: de acordo com o governo, todo mundo precisa fazer meia hora de exercício por dia. Ou será que é uma hora? Bom, seja lá o que for, cinco quarteirões em um frio de rachar me parece mais do que suficiente. Quando eu chego ao hospital, já não sinto meu nariz nem minhas bochechas.

Mas está quentinho na sala de espera... apesar do caos. Mas a bagunça não é tanta como sempre: parece que a previsão do tempo assustou a maior parte dos hipocondríacos e fez com que ficassem em casa; assim, consigo encontrar um lugar para sentar com facilidade. Alguma enfermeira fez a gentileza de trocar o canal da televisão da sala de espera das novelas em espanhol para o canal New York One, para que todo mundo possa acompanhar as notícias sobre a nevasca. Para ficar bem confortável, eu só preciso de um chocolatinho quente (e encontro isso com bastante facilidade, ao colocar algumas moedas em uma máquina de café) e alguma coisa para comer de café da manhã.

Mas é mais difícil encontrar comida na sala de espera do pronto-socorro do hospital St. Vincent, a menos que eu me contente com salgadinhos de cebola e ovinhos de chocolate da máquina de doce. Bom, em condições normais estaria bom demais.

Mas, à luz dos acontecimentos desta manhã, meu estômago está um pouco revirado, e não sei se vou aguentar uma alta dose de sal ou de caramelo com a facilidade de sempre.

Além do mais, são cinco minutos passados da hora... o momento em que os seguranças abrem as portas do pronto-socorro e permitem que os pacientes lá dentro recebam visita. No caso do meu aluno, a visita seria eu.

Claro que, quando preciso, não consigo achar o pedaço de papel que Tom me entregou, aquele que tem o nome e o número do aluno. Então, percebo que vou ter que procurar quando entrar no pronto-socorro. Mas espero que não haja muitos garotos de 21 anos lá, recuperando-se das doses excessivas do aniversário da noite anterior. Imagino que as enfermeiras vão poder me ajudar...

Mas, no fim, não preciso de ajuda nenhuma. Reconheço o meu aluno no minuto em que coloco os olhos nele, estirado em uma maca, embaixo de um lençol branco.

— Gavin!

Ele solta um resmungo e enterra o rosto no travesseiro.

— Gavin. — Fico parada ao lado da maca, olhando fixamente para ele, cheia de ódio. Eu já devia saber. Gavin McGoren, calouro, aluno de cinema, o residente mais mala do Conjunto Fischer: quem mais poderia fazer o meu chefe passar a noite toda em claro?

— Eu sei que você não está dormindo, Gavin — digo, severa. — Abra os olhos.

As pálpebras de Gavin se movem.

— Por Jesus Cristo, mulher! — ele exclama. — Não vê que estou passando mal? — E aponta para a sonda de soro espetada em seu braço.

— Ah, faça-me o favor — digo, enojada. — Você não está passando mal. Só é burro. Vinte e uma doses, Gavin?

— Tanto faz — ele resmunga e coloca o braço sem soro por cima dos olhos, para bloquear a luz das lâmpadas fluorescentes no teto. — Minha turma estava comigo, eu sabia que ia ficar tudo bem.

— Sua turma — eu digo, injuriada. — Ah, sim, a sua turma cuidou muito bem de você mesmo.

— Ei — Gavin faz uma careta, como se o som da própria voz lhe causasse dor. Provavelmente causa. — Eles me trouxeram até aqui, não foi?

— Eles *largaram* você aqui — eu o corrijo. — E foram embora. Não estou vendo mais ninguém por aqui. E você?

— Eles tiveram que ir para a aula — Gavin diz, com a fala arrastada. — E, aliás, como é que você sabe? Você não estava lá. Era aquele outro cara da administração do alojamento... Onde ele foi?

— Se está falando de Tom, o diretor do alojamento — eu digo —, ele teve que ir cuidar de outra emergência. Você não é o nosso único residente, sabia, Gavin?

— Por que você está me dando bronca? — Gavin quer saber. — É meu aniversário.

— Que bela comemoração — eu digo.

— Tá bom. Não foi à toa, eu estava filmando para um projeto da faculdade.

— Você está sempre se filmando fazendo coisas idiotas para um projeto — digo. — Lembra aquela vez que você fez uma reconstituição da cena de O Silêncio dos Inocentes? Aquela com o cérebro de vaca?

Ele ergue o braço para olhar para mim com ódio.

— Como eu ia saber que eu era alérgico a fava?

— Pode ser surpresa para você, Gavin — digo bem quando o meu celular começa a vibrar no bolso do meu casaco —, mas o Tom e eu na verdade temos mais o que fazer do que ficar segurando a sua mão cada vez que você apronta alguma coisa que o faz vir parar no pronto-socorro.

— Tipo o quê? — Gavin pergunta, com uma risada de desdém. — Deixar aqueles ARs puxarem o saco de vocês um pouco mais?

É muito difícil para mim não dizer nada a respeito de Lindsay a Gavin. Como é que ele pode ficar ali deitado, com pena de si mesmo, quando no alojamento tem uma menina morta, e a gente nem consegue encontrar o corpo dela? Ainda mais levando em conta que ele fez uma coisa tão idiota que chega a ser inacreditável, para começo de conversa?

— Olhe, será que você pode descobrir quando eu vou poder sair daqui? — Gavin pergunta com um gemido. — E será que pode me poupar do sermão, pelo menos desta vez?

— Posso — respondo, bem feliz de deixá-lo ali sozinho. Entre outras coisas, ele não está cheirando muito bem. — Quer que eu ligue para os seus pais?

— Meu Deus, não — ele grunhe. — Por que eu ia querer que você fizesse *isso*?

— Talvez para eles saberem como você comemorou o seu aniversário? Tenho certeza de que vão ficar muito orgulhosos...

Gavin puxa o travesseiro por cima da cabeça. Eu sorrio e vou falar com uma das enfermeiras para ver a possibilidade de ele ser liberado. Ela me diz que vai ver o que o médico diz. Agradeço e volto para a sala de espera. Pego o meu celular para ver quem ligou...

...e fico emocionada de ver as palavras *Cartwright, Cooper* na tela do telefone.

Fico ainda mais emocionada quando, segundos depois, uma voz diz:

— Heather.

E ergo os olhos e vejo bem na minha frente o homem em pessoa.

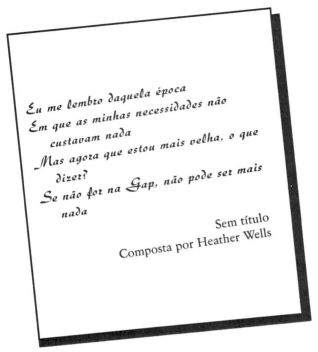

Eu me lembro daquela época
Em que as minhas necessidades não custavam nada
Mas agora que estou mais velha, o que dizer?
Se não for na Gap, não pode ser mais nada

Sem título
Composta por Heather Wells

Ah, que se dane. Então, estou apaixonada por ele, e ele demonstra absolutamente zero de interesse em retribuir os meus sentimentos. E daí? Uma mulher tem o direito de sonhar, certo?

E pelo menos estou sonhando com alguém que está na minha faixa etária, já que Cooper passou dos trinta (é uma década mais velho do que o Carinha do Café).

E Cooper também não ganha salário mínimo em um café qualquer. Ele é dono de sua própria empresa.

E, tudo bem, na verdade ele não me DIZ o que faz o dia

inteiro, porque parece pensar que uma pessoa tão sensível como eu não pode saber...

Mas isso só significa que ele se preocupa comigo, certo?

Só que eu sei que ele se preocupa. Ou então, por que outro motivo teria me convidado para morar na casa dele (bom, no apartamento do andar de cima do prédio de tijolinhos dele, pelo menos) depois de Jordan ter me expulsado (apesar de Jordan continuar dizendo que não fez nada do tipo, que fui eu quem resolveu ir embora. Mas, sinto muito, foi ele quem deixou Tania Trace cair de boca na virilha dele... Dentro do nosso próprio apartamento, nada menos. Quem não interpretaria uma cena dessas como convite para ir embora)?

Mas Cooper deixou MUITO claro que só se preocupa comigo como amiga. Bom, pelo menos até agora ele não deu em cima de mim.

E, tudo bem, Cooper *meio* que mencionou uma vez (quando eu estava em profundo choque por quase ter sido assassinada, e também quase inconsciente) que me acha uma garota bacana.

Mas será que eu devo mesmo achar que isso é bom? Quer dizer, ele me considerar *bacana*? Os caras nunca ficam com as garotas bacanas. Eles gostam das mulheres como Tania Trace que, no videoclipe de seu último single, "Tapinha de Vagabunda", rola por cima de uma superfície cheia de óleo só com uma calcinha de couro e uma camiseta sem manga.

Ninguém FABRICA calcinha de couro do meu tamanho. Tenho bastante certeza disso. De todo modo, sempre existe a chance de Cooper não ser do tipo que gosta de calcinha de couro. Quer dizer, ele já provou que não tem nada a ver com resto da família, já que é tão legal comigo. Talvez haja esperança. Talvez seja por isso que ele está aqui no hospital comigo neste momento. Para me dizer que não aguenta ficar longe de mim nem mais um segundo, e que o carro dele está esperando lá fora para irmos até o aeroporto e pegarmos um avião para Las Vegas para nos casarmos e depois irmos para o Havaí, para a lua de mel...

— Oi — Cooper diz, erguendo um saco de papel. — Achei que você ainda não tinha comido. Trouxe um sanduíche do Joe's.

Ah. Bom, tudo bem. Não é um casamento em Las Vegas com uma lua de mel no Havaí.

Mas é um sanduíche do Joe's Dairy, o lugar que tem o melhor queijo do mundo. E se você já experimentou a mussarela defumada do Joe's, sabe que é tão boa quanto uma lua de mel no Havaí. Talvez seja até melhor.

— Como você sabia que eu estava aqui? — pergunto, meio tonta, e pego o saco.

— A Sarah me disse — Cooper responde. — Liguei para o seu trabalho quando fiquei sabendo do que aconteceu. Ouvi na frequência de rádio da polícia.

— Ah. — Claro que sim. Cooper fica escutando a frequência de rádio da polícia quando sai para fazer tocaias. Ou isso, ou jazz. Ele é louco por Ella Fitzgerald. Se ela não tivesse morrido, eu teria ciúmes.

— Os seus clientes não vão querer saber onde você está? — pergunto. Não acredito que ele está deixando um caso de lado por minha causa.

— Tudo bem — Cooper diz e dá de ombros. — O marido da minha cliente está ocupado neste momento. — Nem me dou ao trabalho de perguntar o que ele quer dizer com isso, já que sei que ele não vai me contar. — Eu ia mesmo sair para almoçar, e achei que você estaria com fome — ele diz.

O meu estômago ronca alto com a palavra *almoçar*.

— Estou faminta — confesso. — Você salvou a minha vida.

— Então — Cooper me leva até um conjunto vazio de cadeiras de plástico cor de laranja na sala de espera. — Por que o garoto veio para cá?

Dou uma olhada nas portas do pronto-socorro.

— Quem, Gavin? Imbecilidade crônica.

— Gavin de novo, hein? — Cooper tira dois achocolatados Yoo-Hoo dos bolsos da parca e me entrega um. Meu coração dá um salto. Um YOO-HOO. Meu Deus, eu amo este homem. Quem não amaria? — Se esse garoto sobreviver até a formatura, vou ficar surpreso. Então. Como você está? Quer dizer, por causa da menina morta.

Enfio meus dentes na baguete crocante (cheio de mussarela defumada fresquinha, pimentões assados com alho e tomates secos). É impossível falar depois disso, claro, porque o interior da minha boca está tendo um orgasmo.

— Eu dei um telefonema — Cooper prossegue, ao ver que minha boca está cheia (mas sem saber, espero, de todos os fogos de artifício que estouram lá dentro) — para um amigo que trabalha com o legista. Chegaram lá bem rápido, sabe como é, por causa do trabalho estar tão devagar, graças à tempestade de neve que está para cair. Mas, bom, eles têm bastante certeza de que ela estava morta muito antes de... bom, você sabe.

Ter sido decapitada. Assinto, sem parar de mastigar.

— Só achei que você ia querer saber — Cooper continua. Ele está abrindo um sanduíche para si. Presunto de parma, acho. — Quer dizer, acredito que ela... não sofreu. Eles têm bastante certeza de que foi estrangulada.

Engulo em seco.

— Como é que eles sabem? — pergunto. — Levando em conta que... bom, não tem pescoço.

Cooper acabou de dar uma mordida no sanduíche dele quando eu faço esta pergunta. Ele engasga um pouco, mas consegue engolir.

— Pela coloração — ele responde, entre tossidas. — Ao redor dos olhos. Significa que ela parou de respirar antes de a morte ocorrer, devido ao estrangulamento. Chamam isso de inibição vagal.

— Ah — digo — Sinto muito. — Estou pedindo desculpa por fazê-lo engasgar.

Ele toma um pouco de Yoo-Hoo. Quando faz isso, tenho a oportunidade de observá-lo sem que ele repare. Não fez a barba hoje de manhã... Não que faça diferença. Continua sendo um dos caras mais lindos que eu já vi. A barba por fazer deixa os planos angulosos de seu rosto mais definidos, destacando ainda mais o maxilar marcado e as bochechas cheias. Algumas pessoas (como o pai dele, Grant Cartwright) podem achar que Cooper precisa cortar o cabelo.

Mas eu gosto de caras que têm cabelo suficiente para a gente passar os dedos por entre os fios.

Assim, se ele me deixasse fazer isso.

Mas apesar de, na minha opinião, aquele cabelo levemente comprido dar a ele uma aparência de um sheepdog simpático, Cooper deve parecer uma figura imponente para outras pessoas. Isso se torna óbvio quando um sem-teto segurando uma garrafa em um saco de papel, que entrou no hospital para sair um pouco do frio, avista uma cadeira vazia ao meu lado e começa a se dirigir para ela...

...mas muda de ideia quando dá uma olhada nos ombros largos de Cooper (que parecem ainda mais ameaçadores por causa do volume de seu anoraque) e nas enormes botas Timberland.

Cooper nem nota.

— Estão achando que ela ficou lá um bom tempo — ele diz, depois de ter conseguido mandar para baixo o que o tinha engasgado. — No, hum, fogão. Pelo menos desde antes de amanhecer.

— Meu Deus — eu digo.

Apesar de lá no alojamento (quer dizer, conjunto residencial estudantil) eu não ter conseguido pensar no que tinha acontecido com Lindsay sem sentir uma onda de náusea, não tenho problema nenhum para terminar meu sanduíche. Talvez tenha sido por eu estar realmente morrendo de fome.

Ou talvez seja por causa da presença calmante de Cooper. Acho que o amor faz coisas estranhas com a gente.

Falando em amor...

Meu telefone toca e, quando tiro o aparelho do bolso, vejo que Jordan está me ligando. De novo. Apressada, guardo o telefone de volta às profundezas do meu casaco.

Mas não sou rápida o bastante.

— Ele realmente deve estar precisando falar com você — Cooper diz, suave. — Também deixou um recado em casa.

— Eu sei — respondo, acanhada. — Eu escutei.

— Sei. — Cooper parece estar se divertindo com alguma coisa... pelo menos é o que aparenta, pelo jeito como os lábios dele se curvam para o alto, sob o bigode que começa a despontar por cima deles. — E você não vai retornar a ligação porque...?

— Sei lá — respondo, irritada. Mas não com Cooper. Estou irritada com o irmão dele, que se nega a acreditar que um término é exatamente isso: um término. As pessoas não ficam ligando para os ex quando estão noivas de outra pessoa, depois de terem rompido. Quer dizer, é uma gentileza básica.

Acho que não ajuda em nada o fato de eu continuar dormindo com ele. Com Jordan, quer dizer.

Mas, falando sério, foi só aquela vez no tapete do hall de entrada de Cooper, e em um momento de fraqueza absoluta. Até parece que vai voltar a acontecer.

Acho que não.

Acho que eu também posso dizer que estou um pouco irritada comigo mesma.

— Então, você a conhecia? — Cooper pergunta, mudando de assunto com muita destreza, ao ver que eu não estava gostando nada daquele papo.

— Quem? A menina que morreu? — Dou um gole no meu Yoo-Hoo. — Conhecia sim. Todo mundo conhecia. Ela era popular. Era animadora de torcida.

Cooper parece chocado.

— Tem animadora de torcida na faculdade?

— Claro — respondo. — A equipe da Faculdade de Nova York chegou à final no ano passado.

— À final do quê?

— Não sei — confesso. — Mas eles se orgulham disso. A Lindsay... a menina que morreu... era a que mais se orgulhava. Ela estava estudando para ser contadora. Mas adorava torcer pela faculdade... — Eu paro. Nem o Yoo-Hoo consegue ajudar desta vez. — Cooper. Quem *faria* uma coisa dessas? E *por quê*?

— Bom, o que você sabe sobre essa menina? — ele pergunta. — Quer dizer, além de ela ser animadora e estar estudando contabilidade?

Penso sobre o assunto.

— Ela namorava um jogador de basquete — digo, depois de um tempo. — Aliás, acho que ele pode ser um dos suspeitos. O investigador Canavan parece pensar assim, pelo menos. Mas não foi ele. Eu *sei* que não foi. O Mark é um garoto bacana. Ele nunca mataria ninguém. E com certeza não mataria a namorada. E não desse *jeito*.

— É o *jeito* que me parece... — Cooper dá de ombros embaixo de seu anoraque. — Bom, a palavra *exagerado* me vem à mente. É quase como se o assassino a tivesse deixado lá como uma espécie de aviso.

— Um aviso para quem? — pergunto. — Para o Jimmy, o cozinheiro?

— Bom, se a gente soubesse isso — Cooper diz —, teríamos uma boa ideia de quem foi, não? E de por que a pessoa fez isso. O Canavan está certo de começar pelo namorado. Ele é bom? Como jogador, quer dizer?

Olho para ele meio estupefata.

— Coop. Nós estamos na Terceira Divisão. Você acha que ele é bom?

— Mas os Maricas estão jogando bem melhor desde que o técnico novo chegou, aquele tal de Andrews — Cooper diz com um sorrisinho... acho que devido à minha ignorância nos esportes. — Até começaram a passar os jogos na televisão. É só no canal local, eu sei. Mas, mesmo assim, acredito que o jogo de amanhã à noite vá ser cancelado depois de tudo isto?

Dou uma gargalhada de desdém.

— Está de piada? Vamos jogar contra os Devils da Faculdade da Zona Leste de New Jersey no nosso campo. Você não sabe que a vantagem é nossa?

O sorriso de Cooper se abre ainda mais, mas a voz dele ainda está gélida.

— A cabeça da líder da equipe de animação de torcida é encontrada no refeitório do alojamento dela e o jogo de amanhã à noite não vai ser cancelado?

— Conjunto residencial estudantil — eu corrijo.

— Heather Wells? — uma médica sai de dentro do pronto-socorro segurando uma prancheta.

— Um minuto — eu digo a Cooper e corro até a médica da emergência, que me diz que Gavin está se recuperando bem e que vai receber alta. Ele pode sair assim que terminar de assinar os formulários apropriados. Agradeço à médica e volto para o lado de Cooper, mas vejo que ele já está de pé, recolhendo os restos do nosso piquenique e jogando tudo na lata de lixo mais próxima.

— Gavin está pronto para ir embora — digo a ele.

— Foi o que pensei. — Cooper volta a vestir as luvas, arrumando-se para retornar ao clima ártico. — Vocês precisam de carona para voltar?

— Duvido que Gavin esteja disposto a caminhar — respondo. — Mas nós pegamos um táxi. Não vou correr o risco de ele vomitar no seu carro.

— E por isso eu agradeço — Cooper diz, com muita se-

riedade. — Bom, então a gente se vê em casa. E, Heather...
sobre Lindsay...

— Não se preocupe — eu interrompo. — Não vai ter
como eu interferir na investigação sobre a morte dela. Eu
aprendi minha lição da última vez, totalmente. A polícia vai
ter que se virar sozinha desta vez.

Cooper assume um ar sério.

— Não era isso que eu ia dizer — ele me informa. —
Nunca me ocorreu que você fosse pensar na possibilidade de
se envolver no que aconteceu no Conjunto Fischer hoje, principalmente depois do que ocorreu da última vez.

É ridículo. E, no entanto, eu me sinto mordida.

— Está falando da última vez quando eu descobri quem
era o assassino antes de todo mundo? — Pergunto. — Antes
de qualquer pessoa se dar conta de que aquelas meninas tinham sido *assassinadas*, e não que tinham morrido por des-
cuido próprio?

— Opa — Cooper diz. — Calma aí, companheira. Eu só
quis dizer...

— Porque você percebe que a pessoa que fez isso tinha
que ter acesso às chaves do refeitório, certo? — Não me importo com o fato de o sem-teto com a garrafa no saco de
papel agora estar olhando para MIM com cautela, do jeito
que estava olhando para Cooper alguns minutos antes. O que
me falta em envergadura de ombro, me sobra em balanço de
quadril. Ah, e em estridência de voz. — Porque não havia
sinal de entrada forçada — eu prossigo. — A pessoa que
colocou a cabeça da Lindsay lá tinha que ter acesso a uma
chave mestra. Estamos falando de três ou quatro fechaduras
diferentes, ninguém podia ter arrombado três ou quatro

fechaduras, não em uma noite só, sem ninguém notar. Então, *tem* que ser alguém que trabalha para a faculdade. Alguém com acesso às chaves. Alguém que eu CONHEÇO.

— Certo — Cooper diz, com voz suave... provavelmente a mesma voz que ele usa com as clientes dele, esposas histéricas traídas pelos maridos, e que precisam contratá-lo para comprovar a traição, para que possam ficar com a casa de praia nos Hamptons. — Acalme-se. O investigador Canavan está cuidando do caso, certo?

— Está sim — respondo. Não completo dizendo que não tenho lá muita confiança nos dotes investigativos do investigador Canavan. Quer dizer, uma vez eu *quase* morri por causa deles.

— Então, não precisa se preocupar — Cooper diz. Ele coloca a mão no meu ombro. Pena que estou com tanta roupa (casaco, suéter, blusa de gola alta, camisete, sutiã), porque mal sinto. — Seja lá quem tenha sido, o Canavan vai pegar. Desta vez não é igual à outra, Heather. Da última vez, só você tinha certeza de que tinha sido um crime. Desta vez... bom, está bem claro. A polícia vai cuidar de tudo, Heather. — Os dedos dele se apertam mais no meu ombro. O olhar dele está bem fixo no meu. Parece que eu poderia mergulhar naqueles olhos azuis e simplesmente começar a nadar lá dentro, e nadar e nadar sem nunca alcançar o horizonte.

— Fala aí, Wells.

Pode deixar a cargo de Gavin McGoren para escolher exatamente este momento para sair mancando do pronto-socorro.

— Esse cara aí está te incomodando, Wells? — Gavin quer saber, apontando o queixo coberto por um cavanhaque na direção de Cooper.

Eu me seguro (com muita força) para não bater nele. Os funcionários da faculdade são proibidos de agredir fisicamente os alunos, por mais tentação que sintamos. É interessante como também não temos permissão para beijá-los. Não que eu jamais tenha desejado isso, pelo menos não no que diz respeito a Gavin.

— Não, ele não está me *incomodando*, não — respondo.

— Este aqui é o meu amigo Cooper. Cooper, este é o Gavin.

— Oi — Cooper diz e estende a mão direita.

Mas Gavin simplesmente ignora a mão estendida.

— Este cara é seu *namorado*? — ele questiona, na maior grosseria.

— Gavin — eu digo, morta de vergonha. Não consigo olhar nem na direção do rosto de Cooper —, você sabe muito bem que ele não é meu namorado.

Gavin parece relaxar um pouco.

— Ah, está certo — ele diz. — Você gosta daqueles tipos bonitinhos. Jordan Cartwright. O sr. Easy Street.

Cooper deixa a mão cair. Está olhando para Gavin com uma expressão que mistura surpresa e desprezo completo.

— Bom, Heather — ele diz. — Por mais agradável que tinha sido encontrar uma das crianças de que você cuida, acho que vou andando agora.

— Ei! — Gavin parece insultado. — Quem você está chamando de criança?

Cooper mal atesta a presença de Gavin; apenas diz:

— A gente se vê em casa.

Então ele me lança uma piscadela e se vira para sair.

— A gente se vê em casa? — Gavin lança um olhar perfurante para as costas de Cooper, que se afasta. — Vocês dois moram juntos? Achei que você tinha dito que ele não era seu namorado!

— Ele é o meu senhorio — explico. — E ele tem razão. Você é uma criança. Está pronto para ir? Ou quer parar em uma loja de bebidas na volta até o alojamento para comprar uma garrafa de Jägermeister e terminar o serviço?

— Gata — Gavin diz, sacudindo a cabeça. — Por que você precisa se comportar desse jeito? Está sempre pegando no meu pé.

— Gavin. — Eu reviro os olhos. — Estou falando sério. Vou ligar para os seus pais...

Ele deixa de lado a pose de durão no mesmo instante.

— Não faça isso — o cavanhaque dele cai. — A minha mãe me mata.

Suspiro e o pego pelo braço.

— Então, vamos lá. Vamos para casa antes que comece a nevar. Você pegou um atestado com a médica para comprovar a sua falta na aula?

Ele caçoa.

— Não dão atestado para embriaguez.

— Coitadinho — digo, toda animada. — Quem sabe assim você aprende uma lição.

— Gata — Gavin explode de novo. — Não preciso de você para me dizer o que fazer!

E saímos para o frio juntos, brigando feito irmão e irmã. Pelo menos, acho que é o que parece.

Mal sei eu que Gavin pensa de uma forma totalmente diferente.

> Meu pobre coração se despedaça
> Como vidro quebrado
> Respirar é difícil
> Começo a tossir
> Isto precisa acabar
> Tem que chegar ao fim
> Por acaso alguém sabe
> Como desligar esta esteira?
>
> "Na Academia"
> Composta por Heather Wells

O resto do dia não passa exatamente voando. Aliás, é surpreendente ver como o tempo consegue se arrastar quando você não quer mais nada além de ir para casa.

Pelo menos, quando saio do hospital e volto para o Conjunto Fischer, todas as providências já foram tomadas: a família de Lindsay já foi avisada sobre a morte... e isso significa que podemos começar a dizer aos funcionários e aos residentes o que aconteceu com ela.

Mas isso, como eu tinha desconfiado, não serve exatamente para melhorar as coisas. As reações, ao saber da verdade (que o refeitório está fechado porque foi encontrada ali a cabeça decepada de uma animadora de torcida, não por causa de um vazamento de gás), variam de estupefação atordoada a risadinhas, choro e até ânsia de vômito.

Mas nós não podemos exatamente esconder a verdade deles... Principalmente porque a notícia já chegou ao canal local, o New York One, algo que Tina, a aluna que está na recepção, corre para nos contar, toda preocupada, quando vê a informação na televisão do lobby, e então coloca o volume no máximo quando nós nos apressamos para nos juntar a ela:

— O campus da Faculdade de Nova York foi surpreendido hoje com uma descoberta terrível em um de seus alojamentos, o Conjunto Residencial Fischer — o apresentador do jornal diz em tom preocupado, enquanto atrás dele passam imagens da parte externa do Conjunto Fischer, com bandeiras da Faculdade de Nova York esvoaçando dos dois mastros ao lado da porta de entrada (onde colocamos segurança extra, para manter afastadas as pessoas atrás de emoções fortes e os jornalistas que se aglomeram na praça do xadrez do outro lado da rua, incomodando os aficionados pelo jogo que enfrentaram o frio para jogar suas partidas). — Algumas pessoas devem se lembrar da morte de duas jovens no semestre passado, neste mesmo alojamento — o repórter prossegue. — Essa tragédia fez com que algumas pessoas no campus se referissem ao prédio como Alojamento da Morte.

Dou uma olhada para Tom quando o narrador diz isto. Ele aperta os lábios, mas não fala nada. Coitado. O primeiro emprego que ele arruma depois da pós-graduação é logo no Alojamento da Morte.

— Hoje pela manhã, os funcionários do refeitório do Conjunto Fischer chegaram para trabalhar e fizeram mais uma descoberta aterradora: uma cabeça humana em uma panela no fogão da faculdade.

Isso foi recebido por um "ECA!" coletivo de Tina e a maior parte dos outros alunos (isso sem mencionar alguns funcionários administrativos) reunidos no lobby para assistir à transmissão. Tom chegou a soltar um gemido e enterrar o rosto nas mãos de tanta angústia. Pete, o guarda de segurança, também não parece muito feliz.

— A cabeça foi identificada por familiares pesarosos como sendo de Lindsay Combs, aluna do segundo ano da Faculdade de Nova York e animadora de torcida do time principal — o repórter prossegue e uma foto de Lindsay preenche a tela. É a foto que foi tirada na noite em que ela foi coroada Rainha do Baile de Volta às Aulas. O sorriso dela é tão radiante quanto a tiara que prende seu cabelo cor de mel. Ela está usando um vestido de cetim branco e segura uma dúzia de rosas vermelhas nos braços. Alguém fora do enquadramento da imagem estava com um braço por cima dos ombros dela e a tiara tinha caído um pouco por cima de um dos olhos verdes artificiais de Lindsay. Realmente não consigo entender como ela achava que isso era bonito. — De acordo com testemunhas, Lindsay foi vista pela última vez ontem à noite. Saiu de seu quarto aproximadamente às sete da noite e disse à colega de quarto que ia a uma festa. Nunca mais voltou.

Disso nós já sabíamos. Cheryl tinha ido à minha sala antes, chorando sem parar, arrasada por causa do que tinha acontecido com a amiga... e nova colega de quarto, com quem ela nem tinha tido oportunidade de fofocar à meia-noite entre goles de uísque Southern Comfort e risadinhas, já que Lindsay morrera antes mesmo de Cheryl se mudar.

A colega de quarto original de Lindsay, Ann, tinha recebido a notícia com menos histeria e tinha sido capaz de dar à polícia a única pista... aquela sobre a festa. Claro que as relações entre Ann e Lindsay aparentemente não eram das melhores, já que a garota não foi capaz de dizer ao investigador Canavan a QUAL festa Lindsay tinha ido... E Cheryl, que soava incoerente de tanto soluçar, também não tinha ajudado muito naquele departamento. Aliás, Tom pediu a um dos ARs que acompanhasse Cheryl até o Serviço de Aconselhamento, onde esperávamos que ela obtivesse a ajuda de que necessitava para conseguir lidar com sua tristeza... além de garantir que ficaria com um quarto só para si até o final do ano.

Claro que Cheryl é a única pessoa na faculdade inteira que não queria isso.

— A maneira como Lindsay foi parar na cozinha do refeitório do Conjunto Fischer é um mistério que deixou as autoridades estupefatas — o repórter continua. A imagem muda para uma do reitor da Faculdade de Nova York, Phillip Allington, em pé em um púlpito na entrada da biblioteca, com o investigador Canavan com expressão enfezada e de má vontade ao seu lado. O técnico Andrews, por algum motivo, está do outro lado do reitor; ele consegue manter expressão calma, mas, ao mesmo tempo, um tanto confusa. Mas, bom, os treinadores atléticos sempre estão com essa cara; eu já notei quando passo o canal rapidinho pela ESPN.

A voz do apresentador prossegue.

— Um porta-voz do Departamento da Polícia Municipal de Nova York afirma que, apesar de nenhuma prisão ter sido efetuada até agora, a polícia já tem vários suspeitos e está seguindo mais de uma dúzia de pistas. Segundo o reitor Phillip Allington garantiu à comunidade acadêmica em uma entrevista coletiva hoje à tarde, não há necessidade de preocupação.

Começam a passar imagens da entrevista coletiva.

— Gostaríamos de aproveitar esta oportunidade — o reitor Allington diz sem entonação, obviamente lendo uma coisa que mandou alguém escrever para ele com antecedência — para assegurar aos nossos alunos e ao público em geral que os representantes da lei municipal estão usando todos os recursos disponíveis para encontrar este criminoso terrível. Ao mesmo tempo, gostaríamos de aconselhar aos nossos alunos que tomem precauções extras de segurança até que o assassino de Lindsay seja encontrado. Apesar de o intuito dos nossos conjuntos residenciais ser o de proporcionar a noção da vida comunitária, que é o motivo pelo qual os chamamos de conjuntos residenciais, não de alojamentos, é importante que os alunos mantenham as portas trancadas. Não permitam que desconhecidos entrem nos quartos ou em qualquer edifício do campus. Neste momento, a polícia acredita que este seja um ato isolado de violência aleatória e sem sentido, mas é necessário darmos ênfase à necessidade de ter cautela até que o indivíduo responsável seja punido pela Justiça...

Assim que as palavras "mantenham as portas trancadas" saíram da boca do reitor Allington, metade dos alunos que estavam no lobby desapareceu de repente e se dirigiu para os elevadores com expressão de ansiedade no rosto. É hábito de muitos garotos em prédios como o Conjunto Fischer deixar a porta aberta para receber visitantes que chegam sem avisar.

Parece que isso logo vai mudar.

Claro que o fato de Lindsay não ter morrido no quarto parece não ter ocorrido a ninguém. Além disso, ninguém parece ter se dado conta de que não houve nada de "aleatório" no ato de violência que colocou fim à vida de Lindsay. O assassino obviamente a conhecia (e também conhecia o refeitório do Conjunto Fischer) pelo menos razoavelmente bem.

Mas, apesar de este fato não ter sido absorvido pela população estudantil, já tinha ficado bem claro para os funcionários do refeitório, que só agora estavam recebendo permissão para voltar para casa, depois de um dia inteiro de interrogatórios implacáveis. Fico chocada de vê-los saindo em fila do refeitório, pouco depois da entrevista coletiva do reitor Allington, às 16:45h... Muito depois do horário do fim do expediente do pessoal que trabalha no turno do café da manhã. O investigador Canavan e seus colegas tinham fritado eles... sem trocadilhos.

Mesmo assim, por mais cansada que pudesse estar, Magda consegue dar um sorriso ao se aproximar de mim. Ela passou um monte de desinfetante nos dedos e os limpa com um lencinho de papel. Quando chega mais perto, percebo por quê: os dedos dela estão pretos de tinta.

Tiraram as impressões digitais de Magda.

— Ah, Magda — eu digo quando ela já está bem perto de mim. Coloco o braço ao redor dos ombros dela e a conduzo do lobby até a minha sala, onde o ambiente é mais tranquilo. — Sinto muito.

— Tudo bem — Magda diz, fungando. A parte branca

dos olhos dela está cor-de-rosa, o lápis de olho e o rímel estão todos borrados. — Quer dizer, eles só estão fazendo seu trabalho. Não é culpa deles se uma das minhas estrelinhas de cinema...

Magda se interrompe com um soluço. Faço com que ela entre logo no escritório da administração, onde pelo menos vai estar a salvo dos olhares inquisitórios dos residentes reunidos na frente das portas dos elevadores, que chegaram ao conjunto residencial depois de seu primeiro dia de aulas... só para descobrir que iam ter que encontrar outro lugar para comer.

Magda se afunda no sofá cor de laranja institucional na frente da minha mesa e enterra a cabeça nas mãos, soluçando. Eu me apresso para fechar a porta da sala, que se tranca automaticamente quando é fechada. Tom, por ter ouvido a comoção, sai da sala dele e fica lá parado, olhando para Magda, pouco à vontade, enquanto as palavras "estrelinha de cinema" e "criancinha lindinha" se derramam incoerentes dos joelhos dela, que são onde ela enfiou o rosto.

Tom olha para mim.

— Que negócio mesmo é esse de estrela de cinema? — ele sussurra.

— Eu já disse — sussurro em resposta. Para um gay, Tom às vezes consegue ser totalmente sem noção, não dá para entender. — Filmaram uma cena de *Tartarugas Ninja* aqui no Conjunto Fischer. A Magda trabalhava aqui na época.

— Bom — Tom fica olhando mais um pouco para ela enquanto chora. — Com certeza parece ter causado uma forte impressão nela. Levando em conta que esse é um filme a que ninguém assistiu.

— As pessoas assistiram sim — digo a ele, de mau humor.
— Você não tem mais nada para fazer?

Ele suspira.

— Estou esperando chegar alguém do Serviço de Aconselhamento. Vamos oferecer auxílio ao luto aqui no escritório das 17h às 19h, para ajudar os residentes a lidarem com o que aconteceu com Lindsay.

Não digo nada. Nem preciso. Ele já sabe.

— Eu falei que ninguém ia aparecer — ele diz, desconcertado. Exceto, talvez, a Cheryl Haebig e os ARs. Mas a ordem veio do gabinete do reitor. A administração quer mostrar que estamos preocupados.

— Bom. — Faço um sinal com a cabeça para Magda, que não para de soluçar. — Aqui está alguém que precisa de auxílio ao luto.

Tom fica pálido com a minha sugestão.

— Ela é sua amiga — ele diz, em tom acusatório.

Olho com ódio para ele.

— Foi você que fez mestrado.

— Sou especializado em funcionários do corpo estudantil. Vou dizer uma coisa, Heather, não sei nada a respeito disso. — Ele parece apavorado. — Quer dizer, era tudo bem mais simples lá no Texas.

Fico olhando para ele com ainda mais ódio.

— Ah, não — digo. — Você não vai me deixar na mão, Tom. Não por causa de um assassinatozinho de nada.

— Assassinatozinho! — O rosto de Tom continua branco. — Heather, lá de onde eu venho, ninguém nunca perdeu a cabeça, que foi colocada em uma panela em cima de um fogão. Claro, um ou outro garoto morre todo ano, esmagado embaixo da estrutura da fogueira. Mas, assassinato? Sinceramente, Heather. Neste momento, o lugar de onde eu venho está mesmo parecendo muito bom.

— Ah, sei — digo em tom sarcástico. — Se era tão bom assim lá, por que você esperou chegar aqui para sair do armário?

Tom engole em seco.

— Bom...

— Vamos falar sobre a sua demissão depois, certo? — Eu me jogo no sofá, ao lado de Magda. — Tenho outras coisas com que me preocupar neste momento.

Ele lança mais um olhar de pânico na direção de Magda e então balbucia:

— Certo, eu só vou, hum, terminar com esta papelada — e desaparece de novo em sua sala.

Sento-me ao lado de Magda e coloco a mão nas costas dela enquanto chora. Eu sei que esta é a atitude correta de uma amiga... Mas na posição de alguém que trabalha em um campo auxiliar, não sei muito bem se é isto que eu devo fazer. *Como é que o Dr. Jessup pode ter contratado uma pessoa como eu?* É o que fico imaginando... Quer dizer, eu sei que fui a única candidata e tudo o mais. Mas sou absolutamente inadequada para este emprego. Não tenho a menor ideia do que fazer face a uma tristeza como a de Magda. Aliás, cadê aquele conselheiro de auxílio ao luto?

— Magda — eu digo, dando tapinhas no seu avental cor-de-rosa, do refeitório. — Hum. Olhe, tenho certeza de que ninguém desconfia de você. Quer dizer, qualquer pessoa que a conheça sabe que você não pode ter nada a ver com... o que aconteceu. De verdade, não se preocupe com isso. Ninguém acha que foi você. A polícia só está cumprindo o papel dela.

Magda ergue o rosto manchado de lágrimas para olhar para mim, embasbacada.

— Não é... por isso que eu estou chateada — ela diz, até que seus cachos louros tigrados (esta semana) começam a balançar. — Eu *sei* que é o trabalho deles. Está certo. Não foi nenhum de nós que fez aquilo... nenhum de nós *poderia* fazer aquilo.

— Eu sei — apresso-me em dizer, sem parar de esfregar as costas dela. — É terrível da parte deles desconfiar de você. Mas, sabe...

— É só que... — Magda prossegue, como se eu não tivesse dito nada. — Eu soube que foi a *Lindsay*. Mas não pode ser. Não a minha Lindsayzinha com aqueles olhos e aquele cabelo... A animadora de torcida?

Fico olhando para ela. Não acredito que ela não reconheceu Lindsay quando ela olhou para nós de dentro daquela panela. É verdade que eu provavelmente via Lindsay com mais frequência do que Magda, devido a seu afeto pelo meu pote de camisinhas, então, não é surpresa o fato de eu não ter tido dificuldade para reconhecê-la. Será que é?

Ou será que eu sou sim indicada para *este* trabalho? Para reconhecer o rosto de pessoas mortas que passaram um tempinho cozinhando na panela? Que tipo de qualificação seria esta? Quer dizer, não é possível que haja muita demanda para quem é capaz de fazer isso, à exceção talvez de algumas das poucas sociedades que ainda hoje praticam o canibalismo. Será que ainda *existe* alguma sociedade assim?

— É verdade — digo, para responder à pergunta de Magda. — Sinto muito. Mas era a Lindsay, sim.

O rosto de Magda se contorce mais uma vez.

— Ah, não! — diz, com um uivo. — Ah, Heather, não!

— Magda — eu digo, assustada com a reação dela. Que é, na verdade, pensando bem, mais natural do que a minha (que foi fugir para o calor do pronto-socorro do hospital St. Vincent). Ou do que a de Sarah, que ficou fazendo piadas sem graça. — Sinto muito. Mas, se servir de consolo, o Cooper me disse que o legista acha que ela foi estrangulada primeiro. Quer dizer, ela não morreu porque... porque a cabeça dela foi cortada fora. Isso só aconteceu depois.

Não é surpresa nenhuma o fato de Magda não parecer nem um pouco reconfortada com esta informação. Quer dizer, eu realmente sou péssima em aconselhamento ao luto. Talvez devesse ir trabalhar com contabilidade.

— É só que... — Magda soluça. — É só que a Lindsay... era tão querida. Ela gostava tanto daqui... Sempre colocava o uniforme dela nos dias de jogo. Nunca fazia mal para ninguém. Não merecia morrer desse jeito, Heather. Não a Lindsay.

— Ah, Magda. — Faço um afago no braço dela. O que mais posso fazer? Reparo que cada uma das unhas de Magda está pintada com as cores da Faculdade de Nova York, dourado e branco. Grande fã de basquete universitário, Magda nunca perde um jogo, se puder evitar. — Você tem razão. Lindsay nunca fez nada para merecer o que aconteceu com ela. — Que nós saibamos.

Ah, está vendo só? Lá vou eu de novo. De onde vem esse ceticismo tão desumano? Não pode ser porque eu sou uma ex-estrela pop esquecida que está tentando dar um jeito na vida e ainda é informada de que precisa fazer um curso de recuperação de matemática.

Será que pode?

— As pessoas vão inventar coisas. — O olhar de Magda que encontra o meu é intenso. — Você sabe como as pessoas são, Heather. Vão tentar dizer: *Bom, ela não devia sair com tantos garotos*, ou algo do tipo. Mas não era culpa da Lindsay ser tão bonita e popular. Não era culpa dela se os garotos se atraíam por ela como abelhas com mel.

Ou moscas com esterco de cavalo.

Meu Deus, qual é o meu problema? Por que estou culpando a vítima? Tenho certeza de que Sarah, se estivesse aqui, poderia me dizer. Deve ser por causa de algum desejo de me distanciar do que aconteceu com Lindsay, para que eu possa dizer a mim mesma, tipo: *Bom, isso nunca teria acontecido comigo, porque os rapazes não se juntam exatamente ao meu redor como abelhas com mel. Então, ninguém nunca vai me estrangular e arrancar a minha cabeça.*

Ou será que tem alguma outra razão para eu não conseguir parar de pensar que pode haver algo a mais na morte de Lindsay do que um simples "ato aleatório de violência"? Será que ela era mesmo assim tão cheia de alegria e amor pela faculdade? Ou será que na verdade escondia alguma coisa atrás daquelas lentes de contato verdes fosforescentes?

Magda estica o braço e pega a minha mão em um aperto tão forte que até dói um pouquinho. Os olhos dela (ainda cheios de lágrimas) estão tão brilhantes quanto os diamantes falsos que ela às vezes cola na ponta de suas unhas.

— Ouça bem, Heather. — Os lábios com contorno bem feito de Magda tremem. — Você precisa encontrar a pessoa que fez isso com ela. Você tem que descobrir quem foi e fazer com que a Justiça cuide dele.

Eu me levanto no mesmo instante. Mas não consigo ir a lugar algum, já que Magda aperta a minha mão com tanta força.

— Mags — eu digo. — Olhe, fico muito contente por você confiar nas minhas capacidades investigativas, mas precisa se lembrar de que eu sou apenas a diretora-assistente do conjunto residencial...

— Mas foi você a única a acreditar que aquelas outras duas meninas, no semestre passado, tinham sido assassinadas! E tinha razão! Por mais inteligente que seja, aquele tal de investigador Canavan nunca conseguiria ter pegado o assassino... porque nem achava que elas tinham sido assassinadas. Mas você, Heather... você sabia. Você conhece as pessoas...

— Ah — digo, revirando os olhos. — Sei. Até parece.

— Você pode até achar que não, mas conhece, sim. É por isso que você é tão boa nisso. Porque você *sabe* que é capaz. Estou dizendo, Heather, você é a única que tem capacidade de pegar a pessoa que fez isso com Lindsay... que pode provar que ela realmente era uma menina bacana. Estou implorando para você pelo menos *tentar*...

— Magda — eu digo. Minha mão está começando a suar de tão forte que o apertão dela é. — Eu não sou policial. Não posso me envolver na investigação deles. Eu prometi que não ia...

O que Magda tem na cabeça? Por acaso ela não sabe que este sujeito, seja lá quem for, não está apenas empurrando as pessoas no poço do elevador? Ele as estrangula e corta a cabeça delas fora e esconde o corpo. Acorda, isto é muito diferente. De certo modo, é muito mais mortal.

— Aquela mocinha dos pompons tem direito a um bom

descanso. — Magda insiste. — E não vai poder ter isto até que o assassino seja encontrado e condenado.

— Magda — eu digo, pouco à vontade. Fico imaginando como um profissional de aconselhamento ao luto responderia se um de seus pacientes pedisse a ele que fosse solucionar o assassinato brutal que, aliás, é o motivo do luto do paciente? — Acho que você anda assistindo a episódios demais de *Mistérios Não Resolvidos.*

Aparentemente, esta não era a reação correta, já que só faz com que Magda aperte a minha mão com mais força ainda e diga:

— Por favor, só pense no assunto, certo, Heather? Só pense nisso um pouquinho, tá?

Magda certa vez me contou que, quando era moça, tinha sido *miss*, que ficou em segundo lugar no concurso de Miss República Dominicana dois anos seguidos. Neste momento realmente não é muito difícil acreditar: ela está olhando para mim com toda a intensidade de um par de faróis com luz alta. Por baixo de toda aquela maquiagem, das sobrancelhas desenhadas e do cabelo de quinze centímetros de altura existe uma doçura delicada que todo o conteúdo do corredor de cosméticos da farmácia Duane Reade não conseguiu esconder.

Suspiro. Sempre me deixei dobrar por um rostinho bonito. Quer dizer, foi assim que eu acabei ficando com Lucy, pelo amor de Deus.

— Vou pensar sobre o assunto — digo e fico aliviada quando Magda afrouxa o apertão na minha mão. — Mas não vou prometer nada. Quer dizer, Magda... Não quero que alguém corte a minha cabeça fora também.

— Obrigada, Heather — Magda diz com um sorriso radiante, apesar do fato de o batom dela estar todo borrado. — Obrigada. Tenho certeza de que o espírito de Lindsay vai descansar em uma paz maior se souber que Heather Wells está cuidando dela.

Dou um tapinha final no ombro de Magda e, com um sorrisinho, levanto-me para sair. Sigo pelo corredor que leva até a sala de alimentação, onde os funcionários penduram os casacos. Olho para ela e me sinto... bom, um pouco estranha.

Talvez seja porque a única coisa que eu comi o dia inteiro foi um sanduíche de mussarela defumada (com pimentões assados e tomates secos, que contam como vegetais, acho) e um café moca médio.

Mas, bom, talvez também seja por eu ter feito com que ela se sentisse tão melhor, e nem sei por quê. Ou, na verdade, por que sei sim o porquê disso. Será que ela realmente acha que eu vou dar início a uma investigação própria sobre a morte de Lindsay? Se acha, anda inalando esmalte demais.

Quer dizer, o que ela quer que eu faça? Que saia por aí procurando um cara com um machado e um corpo de uma menina em uma cova recém-escavada no quintal? Sei, até parece. E também fazer com que arranquem a minha cabeça. A coisa toda é completamente ridícula. O investigador Canavan não é burro. Ele vai achar o assassino bem rápido. Como é que alguém pode esconder um corpo sem cabeça? Uma hora, vai ter que aparecer.

E, quando aparecer, só espero estar bem longe.

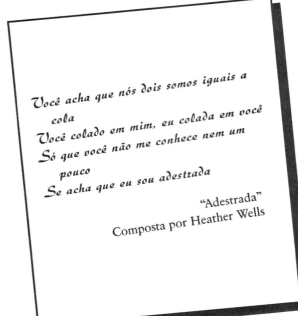

Você acha que nós dois somos iguais a cola
Você colado em mim, eu colada em você
Só que você não me conhece nem um pouco
Se acha que eu sou adestrada

"Adestrada"
Composta por Heather Wells

Quando saio do trabalho ainda não está nevando, mas, apesar de só passar um pouco das cinco, já está escuro como breu. As equipes de repórteres continuam estacionadas ao longo do Washington Square Park, do outro lado da rua, na frente do Conjunto Residencial Fischer... Aliás, agora há um número maior do que nunca, inclusive com vans de todas as grandes redes, até da CNN; bem como o reitor Allington tinha previsto.

Mas a presença das vans da televisão não surte o menor efeito sobre o tráfico de drogas na praça. Aliás, me deparo com Reggie no momento em que dobro a esquina para chegar ao predinho de Cooper. No começo, ele me oferece alguma coisa aos sussurros, mas assume expressão séria quando me reconhece.

— Heather — ele diz. — Sinto muito pela tragédia que aconteceu no seu edifício.

— Obrigada, Reggie. — Fico olhando para ele sem entender nada. Sob o brilho rosado da iluminação da rua, fico surpresa de ver como ele parece inofensivo, apesar de ter sido informada por Cooper que Reggie carrega uma arma calibre 22 em um coldre preso à canela que, em ocasiões de necessidade, já foi usada. — Hum... você por acaso está sabendo alguma coisa sobre por que a menina foi assassinada? Ou por quem? Sabe?

O sorriso de Reggie se abre.

— Heather — ele diz, parecendo deliciado. — Está me perguntando o que andam dizendo por aí?

— Hum — respondo. Porque, olhando por esse lado, parece a maior nerdice do mundo. — É acho que estou, sim.

— Não estou sabendo de nada — Reggie responde, e dá para ver, pela maneira como o sorriso dele se desfaz, que está dizendo a verdade (e mais ainda pela maneira como ele mantém o olhar fixo em mim enquanto fala). — Mas, se eu souber de alguma coisa, você será a primeira a ser informada.

— Obrigada, Reggie — eu digo e recomeço meu trajeto pela rua, até ouvir Reggie chamando o meu nome.

— Espero que você não esteja pensando em se envolver na confusão em que aquela mocinha se meteu, seja lá qual for, Heather — ele diz para mim. Agora já não está sorrindo mais nem um pouco. — Porque pode apostar que ela estava metida em alguma confusão... e foi por isso que morreu. Não gostaria de ver isso acontecendo com uma moça bacana como você.

— Obrigada, Reggie — digo. Mas não é o que quero dizer. Minha vontade é pedir para que as pessoas tenham um pouco de fé em mim. Não sou assim tão burra. Mas sei que todo mundo só está tentando ser simpático. Então, o que digo é o seguinte: — Não se preocupe. Desta vez, vou deixar a investigação a cargo dos profissionais. Qualquer coisa que você me contar, vou levar direto para eles.

— Que bom — Reggie diz. Então, quando avista um grupo de um pessoal típico do West Village que trabalha com internet, ele se apressa em me deixar de lado. — Fumo, bolinha — diz para eles.

Sorrio ao vê-lo se afastar. É sempre bom ver alguém que se dedica ao seu trabalho.

Quando eu finalmente termino de abrir todas as fechaduras da porta da frente do prédio de tijolinhos de Cooper, mal consigo empurrar a porta por causa de toda a correspondência que se empilha atrás do buraquinho de cartas. Acendo a luz (Cooper ainda deve estar de tocaia), recolho a pilha enorme e resmungo ao ver todos aqueles pacotes de cupons e os CDs de amostra grátis da AOL. Estou imaginando por que não recebemos mais correspondência de verdade (só contas e ofertas de descontos), quando Lucy desce as escadas correndo por ter me ouvido chegar. Na boca, traz um catálogo da Victoria's Secret que parece ter passado a tarde toda sendo babado.

Lucy realmente é um animal notável, levando em conta a habilidade especial que tem para escolher o único catálogo que tem o maior potencial para fazer com que eu me sinta inadequada, e o destrói antes mesmo que eu tenha oportunidade de dar uma olhada.

Quando tento arrancá-lo dos dentes de Lucy (para que ela não largue pedacinhos do corpo de Heidi Klum pela casa toda), o telefone do hall de entrada toca, e eu atendo sem nem mesmo conferir o identificador de chamada.

— Alô? — digo, distraída. Estou com os dedos cobertos de baba de cachorro.

— Heather? — A voz do meu ex-noivo (com um tom preocupado) enche o meu ouvido. — Heather, sou eu. Meu Deus, por onde tem andado? Estou tentando falar com você o dia inteiro. Tem uma coisa... tem uma coisa sobre a qual eu realmente preciso falar com você...

— O que é, Jordan? — pergunto, impaciente. — Estou meio ocupada. — Não digo o que estou fazendo para estar ocupada. Ele não precisa saber que estou ocupada tentando impedir a minha cachorra de comer um catálogo de lingerie. Deixa ele pensar que estou ocupada fazendo amor com o irmão dele.

Ha. Até parece.

— É só que — Jordan diz — a Tania me disse que você mandou recado que não vai ao casamento.

— É isso mesmo — eu digo. Estou começando a entender sobre o que é esta conversa. — Estou ocupada no sábado.

— Heather. — Jordan parece magoado.

— Falando sério, tenho mesmo — insisto. — Preciso trabalhar, é o dia da chegada dos alunos transferidos.

Esta não é uma completa mentira. O dia da chegada dos alunos transferidos cai em um sábado. Só que foi no sábado passado, não no próximo. Apesar disso, Jordan nunca vai saber.

— Heather — ele diz — o meu casamento é às cinco. Está me dizendo que ainda vai estar trabalhando às cinco?

Droga!

— Heather, não entendo por que você não quer ir ao meu casamento — ele prossegue. — Quer dizer, eu sei que as coisas ficaram difíceis entre nós durante um tempo...

— Jordan, eu peguei você levando uma chupada da sua futura esposa. — Lembro a ele. — E, na época, eu achava que a noiva era *eu*. Então, acho que a minha indignação foi bem compreensível.

— Eu sei — Jordan diz. — E é por isso que eu achei que você podia... ficar sem jeito de ir. Ao casamento, quer dizer. É por isso que eu estou ligando, Heather. Quero ter certeza de que você sabe como é importante na minha vida, e como é importante para mim, e para a Tania também, que você vá ao casamento. Ela ainda está se sentindo péssima com o que aconteceu, e nós realmente queremos mostrar como é verdade...

— Jordan. — A esta altura, eu já cheguei à cozinha segurando o telefone sem fio em uma mão e Lucy me seguindo com a língua de fora, toda animada. Depois de jogar fora o catálogo molhado da Victoria's Secret, acendo a luz e estico a mão para abrir a geladeira. — Eu não vou ao seu casamento.

— Ah — Jordan diz com um tom de frustração. — Eu sabia que você ia dizer isso. Foi por isso que eu liguei. Heather, não fique assim. Eu realmente achei que nós tínhamos conseguido deixar tudo isso para trás. O meu casamento é um acontecimento muito importante na minha vida, Heather, e é importante para mim que as pessoas de quem eu gosto estejam ao meu lado quando isso acontecer. *Todas* as pessoas de quem eu gosto.

— Jordan. — Ali está ela, atrás do leite (fiz compras ontem, quando soube da ameaça de tempestade de neve, de modo que a caixa de leite está bem cheia e dentro da data de validade, coisa rara): uma caixinha de papelão com frango frito do mercadinho. Em outras palavras, uma caixinha divina. — Eu não vou ao seu casamento.

— Isso é por que eu não convidei o Cooper? — Jordan quer saber. — Porque, se for, se isso significa tanto assim para você... eu convido ele também. Caramba, você pode ir com ele como seu acompanhante. Não sei o que você vê nele, mas, quer dizer, vocês dois *moram* juntos. Se quiser mesmo que ele vá...

— Não vou levar o seu irmão ao seu casamento, Jordan — digo. Tiro a caixinha de papelão branco da geladeira, junto com um pedaço de queijo de cabra da Murray's Cheese Shop, uma maçã e o leite. Estou segurando o telefone junto ao rosto com o ombro e preciso dar um chute na porta da geladeira para fechar. Lucy não ajuda em nada ao ficar ao meu lado, igual a cola. Ela adora frango frito do mercadinho (sem o osso) tanto quanto qualquer pessoa. — Porque eu não vou ao seu casamento. E pare de agir como se você quisesse que eu fosse porque gosta de mim, Jordan. Eu sei muito bem que o seu relações-públicas sugeriu que eu fosse, para ficar parecendo que eu o perdoei por ter me traído, e que nós voltamos a ser amigos.

— Não é nada... — Jordan parece ultrajado. — Heather, como você tem coragem de pensar uma coisa dessas? É uma ideia completamente ridícula.

— Ah, é? — Jogo tudo que peguei da geladeira em cima da mesa de madeira da cozinha, então pego um prato e um copo e me sento. — Por acaso o seu álbum solo não foi um fracasso? E por acaso isso não aconteceu porque a sua imagem de bom moço ficou levemente manchada com todas as matérias que saíram quando você traiu a Princesa do Shopping, eu, com a mais nova descoberta do seu pai?

— Heather — Jordan me interrompe de maneira abrupta. — Não quero ofender, mas a memória do público americano não é assim tão boa. Quando você e eu nos separamos, fazia muito tempo que você não lançava um disco. É verdade que houve uma época em que um certo segmento da população adorava você, mas esse segmento há muito já passou para outra...

— É — eu respondo, incomodada, apesar de tudo. — Esse segmento já desistiu de ter qualquer ligação com você ou comigo. Ainda bem que você resolveu se ligar à estrela brilhante da Tania. Só não me peça para assistir enquanto você faz isso.

— Heather. — Agora o tom de Jordan demonstra profundo sofrimento. — Por que você está se portando assim? Achei que já tinha me perdoado pelo que aconteceu com a Tania. Eu realmente tinha achado que sim, depois daquela noite no hall de entrada do Cooper...

Sinto que fico pálida. Não acredito que ele tem coragem de tocar nesse assunto.

— Jordan. — Meus lábios parecem entorpecidos. — Achei que tínhamos combinado de nunca voltar a falar sobre aquela noite. — Nunca mais falaríamos sobre ela e nunca, nunca permitiríamos que acontecesse de novo.

— Claro — Jordan diz em tom amável. — Mas você não pode me pedir para fingir que nunca aconteceu. Eu sei que você ainda sente alguma coisa por mim, Heather, do mesmo jeito que eu ainda sinto alguma coisa por você. É por isso que eu quero tanto que você vá...

— Agora eu vou desligar, Jordan.

— Não, Heather, espere. Aquela coisa que eu acabei de ver no noticiário, sobre a cabeça de uma menina aí. Foi no seu alojamento? Mas que diabo de lugar é esse em que você trabalha? Algum tipo de alojamento da morte?

— Tchau, Jordan — eu digo, e aperto o botão para DESLIGAR.

Largo o telefone e pego o frango. Lucy assume sua posição ao meu lado, alerta para qualquer pedacinho de comida que possa escapar do trajeto do prato até a minha boca e cair sem querer no meu colo ou no chão. É assim que nós duas funcionamos como uma equipe.

Eu sei que existem pessoas por aí que preferem frango frito quente. Mas elas provavelmente nunca experimentaram o frango frito do mercadinho da esquina do prédio de Cooper (ou, como Cooper e eu o chamamos, só Frango Frito do Mercadinho). Frango frito do mercadinho não é algo para se comer todos os dias. Com toda a certeza é uma comidinha caseira que traz conforto muito além do que um frango frito qualquer, como por exemplo do KFC ou um Chicken McNuggets. Eu tinha comprado um prato com nove pedaços no dia anterior, porque sabia que hoje não seria nada fácil, já que era o primeiro dia de aulas do semestre.

Só não tinha achado que seria assim *tão* difícil. Talvez eu precise comer todos os nove pedaços sozinha e Cooper simplesmente teria que sofrer as consequências. Um pouquinho de sal, e...

Ah. Ah, sim. Não foi um orgasmo na boca, mas quase.

Estou consumindo a minha segunda coxa de frango frito do mercadinho (e Lucy começa a choramingar porque eu ainda não derrubei nada) quando o telefone toca de novo. Desta vez (depois de limpar as mãos em uma toalha de papel), confiro o identificador de chamadas antes de atender. Fico aliviada de ver que é a minha melhor amiga, Patty. Atendo no segundo toque.

— Estou comendo frango frito do mercadinho — digo a ela.

— Bom, se eu fosse você, certamente faria a mesma coisa. — A voz de Patty, como sempre, é quente e reconfortante como cashmere. — Ainda mais com o dia que você teve.

— Você viu o noticiário? — pergunto.

— Menina, eu vi o noticiário e o jornal de hoje de manhã. E você não vai acreditar em quem me telefonou agorinha mesmo.

— Ai meu Deus, ele ligou para você também? — Estou abobada.

— Como assim, para mim também? Ele ligou para você?

— Para se assegurar de que eu ia. Apesar de eu ter respondido ao RSVP que não ia.

— Não acredito!

— Pois é! Ele até disse que eu podia levar o Cooper de acompanhante.

— Caramba. — É por isso que eu adoro Patty. Ela sabe dar todas as respostas apropriadas. — Deve ter sido o relações-públicas dele que mandou.

— Ou o da Tania — digo, terminando a coxa e colocando a mão na caixinha em busca da sobrecoxa. Eu sei que deveria comer a maçã em vez disso. Mas, sinto muito, uma maçã agora não vai bastar. Não depois do dia que eu tive.

— Se eu fosse ela, ia ficar com menos cara de vagabunda. Ia ficar parecendo que eu não a culpo por ter separado o Jordan e eu.

— Mas você não culpa.

— Bom, nós estávamos destinados a nos separar mesmo. A Tania simplesmente apressou o processo. Mesmo assim, eu não vou. Seria completamente desagradável. Tudo bem convidar a ex, para mostrar que não há nenhum ressentimento. Mas a ex não tem que realmente *aceitar* o convite.

— Não sei — Patty diz. — Acho que agora está na moda. Pelo menos de acordo com a seção de estilo do jornal *New York Times*.

— Bom — digo. — Não tenho mais estilo desde a década de 1980. Por que devo começar agora? Você não vai, vai?

— Está louca? Claro que não. Mas, Heather, será que podemos, por favor, falar sobre o que aconteceu no seu alojamento hoje? Quer dizer, conjunto residencial estudantil. Você conhecia a coitada da menina?

— Conhecia — digo, tirando um fiapo de frango do meio dos meus dentes. Ainda bem que não estamos em um videofone. — Mais ou menos. Ela era legal.

— Meu Deus! Quem faria uma coisa dessas? E por quê?

— Não sei — respondo. Tiro um pedaço de carne da sobrecoxa para Lucy, depois de me assegurar de que não tem nem cartilagem nem osso, e dou para ela. Lucy engole de uma vez só e olha para mim toda triste, como quem diz: *Para onde foi?* — A polícia é que vai ter que descobrir.

— Espere. — Patty parece incrédula. — O que foi que você acabou de dizer?

— Você escutou. Não vou me envolver desta vez.

— Que bom! — Patty afasta o telefone da boca e diz para alguém que está com ela: "Tudo bem, desta vez ela não vai se envolver".

— Mande um beijo para o Frank — digo.

— Ela mandou um beijo — Patty diz para o marido.

— Como está indo a babá nova? —pergunto, já que os dois acabaram de contratar uma britânica de verdade: uma senhora de meia-idade, porque Patty jurou que o que tinha acontecido a Sienna Miller nunca aconteceria com ela.

— Ah — Patty responde. — A babá está ótima. Nós dois morremos de medo dela, mas parece que o Indy a adora. Ah, o Frank mandou dizer que está muito orgulhoso de você. Por deixar a investigação a cargo da polícia... isso realmente demonstra amadurecimento da sua parte.

— Obrigada — respondo. — Mas a Magda não concorda.

— Como assim?

— Ela acha que a polícia vai culpar a vítima. O que provavelmente é verdade. Quer dizer, até o Reggie disse algo que deu a entender que o que tinha acontecido com a Lindsay podia ser vingança por algo que ela tinha feito.

— Reggie... o traficante de drogas da esquina da sua casa? —Patty pergunta, em tom incrédulo.

— É. Ele vai dar uma olhada por aí. Sabe como é, vai descobrir o que estão falando e contar para mim.

— Heather — Patty diz. — Sinto muito, estou confusa. Afinal, quando você fala assim, fica parecendo que realmente quer se envolver na investigação.

— Bom, — respondo — não quero.

Ouço um resmungo masculino ao fundo. Então Patty diz a Frank: "Certo, vou perguntar. Mas você sabe o que ela vai dizer".

— Perguntar o quê? — quero saber.

— O Frank tem um show no Joe's Pub na semana que vem — Patty diz com a voz tensa. — Ele quer saber se você não quer ir.

— Claro que vou — respondo, surpresa por ela achar que eu vou dizer não. — Eu adoro aquele lugar.

— Hum, ele não está convidando para assistir ao show — Patty diz, ainda naquele tom tenso. — Ele quer que você suba ao palco com ele.

Eu praticamente engasgo com o pedaço de frango que estou engolindo.

— Você quer dizer... para *cantar*?

— Não, para fazer um strip-tease — Patty responde. — Claro que é para cantar.

De repente, a voz de Frank enche o telefone.

— Antes que você diga não, Heather — ele diz —, pense a respeito do assunto. Eu sei que você tem trabalhado em composições próprias...

— Como é que você sabe? — exijo saber, esquentada, apesar de já conhecer a resposta perfeitamente bem. A boca de Patty é ainda maior do que a minha. Ela simplesmente não enche a dela com sorvetes Dove Bar como eu faço com a minha, e é por isso que ela usa tamanho 36 e eu, 42. E ainda estou aumentando.

— Como eu sei não faz diferença — Frank diz, assumindo seu papel de marido fiel. — Faz anos que você não sobe em um palco, Heather. Precisa voltar.

— Frank — eu digo. — Eu adoro você, e já sabe disso. E é por isso que vou dizer não. Não quero estragar o seu show.

— Heather, não faça assim. Você ficou queimada por causa daquele canalha do Cartwright. O pai, não o filho. Mas não dê ouvidos a ele. Tenho certeza de que as suas composições são ótimas. E estou louco para ouvir. E os caras iam adorar tocar. Vamos. Vai ser um público divertido.

— Não, obrigada — respondo. Estou tentando falar com ar despreocupado, para ele não detectar o pânico na minha voz. — Acho que as minhas músicas são um pouco de mulherzinha roqueira raivosa demais para o público de Frank Robillard.

— O quê? — Frank parece incrédulo. — De jeito nenhum. Vão adorar você. Vamos, Heather. Que outra chance você vai ter de tocar naquele bar? É o lugar perfeito para apresentar músicas de mulherzinha roqueira raivosa. Só você, um banquinho e um microfone...

Por sorte, naquele instante, a chamada em espera começa a tocar.

— Ops — digo. — É a outra linha. Preciso atender. Pode ser o Cooper.

— Heather, apenas escute. Não...

— Eu ligo de volta para você. — Passo para a outra linha, aliviada até não poder mais por ter escapado por pouco. — Alô?

— Heather? — uma voz masculina que eu quase reconheço pergunta, em tom hesitante.

— Sou eu — respondo, com hesitação similar. Porque não há muitos homens que eu conheço que me telefonam. Isso porque eu não dou o meu telefone de casa para ninguém. Porque ninguém nunca pede. — Quem é?

— Sou eu — a voz responde, em tom surpreso. — O seu pai.

A névoa no parque
Me lembra meu coração
Como você me dispensou
Me encheu de dúvida
Que história foi aquela?
Por que você não morre?

"Vê se morre logo"
Composta por Heather Wells

Fico lá parada em um silêncio estupefato durante uns três segundos.

Então, digo:

— Ah! Pai! Oi! Desculpe, não reconheci a sua voz de cara. É que... hoje foi um dia bem difícil.

— Foi o que eu soube. — Meu pai diz. Ele parece cansado. Bom, qualquer um ficaria cansado se estivesse cumprindo uma pena de dez a vinte anos em uma prisão federal por sonegação de impostos. — Foi no alojamento em que você trabalha, certo? Onde encontraram a cabeça da menina?

— Conjunto residencial estudantil — eu o corrijo automaticamente. — E foi sim. Foi muito desagradável. — Estou tentando desesperadamente descobrir por que ele está ligando. Não é meu aniversário. Não é feriado. Não é o aniversário *dele*. Será que é? Não, é em dezembro.

Então, qual é a ocasião? Meu pai nunca foi do tipo que simplesmente pega o telefone e liga para bater um papinho. Principalmente porque (apesar de estar cumprindo sua pena na Prisão Federal do Campo Eglin, na Flórida, uma das prisões federais mais confortáveis dos Estados Unidos) ele só pode ligar a cobrar e, mesmo assim, em certos horários... Ei, espere um pouco. Esta aqui não é uma ligação a cobrar. Pelo menos, nenhum operador me perguntou se eu aceitava pagar a tarifa.

— Hum, pai? — eu pergunto. — De onde você está ligando? Ainda está em Eglin?

Do que é que eu estou falando? *Claro* que ele ainda está em Eglin. Se tivesse sido solto, eu iria saber, certo?

Só que... Quem poderia ter me dito? Minha mãe não fala mais com ele, e agora que mora em Buenos Aires com o meu dinheiro, também não fala muito comigo.

— Bom, essa é a questão, querida — meu pai diz. — Sabe, eu fui solto.

— É mesmo? — Paro um pouco para ver como me sinto em relação a isso. Fico surpresa ao sentir que não sinto... nada. Quer dizer, eu amo o meu pai e tudo o mais. Mas a verdade é que faz tanto tempo que eu não o vejo... Minha mãe nunca me levava para visitá-lo, claro, já que ela o odiava até não poder mais por ter perdido todo o dinheiro dele, assim obrigando-a a trabalhar (como minha agente e produtora).

E quando eu fiquei velha o suficiente para ir lá sozinha, não tinha dinheiro suficiente para viajar até a Flórida. De todo modo, meu pai e eu nunca fomos muito próximos... Nossa relação é mais como a de dois parentes educados do que de pai e filha. Graças à minha mãe.

— Uau — eu digo e olho dentro da caixinha de papelão para ver quantos pedaços de carne ainda sobraram. Estou determinada a deixar os peitos para Cooper, porque é a parte de que ele mais gosta. — Que bom, pai. Então, onde você está agora?

— Que engraçado você perguntar. Para falar a verdade, estou ligando aqui da sua rua mesmo... da lanchonete Washington Square Diner. Estava aqui pensando se você não quer tomar um café.

É sério. Eu simplesmente não compreendo. Passo meses (literalmente) sem nada de diferente acontecer na minha vida. Meus dias são um borrão de passeios com a minha cadela, trabalho e reprises de *Golden Girl*. E daí, BAM! Em um único dia, eu encontro uma cabeça dentro de uma panela no fogão, sou convidada para tocar as minhas composições no Joe's Pub com ninguém mais, ninguém menos que o supermega-estrela do rock Frank Robillard, e o meu pai sai da cadeia, aparece na lanchonete da esquina e quer me ver.

Por que as coisas não podem acontecer de pouquinho em pouquinho? Por exemplo: um dia eu acho a cabeça; em um outro dia Frank me convida para cantar com ele no palco; e em outro meu pai liga para avisar que saiu da cadeia e está na mesma cidade que eu.

Mas acho que a gente não pode escolher como as coisas acontecem.

Porque, se pudesse, eu realmente não teria comido todo aquele frango antes de ir encontrar com o meu pai. Porque a visão dele sentado ali naquela mesa (antes de ele notar a minha presença, para eu ter um tempo de examiná-lo antes de ele se dar conta de que está sendo observado) fez meu estômago se revirar todo. Não da mesma maneira que revirou quando eu vi a cabeça de Lindsay naquela panela: aquilo foi de pavor. Ver o meu pai só me deixa triste.

Talvez isso tenha acontecido porque ele parece triste. Triste e magro. Ele não é mais o jogador robusto de golfe que eu conheci duas décadas antes (a última vez que eu o vi do lado de fora do centro de visitantes de Eglin). Virou uma espécie de casca, fino como uma vara, com cabelo grisalho e um princípio de uma barba e um bigode ainda mais brancos.

Mesmo assim, aquele rosto se transforma quando ele volta o olhar para o meu lado e finalmente repara em mim à porta. Não que ele tenha se inundado de alegria nem nada do tipo. Ele só estampa um sorriso no rosto (sorriso que não alcança seus olhos tristes e cansados e que são exatamente tão azuis quanto os meus).

E que demonstram exatamente a mesma precaução cautelosa.

O que se diz a um pai que você não vê há tanto tempo, com quem sua relação sempre foi... bom, inexistente, mesmo quando vocês dois moravam na mesma casa?

Eu digo:

— Oi, pai — e escorrego para o banco da cabine e me sento na frente dele. Afinal, o que mais eu *poderia* dizer?

— Heather — ele diz e estende o braço por cima da mesa para dar um apertão na minha mão assim que eu tiro as luvas.

Os dedos dele estão quentes em comparação com os meus. Retribuo o apertão e sorrio.

— Então, mas que surpresa — digo. — Quando foi que você saiu?

— Na semana passada — ele responde. — Pensei em ligar para você na ocasião, mas... Bem, não sabia bem se você ia ficar contente em me ver.

— Claro que estou contente de ver você, pai. — Não é com o meu pai que eu tenho problemas. Bom, não de verdade. Quer dizer, não foi exatamente bacana ele ter passado todos aqueles anos sem pagar impostos. Mas não era o imposto do MEU dinheiro que ele não pagava. Ou, no caso da minha mãe, que o roubou. — Quando você chegou? A Nova York, quer dizer?

— Hoje de manhã. Peguei um ônibus. É uma bela maneira de ver o país. — A garçonete se aproxima enquanto ele diz isso e olha para mim com cara de quem não está entendendo nada. — Jantou?

— Ah, já — respondo. — Não vou comer. Um chocolate quente está bom — esta última parte digo para a garçonete. — Com chantili.

Meu pai pede sopa de macarrão com frango para acompanhar o café. A garçonete assente e se afasta. Ela parece distraída. Deve estar preocupada com a tempestade de neve que está para cair, coisa que um meteorologista do canal New York One, que passa na TV pendurada em cima do balcão, garante que vai acontecer a qualquer momento.

— Então — eu digo. — De ônibus. — Por algum motivo, não consigo parar de pensar sobre a viagem de Morgan Freeman ao sair da prisão naquele filme *Um Sonho de Liber-*

dade. Bom, acho que não é surpreendente. Morgan Freeman também tinha cumprido a pena dele. — Não vai contra os termos da liberdade condicional? Quer dizer, sair do estado da Flórida?

— Não se preocupe comigo, menina — meu pai diz, dando tapinhas carinhosos na minha mão. — Está tudo sob controle. Para variar.

— Ótimo — digo. — Que coisa ótima, pai.

— Então, tem notícias da sua mãe? — ele quer saber. Reparo que ele não olha para mim ao fazer esta pergunta. Fica ocupado colocando mais adoçante no café.

— Bom — respondo. — Está falando desde que ela fugiu para Buenos Aires com o conteúdo da minha conta bancária? Não exatamente.

Meu pai aperta os lábios e sacode a cabeça. Agora olha para mim.

— Sinto muito por isso, Heather — ele diz. — Você nem sabe quanto. A sua mãe não é assim. Não sei o que deu nela.

— É mesmo? Porque eu faço uma boa ideia do que foi — respondo quando a garçonete volta com a sopa dele e o meu chocolate quente.

— Ah é? — Meu pai devora a sopa como se fosse a primeira coisa que ele estivesse comendo no dia. Para um sujeito tão magrinho, até que tem um apetite bem grande. — E o que seria?

— O vale-refeição dela perdeu o contrato com a gravadora — respondo.

— Ah, que coisa, Heather — meu pai diz e ergue os olhos da sopa. — Não fale assim. A sua mãe ama muito você. O problema é que nunca foi uma mulher forte. Tenho certeza de que a ideia não foi dela... de pegar o seu dinheiro, quer dizer. Tenho certeza de que foi aquele tal de Ricardo que enfiou a ideia na cabeça dela.

E, para falar a verdade, eu tenho certeza de que foi bem ao contrário, mas não falo nada, porque não estou disposta a entrar em uma discussão sobre o assunto.

— E você? — é o que pergunto. — Tem notícias dela?

— Já faz um bom tempo que não tenho — meu pai responde. Abre um dos pacotinhos de biscoito que veio com a sopa. — Claro que, tendo em vista a maneira como eu a decepcionei, acho que não mereço mesmo saber dela.

— Eu não me culparia muito por isso, pai — digo, sentindo aquela pontada no meu estômago mais uma vez. Só que, desta vez, percebo que a pontada na verdade é acima do meu estômago. Mais para perto do coração. E parece ser de pesar. — Acho que ela também não foi condecorada como a Mãe do Ano.

Meu pai sacode a cabeça por cima da sopa.

— Coitada de você, Heather — ele diz, com um suspiro. — Quando distribuíram pais lá no céu, você com certeza tirou a pior ficha.

— Não sei — digo, surpresa de me sentir um pouquinho arrepiada. — Acho que eu me virei bem. Quer dizer, tenho emprego e um lugar legal para morar e... bom, vou fazer faculdade.

Meu pai parece surpreso... mas é uma surpresa positiva.

— Que bom para você — ele diz. — Na Faculdade de Nova York?

Concordo.

— Por causa do meu trabalho, eu não preciso pagar a mensalidade — explico. — Preciso fazer um curso de recuperação de matemática antes de poder começar a estudar de verdade, mas...

— E o que você vai estudar? — meu pai quer saber. O entusiasmo dele a respeito do assunto me surpreende, um pouco. — Música? Espero que vá estudar música. Você sempre foi tão talentosa...

— Hum — respondo. — Na verdade, estava mesmo pensando em justiça criminal.

Meu pai parece assustado.

— Meu Deus do céu — ele diz. — Por quê? Quer ser policial?

— Não sei — respondo. Fico envergonhada demais para contar a verdade a ele... que eu espero que, quando eu estiver formada em justiça criminal, Cooper possa me convidar para ser sócia na agência dele, e nós dois possamos investigar crimes juntos. Igual a *Remington Steele*. Ou *Casal 20*.

É um pouco triste que as minhas fantasias tenham raízes em seriados de televisão dos anos 1980.

— Você devia estudar teoria musical — meu pai diz, com firmeza. — Para ajudar nas suas composições.

Fico vermelha. Tinha me esquecido de que mandei para o meu pai uma fita minha cantando composições próprias em um ano desses, no Natal. Onde eu estava com a cabeça?

— Estou velha demais para ter uma carreira como cantora-compositora — digo a ele. — Quer dizer, você já viu aquelas garotas na MTV? Não posso mais usar saia curta. Celulite demais.

— Não seja boba — meu pai diz, com ar despreocupado.

— Você está ótima. Além do mais, se está assim tão preocupada, é só usar uma calça larga.

Calça larga. Às vezes o meu pai me mata. De verdade.

— Seria uma pena — meu pai diz. — Não só uma pena...
Um pecado deixar que um talento divino como o seu seja
desperdiçado.

— Bom — respondo. — Acho que não tenho esse talento. Já fui cantora. Acho que está na hora de experimentar
outro talento.

— Justiça criminal? — meu pai parece confuso. — Isso é
talento?

— Bom, pelo menos nesse ramo ninguém vai me vaiar
para eu sair do palco — observo.

— Ninguém ousaria fazer isso! — meu pai exclama e
pousa a colher. — Você canta como um anjo. E aquelas músicas que você compôs... são muito melhores do que aquele
lixo que eu ouço no rádio. Aquela menina que fala dos caro-
ços, ou dos relevos dela, sei lá, nem consigo entender. E aquela
outra... aquela tal de Tracy Trace, aquela com quem o seu
namorado de antigamente vai se casar neste fim de semana.
Nossa, ela está seminua naquele vídeo!

Tenho que segurar um sorriso.

— Tania Trace — corrijo. — E aquele é o videoclipe número um na MTV agora.

— Bom — meu pai diz, com firmeza. — Não faz diferença. É um lixo.

— E você, pai? — pergunto, achando que é melhor mudar
de assunto antes que ele se exalte demais. — Quer dizer, você
passou o quê? Nossa, quase vinte anos em Eglin. O que vai
fazer agora que está livre?

— Tenho alguns espetos no fogo — meu pai diz. — Algumas opções parecem bem promissoras.

— É mesmo? — pergunto. — Bom, parece ótimo. Aqui em Nova York?

— É — meu pai responde. Mas reparo que ele ficou mais hesitante em suas respostas. E parou de olhar para mim enquanto fala.

O-ôu.

— Pai — digo, porque de repente senti uma coisa nova no meu estômago. E não é pavor nem pena. É apreensão. — Você só me ligou mesmo para saber como estava tudo e para me ver? Ou tem mais alguma coisa?

— Claro que eu queria ver você — meu pai diz, com uma certa aspereza. — Você é a minha filhinha, pelo amor de Deus.

— Certo — eu digo. — *Mas...*

— Por que você acha que tem um *mas*? — meu pai quer saber.

— Porque — eu digo — não tenho mais 9 anos. Eu sei que sempre tem um *mas*.

Ele larga a colher. Então, respira fundo.

— Tudo bem — ele diz. — Tem um mas, sim.

E daí, ele me diz o que é.

Tique-taque
Despertador
Não toca
Engraçado
Acordo
Sem descanso
Alguém por favor
Me dá um tiro

"Canção da manhã"
Composta por Heather Wells

8

No dia seguinte, chego 15 minutos atrasada ao trabalho. Pessoalmente, não acho que 15 minutos seja tanto tempo assim, 15 minutos nem devia ser considerado atraso... principalmente quando se leva em conta o que aconteceu comigo na noite anterior: sabe como é, toda a coisa da volta do pai pródigo.

Mas 15 minutos pode ser muito tempo no ciclo de vida de um conjunto residencial. 15 minutos é tempo bastante, aliás, para que uma representante do Serviço de Aconselhamento encontre a minha mesa e se acomode lá.

E quando eu entro na minha sala, sem fôlego, e a vejo ali, e pergunto em que posso ajudar, os 15 minutos que ela passou na minha mesa parecem ser suficientes para que ela se sinta em casa a ponto de responder:

— Ah, não, obrigada. A menos que você vá buscar café, aí eu gostaria de um com leite desnatado, sem açúcar.

Fico olhando para ela sem entender nada. Ela usa um conjunto de cashmere cinza de muito bom gosto (com colar de pérolas, nada menos) e faz com que eu me sinta bem malvestida com meu jeans e meu suéter tricotado a mão, bem volumoso, que sempre uso para trabalhar. Ela nem está com o cabelo amassado de usar gorro. Os cachos castanhos dela estão presos em um coque perfeito. Como diabos ela conseguiu atravessar a praça (ou a Tundra Congelada, como eu tenho chamado ultimamente) para vir do prédio do Serviço de Aconselhamento sem morrer de frio?

Daí eu os avisto, atrás do sobretudo de lã preto que ela pendurou no cabideiro (no *meu* gancho). Protetores de orelha. Claro.

Fashionista safada.

— Ah, Heather, você chegou — Tom diz ao sair de sua sala. Ele parece bem melhor hoje do que estava ontem, agora que dormiu um pouco e teve oportunidade de lavar e pentear o cabelo louro. Está até de gravata.

E, tudo bem, combinou o adereço com mocassim rosa-choque e jeans. Mas já é uma melhora.

— Esta aqui é a dra. Gillian Kilgore, do Serviço de Aconselhamento — ele prossegue. — Ela está aqui para auxiliar os residentes que precisem de ajuda para lidar com a situação, com o que aconteceu ontem.

Dou um sorriso breve para a dra. Kilgore. Bom, o que mais eu posso fazer? Cuspir na cara dela?

— Oi — digo. — Você está na minha mesa.

— Ah. — Parece que Tom repara pela primeira vez qual foi o lugar escolhido por Gillian Kilgore para se acomodar.

— É mesmo. Esta mesa é da Heather, dra. Kilgore. Eu lhe disse para pegar a mesa da auxiliar de pós-graduação...

— Eu gostei mais desta mesa — a dra. Kilgore diz em tom muito calmo, tanto que deixa nós dois estupefatos (dá para ver que Tom ficou abobado porque o rosto dele ficou tão cor-de-rosa quanto sua camisa). — E, claro, quando os alunos vierem aqui no horário que marcaram, sr. Snelling, vou recebê-los na sua sala. Para termos mais privacidade.

Isso obviamente é novidade para Tom. Ele está ali parado, meio que choramingando, parece uma ovelha desgarrada: *Béééé... Béééé...* Mas é bem aí que chega a primeira vítima (quer dizer, o primeiro aluno) de Gillian Kilgore se arrastando à sala. Mark Shepelsky é o atacante de dois metros de altura dos Maricas, atual ocupante do quarto 212, uma das acomodações duplas mais invejadas de todo o edifício, devido a sua vista para a praça e o fato de ficar localizado no segundo piso (de modo que os ocupantes podem usar a escada em vez de ficar esperando os elevadores, que na melhor das hipóteses vivem lotados e, no resto do tempo, estão sempre quebrados).

— Alguém quer falar comigo? — Mark pergunta. Na verdade, é mais um resmungo do que uma pergunta. Ele é um garoto magricela com a pele pálida, bem bonitinho na sua condição de jogador com cabelo cortado à escovinha.

Mas ele nem chega aos pés do Carinha do Café, se quer saber a minha opinião.

Não que eu (ainda) esteja a fim do Carinha do Café.

— Você deve ser... — a dra. Kilgore dá uma olhada na agenda aberta em cima da mesa dela. Perdão, eu quis dizer da *minha* mesa. — Mark?

Mark arrasta seus pés tamanho quarenta e oito.

— É. Por que me mandaram vir aqui?

— Bom, Mark — a dra. Kilgore diz e coloca um par de óculos de leitura em cima do nariz, acho que com intenção de dar mais ênfase ao que diz (não funciona). — Eu sou a dra. Kilgore. Estou aqui representando o Serviço de Aconselhamento Estudantil. Soube que você era íntimo de Lindsay. Lindsay Combs?

Mark não se desmancha exatamente em lágrimas à menção do nome de sua amada. Aliás, parece indignado.

— Preciso mesmo fazer isso? — ele quer saber. — Já passei o dia inteiro ontem falando com a polícia. Tenho jogo hoje à noite. Preciso treinar.

Gillian Kilgore diz, em tom tranquilizador:

— Compreendo, Mark. Mas estamos preocupados com você. Queremos nos assegurar de que está tudo bem. Afinal de contas, Lindsay era importante para você.

— Bom, quer dizer, ela era bonita e tudo o mais — Mark diz, parecendo confuso. — Mas nós nem estávamos namorando. Só estávamos ficando. Sabe como é?

— Vocês dois não tinham nenhum compromisso? — eu ouço minha própria voz perguntar. Tanto Tom quanto Gillian Kilgore se viram para olhar para mim. A dra. Kilgore aparentemente aborrecida, Tom de olhos arregalados, como quem pergunta: *"Você quer arrumar problemas?"*, mas eu ignoro.

Mark diz:

— Compromisso? De jeito nenhum. Quer dizer, a gente se divertia um pouco, eu já disse isso para aquele cara investigador, mas ultimamente a gente só se via nos jogos, e eu nem falava com ela no intervalo...

— Bom, vamos conversar sobre isto — a dra. Kilgore diz, pegando no braço de Mark e tentando conduzi-lo até a sala de Tom em busca de um pouco de privacidade (e eu desejo boa sorte a ela, com aquela grade entre a sala dele e a parte externa onde eu sento).

— Lindsay estava saindo com alguém mais? — pergunto, antes que Mark seja levado embora.

Ele dá de ombros.

— Estava, acho que sim. Não sei. Ouvi dizer que ela estava dando... quer dizer, que estava ficando com um cara de uma fraternidade.

— É mesmo? — eu me jogo na minha mesa. — Qual fraternidade?

Mark faz uma cara de sem noção.

— Não sei.

— Bom. — Está quente na minha sala, então começo a tirar o casaco. — Você disse isso ao investigador Canavan?

— Ele não perguntou.

— Mark — A voz de Gillian Kilgore fica quase tão fria quanto o clima lá fora. — Por que não entra aqui comigo para nós...

— O investigador Canavan ńao perguntou se você tinha um namoro sério com a Lindsay? — pergunto, incrédula. — E você não comentou que não era?

— Não — Mark dá de ombros de novo. Ele gosta muito de dar de ombros, percebo. — Não achei que fosse importante.

— Mark — a voz da dra. Kilgore agora é ríspida. — Acompanhe-me, por favor.

Mark, que parece assustado, segue a dra. Kilgore até a sala de Tom. Ela praticamente bate a porta atrás deles (mas não sem antes me lançar um olhar aterrador). Daí, através da grade, ouvimos quando ela diz:

— Pronto, Mark. Diga-me. Como está se sentindo em relação a tudo isto?

Será que ela não reparou na grade? Será que acha que nós não estamos escutando?

Tom olha para mim com uma expressão de tristeza profunda.

— Heather — ele diz. Não precisamos nos preocupar com a dra. Kilgore NOS ouvir, porque a voz dela é altíssima atrás daquela grade. — O que você está fazendo?

— Nada — digo. Levanto da minha mesa e penduro meu casaco no gancho ao lado daquele que a dra. Kilgore usou para pendurar o dela. — Está calor aqui dentro ou é impressão minha?

— Está calor — Tom diz. — Eu desliguei o aquecedor, mas ele continua... aquecendo. Mas, falando sério. Que história foi aquela?

— Nada — respondo e dou de ombros. Acho que isso pega. — Só perguntei por perguntar. O refeitório está funcionando?

— Está. Estão servindo o café da manhã. Heather, por acaso você...

— Ótimo. Você já tomou café?

Tom manda um sorriso de desdém na direção da porta da própria sala.

— Não. Eu cheguei e ela já estava aqui...

— Como foi que ela entrou? — pergunto, surpresa.

— Pete a deixou entrar, com a chave mestra. — Tom suspira. — Será que você pode trazer um café para mim? Com leite e açúcar?

— Pode deixar — respondo, com um sorriso.

— Eu já te disse hoje que você é a minha diretora-assistente de alojamento preferida? Falando sério?

— Tom, Tom, Tom — eu digo. — Você não quer dizer que eu sou a sua diretora-assistente de CONJUNTO RESIDENCIAL ESTUDANTIL preferida?

Não é surpresa nenhuma o fato de o refeitório estar praticamente vazio quando eu chego lá. Acho que a descoberta de uma cabeça decepada na cozinha é um bom modo de espantar os comilões mais vorazes. Tirando alguns clientes solitários, só eu estou lá. Faço uma pausa no caixa para dar um oi para Magda quando entro. Ela não parece nada bem. O lápis de olho dela já está desbotado e o contorno do lábio está torto.

— Ei — eu digo e ela, com meu tom de voz mais caloroso. — Como estão as coisas, Mags?

Ela nem esboça um sorriso.

— Nenhuma das minhas estrelinhas de cinema virão aqui hoje — ela diz, tristonha. — Estão todas comendo no *Conjunto Wasser*. — Ela profere as palavras como se fossem venenosas.

O Conjunto Wasser, um edifício residencial estudantil do outro lado da praça, foi reformado recentemente e agora tem sua própria piscina no porão, o que o transformou no nosso maior rival. Depois que a imprensa (e os alunos) começaram a chamar o Conjunto Fischer de Alojamento da Morte, recebi muitas ligações de pais exigindo que os filhos fossem transferidos para o Conjunto Wasser. E vou dizer uma coisa: a diretora-assistente do conjunto residencial estudantil de lá está se achando por causa disso.

Mas eu me vinguei dela em um exercício de confiança de que todos os funcionários tiveram que participar durante as Férias de Inverno, em que precisávamos nos jogar nos braços uns dos outros e eu sem-querer-querendo a deixei cair.

— Bom — eu digo, em tom tranquilizador —, não é para menos. Os alunos estão com medo. Vão voltar depois que a polícia descobrir quem é o assassino.

— Se descobrirem quem é o assassino — Magda diz, cabisbaixa.

— Vão descobrir — garanto a ela. Daí, para alegrá-la, completo: — Adivinha com quem eu jantei ontem à noite?

Magda se anima.

— Com o Cooper? Ele finalmente convidou você para sair?

É a minha vez de ficar cabisbaixa.

— Hum, não. Com o meu pai. Ele saiu da cadeia. Está aqui, em Nova York.

— O seu pai saiu do xadrez? — Pete chega com uma xícara de café vazia na mão. Está indo enchê-la. — De verdade?

— De verdade — respondo.

— Então. — Pete se esqueceu completamente do café. Parece curioso. — Sobre o que você dois conversaram?

Dou de ombros. Desgraçado de Mark com seu dar de ombros contagioso.

— Sei lá — respondo. — Sobre ele. Sobre mim. Sobre a minha mãe. Um pouco de tudo.

Magda fica igualmente fascinada. Ela se inclina para frente e diz:

— Uma vez eu li um livro sobre um homem que foi para a prisão e, quando saiu, ficou... sabe como é. Igual ao seu chefe, o Tom. Foi porque ele não ficou com nenhuma mulher durante tanto tempo.

Ergo as sobrancelhas.

— Tenho bastante certeza de que o meu pai não virou gay, Magda — digo. — Se é isso que você quis dizer.

Magda parece decepcionada e se recosta na cadeira.

— Ah.

— O que ele quer? — Pete pergunta.

— O que ele quer? — Fico olhando para ele sem entender nada. — Ele não quer nada.

— O sujeito sai da prisão e a primeira coisa que faz é ir atrás de você — Pete diz, com ar incrédulo. — Diz que não quer nada de você... e você ainda acredita? Qual é o seu problema?

— Bom — eu digo, hesitante. — Ele disse que precisava de um lugar para ficar enquanto se ajeita.

Pete solta uma risada de *"eu te disse"* que mais parece um latido.

— O que foi? — eu exclamo. — Ele é meu pai. Ele me criou durante mais ou menos os meus dez primeiros anos de vida.

— Certo — Pete diz, todo cínico. — E agora ele quer se aproveitar da sua fama e da sua fortuna.

— Que fortuna? — quero saber. — Ele sabe muito bem que a ex-mulher dele roubou todo o meu dinheiro.

Pete, dando risadinhas, segue na direção da cafeteira.

— Será que é tão impossível assim ele estar tentando retomar a relação com a filha que ele mal conhece? — grito atrás dele.

Mas ele só dá mais risada.

— Não faz mal, querida — Magda diz, dando tapinhas carinhosos na minha mão. — Ignore. Acho bacana o seu pai ter voltado.

— Obrigada — digo, indignada. — Porque é bacana mesmo.

— Claro que é. E o que o Cooper disse quando você perguntou a ele se o seu pai podia ir morar com você?

— Bom — eu respondo, de repente incapaz de olhar nos olhos de Magda. — O Cooper ainda não disse nada. Porque eu ainda não pedi para ele.

— Ah — Magda diz.

— Não foi por eu achar que o meu pai não pode passar um tempo comigo — apresso-me em dizer. — É que eu ainda não encontrei o Cooper. Ele está ocupado com um caso. Mas, quando a gente se encontrar, eu pergunto. Tenho certeza que ele vai dizer que não tem problema. Porque o meu pai realmente quer dar um jeito na vida.

— Claro que sim — Magda diz.

— Não, Magda. Estou falando sério.

— Eu sei que está — Magda diz. Mas o sorriso dela não chega aos olhos. Mais ou menos como o do meu pai, aliás.

Mas isso, digo a mim mesma, não tem nada a ver com o que eu acabei de dizer a ela. Tem a ver com o que aconteceu ontem, com Lindsay.

E, no que diz respeito a Pete... bom, ele que dê risada. O que ele sabe?

Mas, levando em conta que ele é viúvo e tem cinco filhos para sustentar sozinho, talvez ele saiba mesmo bastante coisa. Dã.

Com uma expressão mal-humorada, vou até o bufê de bagels e coloco um pão na torradeira. Então vou até a cafeteira. Preparo uma xícara para Tom (com leite e açúcar) e uma para mim (meio café, meio chocolate quente, um monte de chantili) e volto para o bufê de bagels bem quando o meu pãozinho salta da torradeira, corto o meio e encho de cream cheese, completo com um pouco de bacon e fecho. *Voilà*, a delícia de café da manhã perfeita.

Coloco o sanduíche em um prato, o prato em uma bandeja com os cafés e já estou saindo do refeitório quando espio por acaso, de canto de olho, um flash de branco e dourado. Viro a cabeça e vejo Kimberly Watkins, uma das integrantes do time principal de animadoras de torcida dos Maricas (de uniforme, porque é dia de jogo), sentada sozinha em uma mesa, com um livro didático enorme aberto a sua frente, junto com um prato que parece conter um omelete de clara de ovos e uma *grapefruit*.

E, antes de pensar no que estou fazendo, já me vejo largando a minha bandeja ao lado da dela e falando assim:

— Oi, Kimberly?

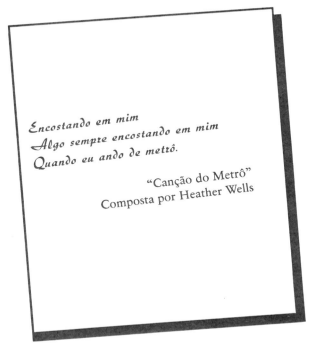

Encostando em mim
Algo sempre encostando em mim
Quando eu ando de metrô.

"Canção do Metrô"
Composta por Heather Wells

— Hum — Kimberly diz, erguendo os olhos para mim, toda desconfiada, obviamente sem saber muito bem quem eu era nem por que eu resolvi de repente sentar na frente dela. — Oi?

— Eu sou a Heather — digo. — A diretora-assistente do conjunto residencial.

— Ah! — A expressão de desconfiança de Kimberly de repente muda para reconhecimento, até acolhimento. Agora que ela sabe que eu não estou ali para... Bom, sei lá o que ela pensou que eu faria; dar em cima dela? Tentar convertê-la para alguma religião? E ela relaxa. — Oi!

— Olhe — eu digo. — Só queria ver como você está. Quer dizer, por causa da coisa toda com Lindsay. Eu sei que vocês duas eram amigas...

Na verdade, eu não sei. Mas eu parti do princípio de que duas meninas que faziam parte da mesma equipe de animação de torcida deviam ser amigas. Certo?

— Ah — Kimberly diz, em um tom diferente, e o sorriso de propaganda de pasta de dente que ela lançou para mim some. — É mesmo. Que horror. Coitada da Lindsay. Eu... nem consigo pensar sobre o assunto. Ontem, eu fiquei chorando até dormir.

Para uma menina que chorou até dormir na noite anterior, Kimberly parece muito bem. Ela deve ter passado as férias em algum lugar onde estava calor porque, apesar de ser inverno, as pernas nuas de Kimberly estão bronzeadas. Ela não aparenta estar muito preocupada com o frio que faz lá fora, nem com a tempestade de neve que o New York One continua insistindo que vai chegar a qualquer momento, mas que na verdade empacou em cima de Washington.

Ela também não parece muito preocupada em estar tomando café no lugar onde, 24 horas antes, a cabeça decepada da grande amiga dela foi encontrada.

— Uau — digo. — Você deve estar arrasada.

Ela cruza as pernas compridas e bem torneadas por baixo da mesa e começa a torcer uma mecha do cabelo preto comprido (alisado, claro) ao redor de um dedo.

— Total — ela diz, com os olhos arregalados. — A Lindsay era, tipo, a minha melhor amiga, bom, depois da Cheryl Haebig. Mas a Cheryl na verdade não gosta mais de ficar muito tempo comigo, porque, sabe como é, ela passa a maior parte do tempo livre com o Jeff. O Jeff Turner. — Kimberly fica olhando intensamente para mim. — Você conhece o Jeff, certo? Ele é um dos colegas de quarto do Mark no 212.

— Claro, eu conheço o Jeff — eu digo. Eu conheço todos os jogadores de basquete, eles já estiveram na minha sala tantas vezes por conta de chamadas disciplinares, principalmente do tipo de contrabando de barril de chope. Supostamente, não pode haver álcool no Conjunto Fischer.

— Bom, os dois, eles são, tipo, praticamente casados. Ultimamente, quase nunca querem sair à noite.

E agora que Cheryl se mudou para o quarto de Lindsay e provavelmente não vai receber uma nova colega de quarto, ela e Jeff vão poder ficar se agarrando sem serem interrompidos...

Mas, espere. Isto não é razão para matar alguém.

— Então, depois da Cheryl, a Lindsay era a sua melhor amiga — eu digo. — Nossa, deve ser horrível perder alguém assim tão próxima. Não quero ofender, mas estou surpresa de você conseguir comer aqui.

Ao ser lembrada de sua comida, Kimberly pega uma garfada bem grande do omelete de clara de ovo dela. Inspirada com a ação dela, eu dou uma mordida no meu bagel com bacon e cream cheese. Humm. É o *céu*.

— É, bom — Kimberly diz. — Eu não acredito em fantasma nem nada dessas coisas. Quando a gente morre, está morta.

— É uma atitude muito prática da sua parte — digo, depois de dar um golinho no meu café com chocolate quente.

— Bom — Kimberly diz, com um dar de ombros. — Estou estudando comércio de moda. — E aponta para o livro assustador a sua frente: *Introdução à Contabilidade Gerencial*.

— Ah — eu digo. — Então, já que você conhecia a Lindsay tão bem, será que sabe de alguém que tivesse algo contra ela? Que talvez quisesse tirá-la do caminho? Tanto a ponto de matá-la, quer dizer?

Kimberly passa um tempinho torcendo a mecha comprida de cabelo escuro ao redor de outro dedo.

— Bom — ela diz, bem devagar. — Tinha muita gente que odiava a Lindsay. Quer dizer, as pessoas tinham inveja dela e essas coisas. Eu falei sobre a colega de quarto dela, Ann, para aquele policial que esteve aqui ontem à noite.

— A Ann detestava a Lindsay?

— Bom, talvez não detestasse. Mas as duas não se davam bem. É por isso que a Lindsay ficou tão feliz quando a Ann finalmente aceitou trocar de quarto com a Cheryl. Apesar de a Cheryl não andar mais tanto com a gente, pelo menos a Lindsay não ia mais ter que se preocupar com as merdas idiotas que a Ann fazia só para irritar.

— Merdas idiotas tipo o quê? — pergunto e dou mais uma mordida no meu bagel.

— Ah, só umas coisas bobas. Ela apagava os recados que as pessoas deixavam para a Lindsay na lousa da porta. Desenhava chifres de diabo em todas as fotos da Lindsay no jornal da faculdade antes de entregar para ela. Usava todos os absorventes da Lindsay e não comprava mais. Coisas assim.

— Bom, Kimberly — eu digo. — Parece que a Ann e a Lindsay não se davam exatamente bem. Mas você não acha que a Ann pode ter matado a Lindsay de verdade, acha? Quer dizer, por que ela faria isso? Ela sabia que ia mudar de quarto, certo?

Kimberly faz cara de pensativa.

— Bom, é, acho. Mas, de todo modo, eu falei para aquele tal investigador para ter certeza de que ela tinha um... Como chama mesmo? Ah, é, um álibi. Porque, nunca se sabe. Pode ser uma daquelas coisas de *Mulher Solteira Procura*.

Tenho certeza de que o investigador Canavan ficou animadíssimo com a dica da coisa de *Mulher Solteira Procura*. Até parece.

— E os namorados? — pergunto.

Este passo cognitivo é demais para o cérebro tenro e jovem de Kimberly processar. Ela junta as sobrancelhas, toda confusa.

— O quê?

— A Lindsay estava saindo com alguém? Quer dizer, eu sei que ela namorava o Mark Shepelsky...

— Ah — Kimberly revira os olhos. — O Mark. Mas a Lindsay e o Mark, quer dizer, eles não estavam mais juntos, sabe? O Mark é tão... imaturo. Ele e o Jeff, sabe, o namorado da Cheryl, só ficam tomando cerveja e assistindo a jogos. Eles nunca levaram a Lindsay e a Cheryl para dançar, ou qualquer coisa assim. E acho que isso não incomoda a Cheryl, mas a Lindsay... ela queria mais emoções. Mais sofisticação, acho que posso dizer.

— Então, foi por isso que ela começou a sair com outro? — pergunto.

Quando os olhos de Kimberly se arregalam, eu explico:

— O Mark esteve no nosso escritório hoje de manhã e comentou alguma coisa sobre um cara de fraternidade.

Kimberly parece ofendidíssima.

— É disso que ele chamou? De um cara de fraternidade? Por acaso não mencionou que ele é um Winer?

— Um o quê? — Eu realmente não faço a menor ideia do que ela está dizendo que o namorado da Lindsay é.

— Um Winer, W-I-N-E-R. Sabe como é. — Como eu continuo olhando para ela sem ter a menor noção do que ela está dizendo, ela sacode todo aquele cabelo comprido em sinal de descrença. — Caramba, você não conhece? É o *Doug Winer*. Da família Winer. Da *Empreiteira* Winer. Sabe o Centro Esportivo Winer aqui na Faculdade de Nova York?

Ah. Agora eu sei do que ela está falando. Não dá para passar por nenhum prédio em construção nesta cidade sem reparar na palavra WINER do lado de todas as escavadeiras, todos os rolos de arame e todos os tapumes da obra (e, apesar do fato de Manhattan ser uma ilha e a gente ficar achando que cada pedacinho de terreno aproveitável já foi usado, há vários prédios sendo construídos). Nenhum prédio de Nova York é erguido a menos que a Empreiteira Winer o erga.

E parece que a família Winer ganhou um pouquinho de dinheiro com isso. Talvez não seja a família Kennedy ou Rockefeller, mas, para uma animadora de torcida da Faculdade de Nova York, chega bem perto. Bom, a família realmente doou uma bela grana para a faculdade. Suficiente para construir o complexo esportivo e tudo o mais.

— Doug Winer — eu repito. — Então, esse Doug tem muito dinheiro?

— Hum, se você acha que ser podre de rico é a mesma coisa que ter muito dinheiro — Kimberly responde em tom de desdém.

— Sei. E o Doug e a Lindsay eram... próximos?

— Não estavam noivos nem nada — Kimberly diz. — Ainda. Mas a Lindsay achou que ele ia dar uma pulseira para

ela de aniversário. Com diamante. Ela viu no armário dele.
— Por um instante, o fato da morte de Lindsay é lembrado, e Kimberly parece um pouco menos animada. — Acho que agora ele vai ter que devolver — ela completa, toda triste. — O aniversário dela era na semana que vem. Meu Deus, que coisa mais triste.

Concordo que o fato de Lindsay não ter vivido para ganhar de presente uma pulseira de diamante é uma pena e então pergunto a ela se sabia de Lindsay e Doug terem brigado ou algo assim (não), onde Doug mora (na casa da fraternidade Tau Phi Epsilon), e quando Doug e Lindsay tinham se encontrado pela última vez (em algum momento do fim de semana anterior).

Logo fica claro que, apesar de Kimberly afirmar ter sido a melhor amiga de Lindsay, ou as duas não eram assim tão próximas ou a vida de Lindsay era absolutamente tediosa, porque Kimberly é incapaz de revelar qualquer fato relacionado à última semana de Lindsay na terra. Ou, pelo menos não consegue dar mais nenhuma informação que possa me ajudar a descobrir quem a matou.

Mas é claro que eu não estou fazendo nada disso. Não vou me intrometer na investigação sobre a morte de Lindsay. Longe disso. Só estou fazendo algumas perguntas a respeito do acontecido, nada mais. Quer dizer, qualquer um pode fazer perguntas sobre um crime sem de fato dar início a uma investigação particular sobre ele. Certo?

É o que digo a mim mesma quando volto para o escritório do diretor do edifício, segurando o café de Tom (peguei um novo, depois que o primeiro esfriou enquanto eu conversava com Kimberly) em uma das mãos, e uma nova mistura de café, chocolate quente e chantili na outra para mim. Não fico assim tão surpresa de ver que Sarah, nossa assistente de pós-graduação, chegou para trabalhar com uma expressão nada feliz. Sarah está infeliz quase todos os dias.

Hoje, o mau humor dela parece ser contagioso. Tanto ela quanto Tom estão largados em suas mesas. Bom, Tom tecnicamente está largado na minha mesa. Mas ele parece bem infeliz, até me ver.

— Você salvou a minha vida — Tom diz quando eu coloco o café na frente dele. — Por que demorou tanto?

— Ah, sabe como é — eu digo, e me largo no sofá ao lado da minha mesa. — Precisei dar uma força para a Magda. — Faço um sinal com a cabeça para a porta da sala de Tom, que continua fechada. Atrás dela, e através da grade, ouço um murmúrio baixo de vozes. — Ela continua lá dentro com o Mark?

— Não — Sarah diz, enojada. — Agora ela está lá com a Cheryl Haebig.

— Qual é o seu problema? — pergunto a Sarah, por causa do desdém.

— Parece que a dra. Kilgore é uma das professoras da Sarah — Tom responde com voz cheia de sofrimento, já que Sarah apenas se afunda ainda mais na cadeira e se recusa a falar. — E ela não gosta muito dela.

— Ela é freudiana! — Sarah solta, sem nem tentar baixar a voz. — Ela realmente acredita em toda aquela bobagem sexista sobre todas as mulheres serem apaixonadas pelo pai e desejarem em segredo ter um pênis!

— A Dra. Kilgore deu um D a Sarah em um aos trabalhos dela no semestre passado — Tom me informa, com um sorriso jocoso bem pequenininho.

— Ela é antifeminista! — Sarah afirma. — Fui reclamar com a reitora. Mas não adiantou nada, porque ela também é dessa *turminha*. — *Turminha*, aparentemente, referia-se aos freudianos. — É uma conspiração. Estou seriamente pensando em escrever uma carta à *Crônica da Educação Superior* a respeito disso.

— Eu sugeri — Tom diz, sem tirar do rosto aquele sorrisinho cínico — que, se a presença da dra. Kilgore incomoda a Sarah tanto assim, que ela leve os recibos dos nossos gastos para pegar o reembolso...

— Está fazendo –15 graus lá fora! — Sarah berra.

— Eu vou — eu me ofereço, toda meiga.

Tanto Sarah quanto Tom olham para mim, incrédulos.

— É sério — eu digo, largando meu café com chocolate e me levantando para pegar o casaco. — Quer dizer, até parece que eu vou conseguir trabalhar com você na minha mesa, Tom. E estou precisado tomar um ar.

— Está fazendo -15 graus lá fora! — Sarah grita de novo.

— Não faz mal — eu digo. Enrolo o cachecol no pescoço. — Volto daqui a pouquinho.

Pego os recibos para reembolso em cima da mesa de Sarah e saio do escritório. Na recepção, Pete começa a rir quando me vê. Não porque eu estou cômica com tanto agasalho, mas porque ele se lembra do que eu disse a respeito do meu pai.

Bom? E por que ele não pode estar apenas querendo reconstruir sua relação com a filha que ele mal conhece?

Falando sério, com amigos como Pete, quem precisa de inimigos?

Ignoro Pete e saio (e quase dou meia-volta, de tão frio que está). A temperatura parece ter caído muito desde que eu caminhei até o trabalho, uma hora antes. O frio faz com que eu tenha dificuldade de respirar.

Mas estou decidida. Agora não há mais como voltar. Abaixo a cabeça para me proteger do vento, caminho na direção da praça, ignorando as ofertas de "fumo, fumo" dos compatriotas de Reggie e me dirijo para o outro lado do campus (na direção oposta à sala da tesouraria). O que por acaso também é a direção na qual o vento sopra em rajadas subárticas.

E é por isso que, quando eu ouço alguém chamando o meu nome, não me viro logo. Minhas orelhas estão tão dormentes embaixo do meu gorro de lã que eu acho que estou ouvindo coisas. Então, sinto uma mão no meu braço e me viro, esperando ver Reggie com seu sorriso de dentes dourados.

Fico sem respiração de novo, mas acho que não é necessariamente por causa do frio: é Cooper Cartwright.

— Ah — eu digo, olhando fixamente para ele. Ele está tão encasacado quanto eu. Tirando os esquilos (e os traficantes de drogas), nós somos os únicos seres vivos idiotas (ou desesperados) o suficiente para estar na rua naquela manhã congelante.

— Cooper — eu digo, através de lábios rachados pelo vento. — O que você está fazendo aqui?

— Dei uma passada para falar com você — Cooper responde. A respiração dele está um pouco pesada. Parece que correu para me alcançar. Imagine só, correr com este tempo. Com todas aquelas roupas. Se fosse eu, teria me desmanchado em um montinho gelatinoso. Mas como é Cooper, ele só está respirando um pouco mais pesado do que o normal. — E a Sarah e o Tom disseram que você estava indo para a tesouraria. — Ele faz um sinal com o polegar esticado por cima do ombro. — Mas a tesouraria não fica para lá?

— Ah — eu digo, pensando rápido. — É. Fica sim. Mas, hum, achei que podia matar dois coelhos com uma cajadada só e dar uma passada para falar com um cara a respeito de uma coisa. Tem alguma coisa importante que você precisa falar comigo? — *Por favor*, eu rezo. *Por favor, meu Deus, não permita que ele tenha falado com o meu pai antes de eu ter tido oportunidade de falar com ele a respeito do meu pai.*

— É, tem sim — Cooper diz. Ele não se barbeou de novo hoje de manhã. A barba escura por fazer parece deliciosamente pinicante. — É o meu irmão. Quero saber por que ele deixou um recado pedindo para falar comigo a respeito de você. Faz alguma ideia do que ele quer?

— Ah — eu digo, sentindo-me até enjoada de alívio. Apesar de isso possivelmente acontecer por causa do chantili. — É. Ele quer que eu vá ao casamento dele. Sabe como é, para mostrar que não sobraram ressentimentos...

— Na frente dos fotógrafos da *People* — Cooper termina a frase para mim. — Entendi. Eu já devia saber que não era nada importante. Então. — O olhar azul gélido dele se fixa em mim como um facho de laser. — Você vai falar com um cara sobre que coisa?

Droga. Como é que ele sempre sabe? *Sempre.*

— Bom — eu digo, lentamente. — Sabe, acontece que a Lindsay estava saindo com outro menino antes de morrer. Um Winer.

— Um o quê?

— Você sabe. — Eu soletro. — Da Empreiteira Winer.

Os olhos de cílios negros dele se apertam.

— Heather. Por que eu estou com a ideia de que você está investigando o assassinato da menina que morreu?

— Porque eu estou mesmo — respondo e levanto minhas duas mãos enluvadas em sinal de protesto quando ele toma fôlego para começar seu sermão. — Cooper, pense bem! A Empreiteira Winer? O Centro Esportivo Winer? Eles devem ter chaves antigas de prédios na cidade toda. Doug pode muito bem ter tido acesso à chave do refeitório...

— Alguém autorizou a entrada dele naquela noite? — Cooper quer saber.

Droga. Ele conhece os procedimentos do Conjunto Fischer quase tão bem quanto eu.

— Bom, não — eu digo. — Mas existem mil maneiras para ele ter conseguido entrar lá. Os entregadores de comida chinesa entram o tempo todo para colocar cardápios embaixo das portas dos alunos...

— Não. — É tudo que Cooper diz. E acompanha a palavra com um único sinal com a cabeça.

— Cooper, escute aqui — eu digo, apesar de ser inútil. — O investigador Canavan não está fazendo nenhuma das perguntas corretas. Ele não sabe como tirar informações dessa garotada. Juro que não estou fazendo nada além disto. Estou reunindo as informações. E depois vou entregar tudo para ele.

— Você realmente acredita que eu sou assim tão ingênuo, Heather? — Cooper quer saber.

Ele está olhando para mim com muita intensidade. O vento parece cortar a minha pele e faz meus olhos arderem, mas parece que isso não o incomoda nem um pouco. Possivelmente porque ele tem toda aquela barba por fazer para protegê-lo.

— Sabe, é muito estressante trabalhar em um lugar que as pessoas chamam de Alojamento da Morte — eu digo. — O Tom acabou de começar a trabalhar lá, e já quer pedir demissão. A Sarah está insuportável. Só estou tentando transformar o Conjunto Fischer em um lugar divertido de se trabalhar. Só estou tentando cumprir a minha função.

— Conversar com alguma garota que colocou creme depilatório no frasco de xampu da colega de quarto é uma coisa — Cooper diz, mencionando uma forma muito comum de tortura entre colegas de quarto na Faculdade de Nova York — e encontrar a pessoa responsável pela cabeça de uma animadora de torcida fervendo em uma panela em cima do fogão são coisas completamente diferentes. Uma delas é o seu trabalho. A outra, não.

— Eu só quero falar com esse garoto Winer — digo. — Que mal pode haver em FALAR com ele?

Cooper continua olhando para mim fixamente, e o vento continua assobiando.

— Por favor, não faça isto — ele diz tão baixinho que eu não tenho muita certeza se ele disse mesmo. Só que eu vi os lábios dele se mexerem. Aqueles lábios estranhamente luxuriantes (para um homem) que às vezes me lembram almofadas, contra os quais eu gostaria de pressionar a minha boca.

— Você pode me acompanhar — ofereço, toda animada.
— Venha junto comigo e vai ver. Eu só vou conversar. Não vou investigar. De jeito nenhum.

— Você está louca — Cooper diz. Há um pouco de desgosto em sua voz. — Estou falando sério, Heather. A Sarah tem razão. Você tem algum tipo de complexo de Super-Homem.

— Para o alto e avante — eu digo. E pego o braço dele. — Então. Você vem?

— Por acaso tenho escolha? — Cooper quer saber.

Reflito sobre o assunto.

— Não — respondo.

Abro a tranca da porta da frente
Não é a comida chinesa que eu espero
Não é um homem com sacolas de jantar
É só você, que só me traz desespero

"Entrega"
Composta por Heather Wells

10

O Prédio das Fraternidades, também conhecido por Edifício Waverly, é um prédio enorme do outro lado do Washington Square Park, em relação ao Fischer. Separado da rua por um muro de pedra ao redor de um pátio, no qual se entra por uma passagem em forma de arco, é o prédio ao redor da praça que tem o estilo mais parisiense de todos, e, por essa razão, é o mais distinto. Talvez tenha sido por isso que o conselho da diretoria determinou que este prédio abrigaria as fraternidades gregas da faculdade (as irmandades, em menor número, localizam-se em um prédio mais moderno na Terceira Avenida), uma por andar.

Eu, obviamente, nunca aprendi grego, de modo que não entendo o que todos os símbolos nas campainhas ao lado da porta de entrada significam.

Mas reconheço a Tau Phi Epsilon na mesma hora, porque na plaquinha deles está escrito TAU PHI EPSILON em letras pretas, em vez de usar símbolos gregos.

Diferentemente da calçada bem varrida na frente do Conjunto Fischer, o pátio do Edifício Waverly é imundo, cheio de latas de cerveja jogadas. Os arbustos em vasos que ladeiam a porta são decorados com lingerie feminina, em vez de luzezinhas de Natal que piscam (há roupas íntimas de mulher de todos os tamanhos e cores; desde calcinhas fio-dental de renda preta até cuecas femininas Calvin Klein brancas, passando por partes de baixo de biquínis de bolinha).

— Ah, mas isso é mesmo um desperdício de umas boas peças de lingerie — eu digo, olhando para as calcinhas.

Mas Cooper continua com aquela cara seriíssima dele, nem abre um sorrisinho com a minha meio-piada. Ele abre a porta com um puxão e fica esperando eu entrar antes dele.

O calor lá dentro é tão intenso que eu sinto meu nariz começar a descongelar no mesmo instante. Entramos em uma recepção razoavelmente limpa, vigiada por um agente de segurança de cabelos grisalhos da Faculdade de Nova York, cujo rosto é riscado por tantas veiasinhas rompidas que sua predileção pelo uísque nas horas vagas (pelo menos assim se espera) fica bem óbvia. Quando eu mostro a ele meu crachá de funcionária e digo que estou ali para falar com Doug Winer da Tau Phi Epsilon, ele nem se dá ao trabalho de ligar para ver se Doug está no quarto. Só faz um sinal na direção do elevador. Quando passamos, percebo por que: ele está ocupado assistindo à novela em um dos monitores de sua mesa.

Junto com Cooper naquele elevador minúsculo para três pessoas, fico em silêncio durante todo o trajeto cheio de solavancos... até que a cabine para abruptamente no quinto andar, e a porta se abre e revela um corredor comprido e meio sujinho, ao longo de qual alguém escreveu, com letras cor-de-rosa-shocking de quase um metro de altura: GORDAS, VÃO PARA CASA.

Fico olhando para aquelas letras, que quase batem no meu quadril, e que estão rabiscadas em portas e paredes de maneira indiscriminada. Os membros da Tau Phi Epsilon vão ter que pagar uma bela taxa de danos causados às instalações no fim do ano letivo.

— Bom — eu digo, olhando para a parede.

— Isto — Cooper solta — é exatamente por que eu acho que você não deve se envolver nesta investigação.

— Porque eu sou gorda e devo me mandar de volta para casa? — pergunto, injuriada.

A expressão de Cooper fica ainda mais sombria... Feito que eu não achava ser possível.

— Não — ele responde. — Porque... Porque... garotos assim são uns *animais*.

— Por acaso são o tipo de animal que cortaria fora a cabeça de uma animadora de torcida e a cozinharia em uma panela na cozinha do refeitório de um alojamento? — pergunto sem fazer rodeios.

Mas parece que ele perdeu a fala de tanta indignação. Então eu bato na porta mais próxima do elevador, a que tem TAU PHI EPSILON escrito por cima do batente.

A porta se abre e uma mulher de cabelo escuro, que está com uniforme completo de empregada doméstica, juro por Deus (não do tipo sexy que vendem em Bleecker Street, mas um de verdade, de manga comprida e saia abaixo do joelho) fica olhando para nós sem entender nada. Ela é bastante jovem, tem provavelmente quarenta e poucos anos, e está com um pano de pó na mão. Mas não usa lenço de rendinha na cabeça, graças a Deus.

— Pois não? — ela diz. O sotaque latino dela é pesado. Mais pesado até do que o de Salma Hayek.

Mostro meu crachá de funcionária para ela.

— Oi — digo. — E sou a Heather Wells, e este é o meu amigo Cooper Cartwright. Trabalho no departamento de acomodação. Eu só queria...

— Entre — a mulher diz, sem o menor interesse. Ela sai da frente para podermos entrar, então fecha a porta atrás de nós. Nós nos vemos em um loft espaçoso e bem iluminado, antigo, com pé-direito alto, ornamentos em gesso e piso tipo parquê, em uma antessala rodeada de portas pelos quatro lados.

— Eles estão ali — ela faz um sinal com a cabeça para um par de portas envidraçadas fechadas, à direita.

— Hum, bom, na verdade, estamos procurando um aluno específico — digo. — Doug Winer. Você sabe qual é o quarto...

— Olhe — a mulher diz, não de maneira desagradável. — Eu só limpo. Não sei o nome de nenhum deles.

— Obrigado pela ajuda — Cooper diz com muita educação, pega o meu braço e me conduz na direção das portas envidraçadas fechadas. Está resmungando alguma coisa sem abrir a boca, que eu não entendo muito bem. Possivelmente porque, no minuto em que a mão dele se fecha sobre o meu braço, meu coração começa a bater tão alto nos meus ouvidos que abafa qualquer outro som. Apesar das sete camadas de tecido, o toque de Cooper me deixa infinitamente excitada.

Eu sei. Realmente, *sou* patética.

Cooper bate com energia no vidro da porta dupla e fala bem alto:

— Oi, tem alguém aí?

Uma voz lá de dentro berra algo ininteligível. Cooper olha para mim e eu dou de ombros. Ela abre as portas envidraçadas. Através da fumaça espessa de maconha, consigo distinguir o feltro verde de uma mesa de sinuca e, no fundo, uma TV grande transmitindo as imagens trêmulas de um jogo de futebol. A sala é iluminada por uma fileira de janelas, que deixa entrar a luz cinzenta e incômoda lá de fora, e pelo brilho quente de uma luminária de vitrais coloridos e latão pendurada por cima da mesa de sinuca. Em um canto mais afastado, um jogo animado de hóquei de mesa se desenrola, e, logo a minha esquerda, alguém abre um frigobar e pega uma cerveja.

É aí que eu percebo que Cooper e eu morremos (provavelmente naquele elevador capenga) e eu fui parar no Paraíso dos Homens por engano.

— Ei — diz um garoto louro, debruçado por cima da mesa de sinuca para dar uma tacada difícil. Ele está com um baseado apertado no meio dos lábios, a ponta dele brilha vermelha. É inacreditável: ele usa uma jaqueta de smoking de cetim vermelho e calça jeans Levi's. — Espere um pouco.

Ele faz um movimento para trás e para a frente e dá sua tacada, e o estalar das bolas de repente é abafado pelos berros dos torcedores de futebol americano que demonstram sua predileção por um jogador específico. O garoto apruma o corpo, tira o baseado da boca e analisa Cooper e eu de trás da franja loura.

— Posso ajudar? — ele pergunta.

Olho cheia de vontade para a cerveja que o garoto pega e serve enquanto espera a nossa resposta. Uma olhada para Cooper me diz que ele também se lembra com saudade de uma época em sua vida em que não fazia mal beber cerveja antes do almoço (a atitude era até incentivada). Apesar de eu na verdade nunca ter vivido um tempo desse, já que não fiz faculdade.

— Hum — eu digo. — Estamos procurando o Doug Winer. Ele está aqui?

O garoto dá risada.

— Ei, Brett — ele chama por cima do ombro coberto de cetim vermelho. — A alta quer saber se o Doug está aqui.

Brett, que está na mesa de hóquei, solta uma gargalhada de desdém.

— Por acaso nós estaríamos aproveitando desta ganja excelente se o Dougster não estivesse aqui? — ele pergunta, erguendo a garrafa de cerveja no ar como aquele cara da peça de teatro que ergue a caveira e diz que o conhecia bem. — Claro que o Dougster está aqui. Aliás, o Dougster está em todo lugar.

Cooper fica olhando com uma certa inveja para a TV *wide-screen* aparentemente alheio ao fato de que eu acabo de ser chamada de gata (isso, apesar de ser um tanto machista, é um sinal de boas-vindas bem melhor do que eu esperava, levando em conta o que está escrito lá fora).

Ainda assim, como o meu parceiro aparentemente está em transe, sinto que é minha tarefa conduzir a conversa em uma direção mais útil.

— Bom — eu digo. — Será que você pode me dizer onde especificamente eu posso encontrar o sr. Winer?

Um dos caras na frente da TV de repente se vira e solta:

— Caramba, Scott, ela é da polícia!

Todos os baseados da sala e uma quantidade surpreendente de cerveja desaparecem em uma fração de segundo, amassados embaixo de Docksiders ou escondidas atrás de almofadas de sofá.

— Polícia! — Scott, o garoto da mesa de sinuca, joga o baseado longe, com uma expressão de desgosto. — Vocês não deveriam mandar avisar que estão subindo? Não vão poder me acusar de nada, cara, porque não avisaram que estavam subindo.

— Não somos da polícia — eu digo, erguendo minhas mãos enluvadas. — Relaxe. Só estamos procurando o Doug.

Scott dá uma gargalhada de desdém.

— Ah, é? Bom, então deve ter vindo comprar, porque com esta roupa, não está vendendo, com certeza.

Vários murmúrios soam em concordância.

Olho para os meus jeans, então dou uma olhada discreta para o anoraque de Cooper, que ele abriu para mostrar um blusão de lã que tem uma rena verde pulando por cima de alguma figura geométrica, em que a cor rosa se destaca, um blusão que por acaso eu sei que ele ganhou de presente de Natal de uma tia-avó ágil com as agulhas. Cooper faz muito sucesso entre as pessoas mais velhas da família.

— Hum — eu digo, pensando rápido. — É isso mesmo.

Scott revira os olhos e tira a cerveja da caçapa onde a tinha escondido.

— Volte para o corredor, é a primeira porta à esquerda. E não se esqueça de bater antes de entrar, certo? O Winer sempre tem visita.

Eu assinto, e Cooper e eu retraçamos nossos passos até o corredor do GORDAS, VÃO PARA CASA. A empregada não está à vista. Cooper está com cara de quem levou uma surra.

— Você sentiu aquele cheiro? — ele ofega.

— Senti sim — respondo. — Por que estou achando que eles têm um fornecedor de maconha um pouquinho melhor do que o Reggie?

— Isto não é da conta do departamento de acomodação? — Cooper quer saber. — Eles não têm um AR?

— Têm um APG — respondo. — Igual à Sarah. Mas que cuida do prédio todo, não têm um para cada andar. Ele não pode estar em todo lugar ao mesmo tempo.

— Principalmente — Cooper diz, meio aos murmúrios — se os membros da Tau Phi obviamente o pagam para não estar.

Não sei por que ele acha isso... Mas estou propensa a apostar que ele tem razão. Ei, os assistentes de pós-graduação também são alunos e, com muita frequência estão sem dinheiro.

A primeira porta à esquerda está coberta com um pôster em tamanho natural de Brooke Burke de biquíni. Bato com toda a educação no seio esquerdo de Brooke e ouço um "O que foi?" abafado em resposta. Então viro a maçaneta e entro.

O quarto de Doug Winer está escuro, mas há luz cinzenta suficiente entrando pelas frestas da persiana para revelar uma cama enorme com colchão de água, em que duas silhuetas estão reclinadas, entre uma infinidade de latas de cerveja. O tema predominante na decoração, de fato, parece ser cerveja: há pilhas de latas, garrafas e caixas de cerveja espalhadas por todo o quarto. Nas paredes, há pôsteres de cerveja e, nas prateleiras, arranjos criativos com as latas. Eu, que gosto tanto de cerveja quanto qualquer um, talvez até um pouco mais, sinto-me um pouco envergonhada por Doug.

Afinal de contas, beber cerveja é uma coisa. Decorar o seu quarto com isso é outra, bem diferente.

— Hum, Doug? — eu digo. — Desculpe acordar você, mas precisamos conversar um instante.

Uma das silhuetas na cama se mexe, e uma voz masculina sonolenta pergunta:

— Que horas são?

Consulto o relógio de Cooper (já que eu não tenho um) depois que ele aperta o botão que ilumina o mostrador.

— 11 horas — respondo.

— Merda. — Doug se estica, então parece se dar conta da outra presença em sua cama. — Merda — ele diz, em um tom diferente, e cutuca a silhueta (com uma certa brutalidade, na minha opinião).

— Ei — Doug diz. — Você aí. Levante.

Resmungando com vigor, a menina tenta rolar para longe dele, mas Doug a fica cutucando até ela se sentar e bater seus cílios cobertos com uma camada pesada de rímel e apertando os lençóis cor de vinho contra o peito.

— Onde eu estou? — ela quer saber.

— Em Xanadu — Doug responde. — Agora, dê o fora daqui.

A menina fica olhando para ele.

— Quem é você? — ela quer saber.

— O Conde Drácula — Doug responde. — Vista suas roupas e saia daqui. O banheiro fica ali. Não coloque nenhum produto de higiene feminina na privada, se não entope.

A menina fica olhando para Cooper e para mim, parados à porta.

— Quem são eles? — ela pergunta.

— Como diabos eu vou saber? — Doug diz, mal-humorado. — Agora, saia daqui. Tenho mais o que fazer.

— Tudo bem, seu reclamão. — A menina sai da cama com um único movimento e brinda a Cooper e a mim com uma visão generosa de seu traseiro em formato de coração enquanto se esforça para entrar em uma calcinha que não foi parar nos arbustos da entrada. Agarrada a um vestido que parece ser de lantejoulas, ela dá um sorriso afetado para Cooper quando passa rebolando na frente dele, a caminho do banheiro, e me olha com os olhos apertados.

Bom, desejo o mesmo a você, colega.

— Quem diabos são vocês? — Doug quer saber. Ele se inclina para frente e ergue a persiana só o suficiente para me permitir ver que o corpo dele é o de um lutador peso-leve: pequeno, mas musculoso e compacto. De acordo com a moda atual esquisita do campus da Faculdade de Nova York, o cabelo dele está raspado de todos os lados, mas ergue-se em uma cobertura loura espetada na parte de cima. Parece estar usando uma medalhinha de São Cristóvão e quase nada mais.

— Oi, Doug — eu digo, e me surpreendo quando a minha voz sai encharcada de animosidade. Eu não tinha gostado nada do jeito como Doug tinha tratado a garota, mas achava que seria capaz de esconder melhor. Ah, que se dane. — Eu sou a Heather Wells e este aqui é o Cooper Cartwright. Viemos aqui fazer algumas perguntas para você.

Doug está remexendo na mesinha de cabeceira, em busca de um maço de cigarros Marlboro.

É aí que Cooper dá dois passos largos na direção dele, pega o pulso do garoto e aperta bem forte. O garoto solta um grito e volta o par de olhos azuis-claros furiosos para o homem maior do que ele.

— Que merda você acha que está fazendo? — ele zurra.

— Fumar atrasa o seu crescimento — Cooper diz, pega o maço de cigarros e enfia no bolso. Ele não larga o pulso de Doug; em vez disso, começa a apertar com sutileza, para impedir que o garoto se desvencilhe. — E você por acaso já viu a fotografia do pulmão de um fumante?

— Quem vocês acham que são, porra? — Doug Winer exige saber.

Penso em responder algo espertinho do tipo *Seu pior pesadelo*, mas dou uma olhada em Cooper e percebo que nós só somos uma diretora-assistente de conjunto residencial com IMC mais para o lado do sobrepeso e um detetive particular com um blusão tricotado a mão, sendo que nenhum dos dois jamais fez parte de uma fraternidade.

Mesmo assim, Cooper é capaz de intimidar só pelo tamanho, e parece que é a opção feita por ele, já que ele se avulta por cima da cama do garoto como uma cabeceira de 1,90m de altura.

— Quem você acha que nós somos não faz diferença — Cooper diz, com sua voz mais assustadora. E é aí que eu percebo que Cooper também não gostou do jeito que Doug tratou a garota. — Eu por acaso sou detetive, e gostaria de lhe fazer algumas perguntas relativas à natureza do seu relacionamento com Lindsay Combs.

Os olhos de Doug Winer se arregalam de modo perceptível, e ele diz, com voz estridente:

— Não tenho que falar merda nenhuma para a polícia. Os advogados do meu pai disseram que não!

— Bom — Cooper diz, sentando-se no colchão de água que se agita —, isso não é bem verdade, Douglas. Se você não falar merda nenhuma para a polícia, você vai ser preso por obstrução da Justiça. E acho que nem o seu pai nem os advogados dele vão gostar disto.

Tenho que tirar o chapéu para Cooper. Ele deixa o garoto absolutamente apavorado, e nem precisa mentir para ele. Ele é detetive... e a polícia pode mesmo prender Doug por obstrução à Justiça. Só que Cooper não é investigador da polícia, e não poderia prendê-lo por conta própria.

Ao ver a expressão truculenta do garoto de repente se suavizar de medo, Cooper solta o pulso dele e recua, cruza os braços por cima do peito e fica olhando para ele com ar levemente ameaçador. Ele fica com uma cara de quem gostaria de quebrar o braço de Doug Winer (e de que ainda pode fazê-lo, caso seja provocado).

Doug massageia o pulso no lugar em que Cooper segurou e ergue os olhos para ele, cheio de ressentimento.

— Não precisava fazer isto, cara — ele diz. — Este quarto é meu, eu posso fumar se quiser.

— Na verdade — Cooper diz, com a mesma amabilidade que, tenho certeza, sempre faz com que seus clientes menos simpáticos acreditem que ele está secretamente do lado deles —, este quarto pertence à Associação Tau Phi Epsilon, Douglas, não a você. E acho que a Associação Tau Phi Epsilon pode se interessar em saber que um de seus membros conduz um negócio bem lucrativo de venda de substâncias controladas em sua propriedade.

— O quê? — o queixo de Doug cai. Naquela luz cinzenta, dá para ver agora que o queixo do menino está coberto de acne. — Do que você está falando, cara?

Cooper dá risadinhas.

— Bom, vamos deixar isso de lado por enquanto, pode ser? Quantos anos você tem, Douglas? Diga a verdade agora, meu filho.

Para a minha surpresa, o garoto não diz *Eu não sou seu filho*, como eu teria dito no lugar dele. Em vez disso, só empina o queixo coberto de espinha e fala:

— Vinte.

— Vinte — Cooper repete, examinando o quarto com muita atenção. — E todas estas latas de cerveja são suas, Douglas?

Doug não é assim tão burro quanto parece. O rosto dele fica sombrio de desconfiança quando ele mente, na cara dura:

— Não.

— Não? — Cooper parece levemente surpreso. — Ah, peço desculpas. Suponho que os seus irmãos de fraternidade, os que têm mais de 21 anos, quer dizer, que é a idade legal para beber neste estado, beberam todas estas latas de cerveja e deixaram no seu quarto para fazer uma piadinha. Corrijame se eu estiver errado, mas por acaso não é proibido o consumo de bebidas alcoólicas no campus da Faculdade de Nova York, Heather? — Cooper pergunta para mim, apesar de saber muito bem qual é a resposta.

— Mas que coisa, é sim, acredito que seja, Cooper — respondo, percebendo o joguinho dele e entrando na onda. — E, no entanto, no quarto deste rapaz, há muitas e muitas latas de cerveja vazias. Sabe o quê, Cooper?

Cooper parece interessado.

— Não, o que foi, Heather?

— Acho que talvez a Tau Phi Epsilon esteja desrespeitando a regra que proíbe o consumo de bebidas alcoólicas no campus. Acredito que a Associação das Fraternidades Gregas vai ficar muito interessada nas informações sobre o seu quarto, sr. Winer.

Doug se levanta apoiado nos cotovelos e o peito nu e sem pelos de repente começa a subir e descer com muita rapidez.

— Olhem, eu não matei a Lindsay, certo? É a única coisa que vou dizer. E é melhor vocês pararem de me atormentar!

O "não" de safanão
O "sei" de cansei
O "nada" de estabanada
Você é mesmo um bobão

"Canção da Rejeição"
Composta por Heather Wells

Cooper e eu trocamos olhares estupefatos. A estupefação, de todo modo, não é fingida.

— Alguém aqui por acaso acusou você de matar alguém, Douglas? — Cooper abre as mãos em um gesto indicativo de inocência.

— É mesmo — eu sacudo a cabeça. — Só estávamos acusando a sua fraternidade de fornecer álcool para um membro menor de idade.

Doug desdenha.

— Deixe a minha fraternidade fora disto, certo?

— Talvez seja possível — diz Cooper, alisando o queixo com barba por fazer, todo pensativo. — Caso você seja mais cooperativo em relação à informação que a minha amiga aqui pediu.

Winer lança um olhar para mim.

— Tudo bem — o garoto suspira, recosta-se nos travesseiros de sua cama com colchão de água e entrelaça os dedos atrás da cabeça, de modo que Coop e eu ganhamos uma bela vista dos pelos louros das axilas dele. Eca. — O que vocês querem saber?

Ignorando os sovacos, eu digo:

— Quero saber há quanto tempo você e Lindsay Combs estavam namorando.

— Namorando. — Doug Winer dá um sorriso de desdém para o teto. — Certo. Namorando. Deixe-me ver. Ela apareceu em uma festa de confraternização em setembro. Foi quando a gente se conheceu. Ela estava com aquela menina que namora o Jeff Turner. Cheryl alguma coisa.

— O Jeff é da Tau Phi? — eu pergunto.

— Ele está no processo seletivo. Como está no time principal, provavelmente vai ser aceito, se passar na iniciação. Mas, bom, eu achei que ela era bonitinha. A Lindsay, quer dizer. Ofereci uma bebida para ela. — Ele lança um olhar de defesa para Coop. — Eu não sabia que ela não tinha 21 anos. Mas, bom, a coisa meio que andou a partir dali.

— *Como* é que a coisa andou a partir dali? — eu pergunto.

— Sabe como é — Doug Winer dá de ombros, então lança um sorriso tão presunçoso e com ar de superioridade que eu me seguro para não me jogar em cima do sujeito, abrir um buraco no colchão de água e ficar segurando a cabeça dele lá dentro até que ele se afogue.

Não, é claro que eu poderia ser capaz de fazer algo assim. Porque daí eu provavelmente seria demitida.

— Não, não sei — digo, por entre dentes cerrados. — Por favor, explique para mim.

— Ela me chupava, certo? — Winer diz, jocoso. — Rainha da porra do baile, que nada. Ela era profissional, vou dizer. Nunca vi uma menina fazer daquele jeito...

— Certo — Cooper interrompe. — Já entendemos.

Sinto minhas bochechas queimando e fico amaldiçoando a mim mesma. Por que eu preciso agir de maneira tão puritana quando escuto palavras como *chupada*?

Principalmente perto de Cooper, que já tem certeza de que eu sou uma "garota boazinha". Como eu fico corando o tempo todo, só serve para reforçar a imagem.

Tento fingir que não estou corada por causa do que ele disse, mas que estou vermelha por causa da temperatura no quarto de Doug, ainda mais depois que, a julgar pelo barulho de água que vem do banheiro dele, sua namorada (ou seja lá quem for) está tomando banho. Começo a tirar o cachecol.

— Não faz mal — eu digo a Cooper, para mostrar a ele que não me importo com o linguajar rude. Para Doug, eu digo: — Prossiga.

Douglas, ainda com aquele ar de presunção, dá de ombros.

— Então, eu achei que seria bom se ela ficasse por perto, sabe como é? Para emergências.

Fico tão surpresa com a frieza daquilo que não consigo pensar em nada para dizer. É Cooper quem pergunta, com toda a calma, examinando as próprias cutículas:

— Como assim, seria bom se ela ficasse por perto?

— Sabe como é. Anotei o telefone dela na minha cadernetinha. Para um dia de chuva. Sempre que eu estava para baixo, dava uma ligadinha para a boa e velha Lindsay, e ela vinha aqui e fazia com que eu me sentisse melhor.

Realmente não consigo me lembrar de qual foi a última vez que eu senti tanta vontade de matar alguém (e daí me lembro que, apenas uma hora antes, eu estava a fim de dar um soco em Gillian Kilgore, quase tanto quanto agora eu tenho vontade de apertar a garganta de Doug Winer).

Talvez Sarah tenha razão. Talvez eu tenha *mesmo* complexo de Super-Homem. Cooper olha para mim e parece pressentir que eu estou tendo dificuldade de me segurar. Olha de novo para as unhas e pergunta a Doug, como quem não quer nada:

— E a Lindsay não tinha nenhuma reclamação relativa a esse tipo de relacionamento?

— Até parece — Doug diz com uma gargalhada. — E se ela tivesse reclamado, ela iria se arrepender.

A cabeça de Cooper se vira tão rápido na direção de Winer que só parece um borrão.

— Teria se arrependido como?

O garoto parece ter se dado conta de que cometeu um erro, tira as mãos da cabeça e se senta com o corpo um pouco mais reto. Reparo que o abdômen dele é perfeitamente liso, a não ser nos pontos em que os músculos se ressaltam. Eu já tive a barriga durinha assim no passado. Quando eu tinha 11 anos.

— Ei, não é nada disso, cara. — Os olhos azuis de Winer estão arregalados. — Não é isso. Estou dizendo que eu não ia ligar mais para ela. Só isso.

— Você está tentando nos dizer — finalmente encontrei a minha voz — que a Lindsay Combs achava perfeitamente natural vir aqui a qualquer momento que você ligasse para fazer... āh-ham... sexo oral?

Doug Winer fica olhando para mim fixamente, detectando a hostilidade na minha voz, mas parece que não entende de onde aquilo saiu.

— Bom. É.

— E por quê?

O garoto fica me encarando.

— Como assim?

— Quero dizer que meninas geralmente não fazem sexo oral sem razão nenhuma. — Pelo menos, nenhuma menina que eu conheço. — O que ela ganhava em troca?

— Como assim, o que ela ganhava em troca? Ela me ganhava em troca.

Finalmente chegou a minha vez de dar um sorrisinho de desdém.

— Você?

— É — O garoto empina o queixo na defensiva. — Você não sabe quem eu sou?

Cooper e eu, como se tivéssemos combinado, trocamos olhares de quem não está entendendo nada. O garoto diz, em tom insistente.

— Eu sou um Winer.

Como nós dois continuamos com cara de perdidos, Doug explica, como se achasse que nós somos lerdos.

— Da Empreiteira Winer. Do Centro Esportivo Winer? Vocês nunca ouviram falar? Caramba, nós somos donos desta cidade, cara. Praticamente construímos esta porra desta faculdade inteira. Pelo menos os prédios novos. Eu sou um Winer, cara. Um *Winer*.

Nossa, parece um pirralho mimado.

E se era por isso que Lindsay Combs dava tantas chupadas assim neste cara, eu, pelo menos, não acredito. Lindsay não era esse tipo de menina.

Acho que não.

— Além do mais, eu dava umas merdas para ela — Doug reconhece, de má vontade.

Agora estamos chegando a algum lugar.

Cooper ergue as sobrancelhas.

— Você fazia o quê?

— Eu dava umas merdas para ela. — Daí, ao ver a expressão de Cooper, Doug olha nervoso na minha direção e diz: — Quer dizer, umas coisas. Sabe como é, o tipo de coisa que as meninas gostam. Joias e flores e tal.

Ah, sim, Lindsay era *este* tipo de garota. Pelo menos, até onde eu sei.

— Eu até ia dar uma pulseira para ela no aniversário dela... — De repente, o garoto sai da cama e nos proporciona uma visão que eu preferia não ter tido, da cueca preta Calvin Klein apertadinha dele. Vai até uma cômoda e tira uma caixinha de veludo preto de uma gaveta. Ele se vira e joga a caixinha para mim em um gesto desleixado. Eu quase derrubo, mas pego.

— Agora não sei o que vou fazer com isso.

Abro a tampa de veludo perto e (confesso) meus olhos se arregalam ao avistar a fileira distinta de diamantes dentro da caixa, em um leito de seda azul. Se este é o tipo de recompensa que Lindsay recebia rotineiramente por seus serviços, então acho que eu entendo um pouco melhor.

Segurando meu desejo de assobiar por causa do valor daquilo, mostro o conteúdo da caixa para Cooper, que ergue as sobrancelhas escuras.

— Que belezinha — ele comenta, sem muita emoção. — A sua mesada deve ser bem boa.

— É sim — Doug dá de ombros. — Bom, é só dinheiro.

— É dinheiro do seu pai? — Cooper quer saber. — Ou é seu?

O garoto fica lá remexendo nas coisas, procurando algo em cima da cômoda. Quando seus dedos se fecham ao redor de um frasco de aspirina, Doug Winer suspira.

— Que diferença faz? — ele quer saber — Meu dinheiro, o dinheiro do meu pai, o dinheiro do meu avô. É tudo a mesma coisa.

— É mesmo, Doug? O dinheiro do seu pai e o do seu avô vem da construção. Acho que você comercializa algo diferente.

O garoto só fica olhando.

— Do que você está falando, cara?

Cooper dá um sorriso afável.

— Os garotos ali no salão deram a entender que você sabe mexer com certas plantas hidropônicas.

— Não quero nem saber o que eles deram ou não a entender — Doug declara. — Eu não faço tráfico de drogas, e se você me acusar de vender umas destas aqui que seja para alguém — ele sacode o frasco de aspirina para nós —, o meu pai vai colocar a sua bunda em uma tipoia. Ele é amigo do reitor, sabe? Desta faculdade.

— Pronto — eu digo, fingindo pavor. — Agora eu fiquei com medo.

— Sabe o quê? É melhor ficar... — Doug fica olhando

fixamente na minha direção. Mas ele não consegue dar nem um passo antes que Cooper bloqueie seu caminho, com sua enorme massa de músculos, anoraque e barba por fazer.

— Aonde exatamente você acha que vai? — Cooper pergunta em tom despreocupado.

Como Cooper obviamente achou que ele faria (os homens são tão previsíveis...), o garoto tenta dar um soco nele. Cooper desvia e seu sorriso se abre ainda mais. Agora ele tem permissão para dar a maior surra em Winer, como ele sem dúvida quer que aconteça.

— Coop — eu digo, porque de repente percebo que as coisas não estão acontecendo bem como eu queria. — Não faça isto.

É inútil. Cooper dá um passo na direção do garoto, bem quando Doug tenta desferir um segundo golpe, segura o pulso dele e, só com a pressão dos dedos, faz Winer se ajoelhar.

— Onde você estava na noite de anteontem? — Cooper vocifera, com o rosto a centímetros do rosto do garoto.

— O quê? — Doug Winer engole em seco. — Cara, você está me machucando!

— Onde você estava na noite de anteontem? — Cooper quer saber, obviamente aumentando a pressão na mão do garoto.

— Aqui, cara! Passei a noite inteira aqui, pode perguntar para os caras! Fizemos uma Festa do Bongue. Caramba, você vai quebrar a minha mão!

— Cooper — eu digo, com o coração começando a disparar no peito. Bem forte. Quer dizer, se eu deixar que Cooper machuque um aluno, vou me encrencar feio. Posso até ser demitida. Além disso... bom, por mais que eu não goste dele, acho que não aguento ficar aqui parada olhando enquanto Doug Winer é torturado. Mesmo que ele mereça. — Solte o garoto.

— A noite inteira? — Cooper quer saber, me ignorando.
— Você ficou a noite toda na Festa do Bongue? A que horas começou?

— Às nove, cara! Me solta!

— Cooper! — Não consigo acreditar no que eu estou vendo. Este é um lado de Cooper que eu nunca tinha testemunhado.

E que tenho bastante certeza que não quero ver de novo. Talvez seja por isso que ele não me diz o que faz o dia inteiro. Porque ele passa o dia inteiro fazendo coisas assim.

Cooper finalmente solta o garoto, e Winer cai no chão segurando a mão e se encolhendo em posição fetal.

— Você vai se arrepender por isto, cara — o garoto choraminga, segurando as lágrimas. — Você vai se arrepender de verdade!

Cooper fica piscando, como se estivesse saindo de um transe. Ele olha para mim e, ao ver a minha expressão, diz, todo meiguinho:

— Eu só usei uma mão.

Fico tão abobada com essa explicação (se é que isso serve de explicação), que só consigo ficar olhando para a cara dele.

Uma cabeça loura despenteada aparece na porta do banheiro. A menina da cama conseguiu colocar de novo seu vestido cor de laranja berrante de festa, mas está descalça e com os olhos arregalados fixos na silhueta enroladinha de Doug.

Mas ela não quer saber o que aconteceu. Em vez disso, pergunta:

— Meus sapatos estão aí?

Eu me inclino para frente e pego dois escarpins de salto alto cor de laranja.

— São estes?

— Ah, são sim — a menina diz, agradecida. Dá alguns passos hesitantes ao redor de seu anfitrião e pega os sapatos. — Muito obrigada. — Ela calça os escarpins e diz a Doug: — Foi um prazer te conhecer, Joe.

Doug só solta um resmungo, ainda segurando a mão machucada. A garota tira uma mecha de cabelo louro de cima dos olhos e se inclina, revelando um decotão generoso.

— Você pode me achar na casa da Kappa Alpha Theta a qualquer momento. Eu sou a Dana. Tá?

Quando Doug assente sem dizer nada, Dana apruma o corpo, pega o casaco e a bolsa de um monte no chão e abana os dedos para nós.

— Tchauzinho! — ela diz, dá risadinhas e sai com um rebolado sensual.

— Vocês dois, saiam daqui também — Doug diz para Cooper e eu. — Saiam ou eu... eu chamo a polícia.

Cooper parece interessado na ameaça.

— É mesmo? — ele diz. — Na verdade, acho que a polícia precisa saber de algumas coisas a seu respeito. Então, por que não chama logo?

Doug só geme mais um pouco, apertando a mão. Eu digo para Cooper:

— Vamos embora e pronto.

Ele assente, nós saímos do quarto e fechamos a porta atrás de nós. De volta ao corredor da casa da Tau Phi, inalando o cheiro forte de maconha e ouvindo os sons que saem do jogo de futebol, examino a pichação na parede, que a empregada está tentando limpar com removedor de tinta e um pano. Ela mal começou o G de GORDAS. Ainda tem muito trabalho pela frente.

Ela está com um Walkman ligado, e sorri quando nos vê. Eu retribuo o sorriso em um gesto automático.

— Não acredito em uma palavra que aquele garoto disse — Cooper diz e fecha o zíper do anoraque. — E você?

— Não — respondo. — Precisamos checar o álibi dele.

A empregada, que aparentemente não estava com o volume do Walkman muito alto, olha para nós e diz:

— Vocês sabem que aquele pessoal vai confirmar qualquer coisa que ele disser. São os irmãos de fraternidade dele. São obrigados a fazer isso.

Cooper e eu trocamos olhares.

— Ela tem razão — eu digo. — Quer dizer, se ele não falou quando você estava dando aquela chave de braço, ou seja lá o que fosse, nele...

Cooper assente.

— Essas fraternidades gregas realmente são uma instituição maravilhosa — ele observa.

— São sim — a empregada responde, no mesmo tom grave. Então ela cai na gargalhada e volta a esfregar o G.

— Sobre o que aconteceu lá — Cooper diz para mim, em um tom de voz diferente, enquanto esperamos o elevador. — Aquele garoto... é que... o jeito que ele tratou aquela menina... eu só...

— Então, quem é que tem complexo de Super-Homem? — eu quero saber.

Cooper sorri para mim.

E eu percebo que o amo mais do que nunca. Eu devia simplesmente dizer isso para ele, e colocar logo as cartas na mesa para pararmos de fazer joguinho (bom, tudo bem, talvez ele não esteja fazendo joguinho, mas Deus sabe que eu estou). Pelo menos assim eu vou saber, de uma vez por todas, se tenho alguma chance.

Estou abrindo a boca para fazer exatamente isso (dizer o que eu realmente sinto por ele) quando reparo que ele também está abrindo a boca. Meu coração começa a bater forte... E se *ele* for me dizer que *me* ama? Coisas mais estranhas já aconteceram.

E ele *realmente* me convidou para morar com ele, praticamente do nada, e, tudo bem, talvez fosse porque ele se sente mal por eu ter pegado o meu noivo (que por acaso era irmão dele) no flagra, levando uma chupada de outra mulher.

Mas, mesmo assim, *pode ser* que ele tenha feito isso por estar secretamente apaixonado por mim...

O sorriso dele desapareceu. É agora! Ele vai me dizer!

— É melhor você ligar para o escritório e avisar que vai chegar atrasada — ele diz.

— Por quê? — pergunto, sem fôlego, esperando que ele diga: *Porque eu vou levar você para a minha casa para ficarmos juntos o resto do dia.*

— Porque eu vou levar você até a 6ª Delegacia de Polícia, para você contar ao investigador Canavan tudo que você sabe sobre este caso. — A porta do elevador se abre e Cooper me empurra para dentro da cabine sem a menor cerimônia. — E daí você vai ficar longe disto, como eu mandei.

— Ah — eu digo.

Bom, tudo bem. Não é exatamente uma declaração de amor. Mas pelo menos prova que ele se preocupa comigo.

*Você é um rato do esgoto
Um mentiroso nato
É narcisista até não poder mais
Por que não me deixa em paz?*

"Canção da Rejeição"
Composta por Heather Wells

— Como assim, nós somos *obrigados* a ir ao jogo hoje à noite?

— Recebemos um memorando departamental — Tom diz, e joga a folha em cima da minha mesa. Ou devo dizer da mesa dele? Porque parece que ele tomou conta do pedaço enquanto Gillian Kilgore estiver lá. — Comparecimento obrigatório. Para mostrar o seu espírito de Maricas.

— Eu não tenho nenhum espírito de Maricas — respondo.

— Bom, é melhor arrumar um pouco, então. Principalmente porque nós vamos jantar antes do jogo com o reitor Allington e o técnico Andrews aqui no refeitório.

Meu queixo cai.

— O QUÊ?

— Ele acha que esse é o segredo para mostrar ao público que é seguro comer no refeitório do Conjunto Fischer e morar aqui — ele diz em tom agradável, e por acaso eu sei que ele só faz isso para agradar a dra. Kilgore, atrás da grade na sala ao lado. Ele está preocupado com o fato de todo mundo chamar este lugar de Alojamento da Morte.

Fico olhando para ele.

— Tom, eu também me preocupo com isso. Mas não sei como comer estrogonofe requentado e assistir a um jogo de basquete pode ajudar.

— Eu também não sei — Tom diz, e baixa a voz até um sussurro. — É por isso que vou levar uma garrafinha com licor de menta. A gente pode dividir se você quiser.

Por mais generosa que a oferta seja, realmente não faz com que a noite me pareça mais palatável. Eu tinha planos bem grandiosos para esta noite: eu ia para casa preparar o jantar preferido de Cooper (bife marinado do Jefferson Market, com salada e batatinhas assadas) na esperança de amaciá-lo bastante para pedir para o meu pai ficar lá um tempinho.

E Cooper estava precisando de uma bela amaciada para que deixasse de ficar bravo comigo por causa da coisa toda com Doug Winer. Depois do arrependimento inicial pela maneira brutal como ele tinha tratado o garoto (ou por eu ter *visto* a maneira brutal como ele tratou o garoto) ter passado (mais ou menos na metade da nossa reunião com o investigador Canavan), Cooper foi bem prolixo ao externar suas críticas a respeito do meu envolvimento na investigação da morte de Lindsay e tudo o mais. Acredito que as palavras "a maior idiotice" foram citadas.

O que não combinou muito bem com o meu plano de ser a mãe dos filhos de Cooper, muito menos de pedir para ele deixar meu pai se mudar para lá.

Infelizmente, o investigador Canavan não estava nem um pouquinho interessado em qualquer informação que eu fui capaz de dar em relação à vida amorosa complicada de Lindsay. Ou, pelo menos, se estava, não demonstrou. Ficou sentado na mesa dele com uma expressão de tédio durante todo o meu discurso e daí, quando eu terminei, a única coisa que ele disse foi:

— Sra. Wells, deixe o garoto Winer em paz. Você faz alguma ideia do que o pai dele pode fazer com você?

— Ele vai me picar em pedacinhos e me enterrar na fundação de cimento de algum prédio que ele está construindo? — perguntei.

O investigador Canavan revirou os olhos.

— Não, vai processar você por assédio. Aquele cara tem mais advogados do que o Trump.

— Ah — respondi, ridicularizada.

— O garoto Winer estava na lista dos visitantes na noite em que Lindsay foi morta? — o investigador perguntou, apesar de ele obviamente já saber a resposta. Ele só queria que eu dissesse. — E não só na lista dos visitantes do quarto da Lindsay, mas de qualquer outro quarto? De alguém naquele prédio?

— Não — fui forçada a reconhecer. — Mas, como eu disse ao Cooper, existem toneladas de jeitos para as pessoas entrarem no prédio sem avisar, se quiserem...

— Você acha que a pessoa que matou aquela menina agiu sozinha? — o investigador quis saber. — Você acha que o assassino e seu cúmplice entraram sem que o guarda, que é pago para ver esse tipo de coisa, visse?

— Vai ver que alguns dos cúmplices dele moravam no prédio — observei. — Talvez tenha sido assim que a pessoa conseguiu a chave...

O investigador Canavan me lançou um olhar azedo. Então prosseguiu e me informou que ele e seus colegas investigadores já estavam todos sabendo do relacionamento de Doug Winer com a vítima, e que eu devia cair fora (só que ele falou com termos rebuscados de investigador), sentimento que foi ecoado por Cooper, louco da vida, no nosso caminho até em casa.

Tentei explicar a ele a respeito de Magda e seu pedido (que o caráter de Lindsay também não fosse assassinado durante a investigação de sua morte), mas isso só serviu para Cooper observar que meninas bonitas que amam demais, como Lindsay aparentemente fazia, geralmente acabavam mal.

E isso realmente só serve para ilustrar o ponto de vista de Magda.

Cooper, no entanto, acreditava que, se o sapato servia, Lindsay teria que calçá-lo. A isso, eu respondi:

— Claro. Isso se alguém encontrar o pé dela.

Nossa despedida, na frente do Conjunto Fischer, não foi o que qualquer pessoa razoável chamaria de amigável. Por isso havia a necessidade de um bife antes que pudesse introduzir a questão do meu pai.

— Preciso ir para casa e passear com a minha cachorra — eu digo para o meu chefe, em uma última tentativa de escapar de uma noite cheia de alegria. Até parece.

— Certo — Tom diz. — Mas esteja de volta às 18hs. Ei, não me olhe assim. Você passou duas horas na "tesouraria" — ele faz aspas no ar com os dedos — hoje de manhã, e eu não disse nada, não foi?

Faço uma careta para ele, mas não reclamo mais, porque ele tem certa razão. Ele podia ter me dado a maior bronca por causa do meu desaparecimento de manhã, mas não deu. Ele deve ser o chefe mais bacana do mundo. Tirando a parte que ele quer pedir demissão e voltar para o Texas, onde parece que meninas não aparecem decapitadas no refeitório do conjunto residencial onde moram.

Ser obrigada a comparecer ao jantar e ao jogo obrigatórios é um empecilho bem grande aos meus planos em desenvolvimento. Mas, quando eu chego em casa para deixar Lucy sair, vejo que Cooper não está por lá mesmo. A luzinha de mensagem da secretária eletrônica está piscando e, quando aperto o PLAY, percebo por que Coop pode estar evitando ir para casa. Ouço a voz de Jordan dizer, toda irritada:

— Não fique achando que você pode simplesmente desligar na minha cara desse jeito, Cooper, e que as coisas terminam assim. Porque não vão terminar. Você agora tem uma oportunidade verdadeira de mostrar à família que pode ser um sujeito ponta-firme. Não estrague tudo.

Uau. *Sujeito ponta-firme.* Não é para menos que Cooper desligou na cara dele.

Coitado de Cooper. Ficar comigo na casa dele realmente atrapalhou sua intenção de nunca mais falar com ninguém de sua família. Quer dizer, levando em conta que o fato de eu morar com ele basicamente deixa Jordan louco. Então, em vez de ignorar o irmão ovelha-negra, como ele faria se eu não estivesse por perto, Jordan nos dispensa quantidades fora do comum de atenção, tentando descobrir o que está rolando entre nós.

Que, infelizmente, é nada.

Mas eu não acho nada ruim Jordan pensar outra coisa. O único problema, claro, é que vai ser bem difícil Cooper se apaixonar por mim se o irmão dele o ficar incomodando por minha causa. Isso e a tendência irritante que eu tenho de quase fazer com que alguém me mate o tempo todo, deve ser extremamente desanimadora. Isso sem mencionar o fato de que ele já me viu de moletom.

Não há outros recados na secretária; é estranho, nem o meu pai ligou, apesar de ter dito que ligaria. Uma passada rápida pelo New York One ainda mostra o meteorologista falando sobre a tempestade de neve que supostamente vai chegar, que agora está em cima da Pensilvânia. Amarro minhas botas Timberland, acreditando piamente que vou tirá-las mais tarde sem que tenham sido atingidas por um único floco de neve. Pelo lado positivo, pelo menos os meus pés vão ficar nojentos e suados por usar botas de neve dentro de um ginásio quente e lotado.

De volta à rua, eu me apresso para dobrar a esquina do Conjunto Fischer quando avisto Reggie conduzindo uma negociação com alguém em um Subaru. Fico esperando educadamente até que ele termine, então dou um sorriso quando ele se aproxima.

— Os negócios estão movimentados — observo.

— É, esta tempestade que estão prevendo está aumentando as vendas — Reggie concorda. — Se tivermos sorte, nem vai passar por aqui.

— Dos seus lábios para os ouvidos do deus do clima — digo, e então, deixando de lado (só um pouquinho) a minha consciência culpada, já que eu sabia que estava prestes a fazer uma coisa que tanto Cooper quanto o investigador Canavan desaprovariam (mas, falando sério, se algum dos dois demonstrasse um pingo de respeito pelos mortos, eu não me sentiria na obrigação. Quer dizer, como é que os caras que fazem sexo a torto e a direito são considerados garanhões, e as meninas que fazem sexo a torto e a direito são consideradas vagabundas?), eu prossigo. — Ouça, Reggie. O que você sabe sobre um garoto chamado Doug Winer?

Reggie parece não entender nada.

— Nunca ouvi falar. Devia ter ouvido?

— Não sei — respondo. — Parece que ele é o Fodão do Campus. Ele mora em uma das fraternidades.

— Ah — Reggie diz, com ar de quem entendeu. — Um fanfarrão.

— É assim que chamam hoje em dia?

— É assim que eu chamo — Reggie responde, com expressão de leve surpresa. — Mas, bom, eu nunca ouvi falar dele. Mas, sabe como é: os fanfarrões e eu frequentamos círculos sociais amplamente distintos.

— Provavelmente não são assim tão diferentes quanto você pensa — eu digo, pensando na névoa de maconha que paira sobre a mesa de sinuca da Tau Phi Epsilon. — Mas será que você pode dar uma perguntada por aí a respeito dele, de todo jeito?

— Para você, Heather? — Reggie faz uma mesura cortês. — Qualquer coisa. Você acha que esse menino tem alguma coisa a ver com a mocinha que perdeu a cabeça?

— Possivelmente — respondo, com muito cuidado, ciente da ameaça do investigador Canavan a respeito da mania de processar que o pai de Doug tem.

— Vou ver o que posso fazer — Reggie responde. Ele então franze o cenho. — Aonde você está indo? De volta ao trabalho? Estão obrigando você a trabalhar muito nesta semana

— Por favor — eu digo, revirando os olhos. — Nem me fale.

— Bom — Reggie diz —, se você precisar de uma forcinha...

Fico olhando com ódio para ele.

— *Reggie.*

— Deixe para lá — Reggie diz e se afasta.

De volta ao Conjunto Fischer, a animação relativa ao jantar dos funcionários e o jogo de basquete com o reitor é palpável. Até parece. Aliás, o oposto é verdade. A maior parte dos funcionários circula pela recepção com cara de poucos amigos. Os funcionários do refeitório (do turno do dia) são os que mais reclamam: se este é um evento obrigatório, deveriam receber hora extra. Gerald, o chefe deles, afirma que estão recebendo uma refeição gratuita por causa disso, então que é para ficarem quietos. É compreensível: os funcionários dele acham que comer as coisas que ajudaram a preparar no refeitório que eles limpam e onde ainda encontraram, apenas um dia antes, uma pessoa assassinada de maneira horrível, não é assim uma coisa tão especial quanto ele parece achar que é.

É estranho ver os funcionários da manutenção sem uniforme. Eu mal reconheço Carl, o técnico-chefe, de jaqueta de couro e jeans (e várias correntes de ouro no pescoço). O faxineiro-chefe, Julio, e seu sobrinho, Manuel, estão quase irreconhecíveis de paletó esportivo e gravata. Parece que foram para casa se trocar antes do jantar.

E Pete, sem o uniforme da segurança, parece como qualquer pai de cinco crianças... Estabanado, amarfanhado e preocupado com o que as crianças devem estar aprontando em casa. O celular dele está colado ao ouvido, ele diz:

— Não, precisa tirar da lata primeiro. Não pode colocar espaguete em lata no micro-ondas com a lata. Não, não pode. Não, você... Está vendo? O que eu disse? Por que não escuta o papai?

— Isto é um saco — eu digo, aproximando-me de Magda, que está resplandecente com seu jeans branco justo de sempre e um suéter de lamê dourado (as cores da faculdade).

Mas as bochechas de Magda estão bem coradas... e não por causa de maquiagem.

— Mas estou vendo mais das minhas estrelinhas de cinema aqui agora do que durante o dia! — ela diz, toda animada.

É verdade que o jantar é a refeição do dia que conta com maior número de alunos no Conjunto Fischer. E parece que a decisão do reitor de dar o exemplo, pegando uma bandeja com toda a coragem, dirigindo-se para o bufê de pratos quentes e escolhendo peru com molho, surte impacto: os residentes estão chegando aos poucos, superando seu nojo de comer no Alojamento da Morte.

Ou talvez só queiram ver a cara do reitor quando experimentar as famosas batatas gratinadas do refeitório. E elas não são famosas por serem boas.

Tom se aproxima de mim, com expressão sombria. Um segundo depois, descubro por quê. Gillian Kilgore vem atrás dele, com uma cara de animação totalmente artificial.

— Está vendo só? Não foi boa ideia? — ela pergunta, olhando para todo mundo que se aglomera ao redor do carrinho de bandejas, tentando pegar garfos e facas. — Isto mostra que todos vocês têm laços verdadeiros no local de trabalho. Agora o processo de cura pode começar.

— Parece que ninguém disse a ela que a presença é obrigatória — Tom sussurra para mim quando ela entra na fila atrás de mim.

— Está de brincadeira? — eu respondo com outro sussurro. — Deve ter sido tudo ideia dela. Você acha que o reitor inventou isso sozinho?

Tom dá uma olhada por cima do ombro para a Dra. Kilgore. Ela está no bufê de saladas, dando uma olhada nas opções de alface (americana e... americana).

— *Maligna* — Tom diz e se estremece todo.

Um segundo depois, Sarah, ofegante, junta-se a nós.

— Obrigada por me avisar — ela diz, em tom sarcástico para Tom e coloca a bandeja dela ao lado da dele.

— Sarah — Tom diz. — isto aqui é só para os funcionários em tempo integral, não para os alunos.

— Ah, sei — Sarah diz. — Por acaso nós somos cidadãos de segunda classe? Não podemos compartilhar dos benefícios terapêuticos de nos unirmos frente a uma dor compartilhada? Isso é ideia da Kilgore? De excluir os estudantes que trabalham com a administração? Meu Deus, é tão típico de uma freudiana...

— Fique quieta — Tom diz — e coma.

Achamos uma mesa que consideramos estar a distância segura do reitor e começamos a nos sentar, mas o reitor Allington nos avista.

— Sentem aqui — ele diz, acenando para Tom. — Juntem-se a nós, Scott.

— Tom — Tom o corrige, nervoso. — Meu nome é Tom Snelling, senhor.

— Certo, certo — o reitor diz.

Ao lado dele, o Dr. Jessup (que obviamente sentiu necessidade de demonstrar apoio ao plano do Dr. Allington e resolveu comparecer tanto ao jantar quanto ao jogo) observa:

— O Tom é o diretor do Conjunto Fischer, Phillip.

Mas não adianta nada. O reitor Allington não está ouvindo.

— E você é Mary, certo? — ele diz para mim.

— Heather — eu digo, desejando que houvesse um buraco ali por perto para eu poder me enterrar. — Está lembrado de mim? Da época da cobertura, quando o senhor morava no Conjunto Fischer?

Os olhos dele ficam embaçados. O reitor Allington não gosta de ser lembrado daquele dia, nem a mulher dele, que agora quase nunca vem à cidade: resolveu ficar na casa de veraneio deles nos Hamptons por causa daquilo.

— Certo, certo — o reitor Allington diz quando a Dra. Kilgore se junta a nós com sua bandeja, aparentemente sem notar que é seguida por Sarah, de cara amarrada. — Bom, acho que todos nós nos conhecemos.

— Com licença, reitor Allington?

Cinco animadoras de torcida estão enfileiradas na frente da nossa mesa, todas olhando para o reitor.

— Hum — ele responde, olhando ansioso para a Dra. Kilgore, como que em busca de auxílio. Então, ao se lembrar se sua suposta reputação de ser um homem acessível aos alunos, o dr. Allington tenta sorrir e diz: — Olá, garotas. Em que posso ajudar?

Além do reitor, o técnico Andrews solta um suspiro profundo e larga o garfo.

— Olhem, meninas — ele diz a elas bem devagar, obviamente dando continuidade a uma conversa que começou em outro lugar. — Já discutimos o assunto. E a resposta é...

— Não estamos falando com o senhor — Cheryl Haebig diz, com um certo rubor lhe tomando as bochechas. Mesmo assim, ela não arreda pé. — Estamos falando com o reitor Allington.

O reitor olha das meninas para o técnico e para as meninas mais uma vez.

— Que história é esta, Steve? — ele quer saber.

— Elas querem aposentar o suéter de animadora de torcida da Lindsay — o técnico Andrews responde, aos resmungos.

— Elas querem fazer o quê? — o reitor Allington parece confuso.

— Deixe que eu cuido disso — o técnico Andrews responde. Para as meninas na frente da mesa, ele diz: — Meninas, estou tão mal quanto vocês pelo que aconteceu com a Lindsay. De verdade. Mas o negócio é que eu acho que uma cerimônia de serviço formal para lembrá-la, com a aprovação da família dela...

— A família dela está aqui hoje — Megan McGarretty (quarto 1410) informa a ele, ríspida. Para uma coisinha tão pequena quanto ela, parece bem ameaçadora, com os braços cruzados por cima do peito, sobre a letra grande em seu peito, e o quadril inclinado em pose desafiadora. — E eles não querem cerimônia formal. Esperam que alguém diga alguma coisa no jogo.

— Ah. — Os olhos do reitor Allington se arregalam. — Não sei bem se seria apropriado.

— O senhor não pode simplesmente fingir que não aconteceu — Hailey Nichols (quarto 1714) declara.

— É — Cheryl Haebig diz, com seus olhos castanhos luminosos marejados de lágrimas. — Porque nós não vamos permitir que a Lindsay seja esquecida. Ela era uma parte tão importante do seu time quanto os meninos.

— Acredito que todos nós reconhecemos isso — a Dra. Kilgore diz, tentando correr em auxílio do reitor. — Mas...

— Se algum dos garotos do time morresse — Tiffany Parmenter (colega de quarto de Megan) interrompe — o senhor aposentaria o número dele. Penduraria a camisa dele na arquibancada, junto com as faixas do campeonato.

— Hum. — A Dra. Kilgore parece ter perdido o rebolado com isso. — É bem verdade, meninas. Mas os jogadores de basquete são atletas, e...

— Está dizendo que as animadoras de torcida não são atletas, Dra. Kilgore? — a voz de Sarah é gélida.

— Cla-claro que não — a Dra. Kilgore gagueja. — É só que...

— Então, por que o senhor não pode aposentar o suéter da Lindsay? — Hailey quer saber, com o rabo de cavalo louro sacudindo para dar ênfase a suas palavras. — Por que não faz isso?

Dou uma olhada para Kimberly para ver se ela vai se juntar ao coro, mas ela permanece em silêncio, coisa que não é do feitio dela. Todas as cinco meninas estão com seus uniformes de animadoras de torcida, compostos de suéteres brancos com letras M douradas na frente e sainhas de pregas em dourado e branco. Elas usam meias-calças cor da pele por baixo das saias e tênis brancos com bolinhas douradas na parte de trás. A marca dos tênis é Reebok e a cor do cabelo, quase de maneira unânime, é de tintura loura Sun-In. À exceção do de Kimberly, que é escuro como a meia-noite.

— Olhem — o técnico Andrews parece cansado. Há círculos escuros embaixo de seus olhos. — Não são as camisas em si que nós aposentamos quando um jogador morre. É o número do jogador. E a Lindsay não tinha número. Não podemos aposentar uma peça de roupa.

— Por que não?

Todos os olhos se voltam na direção de Manuel, que, da mesa que compartilha com o tio e diversos outros membros da equipe responsável pela limpeza do prédio, retribui o olhar.

— Por que não? — ele pergunta de novo enquanto seu tio, Julio, ao lado dele, parece arrasado de tanta vergonha.

Dou uma olhada para a mesa e por acaso vejo Magda na outra ponta, observando as animadoras de torcida com olhar preocupado. Sei o que ela está pensando sem nem precisar perguntar. Porque eu estou pensando a mesma coisa.

— Eu concordo com o Manuel — ouço minha voz dizer.

Claro que todo mundo se vira para olhar para mim. E deve ser um alívio para Manuel. Mas também me causa uma certa quantidade de desconforto.

Mas eu não arredo.

— Acho que seria um gesto adorável — digo. — Se for feito com distinção.

— Ah, vai ser sim — Cheryl nos garante. — Nós já perguntamos à banda se dá para tocar o hino da faculdade bem devagar. E nós todas fizemos uma vaquinha para comprar uma coroa de rosas brancas e douradas. E eu estou com o suéter da Lindsay, bem lavado e passado.

Reparo que todo mundo (inclusive o Dr. Jessup, o chefe do departamento de acomodação) está com os olhos pregados em mim.

Mas qual é o problema? É só um jogo de basquete idiota. Quem se importa se elas... O que é mesmo que desejam fazer? Ah, sim, se elas aposentarem a suéter de uma menina antes da partida?

— Acho que seria uma homenagem emocionante para uma menina que tinha mais espírito de Maricas do que quase qualquer outra pessoa na faculdade — eu digo ao reitor Allington, que continua com cara de confuso.

— Mas — ele parece preocupado —, o jogo vai ser televisionado. Ao vivo. Toda a região vai assistir à aposentadoria do suéter de animadora de torcida de Lindsay Combs.

— Vamos virar motivo de piada no circuito universitário de basquete — o técnico Andrews resmunga.

— E por acaso vocês já não são — eu digo, curiosa de verdade —, com um nome como Maricas?

O técnico Andrews parece triste.

— É verdade — ele diz. Tenho certeza de que, quando ele foi procurar emprego de técnico, nunca sonhou que acabaria em uma faculdade da 3ª Divisão com uma florzinha de mascote.

Ele suspira, olha para o alto e diz:

— Tudo bem para mim se o reitor Allington achar que tudo bem.

O reitor parece assustado... Principalmente porque acaba de colocar na boca uma garfada bem grande de batatas gratinadas e, pela expressão dele, está bem claro que a garfada incluiu uma bolotona de farinha.

Depois de engolir meio copo de água, o reitor diz:

— Tanto faz. Façam o que quiserem.

Ele foi vencido por cinco animadoras de torcida e uma bolota de farinha.

Cheryl Haebig para de chorar imediatamente.

— É verdade? — pergunta, animada. — É verdade, senhor Reitor? Está falando sério?

— Estou falando sério.

Daí, enquanto Cheryl e suas amigas soltam gritinhos (estridentes o suficiente para fazer a Dra. Kilgore cobrir as orelhas com as mãos em um movimento de reflexo), o técnico Andrews ergue a voz para poder ser escutado e diz:

— De todo modo, não vão transmitir a apresentação do intervalo.

O reitor Allington parece aliviado.

— Bom — ele diz, e coloca uma garfada de peru na boca. O alívio logo se transforma em nojo e ele repete: — Bom — em um tom de voz bem diferente.

E apressa-se em pegar o copo de água mais uma vez, em sinal de que esta provavelmente é a última refeição que o reitor vai saborear por vontade própria no refeitório do Conjunto Fischer.

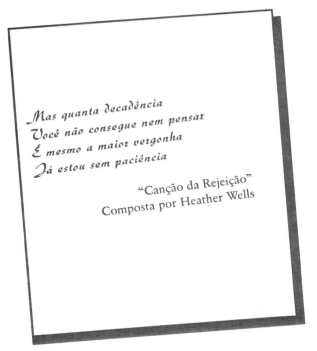

*Mas quanta decadência
Você não consegue nem pensar
É mesmo a maior vergonha
Já estou sem paciência*

"Canção da Rejeição"
Composta por Heather Wells

Tudo bem, eu confesso. Nunca estive em um jogo de basquete antes. Nem profissional (apesar de Jordan ficar implorando para que eu fosse com ele aos jogos do Knicks o tempo todo. Felizmente, eu sempre conseguia inventar uma boa desculpa... Tipo que eu precisava lavar o cabelo), nem de colégio (eu larguei os estudos quando o meu primeiro álbum começou a fazer sucesso), nem um jogo universitário, com toda a certeza (de modo geral, consigo encontrar outras maneiras de ocupar meu tempo).

Não sei bem dizer o que eu estava esperando, só que...

não era nada do que eu vi quando atravessei as portas do ginásio: havia centenas de torcedores (porque jogos da 3ª divisão obviamente não atraem milhares de torcedores, mesmo que aconteçam na metrópole mais agitada do mundo todo) com o rosto pintado das cores do time ou, em alguns casos, usando bolas de basquete cortadas ao meio na frente do rosto, com buraquinhos para os olhos, como se fossem máscaras, batendo os pés nas arquibancadas, impacientes para que o jogo começasse.

Magda, no entanto, veterana tarimbada do esporte (todos os três irmãos dela jogavam no ensino médio), acha tudo muito normal e me conduz pela confusão até alguns lugares vazios na arquibancada que não ficam muito altos, porque não vamos querer ficar muito longe do banheiro, de acordo com Magda, nem muito baixo, porque não queremos ser atingidas por alguma bola. Atrás de nós vêm Tom ("Não me deixem sozinho"), Sarah ("Basquete é tão machista") e Pete ("Eu já disse, não coloque o hamster do seu irmão lá dentro").

O resto dos representantes do Conjunto Fischer (inclusive o reitor Allington, que está em uma seção reservada especialmente para ele, a Dra. Kilgore, o Dr. Jessup e os membros do conselho, que parecem felizes por finalmente deixar para trás o Alojamento da Morte) se espalham pelas arquibancadas e, como o impulso é contagiante, começam a bater os pés também, até que as arquibancadas de aço de trinta metros de altura parecem reverberar.

A multidão só se aquieta depois que a banda começa a tocar as primeiras notas do hino dos Estados Unidos, então todo mundo canta bem feliz, acompanhando uma loura bonita, que é aluna do curso de teatro e que parece dar tudo de si à apresentação. Ela provavelmente pensa que há algum representante de uma grande gravadora na plateia, que vai contratá-la ali mesmo e lhe dar um contrato para assinar. Ou talvez um produtor da Broadway que vai chegar para ela quando terminar de cantar e falar assim: "Você é maravilhosa! Não quer ser a estrela da reencenação de *South Pacific* que eu estou planejando?".

É. Boa sorte para você, querida.

Daí, quando o eco do último verso morre, a banda começa a tocar o hino da faculdade, e Cheryl e suas irmãs animadoras de torcida aparecem dando cambalhotas e estrelas pela quadra. Elas são realmente muito impressionantes. Nunca vi tanta flexibilidade (fora de um videoclipe de Tania Trace, quer dizer).

As animadoras de torcida são seguidas pelo time de pernas finas dos Maricas, com seu uniforme branco e dourado. Eu mal reconheço Jeff e Mark e os outros residentes do Conjunto Fischer. Na quadra, de uniforme, eles parecem menos calouros e alunos de segundo ano sem noção e mais... bom, atletas, acho, porque é o que eles são na verdade. Eles cumprimentam cada um dos jogadores dos Devils da Faculdade da Zona Leste de New Jersey, com seus uniformes em vermelho e dourado, ao entrarem. Fico impressionada pelos bons modos esportivos, apesar de saber que eles foram orientados a agir assim. As câmeras de televisão rodopiam ao redor do técnico Andrews enquanto ele e vários outros homens (assistentes de treinamento, sem dúvida) cumprimentam a equipe técnica do outro time e tomam seus assentos ao lado da quadra antes de as orientações para o time começarem (como Magda explica).

Apesar das temperaturas abaixo de zero lá fora, está quente demais no ginásio, com toda aquela gente agasalhada berrando e tudo o mais. As pessoas estão nervosas. Sarah, especialmente, parece sentir a necessidade de reclamar. Ela expressa opiniões fortíssimas a respeito de diversos assuntos, inclusive (mas não apenas) o fato de que o dinheiro gasto com esportes na Faculdade de Nova York poderia ter melhor uso se ajudasse a financiar os laboratórios de psicologia, e que a pipoca está com gosto de velha. Ao lado dela, Tom bebe golinhos plácidos de sua garrafinha que, ele informa a Sarah, é necessária por razões medicinais.

— Sei — Sarah responde, cheia de sarcasmo. — Até parece.

— Um pouco deste remédio bem que me faria bem — Pete observa, depois de finalmente desligar o celular. A crise do hamster foi evitada.

— Sirva-se — Tom diz, e entrega a garrafinha a Pete.

Pete toma um golinho, faz uma careta e devolve.

— Tem gosto de pasta de dente — ele diz, com a voz rouca.

— Eu disse que era medicinal — Tom diz, todo alegre, e vira mais um pouco.

Nesse ínterim, Sarah tinha começado a prestar atenção ao jogo.

— Não, por que aquele garoto levou falta? — ela quer saber.

— Porque aquele garoto estava fazendo um ataque proibido — Magda explica, cheia de paciência. — Quando você está com a bola, não pode tirar as pessoas do caminho se elas já tiverem tomado posição defensiva...

— Ah! — Sarah exclama e pega o pulso de Magda com tanta força que ela derrama um pouco de seu refrigerante. — Olhe! O técnico Andrews está gritando com o homem do apito! Por que ele está fazendo isso?

— Juiz — Magda balbucia. Ela limpa a calça branca com um guardanapo. — São árbitros, não homens com apitos.

— Ah, o que aquele homem está dizendo? — Sarah pula para cima e para baixo toda animada, na arquibancada. — Por que ele está tão bravo?

— Não sei — Magda diz, lançando um olhar de incômodo para ela. Parece que a paciência infinita dela não é assim tão infinita. — Como é que eu vou saber? Será que você pode parar de pular? Já me fez derrubar o refrigerante.

— Por que aquele menino ganhou um lance livre? Por que ele pode jogar a bola sozinho?

— Porque o técnico Andrews chamou o juiz de cego filho da mãe — Magda explode, com os olhos arregalados. — Minha mãezinha do céu!

— O quê? — Sarah examina a quadra enlouquecidamente. — O que foi? O juiz está roubando?

— Não. Heather, aquele não é o Cooper?

Sinto minhas entranhas se contorcerem ao ouvir a palavra.

— O Cooper? Não pode ser. O que ele estaria fazendo aqui?

— Não sei — Magda diz. — Mas posso jurar que ele está lá embaixo, com um homem mais velho qualquer...

Ao ouvir as palavras *um homem mais velho qualquer*, meu coração gela. Porque só há um homem mais velho com quem Cooper poderia estar (à exceção do investigador Canavan), claro.

Então eu avisto os dois, perto do banco dos Maricas. Cooper examina a multidão, obviamente à minha procura, enquanto o meu pai... bom, o meu pai parece estar se divertindo com o jogo.

— Ai, meu Deus — eu digo, e afundo a cabeça nos joelhos.

— O que foi? — Magda coloca a mão nas minhas costas. — Querida, o que foi?

— O meu pai — digo para os meus joelhos.

— O seu o quê?

— O meu pai — Ergo a cabeça.

Não deu certo. Ele continua lá. Eu esperava que, ao fechar os olhos, ele desaparecesse. Parece que não tive assim tanta sorte.

— Aquele é o seu pai? — Pete está esticando o pescoço para ver. — O que estava no xadrez?

— O seu pai foi preso? — Tom ainda não tinha saído do armário quando eu era famosa, por isso não sabe nada sobre a minha vida passada. Naquele tempo, ele não era nem secretamente fã de Heather Wells, o que é estranho, porque as pessoas mais fanáticas por mim eram meninos gays. — Por quê?

— Será que vocês podem sentar direito? — Sarah reclama, toda irritada. — Não consigo ver o jogo.

— Eu já volto — digo, porque Cooper finalmente me achou na multidão e vem na minha direção com passos determinados, com meu pai atrás, só que devagar, de olho no jogo. A última coisa que eu preciso é de os meus amigos verem uma cena que vai ser bem desagradável.

Com o coração batendo forte, eu corro ao encontro de Cooper antes que ele possa se juntar a nós. A expressão dele é indecifrável. Mas dá para ver que ele arrumou um tempinho para fazer a barba. Então talvez a notícia não seja tão má assim...

— Heather — ele diz com frieza.

Bom, tudo bem. Vai ser bem má, sim.

— Olhe só quem eu achei tocando a campainha da nossa casa agora há pouco — ele prossegue. E apesar de o meu coração se alegrar com o uso da palavra *nossa*, eu sei que ele não está falando no sentido da alegria doméstica que eu gostaria que fosse. — Quando é que você ia me contar que o seu pai estava em Nova York?

— Ah — eu digo, olhando para trás para ver se alguém do meu grupo está escutando. Não foi surpresa nenhuma ver que todos estavam prestando atenção ao que estava acontecendo... à exceção de Sarah, que parece ter sido hipnotizada pelo jogo.

— Eu só estava esperando o momento adequado — respondo, percebendo como as palavras soam falsas ao saírem da minha boca. — Quer dizer... O que eu quero dizer é que...

— Deixe para lá — Cooper diz. Ele parece estar totalmente ciente, como eu, do fato de que todo mundo está escutando a nossa conversa... Bom, pelo menos as partes que conseguem ouvir com tantos gritos e a banda tocando. — Conversamos sobre isso em casa.

Vergonhosamente aliviada, eu respondo:

— Certo. Ele pode ficar aqui comigo. Eu cuido dele.

— Para falar a verdade, ele não é má companhia — Cooper diz e olha para o meu pai, que está paradinho no meio da arquibancada, olhando fixamente para a quadra (alheio ao fato de que todo mundo atrás dele tenta enxergar o jogo). Acho que faz um tempinho que ele não vai a um jogo. E a partida está bem emocionante, acho, para quem gosta desse tipo de coisa. Está empatado em 21 a 21. — Ei. Aquilo ali é pipoca?

Sarah surpreende a todo mundo (bom, tudo bem, pelo menos eu) ao demonstrar que estava prestando atenção em nós, porque sacode a cabeça e responde, sem tirar os olhos da quadra:

— Está quase no fim. Mande a Heather buscar mais.

— Traga um refrigerante para mim — Pete diz.

— Uns nachos cairiam bem — Tom completa.

— Não! — Magda berra, aparentemente lá para baixo. — Ele é *mesmo* cego!

Cooper diz:

— O quê? — e se esgueira para o assento que eu vaguei. — Qual foi o motivo que ele alegou?

— Falta de ataque — Magda praticamente cospe. — Mas ele mal encostou no garoto!

Sacudo a cabeça de desgosto, dou meia-volta e desço as arquibancadas na direção do meu pai. Ele continua olhando fixamente para a quadra, hipnotizado.

— Pai — eu digo ao alcançá-lo.

Ele não tira os olhos do jogo. Nem responde nada. O placar no meio da quadra faz a contagem regressiva do tempo restante de jogo. Parece que faltam nove segundos, e os Maricas estão com a bola.

— Pai — eu digo de novo. Quer dizer, não é para menos que ele não se dá conta de que eu estou falando com ele; ninguém o chama de pai há anos.

Mark Shepelsky está com a bola. Ele atravessa a quadra com ela, driblando todo mundo. Está com uma expressão de concentração no rosto que eu nunca vi antes... nem quando está preenchendo o relatório de dinheiro perdido na máquina de doces.

— Pai — digo pela terceira e última vez, desta, bem mais alto.

E o meu pai se sobressalta e olha para mim... bem quando Mark para, vira e joga a bola pela quadra, afundando-a na cesta, logo antes de o sinal do intervalo tocar, e a multidão enlouquecer.

— O que foi? — meu pai pergunta. Mas não para mim. Está falando com os torcedores a seu redor. — O que aconteceu?

— O Shepelsky marcou três pontos — alguma alma solidária berra.

— Eu perdi! — Meu pai parece verdadeiramente aborrecido. — Droga!

— Pai — eu digo. Não dá para acreditar nisto. Não dá mesmo. — O que você foi fazer na casa do Cooper? Você disse que ia ligar primeiro. Por que não ligou?

— Eu liguei — ele diz, observando enquanto os Maricas saem correndo da quadra, cumprimentando-se uns aos outros, com expressão de êxtase no rosto. — Ninguém atendeu. Achei que você estivesse me evitando.

— E por acaso lhe ocorreu que eu talvez não estivesse evitando você — pergunto — Que eu talvez ainda não tivesse chegado em casa, nada mais?

Meu pai percebe, creio que por causa da ênfase da minha voz, que eu não estou nada feliz. Além do mais, toda a ação na quadra está suspensa por hora, de modo que ele realmente dedica um segundo para olhar para mim.

— Qual é o problema, querida? — ele pergunta. — Eu fiz algo errado?

— É só que — eu digo, sentindo-me uma idiota por ter me irritado tanto, mas incapaz de me conter — as coisas com o Cooper, o dono da casa... quer dizer, estamos em uma situação delicada. E você aparecer assim, do nada...

— Ele parece bacana — meu pai diz, dando uma olhada para o lugar onde Cooper está sentado. — Inteligente. Engraçado. — Ele sorri para mim. — Com toda a certeza tem a aprovação do seu velho.

Alguma coisa dentro de mim explode. Acho que pode ser um aneurisma.

— Não preciso da sua aprovação, pai — eu praticamente grito. — Tenho me virado muito bem nos últimos vinte anos sem ela.

Meu pai parece estupefato. Acho que eu não devia culpá-lo. Não é problema dele se o que ele parece pensar que existe entre Cooper e eu não existe.

— O que eu quero dizer é que não é isso — eu falo, em tom bem mais suave, sentindo-me culpada. — Entre o Cooper e eu, quer dizer. Nós só somos amigos. Eu faço a contabilidade dele.

— Eu sei — meu pai diz. Ele parece confuso. — Ele me contou.

Agora *eu* é que estou confusa.

— Então, por que você disse que dá a sua aprovação? Como se nós estivéssemos namorando?

— Bom, você está apaixonada por ele, não está? — meu pai pergunta, com toda simplicidade. — Quer dizer, está escrito na sua cara. Você pode até enganá-lo, mas não engana seu velho pai. Você ficava com essa cara quando tinha 9 anos e aquele tal de Scott Baio aparecia na TV.

Fico olhando para ele com os olhos esbugalhados, então percebo que estou com a boca aberta. Fecho com um estalo que provavelmente só eu ouço naquela barulheira do ginásio. Então eu digo:

— Pai, por que você não vai se sentar com o Cooper? Eu volto daqui a um minuto.

— Aonde você vai? — meu pai quer saber.

— Vou pegar nachos.

E me afasto na direção da lanchonete.

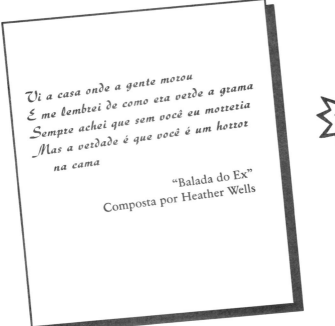

*Vi a casa onde a gente morou
E me lembrei de como era verde a grama
Sempre achei que sem você eu morreria
Mas a verdade é que você é um horror na cama*

"Balada do Ex"
Composta por Heather Wells

A disposição do Centro Esportivo Winer não me é totalmente desconhecida. Eu tinha me inscrito no semestre passado em uma aula de aeróbica aqui, que custava 25 dólares por semestre, depois que terminei meu período de experiência no trabalho, e até fiz uma aula.

Infelizmente, logo fiquei sabendo que só meninas magrinhas fazem aula de aeróbica na Faculdade de Nova York, e que moças mais carnudas como eu tinham que ficar no fundão (para que as coisinhas jovens pudessem enxergar o professor, só que assim era eu que não enxergava nada além de um monte de braços magricelas se agitando).

Desisti depois da primeira aula. E nem quiseram devolver os meus 25 dólares.

Apesar disso, pelo menos a aula serviu para que eu me familizasse com o prédio, de modo que, no intervalo, eu consigo encontrar um banheiro nas profundezas do complexo, onde não tem uma fila de um quilômetro para usar uma cabine. Estou lavando as mãos depois de usar o banheiro, olhando meu reflexo no espelho em cima das pias e imaginando se devo deixar a natureza seguir seu rumo e ficar ruiva, quando uma descarga é acionada e Kimberly Watkins, com seu suéter e sua saia plissada dourada, sai de uma cabine próxima. Os olhos vermelhos dela (é, com toda a certeza estão vermelhos, e é de chorar, dá para ver) se arregalam quando ela me vê.

— Ah — ela diz, paralisada de susto. — Você.

— Oi, Kimberly — eu digo. Eu também fico bem surpresa de vê-la. Achei que as animadoras de torcida tinham algum tipo de banheiro VIP especial para usar.

Mas talvez elas tenham, e Kimberly escolheu este aqui para poder chorar sem ninguém ver.

Mas parece que ela se recupera bem rápido e começa a lavar a mão na pia ao lado da minha.

— Está gostando do jogo? — ela quer saber. Aparentemente, acha que eu não estou vendo o rímel borrado no lugar em que ela enxugou as lágrimas.

— Claro — respondo.

— Eu não sabia que você gostava de esporte — ela diz.

— Na verdade, não gosto — confesso. — Fomos obrigados a vir. Para mostrar para todo mundo que o Conjunto Fischer na verdade não é o Alojamento da Morte.

— Ah — Kimberly diz. Ela fecha a torneira e estica a mão para pegar toalhas de papel ao mesmo tempo que eu.

— Pode pegar — ela diz para mim.

Eu pego.

— Olhe, Kimberly — eu digo, enquanto enxugo as mãos. — Eu fiz uma visitinha ao Doug Winer hoje.

Os olhos de Kimberly se arregalam muito. Ela parece esquecer que está com as mãos molhadas.

— É mesmo?

— É.

— Por quê? — a voz de Kimberly falha. — Eu disse para você que foi aquela colega de quarto esquisitona dela que a matou. A colega de quarto, não o Doug.

— É — eu digo, e jogo as toalhas de papel usadas no lixo. — Você disse. Mas isso não faz sentido. A Ann não é assassina. Por que você acha que é? A não ser que queira desviar a atenção da polícia da pessoa que realmente fez isso.

Isto surte um certo efeito sobre ela. Ela desvia o olhar, e parece se lembrar das mãos. Pega um monte de toalhas de papel do suporte na parede.

— Não sei do que você está falando — ela diz.

— Ah — respondo. — Então, você está dizendo que não sabe sobre as coisas que o Doug vende?

Kimberly aperta seus lábios com batom passado à perfeição e fica olhando para seu reflexo.

— Acho que sei. Quer dizer, eu sei que ele sempre tem coca, acho. E êxtase.

— Ah — eu digo, com sarcasmo. — Só isso? Por que não mencionou o fato antes, Kimberly? Por que você estava tentando me fazer pensar que a Ann era culpada, se você sabia tudo isso sobre o Doug?

— Caramba — Kimberly exclama, afastando o olhar do espelho e mirando-o em mim, cheio de ódio. — Só porque um cara vende drogas não significa que ele é assassino. Quer dizer, puxa, muita gente vende drogas. *Muita* gente.

— A distribuição de substâncias controladas é proibida, sabe, Kimberly — eu digo. — A posse também. Ele pode ir para a cadeia. Pode ser *expulso*.

A risada de Kimberly parece um soluço, de tão breve.

— Mas o Doug Winer nunca vai ser mandado para a cadeia nem vai ser expulso.

— Ah é? E posso saber por quê?

— Ele é da família *Winer* — Kimberly diz, como se eu fosse extremamente idiota.

Ignoro o tom dela.

— A Lindsay usava drogas, Kimberly?

Ela revira os olhos.

— Caramba. Qual é o seu *problema*? Por que você se preocupa tanto com isso? Quer dizer, eu sei que você é uma ex-rock star frustrada ou algo assim. Mas ninguém mais ouve as suas músicas. Agora você só lida com universitários alojados em uma faculdade da 3ª Divisão. Quer dizer, um macaco poderia fazer o seu trabalho. Então, por que você se esforça tanto?

— *A Lindsay usava drogas?* — Meu tom de voz é tão alto e tão frio que Kimberly dá um pulo, com os olhos esbugalhados.

— Não sei — ela berra em resposta para mim. — A Lindsay fazia muitas coisas... e muitas pessoas.

— Como assim? — aperto os meus olhos para ela. — Como assim, muitas pessoas?

Kimberly me lança um olhar cheio de sarcasmo.

— O que você acha? Todo mundo quer dar a entender

que a Lindsay era algum tipo de santa. A Cheryl e as outras meninas, com aquela coisa ridícula do suéter. Ela não era nada disso, sabe? Não era santa, quer dizer. Ela só era a Lindsay.

— De que pessoas você está falando, Kimberly? — exijo saber. — Tinha o Mark e o Doug e... quem mais?

Kimberly se vira de novo para seu reflexo com um dar de ombros e retoca o brilho labial.

— Pergunte para o técnico Andrews — ela diz — Se quer saber tanto assim.

Fico olhando fixamente para o reflexo dela.

— O técnico Andrews? Por que ele vai saber?

Kimberly só dá um sorriso desdenhoso.

E o meu queixo cai.

Não dá para acreditar.

— Não, fale sério — eu digo. Lindsay e o *técnico Andrews*? — É verdade?

É bem aí que a porta do banheiro se abre e Megan McGarretty enfia a cabeça lá dentro.

— Caramba — ela diz para Kimberly. — Você está aqui. Procuramos em todo lugar. Venha, está na hora do suéter da Lindsay.

Kimberly me lança um olhar cheio de mensagens subliminares, então se vira e se dirige para a porta, com a saia preguada esvoaçando atrás de si.

— Kimberly, espere — eu digo. Quero perguntar o que ela quer dizer quando fala de Lindsay e o técnico Andrews. Não pode estar dizendo o que eu acho que está dizendo. Será? Quer dizer, o técnico Andrews? Ele parece tão... bom... bobão.

Mas Kimberly simplesmente sai do banheiro sem olhar para trás. Não é surpresa nenhuma o fato de ela nem se despedir.

Fico lá parada, olhando para a porta através da qual as meninas acabaram de desaparecer. Lindsay e o *técnico Andrews*?

Mas, mesmo que fosse verdade, e que ele seja um suspeito em potencial, não consigo pensar em nenhum motivo por que o técnico Andrews mataria Lindsay. Ela tem mais de 18 anos. Certo, tudo bem, a faculdade desaprova integrantes do corpo docente indo para a cama com os alunos. Mas até parece que o técnico Andrews poderia ser demitido por causa disso. Ele é o garoto de ouro de Philip Allington, o homem que vai levar a Faculdade de Nova York de volta à glória da 1ª Divisão... de algum modo. Ou qualquer coisa assim. O técnico Andrews pode ir para a cama com o Departamento de Estudos Femininos inteiro que o conselho não vai nem piscar, desde que o Maricas continue vencendo jogos.

Então, por que ele mataria Lindsay?

E do que foi mesmo que aquela pirralha me chamou? De DJ de papelada? Eu sou *muito* mais do que DJ de papelada. O Conjunto Fischer desmoronaria se não fosse por mim. Aliás, por que ela acha que eu ando fazendo tantas perguntas sobre Lindsay? Porque eu me *preocupo* com aquele lugar, e com as pessoas que moram lá. Se não fosse eu, quantas meninas mais teriam morrido no semestre passado? Se não fosse por mim, ninguém receberia o reembolso da máquina de doces. E será que a Kimberly Watkins iria gostar de morar no Conjunto Fischer *assim*?

Fumegando de raiva, saio do banheiro. O corredor está completamente silencioso. Percebo que é porque as meninas começaram sua homenagem a Lindsay no ginásio, e todo mundo voltou correndo para o lugar para assistir. Ouço os acordes fracos do hino da faculdade, tocado bem devagar, bem como elas tinham dito que a banda ia fazer. Eu meio que também queria estar lá assistindo.

Mas eu ainda não peguei os nachos de Tom, nem o refrigerante de Pete. Isso sem contar a pipoca de Cooper. Este realmente é um bom momento para fazer isto, com todo mundo lá dentro assistindo ao suéter de Lindsay sendo erguido até o alto do ginásio. Talvez não haja fila na lanchonete.

Dobro uma esquina e corro, passando por uma sala de squash vazia atrás da outra (se Sarah desse uma boa olhada pelo centro esportivo, ela inventaria muito mais razões para reclamar sobre o tratamento que o Departamento de Psicologia recebe). A família Winer deve ter colocado vinte ou trinta milhões de dólares só neste prédio. Ele é quase novinho em folha, com portas especiais com leitor de crachás para poder entrar. Até as máquinas de refrigerante têm um leitor que permite pegar uma bebida usando o cartão de refeições...

Só que, para máquinas de refrigerante tão refinadas e novas, elas com certeza fazem um barulho bem estranho. Não é aquele sonzinho eletrônico de sempre (que, para qualquer amante de refrigerante, é reconfortante, devo confessar), mas sim uma espécie de tum-tum-tum.

Mas máquinas de refrigerante não fazem esse barulho.

Daí eu vejo, de repente, que não sou a única pessoa no corredor. Quando chego do outro lado da fileira de máquinas de refrigerante, vejo que as batidas vêm do cabo de uma faca de cozinha comprida que bate repetidamente no quadril de um homem usando paletó esporte e gravata. O homem está caído encostado na parede do lado de uma das máquinas de refrigerante e há três outros homens debruçados por cima dele, cada um com meia bola de basquete por cima do rosto, com pequenas fendas na borracha para que possam enxergar.

Quando os três escutam o meu berro (porque se você deparar com uma cena assim quando estiver andando despreocupada, pensando na vida, e em nachos, você grita), viram a cabeça na minha direção: três meias-bolas de basquete com olhos cortados nelas se voltando para mim.

Claro que eu berro de novo. Afinal, dá licença: isso é de arrepiar.

Então um dos sujeitos arranca a faca do homem que está no chão. Faz um barulho nojento e molhado. A lâmina que sai do homem está escura e úmida de sangue. Meu estômago se revira todo ao ver aquilo.

Só quando o homem da faca manda os companheiros correrem é que eu me dou conta do que acabou de acontecer: eu me deparei com a cena de um crime.

Mas eles não parecem interessados em me matar. Aliás, parecem interessados em fugir de mim o mais rápido possível, pelo menos se servir de indicação para isso o barulho que os tênis deles fazem de encontro ao chão bem encerado enquanto fogem.

Então, a canção de luta da Faculdade de Nova York (*Viva a Faculdade de Nova York / De cores dourado e branco / Vamos honrá-la para sempre / Mandem ver, Cougars, vamos!* É necessário ressaltar que a canção não foi mudada depois que a Faculdade de Nova York perdeu sua posição na 1ª Divisão e sua mascote) toca baixinho ao fundo e eu me ajoelho ao lado do homem ferido, tentando me lembrar do que aprendi no seminário de primeiros-socorros que o dr. Jessup organizou durante as férias de inverno. Só tinha as informações que conseguiram espremer em uma hora, mas o que eu mais me lembro é da importância de pedir ajuda, coisa que faço pegando meu celular e discando o número de Cooper, que é o primeiro que me vem à mente.

Ele demora três toques para atender. Imagino que a homenagem a Lindsay deve estar muito emocionante.

— Alguém esfaqueado perto das quadras de squash — eu digo ao telefone. É importante permanecer calma durante uma emergência. Aprendi isso durante meu treinamento para diretora-assistente de conjunto residencial. — Chame uma ambulância e a polícia. Os caras que fizeram isso estão usando máscaras de bola de basquete. Não deixe ninguém com máscara de bola de basquete sair. E pegue um kit de primeiros-socorros. E venha já para cá!

— Heather? — Cooper pergunta. — Heather... O quê? *Onde* você está?

Repito tudo que acabei de dizer. E, ao fazê-lo, olho para o homem esfaqueado e percebo, com pavor repentino, que eu o conheço.

É Manuel, sobrinho de Julio.

— Ande logo! — eu berro ao telefone. Daí, desligo. Porque o sangue do corpo de Manuel está começando a empoçar ao redor dos meus joelhos.

Tiro meu suéter bem rápido e enfio no buraco aberto na barriga de Manuel. Não sei o que mais fazer. O curso de primeiros-socorros que fizemos não incluía atendimento a facadas múltiplas no abdômen.

— Você vai ficar bem — eu digo a Manuel. Ele olha para mim com olhos semicerrados. O sangue ao redor dele é gelatinoso e quase preto ao penetrar no meu jeans. Enfio o suéter mais fundo no maior buraco que encontro, mantendo os dedos pressionados por cima. — Manuel, você vai ficar bem. Aguente firme, certo? O socorro vai chegar em um minuto.

— He-Heather — Manuel diz com voz rascante. O sangue borbulha para fora da boca dele. Sei que isso não é bom sinal.

— Você vai ficar bem — digo, tentando soar como se acreditasse. — Está ouvindo, Manuel? Você vai ficar bem, vai sim.

— Heather — Manuel diz. A voz dele não passa de um chiado. — Fui eu. Eu que dei para ela.

Apertando o ferimento com força (o sangue encharcou o meu suéter e está entrando embaixo das minhas unhas), eu digo:

— Não fale, Manuel. O socorro está chegando.

— Ela que pediu — Manuel diz. Ele obviamente está delirando por causa da perda de sangue e da dor. — Ela pediu e eu dei para ela. Eu sabia que não devia dar, mas ela estava chorando. Eu não podia dizer que não. Ela estava... ela era tão...

— Dá para calar a boca, Manuel? — eu digo, assustada com a quantidade de sangue que sai por entre os lábios dele. — Por favor? Por favor, não fale.

— Ela estava chorando — Manuel fica repetindo sem parar. Onde está Cooper? — Como eu podia dizer não com ela chorando? Mas eu não sabia. Eu não sabia o que iam fazer com ela.

— Manuel — eu digo, na esperança de que ele não escute o tremor na minha voz. — Você precisa parar de falar. Está perdendo sangue demais...

— Mas eles sabiam — ele prossegue, claramente perdido em seu próprio mundo. Um mundo de dor. — Eles sabiam onde ela conseguiu...

Naquele momento, Cooper aparece no corredor, com Pete e Tom logo atrás dele. Pete, ao me ver, pega seu walkie-talkie da segurança e começa a berrar que me encontraram, e que é para mandarem uma maca para as quadras de squash com urgência.

Cooper cai de joelhos ao meu lado e, milagrosamente, revela um kit de primeiros-socorros que pegou em algum lugar.

— A ambulância está a caminho — ele diz, enquanto Manuel, embaixo dos meus dedos cobertos de sangue, continua falando e falando bem baixinho.

— Eu dei para ela, você não entende, Heather? Fui eu. E eles sabiam que tinha sido eu.

— Quem fez isso com ele? — Cooper quer saber enquanto tira um rolo enorme de atadura do kit de primeiros-socorros. — Você conseguiu ver quem era?

— Todos estavam com bolas de basquete na cabeça — digo.

— O quê?

— Eles estavam com bolas de basquete na cabeça. — Arranco as ataduras dele, tiro o meu suéter da ferida e enfio o rolo na maior ferida. — Bolas de basquete cortadas ao meio por cima da cabeça, com buraquinhos para os olhos...

—Meu Deus. — Tom, com ar pálido, olha para nós. — Esse aí é o... Manuel?

— É sim — eu respondo enquanto Cooper se inclina para frente e abaixa uma das pálpebras de Manuel.

— Ele está entrando em choque — Cooper diz, com bastante calma, na minha opinião. — Você o conhece?

— Ele trabalha no Conjunto Fischer. O nome dele é Manuel. — Eu sei que Julio vai enlouquecer quando vir isto. Rezo para que ele não saia à procura do sobrinho.

— Fizeram isto como aviso — Manuel diz. — Um aviso para eu não contar que dei para ela.

— Deu o que para quem, Manuel? — Cooper pergunta, apesar de eu estar dizendo para ele ficar quieto, para economizar o fôlego.

— A chave — Manuel diz. — Sei que não devia ter dado, mas dei a minha chave para ela.

— Para quem? — Cooper quer saber.

— Cooper — eu digo. Não dá para acreditar que ele está interrogando um moribundo.

Mas ele me ignora.

— Manuel, para quem você deu a sua chave?

— Para a Lindsay — Manuel diz. Manuel sacode a cabeça. — Eu dei a minha chave para a Lindsay. Ela estava chorando... disse que tinha esquecido uma coisa no refeitório, uma coisa que precisava pegar. À noite, depois que já tinha fechado...

As pálpebras dele se fecham.

Cooper diz:

— Droga.

Mas daí os paramédicos chegam e tiram nós dois da frente. E eu realmente fico aliviada, achando que tudo vai ficar bem.

E isso só serve para mostrar o quanto eu sei.

Que não é nada.

Eu contei uma mentirinha
Não adianta nem negar
Mas para falar a verdade
Resolvi nem tentar

"Uma mentirinha"
Composta por Heather Wells

Sabe o que acontece quando alguém quase é assassinado durante um jogo de basquete universitário da 3ª Divisão que está sendo televisionado pelo canal New York One?

Todo mundo continua jogando.

Isso mesmo.

Ah, espalharam policiais por todas as saídas depois do jogo (que os Maricas perderam, de 24 a 40). Eles simplesmente não voltaram depois do intervalo. E nem foi por terem ficado sabendo sobre o que aconteceu com Manuel. Porque ninguém disse a eles. Não, basicamente, os Maricas são péssimos, só isso.

Os policias fizeram todo mundo parar antes de sair e mostrar as mãos e os pés e o interior das bolsas e sacolas, para poderem olhar se não tinha sangue nem armas.

Não que tenham dito a alguém o que estavam procurando, claro.

Mas não acharam nada incriminador. Não deu nem para segurar as pessoas com bolas de basquete cortadas ao meio por cima da cabeça para interrogatório, porque mais ou menos todos os representantes do sexo masculino presentes estavam com máscara de meia bola de basquete.

E ficou bem óbvio (para mim, pelo menos), que os sujeitos que esfaquearam Manual já tinham ido embora fazia muito tempo. Quer dizer, duvido muito que eles tenham ficado para assistir ao restante do jogo. Provavelmente caíram fora antes mesmo de a polícia chegar.

De modo que nem testemunharam a derrota humilhante dos Maricas.

Nem eu, aliás. Isso porque, assim que Manuel foi colocado dentro de uma ambulância com o tio pesaroso ao lado e foi levado embora (os paramédicos disseram que ele perdeu muito sangue e tinha alguns ferimentos internos, mas que nenhum órgão vital tinha sido atingido, de modo que ele provavelmente vai ficar bem), eu fui conduzida às pressas até a 6ª Delegacia para olhar fotos de criminosos com o investigador Canavan, apesar de eu ter EXPLICADO para ele que eu não tinha visto o rosto dos criminosos, por causa das máscaras.

— E as roupas deles? — ele quer saber.

— Eu já disse — afirmo, pelo menos pela décima terceira vez. — Estavam usando roupas normais do dia a dia. Jeans. Camisa de flanela. Nada especial.

— E você não os ouviu dizer nada à vítima?

É meio irritante para mim o fato de o investigador Canavan continuar se referindo a Manuel como "a vítima", quando ele sabe perfeitamente que ele tem nome, e sabe que nome é esse.

Mas talvez, assim como o humor mórbido de Sarah, dizer "a vítima" seja uma maneira de se distanciar do horror de atos de tamanha violência.

Eu também não me importaria nem um pouco de me distanciar disto. Cada vez que fecho os olhos, vejo o sangue. Não era vermelho como o sangue da TV. Era marrom-escuro. Da mesma cor que os joelhos do meu jeans estão agora.

— Eles não falaram nada — digo — Só ficaram esfaqueando a barriga dele.

— O que ele estava fazendo ali? — o investigador Canavan quer saber. — Perto das máquinas de refrigerante?

— Como é que eu vou saber? — pergunto com um dar de ombros. — Vai ver que estava com sede. A fila na lanchonete estava realmente comprida.

— O que você estava fazendo ali?

— Eu já disse. Precisei ir ao banheiro, e a fila no outro banheiro feminino estava comprida demais.

Quando o investigador Canavan chegou ao centro esportivo (porque nós ligamos para ele, é claro, para contar o que Manuel tinha dito a respeito de dar a chave a Lindsay), sugeri que ele parasse o jogo e interrogasse todas as pessoas presentes, principalmente o técnico Andrews, que agora eu tinha razões para acreditar que estivesse mais envolvido do que eu tinha pensado antes.

Mas o reitor Allington (que infelizmente teve de ser informado a respeito do que estava acontecendo, por causa da quantidade de policiais rondando o edifício) não aceitou, dizendo que o New York One começaria a fazer uma reportagem no mesmo minuto, e que a faculdade já tinha tido propaganda negativa demais por uma semana. A última coisa de que a faculdade precisava era de repórteres andando por aí e fazendo perguntas a respeito de um crime que, até onde sabíamos, podia não ter nenhuma conexão com Lindsay (apesar de eu ter contado para todo mundo o que Manuel tinha dito).

Daí o reitor Allington nos garantiu que, tirando a questão da propaganda negativa, o New York One também estaria em seu direito de processar a faculdade se o jogo fosse suspenso, alegando que perderiam um milhão de dólares em publicidade se o jogo não prosseguisse.

Eu sinceramente nunca desconfiei que aqueles anúncios de aparelho de ginástica Bowflex davam tanto dinheiro assim, mas parece que basquete universitário da 3ª Divisão é considerado programa de TV obrigatório para as pessoas mais interessadas na compra de equipamentos para exercício em casa.

— Faço questão de que todos compreendam — o reitor Allington também disse para o investigador Canavan, infelizmente (para ele) no meu campo auditivo, apesar de estar falando baixinho para que nenhum repórter enxerido pudesse escutar — que a Faculdade de Nova York não é responsável, de maneira nenhuma, nem pela morte daquela menina nem pelos ferimentos sofridos pelo sr. Juarez nesta noite. E se ele deu a ela uma chave que pode ter sido usada para lhe dar acesso ao refeitório, nós também não somos responsáveis por isso, de maneira alguma. Legalmente, trata-se de invasão de propriedade particular.

Isso fez com que o investigador Canavan observasse:

— Então, reitor Allington, o senhor está dizendo que se Lindsay usou a chave de Manuel para obter acesso ao refeitório, então ela merecia ter a cabeça decepada?

O reitor Allington ficou aturdido perante isso, compreensivelmente, e um dos assessores idiotas dele se adiantou e disse:

— Não foi isso que o reitor quis dizer, de maneira nenhuma. Ele está dizendo que a faculdade não pode ser responsabilizada pelo fato de que um dos nossos funcionários entregou sua chave a uma aluna que depois foi morta na propriedade da faculdade...

O investigador Canavan não ficou lá para ouvir mais. E, para o meu alívio eterno, levou-me junto com ele.

Ou pelo menos foi um alívio no começo. Porque isso significava que eu poderia adiar a conversa com Cooper a respeito do meu pai por mais um tempinho.

Infelizmente, significava que teria de falar com o investigador Canavan.

— E é só isso? Você não se lembra de mais nada? Jeans, camisa de flanela, bola de basquete na cabeça. E os sapatos? Estavam de tênis? Mocassim?

— Tênis — digo, lembrando do barulho no chão.

— Bom. — Ele fica olhando para mim. Está tarde, e ele provavelmente passou o dia inteiro na delegacia. O número de copinhos de isopor que cobre o chão perto da mesa dele indica como conseguiu manter o nível de energia durante tanto tempo. — Assim fica mais fácil.

— Sinto muito. O que você quer que eu diga? Eles estavam...

— Usando bolas de basquete na cabeça. Sei. Você já mencionou.

— Será que terminamos? — eu quero saber.

— Terminamos — o investigador Canavan diz. — Só falta o aviso de sempre.

— Aviso?

— Não se meta na investigação do assassinato de Lindsay Combs.

— Certo — eu respondo. Sou capaz de ser tão sarcástica quanto ele. — Porque foi de propósito que eu deparei com o coitado do Manuel sendo esfaqueado pelos assassinos dela.

— Não sabemos se o ataque ao sr. Juarez e o assassinato de Lindsay têm conexão — o investigador Canavan observa. Ao ver minhas sobrancelhas erguidas, ele completa: — Ainda.

— Como quiser — eu digo. — Posso ir embora?

Ele assente e eu saio dali como um raio. Estou cansada. Só quero ir para casa. E trocar de calça, que a minha está dura por causa do sangue de Manuel.

Saio para a recepção da 6ª Delegacia achando que veria Cooper ali, sentado no mesmo lugar em que ele sempre senta quando está me esperando sair de minhas diversas visitas ao investigador Canavan (hoje bati um novo recorde, duas vezes em menos de 12 horas).

Mas o assento está vazio. Aliás, a recepção está vazia. Só então eu noto que está nevando muito forte lá fora. Quer dizer, *fortíssimo*. Mal consigo enxergar o formato do Range Rover estacionado na frente da estação. Mas quando saio e dou uma olhada pela janela do motorista, reconheço o marido de Patty, Frank. Ele se sobressalta quando eu bato na janela e então abaixa o vidro.

— Heather! — Patty se debruça do banco do carona. — Você saiu, finalmente. Desculpe, não vimos, estamos ouvindo um audiolivro. É sobre a educação de filhos, que a babá recomendou.

— A babá que deixa vocês dois apavorados? — pergunto.

— É, essa mesma. Meu Deus, você tinha que ver a cara dela quando falamos que viríamos aqui. Ela quase... Bom, deixe para lá. Entre, você deve estar congelando!

Entro no banco de trás. O interior do carro está quente e tem um cheiro leve de comida indiana. Isso porque Frank e Patty comeram algumas samosas enquanto me esperavam.

— Como vocês sabiam onde eu estava? — pergunto quando me dão uma samosa, cheia de molho de tamarindo. Delícia.

— O Cooper ligou — Frank explica. — Disse que estava com pressa e pediu para nós virmos buscar você. Deve estar atrás de algum caso dele, imagino. Em que ele está trabalhando, aliás?

— Como é que eu vou saber? — pergunto, com a boca cheia. — Até parece que ele me conta.

— É verdade que você viu uma pessoa sendo esfaqueada? — Patty pergunta e se vira em seu assento. — Não ficou com medo? O que é isso no seu jeans?

— Eu não tive tempo de ficar com medo — digo, mastigando. — E isso é sangue.

— Ai meu Deus! — Patty se vira rapidinho de frente para o para-brisa mais uma vez. — Heather!

— Tudo bem — eu respondo. — Posso comprar uma calça nova. — Mas, com a sorte que eu tenho, devo ter aumentado um tamanho, graças a toda a comemoração de festas de fim de ano que eu fiz.

Tamanho 44 continua sendo a média da mulher norte-americana. Mesmo assim, ninguém quer ter de comprar um par de jeans novos para caber no seu novo tamanho. Isso pode ser duro para o seu bolso. O que você deve fazer, em vez disso, é tentar reduzir a quantidade de frango do mercadinho. Talvez.

Mas isso depende de como você vai ficar com o jeans novo.

— Está mesmo nevando forte — Frank observa enquanto manobra para fora de sua vaga privilegiada. Em circunstâncias normais, o lugar seria ocupado imediatamente por algum veículo que estivesse esperando. Mas está nevando fortíssimo, e não tem ninguém na rua. Os flocos caem espessos e com força, já cobrem a rua e a calçada com um dedo daquela substância branca e fofa. — Não sei como o Cooper vai conseguir investigar alguma coisa com este tempo.

Frank é só um pouquinho obcecado com o fato de Cooper ser detetive particular. A maior parte das pessoas fantasia a respeito de ser uma estrela do rock. Bom, acontece que as estrelas do rock fantasiam a respeito de ser detetives particulares. Ou, no meu caso, a respeito de usar tamanho 38 falso (daquele tipo de numeração menor, só pra deixar a compradora feliz) sem problemas e poder voltar a comer tudo que eu quiser.

Acontece que eu não sou uma rock star de verdade. Não sou mais.

— Heather, espero que você esteja tomando cuidado desta vez — Patty diz, aborrecida, do banco da frente. — Estou falando da menina que morreu. Você não vai se meter na investigação, vai? Não vai fazer como da última vez?

— Ah, que coisa, não — eu digo. Patty não precisa saber da minha visita à casa da Tau Phi. Ela já tem coisa bastante com que se preocupar, já que é ex-modelo e mulher de um roqueiro, isso sem mencionar que é mãe de um menininho que, pela última notícia que eu tive, comeu um bagel da H&H com recheio completo (quase do tamanho da cabeça dele) de uma vez só.

A babá não ficou muito contente com isso.

— Que bom — Patty diz. — Porque não pagam o suficiente para você quase morrer, como aconteceu da última vez.

Quando Frank estaciona na frente da casa de Cooper, vejo que algumas luzes estão acesas... O que me surpreende, já que significa que Cooper deve estar em casa.

Mas, antes que eu possa descer do carro, Frank diz:

— Ah, Heather, sobre o show no Joe's...

Eu fico paralisada com a mão na maçaneta. Não dá para acreditar que, com o sangue e tudo o mais, eu me esqueci do convite de Frank para eu fazer uma participação com a banda dele.

— Ah — eu digo, tentando inventar rápido uma desculpa. — É. Queria mesmo falar sobre isso. Posso dar a resposta depois? Porque eu estou realmente muito cansada agora, e não estou conseguindo pensar direito...

— Não tem nada em que pensar — Frank diz, cheio de animação. — Só vou ser eu e os caras e mais ou menos 160 amigos e familiares. Vamos lá. Vai ser divertido.

— Frank — Patty diz, depois de ver a minha expressão, calculo. — Talvez este não seja o melhor momento para perguntar.

— Vamos lá, Heather — Frank diz, ignorando a mulher.

— Você nunca vai vencer o seu medo do palco se não voltar a pisar nele. Por que não fazer isto entre amigos?

Medo do palco? Este é o meu problema? Engraçado, achei que só era medo de ver as pessoas vaiarem e jogarem coisas em mim. Ou, pior... de desdenharem de mim, como Jordan e o pai de Cooper fizeram, quando eu toquei minhas composições próprias para eles naquele dia fatídico na sede da Gravadora Cartwright...

— Vou pensar sobre o assunto — digo a Frank. — Obrigada pela carona. A gente se vê.

Pulo para fora do carro antes que ou Patty ou o marido dela possam dizer qualquer coisa, então corro até a porta de entrada com a cabeça abaixada para evitar os flocos de neve.

Ufa. Isso sim é que é escapar por pouco.

Lá dentro, Lucy me recebe no hall de entrada, feliz de me ver, mas não de um jeito *preciso ir ali no jardim neste minuto*. Alguém já a colocou para fora.

— Oi, tem alguém em casa? — eu pergunto, tirando o casaco e o cachecol.

Ninguém responde. Mas sinto um cheiro fora do normal. Demoro um minuto para localizar aquele aroma. Então percebo por que: é uma vela. Cooper e eu não somos muito chegados em velas. Cooper porque, bom, ele é homem, eu, porque já vi tantas velas causarem incêndios no Conjunto Fischer que fiquei paranoica. Eu também tenho a tendência de esquecer e deixar velas acesas sem ninguém por perto.

Então, por que alguém está queimando uma vela em casa?

O cheiro vem lá de cima... não da sala nem da cozinha, e não do escritório de Cooper. Vem lá de cima, de onde Cooper dorme.

Então, cai a ficha. Cooper deve estar em casa, e deve ter companhia.

No quarto dele.

Com velas.

E isso só pode significar uma coisa: ele arrumou uma namorada.

Claro. Foi por isso que ele não pôde me esperar na delegacia e precisou ligar para Frank e Patty! Ele tinha marcado de sair com alguém.

Faço uma pausa no pé da escada, tentando entender por que a conclusão de repente me deixou tão aborrecida. Quer dizer, até parece que Cooper SABE da enorme queda que eu tenho por ele. Por que ele NÃO PODE sair com outras pessoas? Só porque ele NUNCA saiu com ninguém (que eu saiba... com certeza não trouxe ninguém para casa) desde que eu me mudei para cá, não significa que ele NÃO DEVE ou que NÃO PODE. Pensando bem, nunca discutimos a questão de convidar pessoas para passar a noite. Simplesmente é um assunto que nunca surgiu.

Até agora.

Bom, e daí? Ele tem uma convidada para passar a noite. Isso não tem nada a ver comigo. Vou simplesmente me esgueirar até o terceiro andar e ir para a cama. Não há razão para parar, bater na porta e perguntar se está tudo bem. Mas estou louca para ver como ela é. Cooper tem reputação na família de sempre sair com mulheres superinteligentes, incrivelmente lindas, até mesmo exóticas. Tipo neurocirurgiãs que também são ex-modelos. Esse tipo de coisa.

Mesmo que eu achasse que tinha alguma chance romântica com Cooper, uma olhada nas várias ex dele serviria para me curar. Quer dizer, quem ia querer ficar com uma ex-estrela pop esquecida que agora trabalha como diretora-assistente de um conjunto residencial estudantil e usa roupas tamanho 38 falso (ou talvez 40 falso), se pode ficar com uma médica que já foi Miss Delaware?

É. Até parece. Ninguém. Quer dizer, a menos que a médica por acaso seja o maior tédio. E que talvez não goste de Ella Fitzgerald (eu decorei todas as músicas dela, inclusive as improvisações). E talvez ela não seja o ser humano caloroso e engraçado que me considero ser...

Pare. PARE.

Estou me esgueirando escada acima para o segundo andar no maior silêncio possível (com Lucy arfando ao meu lado), quando reparo em uma coisa estranha. A porta do quarto de Cooper está aberta... mas não tem nenhuma luz acesa. Já a porta do quarto de hóspedes no mesmo corredor da do quarto de Cooper está aberta, *e* tem uma luz acesa, *e é* uma luz bruxuleante. Parecida com a da chama de uma vela.

Quem diabos pode estar no nosso quarto de hóspedes com uma vela?

— Olá? — digo de novo. Porque se Cooper está recebendo mulheres no nosso quarto de hóspedes, então vai ser azar dele se eu irromper no aposento. O quarto dele é seu santuário... eu nunca ousei me aventurar dentro dele. (Até porque ele fica lá tão raramente. E também porque os lençóis de mil dólares me assustam.)

Mas no quarto de hóspedes?

A porta só tem uma frestinha aberta. Ainda assim, está tecnicamente aberta. E é por isso que eu a empurro mais um pouco.

— Olá? — digo pela terceira vez....

Então solto um berro ao avistar meu pai na posição do cachorro olhando para baixo.

O amor é uma fala de um filme ruim
Decepção é uma música velha no som
E você não passa de um problema
Mas os problemas adoram o meu coração

Sem título
Composta por Heather Wells

— Considero a ioga extremamente relaxante — meu pai explica. — Lá no campo, eu praticava toda manhã e toda noite. Realmente me rejuvenesceu.

Fico olhando para ele da outra ponta do quarto. É estranho ouvir o seu pai chamando a prisão de campo. Principalmente quando ele está fazendo ioga.

— Pai — eu digo. — Será que pode parar com isso um minuto e conversar comigo?

— Claro, querida — meu pai diz. E volta à posição ereta. Não dá para acreditar. Ele obviamente se mudou para cá.

A mala dele está aberta (e vazia) no banco embaixo da janela. Os sapatos dele estão do lado da penteadeira, bem enfileirados, como se ele estivesse no exército. Tem uma máquina de escrever (uma máquina de escrever!) na escrivaninha antiga, junto com uma pilha bem arranjada de papel. Ele usa um pijama azul com detalhes em azul mais escuro, e há uma vela de chá verde grande queimando na mesinha de cabeceira, junto com uma cópia da biografia de Lincoln.

— Meu Deus — eu digo, sacudindo a cabeça. — Como foi que você entrou aqui? *Arrombou* a porta?

— Claro que não — meu pai diz, com ar indignado. — Aprendi muita coisa no campo, mas não peguei nenhuma dica sobre como arrombar uma fechadura Medeco. O seu rapaz me convidou para ficar aqui.

— O meu... — sinto meus olhos se revirarem para o meu pai. — Eu já disse. Ele não é o meu rapaz. Você não disse nada a ele como eu o am...

— Heather. — Meu pai parece triste. — Claro que não. Eu nunca trairia a sua confiança desse jeito. Eu simplesmente expressei na frente do sr. Cartwright um certo desgosto em relação à minha atual situação de moradia, e ele me ofereceu acomodação aqui...

— Pai! — eu resmungo. — Não acredito!

— Bom, o Chelsea Hotel não era nem de longe um lugar adequado para um homem na minha posição — ele diz, cheio de paciência. — Não sei se você sabe, Heather, mas muitas pessoas com ficha criminal residiram no Chelsea Hotel. Assassinos verdadeiros. Não é o tipo de ambiente em que uma pessoa que está tentando se reabilitar deve ficar. Além do mais, era um tanto barulhento. Muita música alta, buzinas. Não, isto aqui — ele olha ao redor de si, para o quarto branco agradável — tem muito mais a ver *comigo*.

— Pai. — Eu não consigo me segurar. Não aguento mais. Eu me afundo na beirada da cama *queen-size*. — O Cooper disse quanto tempo você podia ficar?

— Na verdade — meu pai responde, esticando a mão para acariciar as orelhas de Lucy, porque ela me seguiu até aqui — disse sim. Ele disse que eu podia ficar até quando eu precisasse, para conseguir me reerguer.

— Pai. — Tenho vontade de berrar. — Falando sério. Você não pode fazer isto. Não é que eu não queira trabalhar a nossa relação... a sua comigo, quer dizer. É só que... você não pode se aproveitar da generosidade de Cooper assim.

— Não estou me aproveitando — meu pai diz na lata. — Vou trabalhar para ele em troca do aluguel.

Fico meio perdida.

— Você vai... o quê?

— Ele vai me contratar para a Cartwright Investigações— meu pai diz... um tanto orgulhoso, acho. — Igualzinho a você, vou trabalhar para ele. Vou ajudá-lo a seguir pessoas. Ele diz que a minha aparência é adequada para isso... as pessoas meio que não reparam em mim. Ele diz que eu me confundo com o ambiente.

Fico ainda mais perdida.

— Você se *confunde* com o ambiente?

— É isso mesmo — meu pai abre a gaveta da mesinha de cabeceira e tira de lá uma flautinha de madeira. — Estou tentando considerar isso um elogio. O fato de eu passar tão despercebido, quer dizer. Sabe que a sua mãe sempre achou isso, mas eu não achava que seria assim em relação ao mundo de maneira geral. Ah, deixe para lá. Ouça esta melodiazinha que eu aprendi no campo. É bem relaxante. E, depois da noite que você teve, tenho certeza que um pouco de relaxamento vai cair bem. — Em seguida, ele leva a flauta aos lábios e começa a tocar.

Fico lá sentada mais um minuto enquanto as notas (lamentosas e, como ele tinha mencionado, estranhamente relaxantes) recaem sobre mim. Então eu me sacudo e digo:

— Pai.

Ele para de tocar imediatamente.

— Pois não, querida?

É essa afeição toda que está me matando. Ou que possivelmente me deixa com vontade de MATÁ-LO.

— Vou me deitar agora. Voltamos a conversar sobre este assunto amanhã de manhã.

— Bom, tudo bem — ele diz. — Mas não sei o que temos para conversar, o Cooper obviamente é um homem de bom-senso. Se ele quer me contratar, não vejo por que você vai fazer alguma objeção.

Eu também não sei por que vou fazer alguma objeção. É só que... Como é que eu vou fazer o Cooper perceber que eu sou a mulher dos sonhos dele com o meu PAI por perto? Como é que eu vou fazer aquele jantar romântico com bife para dois que eu estava planejando? Não tem nada romântico em bife para *três*.

— Sei que até hoje eu não fui o melhor dos pais para você, Heather — meu pai prossegue. — Nem sua mãe nem eu lhe fornecemos modelos de conduta muito bons na sua infância. Mas espero que os prejuízos não sejam assim tão sérios a ponto de você ser incapaz de formar relacionamentos com amor agora. Porque o meu desejo mais sincero é que nós possamos ter isto agora. Porque todo mundo precisa ter família, Heather.

Família? É disso que eu preciso? É esse o meu problema? O fato de eu não ter família?

— Você parece cansada — meu pai diz. — E isso é compreensível, depois do dia que você teve. Olhe, quem sabe isto a ajude a se tranquilizar. — E começa a tocar a flautinha de novo.

Certo. *Disto* eu não preciso.

Eu me abaixo, assopro a vela de chá verde do meu pai e a tiro da mesinha de cabeceira.

— Isto aqui é um risco de incêndio — estouro, com a minha melhor voz de diretora-assistente de um conjunto residencial estudantil.

Então saio do quarto batendo os pés e vou para o meu próprio apartamento no andar de cima.

A neve não para. Quando acordo de manhã, olho pela janela e vejo que ela continua caindo. Agora mais devagar e em menor quantidade. Mas os flocos continuam grandes e fofos.

E quando eu saio da cama (coisa que não é nada fácil, tendo em vista que está muito aconchegante ali, com Lucy esticada em cima de mim) e vou até a janela, me deparo com um reino encantado de inverno.

Nova York fica diferente depois que neva. Até um dedo já faz diferença: cobre toda a sujeira e as pixações, e deixa tudo com ar reluzente e novo.

E vinte dedos (que parece ter sido a quantidade de neve que caiu à noite) podem fazer com que a cidade pareça um outro planeta. Tudo está quieto... Não se ouvem buzinas nem alarmes de carro disparando... Cada som está abafado, cada galho se curva com o peso de tanta coisa branca fofa, cada janela está coberta com aquilo. Olho pela janela, percebo o que está acontecendo e sinto uma alegria repentina no meu coração: este é um Dia de Neve.

Percebo isto antes mesmo de pegar o telefone e ligar para o número da previsão do tempo da faculdade. Oba, as aulas de hoje foram canceladas. A faculdade está fechada. A cidade, aliás, está fechada. Só pessoas que trabalham com serviços de emergência necessários devem sair à rua. *Beleza.*

Acontece que, claro, quando se mora a dois quarteirões do local de trabalho, você não pode alegar exatamente que não teve como chegar lá.

Mas, ainda assim... pode chegar atrasada.

Demoro-me em um banho de banheira (por que ficar em pé quando você não é obrigada?) e me vestindo. Preciso recorrer ao meu jeans de reserva por causa das manchas de sangue da minha calça principal, e fico um pouco desolada ao descobrir que está um pouco apertado. Tudo bem, mais do que um pouco. Preciso recorrer ao meu velho truque de colocar meias dobradas na cintura da calça para esticá-la, enquanto faço flexões de joelho bem acentuadas. Digo a mim mesma que é porque elas acabaram de sair da secadora. Há duas semanas.

E quando eu tiro as meias, antes de descer, está um pouco menos apertada. Pelo menos dá para respirar.

Enquanto respiro, sinto um cheiro desconhecido. Pelo menos desconhecido nesta casa.

Bacon. E, se não me engano, ovos.

Desço a escada apressada (com Lucy nos meus calcanhares) e fico horrorizada ao entrar na cozinha e encontrar Cooper ali, lendo o jornal, enquanto meu pai está ao fogão com uma calça de veludo cotelê e suéter de lã. Preparando o café da manhã.

— Isto precisa parar já — eu digo bem alto.

Meu pai se vira e sorri para mim.

— Bom dia, querida. Quer suco?

Cooper abaixa um lado do jornal.

— Por que você levantou? — ele quer saber. — Acabaram de dizer na TV que a Faculdade de Nova York está fechada.

Eu o ignoro. Mas não posso ignorar Lucy, que está na porta dos fundos, arranhando, para que alguém a deixe sair. Abro a porta e uma rajada de vento ártico entra. Lucy parece decepcionada com o que vê ali, mas segue em frente com muita coragem. Fecho a porta atrás dela e viro o rosto para o meu pai. Porque cheguei a uma conclusão. Que não tem nada a ver com a flautinha de madeira.

— Pai — eu digo. — Você não pode morar aqui. Sinto muito, Cooper, foi legal da sua parte oferecer. Mas é esquisito demais.

— Relaxe — Cooper diz, de trás de seu jornal.

Sinto minha pressão sanguínea subir mais dez pontos. Por que isso acontece toda vez que alguém diz *relaxe*?

— É sério — eu digo. — Quer dizer, eu também moro aqui. Também sou funcionária da Cartwright Investigações. Por acaso a minha opinião não importa?

— Não — Cooper responde de trás de seu jornal.

— Querida — meu pai diz, virando-se para me entregar uma caneca de café fumegante. — Beba isto. Você nunca foi muito de fazer as coisas de manhã, igualzinha à sua mãe.

— Eu não sou igualzinha à minha mãe — digo. Mas pego o café. Porque o cheiro está delicioso. — Certo? Não tenho nada a ver com ela. Está vendo, Cooper? Está vendo o que fez? Você convidou este homem para morar aqui e ele já está me dizendo que sou igualzinha à minha mãe. Não tenho nada a ver com ela.

— Então permita que ele fique aqui — Cooper diz, sem sair de trás de seu jornal — para que ele possa descobrir por conta própria.

— A sua mãe é uma pessoa adorável, Heather — meu pai diz e coloca dois ovos com a gema mole e um pouco de bacon em um prato. — Só não é pela manhã. Bem parecida com você. Pronto. — Ele me entrega o prato. — Era assim que você gostava quando era criança. Espero que ainda goste.

Olho para o prato. Ele arranjou a comida de modo que os ovos parecem olhinhos e o bacon, uma boca sorridente, exatamente como fazia quando eu era criança.

De repente, sou tomada por uma vontade de chorar.

Droga. Como é que ele pode fazer uma coisa dessas comigo?

— Está ótimo, obrigada — balbucio e me sento à mesa da cozinha.

— Bom — Cooper diz, finalmente abaixando o jornal. — Agora que está tudo acertado, Heather, o seu pai vai passar um tempo com a gente, até ele descobrir o que vai fazer a seguir. E isso é bom, porque eu estou precisando de ajuda. Tenho mais serviço do que consigo dar conta sozinho, e o seu pai tem exatamente os tipos de qualidades que eu preciso em um assistente.

— A capacidade de se confundir com o ambiente — eu digo, mastigando uma tira de bacon. Que, aliás, está deliciosa. E eu não sou a única que pensa assim. A Lucy, que meu pai deixou entrar de novo quando ela arranhou a porta, também está se deliciando com uma tira que eu dou para ela.

— Correto — Cooper diz. — Esta habilidade nunca pode ser subestimada quando se trabalha no ramo da investigação particular.

O telefone toca. Meu pai diz:

— Eu atendo — e sai da cozinha para fazê-lo.

No segundo em que ele sai, Cooper diz, em tom diferente:

— Olhe, se for mesmo um problema, eu arrumo um quarto para ele em algum lugar. Eu não percebi que as coisas estavam tão... mal resolvidas... entre vocês dois. Achei que pudesse ser bom para você.

Fico olhando para ele.

— *Bom* para mim? Como é que morar na mesma casa que o meu pai ex-presidiário pode ser *bom* para mim?

— Bem, não sei — Cooper diz, com um ar desconfortável. — É só que... você não tem ninguém.

— Acho que já discutimos essa questão — digo, ácida. — Você também não tem.

— Mas eu não preciso de ninguém — ele observa.

— Nem eu — digo.

— Heather — ele diz, com muita frieza. — Precisa sim. Ninguém morreu, deixou um prédio de herança para você e a transformou em uma pessoa economicamente independente. E, não quero ofender, mas receber 23 mil dólares por ano em Manhattan é uma piada. Você precisa de todos os amigos e familiares que puder arrumar.

— Inclusive ex-presidiários? — exijo saber.

— Olhe — Cooper diz. — O seu pai é um homem extremamente inteligente. Tenho certeza de que ele vai se acertar. E acho que você vai querer estar por perto quando isso acontecer, nem que seja para deixá-lo com tanto sentimento de culpa que ele vai acabar mandando um pouco de dinheiro para o seu lado. Ele lhe deve as mensalidades da faculdade, pelo menos.

— Não preciso de dinheiro para pagar as mensalidades — digo. — Eu estudo de graça porque trabalho lá, está lembrado?

— Estou — Cooper diz, com paciência obviamente forçada. — Mas você não ia ter de trabalhar lá se o seu pai pagasse as mensalidades.

Fico olhando estupefata para ele.

— Está me dizendo... para largar o meu emprego?

— Estou dizendo para você estudar em tempo integral, se obter um diploma for mesmo o seu objetivo. — Ele dá um golinho no café. — É isso aí.

É engraçado, mas apesar de o que ele diz fazer sentido, não consigo imaginar como seria não trabalhar no Conjunto Fischer. Só faz pouco mais de meio ano que eu estou neste emprego, mas parece que faço isto a vida toda. A ideia de não ir lá todos os dias me parece estranha.

Será que todo mundo que trabalha em escritório se sente assim? Ou será que eu simplesmente *gosto* do meu emprego?

— Bom — eu digo, arrasada, olhando fixamente para o prato. Meu prato vazio. — Acho que você tem razão. É só que...

eu já acho que me aproveito demais da sua hospitalidade. Não quero que a minha família venha sugar de você também.

— Por que você não deixa que eu me proteja sozinho dos sanguessugas? — Cooper diz, em tom irônico. — Eu sei cuidar de mim mesmo. E, além do mais, você não se aproveita de nada. A minha contabilidade nunca ficou tão bem organizada. Para variar, as contas são pagas no dia correto, *e* estão todas certinhas. É por isso que eu não acredito que você está fazendo um curso de recuperação de matemática, você é tão boa nisso...

Engulo em seco ao escutar as palavras *curso de recuperação de matemática*, porque de repente me lembro de uma coisa.

—Ai, não!

Cooper parece assustado.

— O que foi?

— Ontem à noite era a minha primeira aula — digo, largando a cabeça entre as mãos. — E eu me esqueci completamente. Minha primeira aula... meu primeiro curso com crédito para a faculdade... e eu perdi!

— Tenho certeza de que o professor vai entender, Heather — Cooper diz. — Principalmente se ele andou lendo o jornal ultimamente.

Meu pai volta à cozinha, trazendo o telefone sem fio.

— É para você, Heather — ele diz. — O seu chefe, Tom. Que rapaz mais simpático ele é. Batemos um bom papinho sobre o jogo de ontem. Realmente, para um time da 3ª Divisão, os garotos fizeram uma apresentação e tanto.

Pego o telefone dele e reviro os olhos. Se eu tiver que escutar mais uma coisa sobre basquete, vou dar um berro.

E o que vou fazer a respeito do que Kimberly disse ontem à noite? Será que estava acontecendo alguma coisa entre o técnico Andrews e Lindsay Combs? E se estiver... Será que ele a *mataria* por causa disso?

— Eu sei que a faculdade está fechada — eu digo a Tom. — Mas eu vou trabalhar. — Afinal, levando em conta a pessoa que acabou de vir morar na mesma casa que eu, nem uma monção seria capaz de me manter em casa, uma nevezinha então, nem pensar.

— Claro que sim — Tom diz. Obviamente, a ideia de que eu talvez fosse fazer o que todos os nova-iorquinos estão fazendo hoje (ficar em casa) nem chegou a ocorrer a Tom. — É por isso que eu fiquei feliz de pegá-la antes que saísse. O Dr. Jessup ligou...

Solto um resmungo. Isto não é bom sinal.

— É — Tom diz. — Ele ligou da casa dele, em Westchester, ou seja lá onde ele mora. Quer ter certeza de que algum representante do setor de acomodação apareça no hospital para visitar o Manuel hoje para mostrar que nós nos preocupamos com ele. E também para levar flores, já que nenhuma floricultura está aberta, graças à nevasca. Ele disse para você comprar alguma coisa na lojinha de suvenir do hospital e nós reembolsamos...

— Ah — eu digo. — Estou confusa. Esta é uma tarefa meio de alto nível. Quer dizer, o Dr. Jessup geralmente não pede aos diretores-assistentes de conjunto residencial para que representem o departamento. Não é que ele não confie em nós. É só que... Bom, eu, pessoalmente, não sou das funcionárias mais benquistas desde que larguei a diretora-assistente do Conjunto Wasser naquele jogo de confiança. Tem certeza de que ele quer que eu vá?

— Bom — Tom responde. — Na verdade, ele não especificou. Mas ele quer que alguém do Departamento de Acomodação vá, para dar a impressão de que nós nos importamos...

— Nós nos importamos *mesmo* — eu lembro a ele.

— Bom, claro que *nós* nos importamos — Tom diz. — Mas acho que ele quer dizer *nós* do Departamento de Acomodação, não *nós*, as pessoas que realmente conhecem o Manuel. Só fiquei achando que, como você e o Manuel já têm um certo relacionamento, e que foi você que, de fato, salvou a vida dele, e...

— E que estou duas quadras mais perto do hospital St. Vincent do que qualquer pessoa do Conjunto Fischer este momento — termino a frase para ele. Agora está tudo ficando claro.

— Algo assim — Tom diz. — Então, você vai lá? Dá uma passada no hospital antes de vir para cá? Pode pegar um táxi para ir e para voltar... se conseguir achar algum. O Dr. Jessup diz que reembolsa se você trouxer o recibo...

— Você sabe que eu faço isso com o maior prazer — digo. Sempre que eu gasto dinheiro e posso cobrar do departamento, já fico feliz. — E você, como está? — pergunto, tentando parecer despreocupada, apesar de a resposta ser fundamental para a minha felicidade futura. Não há como saber que tipo de chefe pavoroso eu posso ter se Tom fosse embora. Provavelmente alguém igual à Dra. Kilgore... — Você ainda está pensando... Quer dizer, outro dia você comentou que queria voltar para o Texas...

— Só estou me esforçando para viver um dia de cada vez, Heather — Tom diz, com um suspiro. — Assassinatos e ataques nunca foram abordados em nenhum dos meus cursos de administração estudantil, sabe?

— Certo — respondo. — mas, sabe, no Texas, não existem essas tempestades de neve divertidas. Pelo menos não com muita frequência.

— Isso é verdade — ele diz. Ainda assim, Tom não parece convencido a respeito da superioridade de Nova York em relação ao Texas. — Mas, bom, a gente se vê daqui a pouco. Fique bem quentinha aí.

— Obrigada — eu digo. E desligo. Vejo que Cooper olha de um jeito esquisito para mim por cima de seu café.

— Você vai ao hospital St. Vincent visitar o Manuel? — ele pergunta em tom de quem não quer nada. O desinteresse é exagerado.

— Vou — respondo, desviando o olhar. Eu sei o que ele está pensando. E nada pode estar mais distante da verdade. Bom, talvez não *nada*... — Duvido que eu vá encontrar um táxi, então é melhor me agasalhar bem...

— Você só vai dar ao Manuel seus votos de melhoras — Cooper diz — e depois vai voltar para o trabalho, certo? Não vai, por exemplo, ficar lá fazendo perguntas a respeito de quem o atacou na noite passada nem por quê, não é mesmo?

Dou uma bela gargalhada com isso.

— Cooper! — exclamo. — Meu Deus, como você é engraçado! *Claro* que eu não faria isso. Quer dizer, o sujeito foi esfaqueado de maneira brutal. Passou a noite toda na sala de cirurgia. Provavelmente nem vai estar acordado. Só vou entrar de fininho, deixar as flores... e os balões... e sair.

— Certo — Cooper diz. — Porque o investigador Canavan disse para você ficar longe da investigação do assassinato da Lindsay.

— Exato — respondo.

Meu pai, que estava assistindo ao nosso diálogo com o mesmo tipo de intensidade que assistiu ao jogo de basquete na noite anterior, parece confuso.

— Por que a Heather interferiria na investigação da morte daquela coitada?

— Ah — Cooper responde. — Vamos dizer apenas que a sua filha tem a tendência de se envolver um pouquinho demais na vida dos residentes. E na morte deles.

Meu pai olha para mim com expressão grave.

— Veja bem, querida — ele diz. — Você realmente precisa deixar este tipo de coisa para a polícia. Você não vai querer se ferir, não é mesmo?

Olho do meu pai para Cooper e para o meu pai de novo. De repente, percebo: estou em desvantagem numérica. Agora são dois deles, e só uma de mim.

Solto um berro frustrado e saio da cozinha batendo os pés.

Esta cidade não é só aço e concreto
Esta cidade não é só milhões de andares
Mesmo sem dentes, continuo a sorrir
Como uma brigona que diz: "Vem aqui
para sentir"

"Brigando na Rua"
Composta por Heather Wells

A lojinha de suvenires está aberta, graças a Deus. Mas as flores não têm aparência exatamente fresca (não teve entrega hoje de manhã, por causa das condições das vias de circulação, tão ruins que fizeram com que eu não conseguisse um táxi e também que fosse obrigada a andar pelo meio da rua, para não ter que caminhar com neve até o joelho a maior parte do caminho).

Ainda assim, há balões de todos os tamanhos e descrições, e o tanque de hélio está funcionando, de modo que eu me divirto fazendo um enorme buquê de balões. Então peço que incluam um urso de pelúcia de MELHORAS para garantir, não antes de ter certeza de que a faixa de MELHORAS sai, para que Manuel possa depois dar o urso de pelúcia para uma namorada ou sobrinha. É preciso pensar nessas coisas quando se dá um bicho de pelúcia para um homem.

Vou até o CTI, onde Manuel está internado, e o encontro acordado, mas grogue, com muitos tubos entrando e saindo dele. Há muita gente naquele quarto, inclusive uma mulher que parece ser sua mãe, largada, exausta, em uma cadeira perto de Julio, que também cochila. Vejo dois policiais (um parado de cada lado da entrada do centro de terapia intensiva), mas não avisto o investigador Canavan em lugar nenhum. Ou ele ainda não conseguiu chegar até ali ou já deu uma passada e foi embora.

Há dois sujeitos com cara de homens da lei encostados na parede ao lado da porta de entrada do quarto de Manuel, os dois de terno com a calça úmida até o joelho, de caminhar no meio da neve lá fora. Os dois têm nas mãos copos de papelão de café. Um está dizendo, quando eu me aproximo:

— O Canavan conseguiu tirar alguma coisa dele?

— Nada que pudesse ter algum sentido. — O mais jovem está com uma gravata com estampa tropical. — Perguntou se ele sabia por que tinha sido esfaqueado. Ele só gemeu.

— O Canavan perguntou sobre a chave?

— Perguntou. Recebeu a mesma resposta. Nada.

— E a menina?

— Nada.

— Talvez a gente devesse pedir para o tio do rapaz perguntar a ele — o mais velho diz, apontando com a cabeça para Julio, adormecido. — Talvez ele responda melhor a um rosto conhecido.

— O rapaz está completamente fora de si — o colega diz, com um dar de ombros. — Não vamos tirar merda nenhuma dele.

Os dois reparam em mim ao mesmo tempo. É meio difícil eu conseguir passar despercebida, com o enorme buquê de balões. Além disso, é óbvio que estou prestando muita atenção à conversa deles.

— Podemos ajudar, moça? — o mais jovem pergunta, em tom entediado.

— Ah, oi. — Eu digo. — Não queria interromper. Vim visitar o Manuel Juarez. Sou do Departamento de Acomodação, lá da Faculdade de Nova York, onde o Manuel trabalha. Pediram que eu viesse até aqui para ver como ele está.

— Tem identificação? — o investigador mais velho, ou seja lá o que ele for, pergunta, com o mesmo tom de voz entediado que o colega tinha usado.

Reviro os bolsos em busca do meu crachá. Peço ao mais jovem que segure os balões enquanto eu faço isso.

— Que urso legal — ele comenta em tom seco.

— Obrigada — respondo. — Também achei que fosse.

Eles conferem o crachá. Então o mais velho devolve e diz:

— Divirta-se — e faz um movimento com a cabeça na direção do quarto de Manuel.

Pego de volta os meus balões e, com alguma dificuldade, manobro-os através da porta e me aproximo da cama de Manuel sem fazer barulho. Ele fica me observando o tempo todo, sem emitir nenhum som. O único barulho que escuto, aliás, é a respiração constante do tio e da mulher que acredito ser a mãe dele. E os cliques de todas as máquinas ao lado da cama, fazendo a sua função com o corpo dele.

— Olá, Manuel — eu digo com um sorriso, mostrando os balões para ele. — Estes aqui são para você, de todos nós no Conjunto Fischer. Esperamos que você melhore logo. Desculpe pelo urso, sei que é um pouco... sabe como é. Mas não tinham mais flores.

Manuel consegue dar um sorriso fraco. Incentivada, prossigo:

— Você não está muito bem, não é mesmo? Sinto muito pelo que fizeram com você, Manuel. Realmente, é terrível.

Manuel abre a boca para dizer alguma coisa, mas só sai um grunhido. Percebo que o olhar dele se dirige para a jarra marrom na mesa ao lado da cama. Há alguns copos de papel ao lado dela.

— Quer um pouco de água? — pergunto. — Alguém disse que você não pode beber? Porque às vezes pedem para os pacientes não tomarem água, se vão fazer mais cirurgias ou algo assim.

Manuel sacode a cabeça. Então, depois de deixar os balões flutuarem até o teto, para não precisar mais ficar segurando, coloco um pouco de água em um copo de papel.

— Aqui está — digo e estendo o copo para ele.

Mas ele está fraco demais para erguer as mãos (também, estão pesadas com todos os tubos que entram nelas), de modo que levo o copo até os lábios dele. Ele bebe, cheio de sede.

Quando termina o primeiro copo, olha diretamente para a jarra, então, achando que ele quer mais um, sirvo de novo água no copo. Ele o toma inteiro também, só que mais devagar. Quando termina, pergunto se ele quer mais. Manuel sacode a cabeça e finalmente consegue falar.

— Eu estava com tanta sede — Manuel diz. — tentei dizer para aqueles caras... — faz um sinal com a cabeça para os dois investigadores no corredor. — Mas eles não entenderam. Eu não conseguia falar de tão seca que a minha garganta estava. Obrigado.

— Ah — eu digo. — Sem problema.

— E obrigado pelo que você fez ontem à noite — Manuel diz. Parece que ele não consegue falar muito alto (embora Manuel, mesmo no auge da saúde, nunca tenha falado alto), então é difícil entender o que está dizendo. Mas eu me inclino para frente e consigo captar a maior parte das palavras. — O tio Julio disse que você salvou a minha vida.

Sacudo a cabeça.

— Ah, não — digo. — De verdade, foram os paramédicos. Eu só estava no lugar certo, na hora certa. Nada mais.

— Bom — Manuel diz, esboçando um sorriso. — Que sorte a minha, então. Mas ninguém me disse... Nós vencemos?

— O jogo de basquete? — Não consigo segurar a risada. — Não. Fomos esmagados no segundo tempo.

—— A culpa foi minha — Manuel diz, com ar magoado.

— Não foi sua culpa. — Continuo dando risada. — Os Maricas são péssimos, só isso.

— Minha culpa — Manuel diz mais uma vez. A voz dele falha.

É aí que paro de rir, porque percebo que ele está chorando. Lágrimas gordas se acumulam por baixo de suas pálpebras, ameaçando escorrer a qualquer minuto. Parece que ele quer erguer as mãos para enxugá-las, mas não consegue.

— *Não* é sua culpa, Manuel — eu digo. — Como pode pensar uma coisa dessas? Os jogadores só ficaram sabendo o que aconteceu com você muito depois. O técnico Andrews não disse para eles...

— Não — Manuel diz. As lágrimas que tinham se acumulado embaixo das pálpebras escorrem pelas bochechas. — Quis dizer que foi minha culpa o que aconteceu com a Lindsay. A culpa foi minha por ela ter morrido.

— Ei, Manuel — eu digo. — Não é culpa sua alguém ter matado a Lindsay. Não é culpa sua mesmo.

— Eu dei a chave para ela — Manuel insiste. Então ele consegue mexer uma das mãos. Fecha os dedos em um punho e bate no colchão, em um gesto patético de tão leve.

— Isso não significa que você a matou — eu garanto a ele.

— Ela não estaria morta se eu não tivesse dado a chave para ela, devia ter dito não quando ela pediu. Só que... ela estava chorando.

— Certo — respondo. Olho na direção dos dois investigadores do lado de fora do quarto. Eles sumiram. Onde se enfiaram? Minha vontade é sair correndo atrás deles e mandar que entrem... Mas não quero que Manuel pare de falar.

— Foi o que você disse ontem à noite. Quando ela foi falar com você chorando, Manuel? Quando pediu a chave?

— Foi um pouco antes de eu ir para casa — ele responde. — Na noite de segunda-feira. Depois que o refeitório fechou, às sete. Eu estava dobrando meu turno porque o Fernando teve que ir à festa de aniversário da avó. Feriado. Sabe com o é. E ela veio até mim, eu já estava vestindo o casaco para ir para casa, e disse que precisava da chave do refeitório emprestada, porque tinha esquecido alguma coisa lá.

— Ela disse o quê? — pergunto, olhando para a porta. Onde estavam aqueles caras? — O que ela esqueceu, quer dizer?

Manuel balança a cabeça. Ele ainda está chorando.

— Eu devia ter ido com ela, eu devia ter ido abrir a porta para ela e devia ter esperado até ela pegar o que tinha esquecido. Mas eu tinha que encontrar outra pessoa — pela maneira como ele diz a palavra "pessoa", fica claro que ele quer dizer "namorada" — e estava atrasado e ela... Bom, era a Lindsay.

— Certo — falo, em tom encorajador. — Nós todos conhecíamos a Lindsay. Nós todos confiávamos nela. — Mas estou começando a pensar que talvez não devêssemos ter confiado.

— É, eu sei que não devia ter dado a chave para ela — Manuel prossegue. — Mas ela era tão bonita e simpática. Todo mundo gostava dela. Não dava para imaginar que ela queria a chave para fazer algo ruim. Ela disse que era muito importante... era uma coisa que ela precisava devolver... para as pessoas que tinham emprestado para ela. Ou elas ficariam bravas, foi o que ela disse.

Meu sangue gelou. Foi a única explicação que encontrei para o fato de eu sentir tanto frio.

— Ela não disse *quem* eram essas pessoas?

Manuel balança a cabeça.

— E tem certeza que ela disse pessoas, no plural, como se fosse mais de uma?

Ele assente.

Bom, isso era esquisito. A não ser que Lindsay tivesse dito *pessoas* em vez de *ele* ou *ela* para esconder o sexo da pessoa de quem estava falando.

— Então, você deu a chave para ela.

Ele assente, tristonho.

— Ela disse que iria devolver. Disse que me encontraria na recepção na manhã seguinte às dez horas para me devolver a chave. E eu esperei. Eu estava lá fora esperando quando a polícia chegou. Ninguém me disse o que estava acontecendo. Eles simplesmente passaram por mim. Eu estava lá esperando e, o tempo todo, ela estava lá dentro, morta!

Manuel não se aguenta mais. De tanto que chora, está até um pouco engasgado. Uma das máquinas a que está conectada a ele por um tubo começa a fazer bip. A mulher que eu imagino que seja a mãe dele se agita, sonolenta.

— Se — Manuel diz — Se...

— Manuel, não fale — eu digo. Para a mulher que acabou de acordar eu falo:

— Chame uma enfermeira...

Ela arregala os olhos e sai do quarto.

— Se... — Manuel continua repetindo.

— Manuel, não fale — eu digo.

Agora Julio também está acordado, murmurando algo em espanhol para o sobrinho.

Mas Manuel não se acalma.

— Se não foi minha culpa — ele finalmente consegue dizer —, então, por que tentaram me matar?

— Porque eles acham que você sabe quem eles são — respondo. — As pessoas que mataram a Lindsay acham que você pode identificá-las. E isso significa que a Lindsay deve ter dito alguma coisa para você que fez com que eles pensassem assim. Será que ela disse alguma coisa, Manuel? Tente se lembrar.

— Ela disse... Ela falou alguma coisa sobre um tal de...

— Doug? — eu exclamo. — Ela disse alguma coisa sobre um tal de Doug ou talvez Mark?

Mas o bip está ficando mais alto e agora um médico e duas enfermeiras entram apressados, seguidos pela mãe de Manuel e... pelos dois investigadores.

— Não — Manuel diz. Sua voz está sumindo — Acho que foi... Steve. Ela disse que o Steve ia ficar muito bravo.

Steve? Quem é *Steve*?

As pálpebras de Manuel se fecham lentamente. A médica ordena:

— Saia da frente!

E eu pulo para o lado enquanto ela mexe com os tubos de Manuel. O bip, ainda bem, volta ao seu ritmo normal, mais calmo. A médica parece aliviada. Manuel, aparentemente, voltou a dormir.

— Todo mundo para fora — uma das enfermeira diz e nos enxota na direção da porta. — Ele precisa descansar agora.

— Mas eu sou a mãe dele — a mulher mais velha insiste.

— Você pode ficar — a enfermeira concorda, no fim. — Os outros, para fora.

Eu fico me sentindo péssima. Arrasto-me para fora com os dois investigadores quando chegamos ao corredor. Então eu conto a eles. Conto tudo que Manuel disse. Principalmente a parte sobre Steve.

Eles fazem uma cara de tédio.

— Disso a gente já sabe — diz o mais velho, em tom meio acusatório, como se eu estivesse desperdiçando o tempo deles de propósito.

— Não, não sabem — digo, chocada.

— Sabemos sim — o mais novo concorda com o parceiro. — Estava tudo no relatório. Ele contou tudo isso ontem à noite, sobre a chave.

— Mas não falou sobre o Steve — eu digo.

— Tenho quase certeza de que estava escrito Steve naquele relatório — diz o investigador mais velho.

— Steve — diz o mais novo. — Ou vai ver que era um tal de John.

— Não tem John nenhum — digo. — Só um Doug. Ou talvez um Mark. Mark era o namorado da garota que morreu. Bom, tirando o fato de que ela também estava saindo com um garoto chamado Doug. E agora tem esse Steve. Só que não conheço nenhum Steve...

— Já sabemos disso tudo — diz o investigador mais novo, com cara de incomodado.

Olho para ele.

— Onde está o investigador Canavan?

— Ele não conseguiu chegar à cidade hoje de manhã — diz o mais velho. — Por causa das condições da estrada onde ele mora.

— Bom — digo. — Você vai ligar para ele para falar sobre esse tal de Steve? Ou eu tenho que fazer isso pessoalmente?

O investigador mais novo diz:

— Já falamos para ele, moça. A gente sabe do...

— Claro que vamos ligar para ele — interrompe o mais velho. O mais novo parece apreensivo — Mas Marty...

— Vamos ligar para ele — diz o mais velho, piscando para o mais novo.

O mais novo responde:

— Ah, sim. Sim. Vamos falar com ele.

Eu fico parada, só olhando. Está na cara que o investigador Canavan já falou de mim para eles. Também está claro que ele não disse nada de bom.

— Sabe — eu digo, abrupta —, tenho o número do celular dele. Eu mesma posso ligar.

— E por que não liga? — diz Marty, o investigador mais velho. — Tenho certeza de que ele adoraria falar com você.

O mais novo começa a rir.

Sinto meu rosto ficar vermelho. Será que sou assim tão inconveniente para o investigador Canavan? Quer dizer, sei que sou. Mas nunca achei que ele ficasse por aí reclamando de mim para os outros investigadores. Será que sou a piada do 6ª Distrito? Devo ser.

— Ótimo — eu digo. — Agora, já vou indo — e me viro para sair.

— Espere. Srta. Wells?

Eu me viro de frente para eles. O investigador mais novo está segurando uma caneta e um bloquinho.

— Desculpe, srta. Wells, quase me esqueci — ele parece totalmente sério. — Pode me dar seu autógrafo?

Olho para ele desconfiada. Que tipo de piada é essa?

— É sério — ele diz. — Eu disse para minha irmã mais nova que você vem muito aqui, e ela me pediu para pegar seu autógrafo para ela, se eu conseguisse.

Ele parece sincero. Eu pego a caneta e o bloquinho, de repente me sinto sem graça por ter sido tão grossa com ele.

— Claro — respondo. — Qual é o nome da sua irmã?

— Ah, ela só quer o autógrafo — diz o investigador. — Disse que autógrafos não vendem bem no eBay quando são personalizados.

Dou uma olhada enviesada para ele.

— Ela quer meu autógrafo para poder vender?

— Hum, é! — responde o investigador. Aparentemente, não era capaz de imaginar outra alternativa. — O que mais ela poderia fazer com todos aqueles seus CDs velhos? Ela diz que tem mais chance de vender a coleção dela se colocar um autógrafo junto. Ela falou que isso vai fazer com que ela se destaque entre os milhões de pessoas que estão vendendo suas coleções de Heather Wells.

Devolvo a caneta e o bloquinho para ele.

— Tchau, investigadores — eu digo, dou meia-volta e vou embora.

— Ei — o investigador chama — Heather! Não faça isso!

— Será que não podemos nos entender? — Marty quer saber. Ele está rindo tanto que mal consegue falar. Quando chego ao elevador, eu me viro e mostro a eles o que estou pensando. Com o meu dedo médio. Mas isso só faz com que eles deem ainda mais risada. Estão errados em dizer que uma crise é capaz de despertar o que existe de melhor nos nova-iorquinos. Não, não é verdade.

> Não deixe o amor passar por você como
> um farol alto
> Que carrega seu coração noite afora
> Não adianta nada esperar que tudo
> aconteça
> Dê uma pirada, perca a cabeça
>
> "Não Deixe o Amor"
> Composta por Heather Wells

Consigo voltar inteira para o Conjunto Fischer... Mais ou menos inteira. Não consigo arrumar um táxi — simplesmente não tem nenhum. Os poucos carros que vejo na rua são de polícia. Um deles encalha na neve na Sexta Avenida e fica lá com as rodas de trás girando em falso, enquanto um monte de gente sai do café e de uma loja da Gap que tem ali perto para ajudar a desatolar.

Mas eu não ajudo. Já tive minha cota de policiais por hoje.

Eu ainda estou meio de mau humor por causa do negócio do autógrafo quando finalmente entro na minha sala...

para dar de cara com Tom sentado no meu lugar e a porta que dá para sala dele fechada. Atrás dela, ouço o som abafado da voz da Dra. Kilgore.

— Ah, para — digo, tirando meu gorro. Posso sentir meu cabelo flutuando no ar por causa da eletricidade estática, mas não ligo — Vai dizer que ela está aqui de novo?

— Vai ficar até o fim da semana, infelizmente —Tom responde, desanimado. — Mas não fique assim. Amanhã é sexta.

— Mesmo assim. — Tiro o casaco e desabo na cadeira de Sarah. — Eu me sinto invadida. Quem está lá dentro?

— A Cheryl Haebig — ele responde.

— *De novo?*

Ele dá de ombros.

— A colega de quarto dela foi assassinada. Ela está muito mal.

Eu olho para a reprodução de Monet na parede.

— A Lindsay não era tão legal quanto todo mundo acha que ela era — me ouço dizendo.

Tom ergue as sobrancelhas:

— Como é?

— Bom, ela não era — respondo. — Sabe que ela passou o maior papo no Manuel para ele entregar a chave do refeitório para ela? Para que ela precisava disso? Ela disse a ele que tinha esquecido uma coisa lá dentro que tinha que pegar. Mas por que não procurou um AR, se o caso era esse? Eles teriam aberto a porta para ela com a mesma facilidade que o Manuel, se ela só precisava pegar alguma coisa. Não, quis pedir para ele porque sabia que ele ia sair e não ia ter tempo de esperar até ela pegar o que quer que fosse, e sabia que ele daria a chave a ela se pedisse. Assim, ia poder ficar

Tamanho 44 também não é gorda

com ela a noite toda. Ela passou o maior papo nele. Do mesmo jeito que passava o maior papo em todos os garotos. E até nas garotas. Quer dizer, a Magda era louca por ela.

— Você parece ter muitos problemas com a Lindsay — diz Tom. — Talvez você precise ser a próxima a conversar com a Dra. Kilgore.

— Cale a boca — eu aconselho a ele.

Ele me lança um sorriso maldoso.

— Tem uns recados para você — ele diz e me entrega os papéis.

Jordan Cartwright. Jordan Cartwright. Jordan Cartwright. Tad Tocco.

Espere. Quem é Tad Tocco?

— Vou pegar um café — Tom diz e se levanta com a xícara na mão. — Quer um?

— Quero — respondo, mal prestando atenção. — Café seria uma boa.

Quem é Tad Tocco e por que esse nome me parece tão familiar?

Depois que Tom sai do escritório, eu grito:

— Coloque um pouco de chocolate quente no meu café!

— Certo — Tom grita em resposta.

A porta do escritório de Tom está aberta e a Dra. Kilgore põe a cabeça para fora para olhar para mim.

— Será que você poderia falar mais baixo, por favor? — ela diz irritada. — Estou com uma aluna muito perturbada aqui.

— Ah, claro — eu digo, me sentindo culpada — Desculpe.

Ela me lança um olhar torto e bate a porta. Eu afundo ainda mais na minha cadeira. Sarah deixou uma cópia do jornal da escola na mesa dela, aberta na página de esportes.

Tem uma foto do técnico Andrews batendo palmas e gritando para um borrão na quadra na frente dele. A legenda diz: "*Steven Andrews grita para incentivar os jogadores*".

E meu sangue gela nas veias.

Steven. Steven *Andrews*.

Antes que eu pare para pensar, já estou no telefone com o Departamento de Esportes.

— Hã, oi — eu digo quando alguém finalmente atende ao telefone. — O técnico Andrews está aí hoje?

A pessoa que está do outro lado da linha parece malhumorada... Possivelmente por ter sido forçado a vir trabalhar em um Dia de Neve, como eu.

— E onde ele poderia estar? — a pessoa mal-humorada pergunta. — Ele tem mais um jogo neste final de semana, sabe?

O sujeito desliga na minha cara. Mas eu não me importo. Porque eu descobri o que preciso saber. O técnico Andrews está por perto. O que significa que posso ir até o Complexo de Inverno e perguntar sobre seu relacionamento com Lindsay.

Não, espere. Não posso fazer isso. Eu prometi. Eu prometi a todo mundo que não me envolveria desta vez. Mas eu prometi a Magda que não deixaria o nome de Lindsay ficar sujo. E se o técnico Andrews estava indo para a cama com ela, como Kimberly deu a entender, então isso significava que uma pessoa em posição de poder estava se aproveitando de Lindsay. Hum, tanto poder quanto um técnico de basquete pode ter sobre uma animadora de torcida. No mínimo, o relacionamento era totalmente inadequado...

Mas o que Lindsay poderia ter deixado no refeitório que precisasse devolver ao técnico Andrews tão desesperadamente? Só havia um jeito de descobrir. E é por isso que eu levanto da mesa de Sarah e, depois de uma parada na pilha de material para reciclagem na base da escada do porão para pegar uma caixa de bom tamanho, eu corro para a recepção, jogo o cachecol em volta do pescoço e quase tombo com meu chefe, que carrega duas xícaras de café que pegou no refeitório.

— Aonde você vai? — Tom quer saber, olhando para caixa.

— Os pais da Lindsay ligaram — eu minto. Sério, é assustador como tenho essas coisas com facilidade na ponta da língua. Não é à toa que não consigo arrumar coragem para cantar na frente de todo mundo. Está ficando cada vez mais claro que meu verdadeiro talento está em outra área completamente diferente da performance vocal. — Eles querem que alguém vá esvaziar o armário dela no Complexo de Inverno.

Tom parece confuso.

— Espere... Achei que a Cheryl e as amigas dela já tinham feito isso. Quando pegaram o suéter.

— Acho que não — respondo e dou de ombros. — Já volto. Tchau!

Antes que ele possa dizer mais alguma coisa, eu me atiro no vento e no frio, usando a caixa para proteger o rosto da neve. O avanço é lento: ninguém limpou a calçada porque a intensidade da neve só diminuiu um pouco, mas não parou. Como estou usando minhas botas Timberland, meus pés continuam secos e relativamente aquecidos. E eu gosto da neve, apesar de tudo. Ela cobre os saquinhos de maconha e as latas de óxido nitroso que poluem as calçadas e abafa os sons das sirenes e das buzinas de carro. É verdade, quem tem carro não vai conseguir tirar o veículo de baixo da neve durante uma semana, já que os removedores de neve (que passam com suas luzes piscando em laranja e branco, laranja e branco, que refletem nas pilhas altas de neve dos dois lados da rua) só vão passar para cobrir tudo de novo.

Mas com certeza é bonito. Principalmente na Washington Square Park, onde a neve agora preenche completamente a parte de baixo da fonte e cobre as estátuas de George Washington com perucas brancas de inverno. Tem gelo pendurado nos galhos escuros retorcidos das árvores nas quais, em outras épocas, criminosos foram enforcados. Apenas os esquilos perturbam a grande extensão de neve debaixo daquelas árvores onde antigamente existiam túmulos de mendigos e não bancos verdes. O pátio de cachorros está vazio, assim como os parquinhos, os balanços oscilando desamparados, para frente e para trás, com o vento. O único sinal de vida vem do círculo do xadrez, que está sempre ocupado por sem-tetos que evitam a segurança duvidosa do albergue local e também com jogadores fanáticos que enfrentam a neve por uma boa partida.

É assim que eu gosto da minha cidade: quase vazia.

Meu Deus, sou *mesmo* uma nova-iorquina indiferente.

Ainda assim, mesmo com a cidade tão bonita, fico aliviada ao abrir a porta do complexo esportivo, sair da neve e bater minhas botas nos tapetes de borracha do lado de dentro. Meu rosto lentamente se descongela enquanto pego o crachá e mostro para o segurança, que faz um sinal para eu entrar com o scanner de mão. O edifício, como sempre, tem cheiro de suor e cloro, da piscina. Está bem vazio — a maioria dos estudantes parece achar que não vale a pena enfrentar o mau tempo para fazer seus exercícios diários.

Mas não é assim com o time de basquete dos Maricas. Eu os vejo quando olho sobre o parapeito do átrio, na quadra com piso de madeira lá embaixo, treinando enterradas que não conseguem fazer durante o jogo, pendurando-se no aro da cesta, essas coisas. A quadra parece maior com todos as arquibancadas vazias. Enquanto assisto, alguém dá um passe para Mark, que reconheço pelo corte de cabelo escovinha.

— Shepelsky — diz o colega de time. — Pegue este passe.

Mark pega a bola com habilidade, faz um drible e depois arremessa. Juro que tem quase um metro de ar entre a sola do tênis dele e a quadra. Quando ele aterrissa, ouço o mesmo ranger de borracha sobre a superfície lisa e brilhante que ouvi na noite anterior, quando os agressores mascarados de Manuel fugiram da cena do crime.

Não que isso signifique alguma coisa, todos os tênis fazem esse barulho. Além disso, Mark e seus amigos provavelmente estavam no vestiário quando Manuel foi esfaqueado, recebendo instruções do técnico. Eles não poderiam estar envolvidos com o que aconteceu.

A não ser que...

A não ser que o técnico Andrews tivesse mandado os caras para fazer aquilo. Estou deixando minha imaginação ir longe demais. É melhor eu ir para a sala do técnico Andrews com minha caixa para ver se essa minha ideia maluca faz algum sentido antes de começar a fantasiar situações em que Steven Andrew é um manipulador capaz de convencer garotos no final da adolescência a obedecer a seus caprichos...

Talvez nas faculdades da 1ª Divisão, em que o técnico de basquete só fica atrás de Deus (ele é mais importante até do que o reitor da universidade), alguém como o técnico Andrews pudesse ter um assistente pessoal para proteger sua privacidade. Mas, no momento, só há um aluno mal-humorado que trabalha para faculdade sentado na frente do Departamento de Atletismo, lendo um exemplar surrado de *A Nascente*.

— Ei — digo a ele. — O técnico Andrews está?

O garoto nem ergue os olhos do livro, só mexe um polegar na direção da porta aberta.

— Lá dentro — ele diz.

Agradeço e me aproximo da porta, do outro lado, vejo Steven Andrews sentado a uma mesa com o que parecem ser livros para criança. Ele está com a cabeça entre as mãos e olha fixo e desanimado para um pedaço de papel com um monte de Xs e 0s rabiscados. Juro que ele parece Napoleão planejando uma batalha. Ou talvez pareça comigo definindo quem fica em cada quarto, já que eu ainda não aprendi a mexer no sistema do computador do Departamento de Acomodação.

— Hum, técnico Andrews? — chamo.

Ele ergue os olhos.

— Pois não?

Então, enquanto tiro meu gorro e todo meu cabelo levanta feito uma massa cheia de estática em volta do meu rosto, ele parece me reconhecer.

— Ah, oi. Você é a... Mary?

— Heather — respondo e me acomodo na cadeira na frente da mesa dele. Preciso ressaltar que os móveis de escritório do Complexo de Esportes de Inverno são muito melhores que os do meu escritório. Aqui não tem nenhum sofá de vinil laranja, não senhor. Tudo é de couro preto e cromo. Aposto que o técnico Andrews ganha mais de 23.500 dólares por ano. Mas, bom, acho que ele não ganha todos os sorvetes Dove Bar que é capaz de comer. Provavelmente

— Certo — ele diz — Desculpe, Heather. Você trabalha no Conjunto Fischer.

— Isso mesmo — respondo. — Onde a Lindsay morava.

Fico observando com cuidado a reação dele ao ouvir o nome de Lindsay. Ele não hesita nem fica pálido. Parece curioso.

— E aí?

Cara. Esse aí é um osso duro de roer.

— É — respondo. — Eu estava pensando... Alguém limpou o armário dela?

Agora o técnico Andrews parece confuso.

— O armário dela?

— Isso mesmo — respondo. — Quer dizer, o armário dela aqui no complexo esportivo, imagino que ela tivesse um.

— Imagino que devia ter — o técnico Andrews responde. — Mas acho que é melhor perguntar à técnica das animadoras de torcida, Vivian Chambers. Ela sabe qual armário era da Lindsay e qual era a senha do cadeado. O escritório dela fica no fim do corredor. Mas acho que ela não veio trabalhar hoje. Por causa da neve.

— Ah — digo. — A técnica das animadoras de torcida. Certo. Mas é que... bom, estou aqui agora. Eu trouxe esta caixa.

— Bom — o técnico Andrews parece mesmo estar querendo me ajudar. É sério. Quer dizer, o sujeito tem um jogo importante pela frente e está disposto a perder tempo para ajudar uma colega funcionária da Faculdade de Nova York. E que ganha muito menos do que ele. — Acho que posso conseguir o número do armário e a senha com o Departamento de Instalações. Vou ligar para eles.

— Uau — digo. Será que ele está sendo supersolícito porque é um sujeito bacana de verdade? Ou será que é porque se sente culpado pelo que fez com Lindsay? — É muito legal da sua parte. Obrigada.

— De nada — diz o técnico Andrews enquanto pega o telefone e disca. — Quer dizer, se o pessoal veio trabalhar hoje...

Alguém atende do outro lado da linha e Steven Andrews diz:

— Ah, Jonas, ótimo, você veio trabalhar. Estou com uma moça do Departamento de Acomodação que precisa limpar o armário da Lindsay Combs. Será que vocês têm o segredo do cadeado? Ah, e precisam me dizer que armário era, já que a Viv não veio trabalhar hoje... Você tem? Ah, que bom. Sim, seria ótimo. Certo, sim, retorne a ligação.

Ele desliga e olha para mim.

— Está com sorte — ele diz. — Vão procurar e já ligam para dar a informação.

Estou chocada. Sério.

— Isso é... Obrigada. Foi muito legal da sua parte.

— Ah, sem problema — diz o técnico Andrews de novo. — Tudo o que eu puder fazer para ajudar... O que aconteceu com a Lindsay foi tão horrível...

— E não foi? — digo. — Ainda mais a Lindsay sendo tão... Bom, ela era tão popular. É difícil acreditar que pudesse ter inimigos.

— Eu sei — o técnico Andrews se reclina em sua cadeira. — É isso que me deixa intrigado. Ela era... querida de todos. Todo mundo gostava dela.

— Quase todo mundo — digo, pensando em Kimberly, que sinceramente não parecia gostar tanto assim dela.

— Bom, certo — diz o técnico Andrews. — Tirando a pessoa que fez aquilo com ela.

Hummm... Ele não parece saber nada sobre a inimizade entre Kimberly e Lindsay.

— É — eu digo. — É óbvio que alguém não gostava dela. Ou estava tentando fazer que ficasse quieta a respeito de algo.

Os olhos azuis de Steven Andrews se arregalam e parecem sinceros ao olhar dentro dos meus.

— Como assim? Quer dizer, a Lindsay era uma boa menina. Por isso tudo é tão difícil. Quer dizer, para mim. Para vocês, tenho certeza que é pior. Quer dizer, você e seu chefe... Qual é o nome dele mesmo? Tom alguma coisa?

Fico olhando para ele sem entender nada.

— Snelling. Tom Snelling.

— É — diz o técnico — Tom... Ele é novo, não é?

— Começou no mês passado — respondo. Espere aí. Como foi que mudamos de assunto de Lindsay para Tom?

— De onde ele veio? — o técnico Andrews pergunta.

— Da A & M do Texas — respondo. — O negócio com a Lindsay é que...

— Nossa — diz o técnico. — Deve ser uma mudança grande para ele. Quer dizer, passar de uma faculdade regional para Nova York. Quer dizer, para mim já foi difícil, e eu acabei de chegar de Burlington.

— É — respondo. — Imagino que tenha sido difícil. Mas

o Tom está se acostumando. — Não menciono a parte de ele estar pensando em pedir demissão. — A respeito da Lindsay, eu estava aqui pensando se...

— Ele não é casado, é? — O técnico Andrews pergunta. Em um tom casual.

Casual demais.

Olho para ele, surpresa.

— Quem? O *Tom*?

— É — ele responde. De repente, percebo que suas bochechas estão ficando rosadas — Quer dizer, eu não vi aliança.

— O Tom é *gay* — digo. Eu tenho consciência de que ele é um técnico de um time de basquete universitário da 3ª Divisão e tudo mais. Mas, falando sério, será que ele é tão tosco assim?

— Eu *sei* — o Técnico Andrews diz. Agora as bochechas dele estão vermelhas. — Estava aqui pensando se ele está envolvido com alguém.

Eu me pego sacudindo a cabeça e olhando estupefata para ele.

— Na-não...

— Ah — o técnico parece visivelmente aliviado, até feliz, ao receber a notícia. — É que eu estava aqui pensando, sabe, é difícil se mudar para uma cidade nova e começar um emprego novo e tudo mais. Talvez ele queira tomar uma cerveja ou algo assim. Eu não...

O telefone dele toca. O técnico Andrews atende.

— Andrews — diz. — Ah, legal. Espere, deixe eu pegar uma caneta.

Fico sentada ali enquanto o técnico Andrews anota o número e a senha do armário de Lindsay no vestiário, e tento entender o que acho que acabei de descobrir. Porque, a não ser que eu esteja enganada, o técnico Andrews é gay. E parece estar a fim de convidar meu chefe para sair.

— Ótimo, muito obrigado — o técnico diz e desliga o telefone.

— Aqui está — ele diz e passa o papel em que anotou os números para mim. — É só ir até o vestiário feminino e você vai achar. É o 625.

Em uma espécie de transe, pego o papel, dobro e coloco no bolso.

— Obrigada — respondo.

— Sem problemas — diz o técnico Andrews. — Onde nós estávamos, mesmo?

— Eu...eu... — Sinto meus ombros desabarem. — Não sei.

— Ah, certo, Tom — ele diz. — Diga a ele para me ligar qualquer hora dessas. Se estiver a fim de sair.

— Sair — eu repito, como um eco. — Com você.

— É.

O técnico Andrews deve estar enxergando alguma coisa no meu rosto que o deixa assustado, porque pergunta, de repente em tom nervoso:

— Espere, será que fui totalmente inadequado? Talvez eu mesmo deva ligar para ele.

— Talvez — eu digo com a voz sumida — devesse.

— Certo — o técnico concorda. — Você está certa. Eu devo. Só achei que... Ah, sabe como é. Você parece legal e talvez você... Ah, esqueça.

Cheguei à conclusão de que esta foi a tentativa mais elaborada de desviar a suspeita de um possível assassinato ou o técnico Steven Andrews é realmente gay.

Será que Kimberly tinha mentido para mim? Estava começando a parecer que sim. Principalmente porque o técnico Steven Andrews se inclina para frente e sussurra:

— Não quero parecer uma garotinha nem nada, mas eu tenho todos os seus álbuns.

Olho para ele uma última vez, incrédula. Depois, digo:

— Ótimo. Agora vou indo.

— Tchau — ele diz, alegre.

Pego minha caixa e vou embora. Rápido.

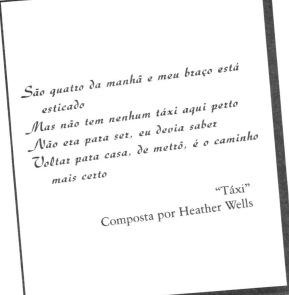

São quatro da manhã e meu braço está esticado
Mas não tem nenhum táxi aqui perto
Não era para ser, eu devia saber
Voltar para casa, de metrô, é o caminho mais certo

"Táxi"
Composta por Heather Wells

— Ligue para o técnico Andrews — eu digo a Tom quando volto ao escritório.

Ele ergue os olhos da tela do computador dele (ou melhor, do *meu* computador):

— O quê?

— Ligue para Steve Andrews — eu digo, desabando na cadeira de Sarah e jogando minha caixa no chão (estava vazia; alguém já tinha limpado o armário da Lindsay, como Tom tinha dito).

— Acho que ele está a fim de você.

Os olhos cor de mel de Tom se arregalam.

— Você está me sacaneando.

— Ligue para ele — eu digo, desenrolando meu cachecol — e confirme pessoalmente.

— O técnico é *gay*? — Tom parece tão atordoado, parece que eu fui lá e dei um tapa na cara dele.

— Parece que é. Por quê? Ele não faz disparar o seu gayzômetro?

— Qualquer cara bonitão faz meu gayzômetro disparar — Tom responde. — Mas isso não significa que ele seja necessariamente *preciso*.

— Bom, ele perguntou de você — eu digo. — Ou é tudo parte de um esquema diabólico para que a gente não desconfie dele pelo assassinato da Lindsay ou ele está mesmo a fim de você. Ligue para ele para podermos descobrir qual das duas alternativas é verdadeira.

A mão de Tom já está se encaminhando para o telefone quando ele para e pergunta, olhando para mim, todo confuso:

— Espere. O que o *técnico Andrews* tem a ver com o assassinato da Lindsay?

— Ou tudo — respondo — ou nada. Ligue para ele.

Tom sacode a cabeça.

— Não-não. Não vou fazer uma coisa tão importante na frente de uma plateia. Vou fazer isso no meu apartamento. — Ele afasta a cadeira dele (na verdade, a minha cadeira e se levanta). — Agora mesmo.

— Só me conte depois o que ele disser — peço, enquanto Tom sai apressado para o elevador.

Quando ele some, fico sentada lá me perguntando até que ponto Andrews vai querer levar esse negócio, no caso de não ser gay. Será que ele transaria com o Tom? Tudo para despistar os investigadores? Será que um cara hétero faria isso? Bom, provavelmente faria, se fosse bi. Mas o técnico Andrews não me pareceu ser bi.

É claro que também não tinha parecido gay para mim até hoje. Fez um trabalho excelente em esconder o fato. Mas, quando se é um técnico de basquete gay, é meio que obrigatório saber esconder esse fato se quiser manter seu emprego.

Estou lá imaginando se o reitor Allington tem alguma ideia de que seu menino de ouro é gay quando Gavin McGoren entra no escritório.

— Qual é? — ele diz e se joga no sofá na frente da minha mesa (quer dizer, da mesa de Tom).

Fico olhando fixo para ele.

— Como é que vou saber qual é? — digo — Hoje é Dia de Neve. Ninguém vai à aula. Por que você está aqui? Não devia estar em algum bar do SoHo, bebendo até cair?

— É, devia — Gavin responde. — Mas aquele seu chefe disse que eu preciso falar com ele para — disse, enquanto desencava um bilhete de advertência todo amassado e sujo do bolso de trás da calça — dar prosseguimento ao aconselhamento depois de um incidente envolvendo álcool.

— Ah — digo, toda alegre. — Você é mesmo um idiota.

— Alguém já disse que a sua atitude no trabalho não é muito profissional? — Gavin pergunta.

— Alguém já disse que tentar beber 21 doses em uma noite é extremamente perigoso, sem falar que é a maior burrice?

Ele me lança um olhar de "não me diga".

— Então, como é que não pegaram o cara que apagou a Lindsay? — ele pergunta.

— Porque ninguém sabe quem matou ela — E alguns de nós estão quase enlouquecendo para tentar descobrir.

— Uau — Gavin diz. — Me sinto tão seguro no ambiente em que vivo. Minha mãe quer que eu me mude para o Wasser Hall, onde não cortam a cabeça das pessoas.

Fico olhando para ele, chocada de verdade.

— Mas você não vai fazer isso, vai?

— Não sei — Gavin responde, sem olhar nos meus olhos. — Fica mais perto da faculdade de cinema.

— Ah, meu Deus. — Não dá para acreditar. — Você está pensando no assunto.

— Bom, tanto faz — Gavin parece pouco à vontade. — Não é legal morar no Alojamento da Morte.

— Achei que seria muito legal — digo — Para um cara que gostaria de ser o próximo Quentin Tarantino.

— Eli Roth — ele me corrige.

— Que seja — respondo. — Mas por favor, vá morar no Wasser Hall se está com medo. Aqui — eu me inclino e pego a caixa vazia que levei para o Complexo de Esportes de Inverno e trouxe de volta para cá. — Comece a fazer as malas.

— Eu não estou com medo — diz Gavin, botando a caixa de lado e empinando o queixo. Reparo que os pelinhos que nascem ali estão ficando mais espessos. — Quer dizer, você está?

— Não, não estou com medo — digo — Estou brava. Quero saber quem fez isso com Lindsay e por que fez. E quero que as pessoas sejam presas.

— Bom — Gavin diz, finalmente me olhando nos olhos. — A polícia tem alguma pista?

— Não sei — respondo. — Se tem, ninguém me disse nada. Deixe-me perguntar uma coisa. Você acha que o técnico Andrews é gay?

— Gay? — Gavin solta uma gargalhada em forma de relincho equino bem alto. — Não.

Eu sacudo a cabeça.

— Por que não?

— Bom, porque ele é um grande esportista.

— Ao longo da história, já existiram alguns atletas gays, sabe? — digo.

Gavin dá uma fungada de desdém.

— Claro. Jogadoras de golfe.

— Não — eu afirmo. — Greg Louganis.

Ele olha para mim com cara de legume.

— Quem é esse?

— Deixe para lá — eu suspiro — Pode ser que ele seja gay e não queira que todo mundo saiba. Porque isso pode acabar assustando os jogadores.

— Ah, você acha? — Gavin pergunta em tom irônico.

— Mas você acha que ele não é gay? — pergunto de novo.

— Como posso saber? — Gavin pergunta. — Eu não conheço o cara. Só sei que ele é técnico de basquete e que técnicos de basquete não são gays. Na maior parte das vezes.

— Bom, você já ouviu falar de alguma coisa sobre o técnico Andrews ter ficado com Lindsay?

— Como assim, tipo, de um jeito romântico? — Gavin pergunta.

— É.

— Não — ele responde. — E isso é nojento. Ele tem tipo uns 30 anos.

Olho para ele apertando os olhos.

— É. Ele é um ancião mesmo.

Gavin dá um sorriso torto e diz:

— Sei lá. Além do mais, achei que a Lindsay estava mandando ver com o Mark Shepelsky.

— Parecia que as coisas tinham esfriado entre eles — digo.

— Parece que ela andava ficando com um garoto chamado Doug Winer. Você conhece?

— Na verdade, não — ele dá de ombros. — Eu conheço melhor o irmão dele, o Steve.

E a Terra de repente pareceu se inclinar sobre seu eixo.

— *O quê?* — Não acredito no que acabei de ouvir.

Gavin, assustado com a minha reação, gagueja.

— Ste-Steve. É. Steve Winer. O que é? Você não sabia...

— *Steve?* — fico olhando para ele. — O Doug Winer tem um irmão chamado Steve? É sério?

— É sim — Gavin olha para mim de um jeito estranho. — Ele estava numa das minhas aulas de cinema no semestre passado. Nós trabalhamos juntos em um projeto. Foi meio babaca... E isso faz sentido, já que o Steve é meio babaca. Mas passamos algum tempo juntos. Ele está no último ano. Mora na casa da Tau Phi.

— Ele também é da Tau Phi? — é difícil digerir essas informações.

— É. Ele é, tipo, o presidente da casa, ou algo do gênero. Bom, e tinha que ser mesmo, porque é o cara mais velho lá. Ele tem 25 anos e ainda está tendo aulas como Introdução ao Serviço Social e essas merdas. O Steve quer ser um grande provedor para a família, como o pai. Mas ele é burro e preguiçoso demais para pensar em outro jeito de fazer isso, a não ser vendendo drogas. Então... — Gavin dá de ombros. — Ele vende cocaína e essas merdas para o pessoal da faculdade que gosta de balada. Pelo que entendi, o pai dele, e a faculdade, até onde eu sei, finge que não vê nada. E faz sentido que a escola não faça nada a respeito sobre o assunto mesmo, porque o velho Winer doou o complexo esportivo. — Ele dá risada. — Pena que os próprios filhos dele passem a maior parte do tempo doidões demais para poder usar as instalações.

— Então os irmãos Winer são traficantes da pesada? — pergunto. De repente, o técnico Andrews já não me interessa nem metade do que me interessava antes.

— Não sei se são da pesada — Gavin diz e dá de ombros. — Quer dizer, os dois vendem droga, até aí, tudo bem. Só que você não deve usar sua própria mercadoria. Mas quando eu estudava com o Steve, ele usava droga o tempo todo. Por isso estava sempre dormindo... Desabando... Quando a gente devia estar trabalhando em algum projeto. Eu tinha de fazer tudo praticamente sozinho, é claro. Tiramos um A. Mas não foi graças ao Winer.

— Então, o que ele vende? — eu pergunto.

— Você pode pedir qualquer coisa que o Winer arruma. Mas ele tem princípios. Só vende para quem está pronto para experimentar os planos alternativos da realidade que as drogas podem proporcionar. É mais ou menos assim — Gavin revira os olhos. — Tem certos princípios. Sabe qual era o hobby desse cara quando era criança? Enterrar gatos até o pescoço na terra do quintal e depois passar por cima da cabeça deles com o cortador de grama.

— Isso — eu digo, de olhos arregalados — é nojento.

— E não é tudo. O Steve amarrava um tijolo no rabo deles e jogava na piscina. O cara é um maníaco. Além disso, ele tem esse lance com dinheiro. Sabe, o pai deles ganhou muita grana no ramo de construção. E ele quer que os filhos façam a mesma coisa. Sabe, quer que eles mesmos façam fortuna como empreendedores, essas merdas. Então, assim que se formarem, eles não recebem mais dinheiro da família. É por isso que o Steve está tentando fazer a vida boa durar o máximo possível.

Fico olhando para ele.

— Gavin — digo. — Como você sabe de tudo isso?

— Isso o quê?

— Tudo isso sobre os Winer.

Gavin parece surpreso.

— Sei lá. Fui para umas baladas com eles.

— Você foi para umas *baladas* com eles?

— Fui — Gavin diz. — Sabe como é. Eu acho o Steve um merda, mas ele tem contatos. É um cartucho que eu não queria queimar, mesmo que ele acabasse estragando todo o nosso projeto. Mas, sabe, quando eu tiver minha própria empresa de produção, vou precisar de investidores. E ter dinheiro obtido por meio de drogas é melhor do que não ter dinheiro nenhum. Não preciso perguntar de onde veio. Além disso, umas minas muito gatas vão nessas festas da Tau Phi. Tem uma hoje à noite... — A voz dele vai definhando, sua voz vai morrendo e ele olha para mim preocupado. — Quero dizer mulheres. Não minas. Mulheres.

— Tem uma festa na casa da Tau Phi hoje à noite? — pergunto.

— Hum — Gavin diz. — Sim?

E de repente eu me dou conta de onde tenho que estar hoje à noite.

— Você consegue me colocar para dentro da festa?

Gavin parece confuso.

— O quê?

— Me colocar dentro da festa. Para eu conhecer o Steve Winer.

Os olhos castanhos sempre sonolentos de Gavin se arregalam.

— *Você* quer arrumar cocaína? Cara... E eu sempre achei que você fosse careta. Todos aqueles anúncios antidrogas que você fez quando ainda era famosa...

— Eu não quero cocaína coisa nenhuma — respondo.

— Porque cocaína não faz bem. O negócio é erva. Posso arrumar uma erva excelente, vai deixar você calminha na hora. Porque você às vezes é muito caxias, sabia, Heather? Sempre notei isso em você.

— Não quero erva nenhuma — respondo por entre dentes cerrados. — O que eu quero é fazer algumas perguntas sobre a Lindsay Combs ao Steve Winer. Porque eu acho que o Steve deve saber algo sobre o assunto.

As pálpebras de Gavin murcham de volta à largura normal.

— Ah, bom... Será que não era a polícia que deveria estar fazendo isso?

— Seria de se pensar que sim, não é mesmo? — dou uma risada ácida. — Mas a polícia parece não se importar, pelo que estou vendo. E aí? Você acha que consegue me levar à festa?

— Claro — Gavin responde. — Eu consigo. Quer dizer, se você quiser. Posso levar você comigo à festa hoje à noite.

— É mesmo? — eu me inclino para frente na mesa de Sarah. — Você faz isso por mim?

— Hum — Gavin diz, olhando para mim como se estivesse em dúvida sobre minha sanidade mental. — Faço sim. Não é nada demais.

— Uau — fico olhando fixamente para ele. Não sei dizer se ele está tentando me agradar para tentar fazer algum tipo de joguinho ou se quer me ajudar de verdade. — Seria... ótimo. Eu nunca fui a uma festa de fraternidade antes. Que horas começa? Que roupa devo usar? — Tento não pensar na pichação de GORDAS, VÃO PARA CASA. Será que ainda estará lá? E se não me deixarem entrar por acharem que sou gorda? Meu Deus, que coisa constrangedora.

Quer dizer, para eles.

— Você nunca foi numa festa de fraternidade antes? — Agora Gavin parece chocado. — Nossa, mas nem quando estava na faculdade?

Prefiro deixar essa passar.

— Estilo vagabunda, certo? Eu devo me vestir meio que nem vagabunda?

Gavin não está mais olhando nos meus olhos.

— É, estilo vagabunda geralmente funciona. As coisas nem sempre começam antes das 23h. Quer que eu passe para pegar você?

— 23h? — Eu praticamente grito, depois me lembro da Dra. Kilgore que, pelo murmúrio que ouço por trás da grade, está conversando com alguém na sala de Tom e abaixo minha voz — 23h? — A essa hora eu geralmente já peguei meu violão para repassar algumas vezes as músicas em que eu estiver trabalhando antes de ir para a cama. E logo apago a luz. — Isso é muito tarde!

Gavin então olha para mim, sorrindo.

— Vai ter que colocar o despertador, hein, vovó?

— Não — respondo, franzindo a testa. Quem é que ele está chamando de vovó? — Quer dizer, se não dá para ser antes disto...

— Não dá.

— Bom, ótimo. E não, você não pode ir me buscar. Eu me encontro com você na frente do Edifício Waverly às 23h.

Gavin sorri.

— Qual é o problema? Tem medo que seu namorado nos veja?

— Eu já disse — falo. — Ele não é meu...

— Sei, sei, sei — diz Gavin. — Ele não é seu namorado. Agora só falta você dizer que isto não é um encontro.

Fico olhando fixamente para ele.

— Mas não é. Pensei que você tinha entendido. Esta é uma missão de exploração, para descobrir toda a verdade sobre a morte da Lindsay Combs. Não é um encontro mesmo. Apesar de eu apreciar muito a sua...

— Meu Deus! — Gavin explode. — Eu estava só zoando com você! Por que você tem que ser assim?

Olho para ele sem acreditar.

— De que jeito?

— Toda profissional e tudo mais.

— Você disse há um minuto que eu não sou muito profissional — enfatizo.

— Esse é o problema — ele diz. — Você muda de humor toda hora. Qual é o seu problema?

Ele diz tudo isso antes do Tom entrar, todo contente.

— Qual é o problema de quem? — Tom quer saber, enquanto desliza até a cadeira atrás da minha mesa. Dá para perceber pela expressão em seu rosto que seu telefonema com Steve Andrews foi bem.

O que isso significa? Será que eu estava pensando no Steve errado mesmo?

Mas por que Kimberly iria mentir para mim?

— Esta coisa aqui — diz Gavin, sacudindo a carta de advertência na cara de Tom. — Cara, olhe, eu sei que fiz besteira. Mas será que temos mesmo que passar por tudo isso? Eu não preciso de educação sobre consumo de álcool. Eu já tive isso no pronto-socorro de St. Vicent, cara.

— Bom, Gavin — diz Tom se inclinando na cadeira. — Você é um homem de sorte, então. Porque devido ao fato de eu atualmente não ter acesso à minha sala, e por estar de excelente humor, você está liberado do aconselhamento sobre álcool nesta semana.

Gavin parece chocado.

— Espere... Eu *estou* liberado?

— *Nesta* semana você está liberado. Nós *vamos* remarcar. Por enquanto... Chispe daqui — Tom diz, com um aceno na direção da porta. — Aproveite a liberdade.

— Puta merda — Gavin diz, todo alegre. Então ele se vira e fala, apontando para mim: — A gente se vê mais tarde, docinho.

E sai correndo. Tom olha para mim.

— Docinho?

— Nem queira saber — digo. — É sério. Então, presumo que você e o Steve...

— Às 19h hoje à noite — diz Tom, sorrindo de orelha a orelha. — Jantar no Po.

— Que romântico — digo.

— Espero que sim — Tom se deleita.

Eu também... Pelo bem dele. Porque, se no final das contas eu estiver errada e Steven Andrews não for gay, isso quer dizer que tem algo de verdade no que Kimberly me contou no banheiro ontem à noite. Mas, até eu saber com certeza, vou me concentrar na outra pista que eu tenho... O misterioso "Steve" de Manuel que, em uma estranha coincidência, é o nome do irmão de Doug Winer. Se ele souber de alguma coisa sobre a morte de Lindsay, eu vou conseguir captar... Pelo menos, é o que eu espero.

Isto é, antes de tudo, se eu não for expulsa por ser uma garota gorda.

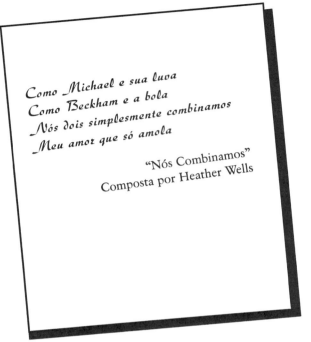

Como Michael e sua luva
Como Beckham e a bola
Nós dois simplesmente combinamos
Meu amor que só amola

"Nós Combinamos"
Composta por Heather Wells

Eu nunca tinha ido a uma festa de fraternidade antes, por isso era difícil saber o que eu deveria vestir. Eu sabia que um visual meio de vagabunda era um requisito. Mas até que ponto? Além disso, estava frio lá fora. Será que quero mesmo sair de casa de meia-calça e minissaia? Será que uma minissaia é apropriada para uma mulher da minha idade, sem falar em uma mulher que tem tantas covinhas nas coxas quanto as que desenvolvi recentemente?

E não que eu tenha alguém para perguntar. Não posso ligar para Patty porque, se eu fizer isso, ela vai se lembrar que eu acabei não respondendo ao Frank sobre o show dele no Joe's; e Magda não vai poder me ajudar em nada. Quando eu telefono e pergunto a ela se devo usar a minissaia ela apenas responde:

— Claro.

E quando pergunto se devo usar a suéter junto, ela explode:

— Suéter? Claro que não! Você não tem nada transparente? Ou com estampa de oncinha?

Acabo escolhendo uma minissaia preta que me serve confortavelmente, mas com um top diáfano (que não é transparente), da Betsey Johnson, que esconde o pequeno volume que minha barriga faz quando se pendura sobre a cintura da saia, apesar da minha meia-calça modeladora. Calço um par de botas justas até o joelho (que serão instantaneamente manchadas pelo sal dos removedores de neve) e começo a arrumar o cabelo. Eu quero um visual bem diferente daquele com que apareci na Fraternidade Tau Phi antes, por isso escolho prender o cabelo e usar um musse sexy... Afinal, meu cabelo vai ficar todo amassado quando eu tirar o gorro, mesmo.

Algumas borrifadas do mais novo perfume da Beyoncé (bom, eu sei que é errado usar o perfume que é marca registrada de uma pop star rival, mas, ao contrário do da Tania, ou da Britney, o da Beyoncé é gostoso, parece um coquetel de frutas, nham nham) e estou pronta para sair.

Só não esperava dar de cara com Jordan Cartwright bem quando estou saindo.

Sério. Por que eu? Quer dizer, eu consegui me esgueirar escada abaixo e passar despercebida pelos dois homens da minha vida, sem que nenhum deles suspeite de nada. Meu pai está na sala tocando sua flauta e Cooper está no quarto dele fazendo o que quer que ele faça depois que escurece, só Deus sabe o que é, mas acho que tem algo a ver com fones de ouvido, porque não sei como ele poderia fazer o que quer que seja que está fazendo enquanto escuta meu pai tocando sabe-se lá o que, e saio pela porta da frente, onde dou de cara com uma figura esquisita e toda encapotada que parece um Pé Grande e está tentando subir os degraus da porta de entrada usando esquis de cross country.

— Heather? — o Pé Grande me olha apertando os olhos sob a luz que sai da porta que acabei de abrir — Ah, graças a Deus é você.

Mesmo com a voz abafada por causa de todos os cachecóis que ele tem em volta do pescoço e do rosto, eu o reconheço.

— *Jordan* — eu me apresso para fechar e trancar a porta atrás de mim, depois desço os degraus com todo cuidado, algo que não é nada fácil de fazer com salto sete e meio, por causa do gelo.

— O que você está fazendo aqui? Está usando um par de esquis?

— Você não retorna as minhas ligações — Jordan abaixa os cachecóis para que eu possa ver sua boca, depois levanta os óculos de esqui que cobrem seus olhos. — Eu preciso muito falar com você. E o meu pai está com a limusine, e nenhum ônibus consegue atravessar a ponte, e não tem nenhum táxi na rua. Por isso tive que vir esquiando pela Quinta Avenida para chegar aqui.

Olho fixamente para ele.

— Jordan — digo. — Podia ter vindo de metrô.

Os olhos dele se arregalam sob a luz que vem da lâmpada de rua acima de nós.

— O metrô? A esta hora? Heather, tem ladrões lá.

Sacudo a cabeça. Finalmente parou de nevar, mas ainda estou com muito frio. Minhas pernas já estão congeladas, com uma única camada de nylon fino para protegê-las.

— Jordan — eu digo com impaciência. — O que você quer?

— Vou me casar depois de amanhã — diz Jordan.

— É — respondo. — Vai sim. Espero que não tenha vindo até aqui para me lembrar disso e para implorar que eu vá ao casamento. Porque eu não vou, de jeito nenhum.

— Não — diz Jordan — Nessa iluminação de rua é difícil dizer, mas ele parece um pouco abatido — Heather eu vou me *casar* depois de amanhã.

— Eu sei — digo. Então, de uma vez só, me dou conta do que ele está fazendo ali.

Percebo também que está bêbado.

— Ah, não — eu mostro para ele a palma da minha mão. — Não. Você está fazendo isso comigo agora. Eu não tenho tempo para isso, Jordan. Tenho que encontrar uma pessoa.

— Quem? — Os olhos de Jordan parecem úmidos. — Você parece estar bem-arrumada. Heather... você arrumou um namorado?

— Meu Deus! — não dá para acreditar nisso. Por sorte, minha voz não vai muito longe na rua. O mais de meio metro de neve que cobre a parte de cima de todos os carros estacionados (sem mencionar as nuvens, tão baixas que estão refletindo a luz da cidade com reflexos rosados) abafam minha voz. — Jordan, se você mudou de ideia a respeito de se casar com ela, vá dizer a *ela*, não diga a *mim*. Eu não me importo com o que você faz. Nós terminamos, lembra? *Você* terminou *comigo*, na verdade. Para ficar com *ela*.

— As pessoas cometem erros — Jordan murmura.

— Não, Jordan — digo — A gente ter terminado não foi um erro. Nós tivemos que terminar. Foi *certo* a gente terminar. Nós não servimos um para o outro.

— Mas eu ainda amo você — Jordan insiste.

— Claro que sim — eu digo. — Do mesmo jeito que eu amo você. Como irmão. É por isso que *tivemos* que terminar, Jordan. Porque irmãos não devem... você sabe. É nojento.

— Não foi nojento naquela noite que transamos ali — ele diz, apontando na direção da porta da frente de Cooper.

— Ah, é — eu digo, cheia de sarcasmo. — Foi por isso que você saiu correndo tão rápido quando terminamos. Porque não foi nojento.

— Não foi — Jordan insiste. — Bom, talvez tenha sido esquisito. Um pouco.

— Exatamente — eu digo. — Jordan, você só quer ficar comigo porque é algo familiar. É fácil. Ficamos juntos tanto tempo... Praticamente crescemos juntos. Mas isso não é uma boa razão para duas pessoas ficarem juntas. Tem que ter paixão. E nós não temos isso. E acho que você e a Tania têm isso.

— Sim — Jordan parece amargo — Ela realmente é tão cheia de paixão que eu mal consigo acompanhar.

Não é nada disso que quero ouvir sobre a nova namorada do meu ex. MESMO que eu pense nele como irmão. Quase.

— Bom, pode esquiar de volta para a zona norte — eu digo. — Tome uma aspirina e vá para cama. Você vai se sentir melhor a respeito de tudo amanhã, garanto.

— Aonde você vai? — Jordan pergunta, em tom de lamento.

— Tenho de ir a uma festa — respondo e abro a bolsa para garantir que trouxe meu batom novo e minha latinha de spray de pimenta. Tudo certo.

— Como assim você *tem* de ir a uma festa? — Jordan quer saber, esquiando ao meu lado enquanto eu escolho cuidadosamente meu caminho ao longo da calçada. — Isso é coisa do trabalho ou algo do tipo?

— Algo do tipo — respondo.

— Ah.

Jordan esquia comigo até chegarmos a uma esquina em que um sinal de trânsito brilha solitário na rua sem movimento. Nem Reggie está na rua com um tempo desses. O vento do parque nos açoita, fazendo com que eu repense esta aventura e deseje estar na minha banheira com o mais novo livro de Nora Roberts em vez de estar em uma esquina entre ruas vazias com meu ex.

— Bom — ele finalmente diz. — Certo, então. Tchau.

— Tchau, Jordan — digo, aliviada por ele finalmente estar indo embora.

Enquanto ele vai esquiando lentamente em direção à Quinta Avenida, começo a atravessar o parque, arrependendo-me amargamente da minha decisão de não usar jeans. É verdade, eu não estaria tão atraente. Mas estaria muito mais quentinha.

Atravessar o parque é terrível. Eu já não admiro a beleza da neve que acabou de cair. A neve foi removida das passagens, mas não muito bem, e tem neve nova por cima delas. Minhas botas não são à prova d'água, já que foram criadas principalmente para ser utilizadas em lugares fechados, com frequência na frente de uma lareira acesa, em cima de um tapete de pele de urso. Pelo menos era isso que a garota na foto do catálogo estava fazendo. Eu sabia que deveria ter me aventurado por uma das milhões de lojas de sapatos na 8th Street em vez de encomendar pela internet. Mas é tão mais seguro pedir online... Não tem nenhum painel luminoso da Krispy Kreme anunciando MUFFIN QUENTINHO na tela do meu computador.

Estou meio que na esperança de que quando eu chegar ao Edifício Waverly, Gavin não vai estar lá e eu vou poder dar meia-volta e retornar à minha casa.

Mas ele está lá, sim, tremendo com o vento ártico do parque. Enquanto eu cambaleio até ele no meu salto alto, ele diz:

— Você me deve uma, mulher. Estou congelando meus bagos!

— Que bom — eu digo, quando me aproximo. — Seus bagos causam problemas demais.

Eu tenho que colocar uma das mãos no ombro dele para me firmar enquanto tiro a neve das botas. Ele olha para baixo, para as minhas pernas, e solta um assobio.

— Nossa, docinho — ele diz. — Você mandou bem.

Tiro a mão do ombro dele e dou um tapa em sua nuca em vez de me apoiar.

— Olhe para frente, Gavin — eu digo — Estamos em uma missão. Nada de olho grande. E não me chame de docinho.

— Eu não estava de o-olho... Isso que você falou.

— Ah, vamos — eu digo. Sei que estou ficando vermelha. Isso porque estou começando a ter dúvidas em relação a isso tudo: não é só a minissaia, mas também pedir ajuda a Gavin. Será que é assim que uma funcionária administrativa de faculdade responsável se comporta? Encontrando-se com um aluno, apesar de ele ter 21 anos, no meio da noite, na frente de uma festa de fraternidade? Gavin já demonstrou clara imaturidade quanto ao consumo de álcool. Será que o fato de eu concordar em ir com ele a um evento é apenas uma forma de reforçar sua avaliação errada das situações? Será que eu estou facilitando seu hábito de beber? Meu Deus, estou!

— Olhe, Gavin — eu digo enquanto passamos pelo pátio do edifício em direção à porta de entrada. Não consigo mais enxergar as calcinhas nos arbustos, porque estão cobertos de neve, mas ouço a música bate-estaca que vem do andar de cima, tão alta que parece reverberar no meu peito. — Talvez esta não seja uma boa ideia. Não quero causar problemas para você.

— Do que está falando? — Gavin pergunta e abre a porta à minha frente, bem cavalheiro — Por que você causaria problemas para mim?

— Bom — respondo. Uma lufada de ar quente da recepção nos atinge — Por causa do negócio da bebida.

Gavin estremece, apesar do calor.

— Mulher, eu nunca mais vou beber de novo. Acha que não aprendi minha lição naquela noite?

— Entre ou feche a porta — o guarda rosna de trás do posto de segurança.

Nós então entramos rápido.

— É só que... — eu sussurro enquanto nós ficamos lá batendo os pés sob o olhar do segurança. — Se o Steve e o

Doug estiverem mesmo envolvidos no que aconteceu com a Lindsay, eles são duas pessoas extremamente perigosas.

— Certo — Gavin diz. — É por isso que você não deve beber nada que você não tenha aberto e servido sozinha depois que entrarmos lá. E não deixe sua cerveja largada nem por um segundo.

— Sério? — eu ergo as sobrancelhas. — Você acha mesmo que...

— Eu não acho — Gavin diz. — Eu sei.

— Bom, eu...

Atrás de nós, a porta que dá para fora se abre, e o Homem das Neves entra atrás de nós.

Mas não é o Homem das Neves. É Jordan.

— Ah — ele diz — virando os óculos para cima e apontando para mim. — Eu sabia!

— Jordan, não acredito. Você me *seguiu*?

— Segui sim — Jordan está tendo problemas em passar com os esquis pela porta. — E foi bom eu ter feito isso. Pensei que você tinha dito que não tinha namorado.

— Feche a porta — o velho segurança rabugento rosna. Jordan está tentando, mas seu esqui continua atrapalhando. Irritada, eu vou até onde ele está para ajudá-lo, dando uma puxada maldosa em um dos seus bastões de esqui. A porta finalmente fecha atrás dele.

— Quem é esse cara? — Gavin pergunta. E em seguida, com outro tom de voz, ele diz — Meu Deus. Você é o Jordan Cartwright?

Jordan tira os óculos de esqui.

— Sou sim — ele responde. Seus olhos passeiam sobre Gavin, observando o cavanhaque e o visual desleixado. — Papando anjo agora, Heather? — ele pergunta, ácido.

— Gavin é um dos meus *residentes* — desdenho. — Não é meu namorado.

— Oi — Gavin está com um sorrisinho nos lábios, eu deveria ter entendido isso como um sinal de que eu não ia gostar muito do que ele iria dizer a seguir — Minha *mãe* gostou muito do seu último álbum, cara. E minha avó também. Ela é superfã.

Jordan, já com quase todas os cachecóis removidos, olha para ele de rabo de olho.

— Ei — ele diz. — Vá se foder, moleque.

Gavin finge que está ofendido.

— Isto é jeito de falar com o filho de uma das pessoas que compraram seu último CD, cara? Meu, que frieza!

— Estou falando sério — Jordan diz para Gavin. — Eu acabei de vir lá da 60th Street do lado leste, de esqui. Não estou com humor para gracinhas.

Gavin parece ficar surpreso. Depois, sorri para mim, feliz:

— Jordan Cartwright falou *gracinhas* — diz.

— Pare com isso — eu digo. — Vocês dois. Jordan, ponha seus esquis de volta. Vamos a uma festa e você não foi convidado. Gavin, toque a campainha para a gente ver se arruma alguém para nos colocar para dentro.

Gavin me olha, surpreso.

— O pessoal das fraternidades não precisa assinar nada antes de entrar.

— Não diga besteira — falo. — A política de assinar o livro de visitas é válida no campus inteiro. Eu mostraria meu crachá para a gente entrar, mas não quero que saibam que uma autoridade do Departamento de Acomodação está chegando. — Olho para meu ex, que ainda está tirando seus vários cachecóis. — Jordan, é sério, Gavin e eu estamos aqui em uma missão, e você não foi convidado.

— Que tipo de missão? — Jordan pergunta.

— Uma que envolve sermos discretos — eu digo. — Algo que não vamos conseguir se entrarmos lá com Jordan Cartwright.

— Eu consigo ser discreto — Jordan insiste.

— A exigência de identificação na entrada não inclui o sistema grego — diz Gavin, com voz entediada.

Eu dou uma olhada para o segurança:

— É mesmo?

— Qualquer um pode entrar — o segurança diz, dando de ombros. Ele parece quase tão entediado quanto Gavin. — Só não sei por que alguém ia querer ir lá.

— Será que isso tem algo a ver com a garota que foi morta? — Jordan pergunta. — Heather, será que o Cooper sabe disso?

— Não — respondo, entre dentes cerrados. Não consigo evitar, de tão irritada que estou. — E se você contar para ele, eu conto para a Tania que você a traiu.

— Ela já sabe — Jordan diz, parecendo confuso. — Eu conto tudo para a Tania. Ela disse que tudo bem, contanto que eu não fizesse mais isso. Olhe, por que não posso ir com vocês? Eu acho que seria um excelente investigador.

— Não, não seria — eu digo. Ainda estou tentando assimilar a informação de que a noiva dele sabe da traição. Fico me perguntando se ela sabe que foi comigo. Se sabe, não me admira que sempre me olhe com raiva quando me vê.

Por outro lado, Tania só olha para todo mundo com raiva.

— Você não se *mistura* — acuso Jordan.

Ele parece ofendido.

— Eu me misturo sim — insiste. Pousa os olhos nos esquis que está segurando, depois os apoia na parede, junto com os bastões e os óculos — Pode cuidar disto para mim? — ele pergunta ao segurança.

— Não — responde o guarda. E volta a assistir o que quer que seja que está vendo na sua minúscula televisão portátil.

— Está vendo? — Jordan estende o braço. Está usando um casaco de lã, vários cachecóis, jeans, botas de esqui, malha de lã com padronagem de flocos de neve costurados por cima e balaclava. — Eu passo despercebido.

— Podemos subir logo? — pergunta Gavin, dando uma olhadela nervosa pela porta — Um monte de gente está vindo aí. A capacidade máxima do elevador são três pessoas. Eu não quero esperar.

Cansada de discutir com o Jordan, dou de ombros e aponto para o elevador.

— Vamos — digo.

Tenho quase certeza de que Jordan murmura:

— Belezura!

Mas não é possível.

Será?

Quando a noite acaba
E a manhã começa
Você percebe que a balada
Foi longa à beça.

"Canção da Balada"
Composta por Heather Wells

Nunca gostei muito de festas. A música é sempre alta demais e nunca dá para ouvir o que as pessoas falam.

Mas, em uma festa como a da Casa da Fraternidade Tau Phi, é até melhor que seja assim. Porque ninguém aqui parece ser do tipo bom de conversar, se é que me entende. Todo mundo é lindo de morrer (as meninas com chapinha no cabelo, os caras com camadas e mais camadas de produto aplicadas nos cachos com todo o cuidado para ficarem desgrenhados, com aquele jeito de quem acabou de sair da cama, quando na verdade todo mundo sabe que eles acabaram de sair foi do chuveiro).

E mesmo que a temperatura esteja abaixo de zero lá fora, não dá para saber pelo jeito como as meninas estão vestidas (com frente-única cintilante e calça de cintura tão baixa que faria uma stripper corar). Não estou vendo nenhum par de Uggs, aquelas botas de camurça forradas de pele. Essa garotada da Faculdade de Nova York sabe direitinho o que está na moda e o que não está.

Fico desanimada quando saímos do elevador sacolejante e vejo que as palavras GORDAS, VÃO PARA CASA ainda estão pichadas nas paredes do corredor. Mas parece que a remoção teve um pouco de progresso: elas já não estão tão fluorescentes quanto da última vez que estive aqui.

Mas ainda estão lá.

E com certeza não tem ninguém usando roupa maior que tamanho 44 na festa, eu diria que o tamanho médio aqui é menor do que PP.

Só que eu não sei como essas garotas fazem para achar calcinhas fio dental na seção infantil, que com certeza é onde a maioria delas tem de fazer compras para achar alguma coisa que sirva.

Mas parece que nem todo mundo acha essas cinturas incrivelmente estreitas assim tão bizarro (como é que os órgãos internos delas *cabem* lá dentro? Tipo, o fígado e tudo mais? Não fica tudo espremido? Será que a pessoa não precisa de pelo menos uns 75cm de cintura para ter espaço suficiente para funcionar?). Jordan logo está se divertindo bastante, porque assim que entramos uma garota num modelito minúsculo já vai dizendo:

— Ai, meu Deus, você não é o Jordan Cartwright? Você não era do grupo Easy Street? Meu Deus, tenho todos os seus CDs!

Em pouco tempo, outras meninas tamanho PPP estão em volta dele, balançando os quadris estreitos demais para ter filhos. Uma delas oferece a Jordan um copo plástico de cerveja tirada de um barril que está ali perto. Ouço ele dizer:

— Bom, sabe... Depois que meu álbum solo saiu, houve uma certa reação negativa da mídia, porque as pessoas não se sentiam à vontade com algo que não fosse familiar — depois disso, já sei que ele vai sumir, tragado pela Zona do Tamanho PPP.

— Deixe o Jordan para lá — eu digo a Gavin, que está olhando para Jordan com ar de preocupação. Mas quem não estaria? Parece que essas garotas não comem há dias. — Já era. Ele vai ter que se virar sozinho. Você viu o Doug por aí?

Gavin olha ao seu redor. O loft está lotado e a iluminação é tão fraca que não dá para imaginar como ele poderia reconhecer alguém. Mas ele consegue ver Doug Winer no canto, perto de uma janela grande, dando uns amassos em uma garota. Não dá para ver se a menina é ou não Dana, a amante da manhã anterior. Mas, seja lá quem for, ela está mantendo o Doug bem ocupado... O suficiente para eu não me preocupar com a possibilidade de ele levantar a cabeça e me ver, pelo menos por enquanto.

— Ótimo — eu digo. — Agora, qual deles é o Steve?

Ele olha para os lados de novo. Desta vez, aponta para a mesa de bilhar e diz:

— É aquele ali. Jogando sinuca. O alto, de cabelo louro.

— Certo — respondo. Tenho que gritar para que ele escute, porque a música está pulsando alto demais. É um tecnopop, que eu até gosto. Para dançar. Infelizmente, ninguém está dançando. Será que não é bacana dançar nessas festas de faculdade? — Vamos lá falar com ele. Você vai me apresentar, não é?

— Certo — Gavin responde. — Vou dizer que você é minha namorada.

Faço que não com a cabeça.

— Ele não vai acreditar. Sou velha demais **para** você.

— Você não é velha demais para mim — Gavin insiste.

Abro o casaco e tiro o chapéu.

— Você me chamou de vovó.

— Eu estava zoando — Gavin responde, meio acanhado. — Você não tinha como ser minha avó de verdade. Quantos anos você tem, aliás? Uns 25?

— Hum — respondo. — É. — Com uma margem de quatro anos. — Mesmo assim... Diga para ele que eu sou sua irmã.

O cavanhaque de Gavin treme, indignado.

— Nós não somos nem um pouco parecidos!

— Ai, meu Deus. — O tecnopop já está começando a me dar dor de cabeça. Que diabos eu estou fazendo aqui? Eu devia estar em casa, na cama, como todas as outras pessoas de vinte e tantos anos. O programa do David Letterman está passando. Estou perdendo o Letterman! Penduro o casaco no braço. Não sei mais o que fazer com ele. Aqui não tem chapelaria e eu não teria coragem de deixar largado por aí. Vai saber, alguém pode acabar vomitando em cima dele. — Certo. Diga só que eu sou uma amiga que está atrás de um estado alterado de consciência.

Gavin assente.

— Certo. Mas não vá sair sozinha com ele. Se ele chamar.

Não posso deixar de me sentir um pouco envaidecida. Só um pouquinho. Enrolo no dedo as mechas que escaparam do penteado.

— Acha que ele vai fazer isso?

— O Steve transa com qualquer coisa que se mexa — é a resposta desconcertante de Gavin. — Ele é um cachorro.

Paro de me sentir envaidecida.

— Certo — respondo e puxo a minissaia para ficar um milímetro mais comprida. — Bom, vamos lá.

Atravessamos a multidão de corpos trêmulos até a mesa de bilhar, onde dois garotos se alternam dando suas tacadas para uma plateia de meninas que usam PPP e parecem estar muito interessadas naquilo. De onde saíram tantas meninas minúsculas? Será que existe alguma ilha onde elas ficam presas, e só são soltas à noite? Porque eu nunca as vejo durante o dia.

Então, eu me lembro. A ilha se chama Manhattan e o motivo pelo qual eu nunca as vejo durante o dia é porque elas estão ocupadas com seus estágios em alguma revista de moda.

Gavin espera com toda educação até que um cara alto coloque a bola seis na caçapa do canto (para o deleite das garotas PPP) e então diz:

— Ei, Steve!

O sujeito alto ergue o rosto e eu reconheço os mesmos olhos azuis pálidos de Doug Winer, mas a semelhança para por aí. Steve Winer é tão esguio quanto o irmão mais novo é atarracado, tem corpo de jogador de basquete na comparação com o físico de lutador de Doug. Está com um suéter de cashmere preta com as mangas puxadas, revelando dois braços de contornos bem modelados, e jeans tão rasgado que só podia ser de marca. Ele também tem o cabelo cuidadosamente despenteado com mousse como todos os outros caras da festa, à exceção de Gavin, cujo cabelo está assim porque ele não penteou depois que acordou mesmo.

— McGoren — Steve diz com um sorriso que se espalha pelo rosto bonito. — Há quanto tempo, cara!

Gavin se estica para cumprimentar Steve, que está com a mão estendida por cima da mesa. Aí que percebo que o jeans de Steve tem cintura baixa o suficiente para revelar a barriga de tanquinho.

E ver aquela barriga é que me deixa abalada (isso sem mencionar o tufo de pelos castanhos-claros que sai de baixo do cós). Parece que alguém me deu um chute no estômago. Steve Winer pode ser aluno e ainda assassino em potencial; e, por isso mesmo, está fora de cogitação.

Mas que o corpo dele é sarado, isso é.

— Ei, cara — diz Gavin, com aquele jeito sonolento de sempre. — E aí?

— Legal ver você, cara — Steve diz, e os dois batem as mãos. — Como estão as aulas? Ainda está estudando cinema?

— É, claro — Gavin responde. — Consegui passar no Curso Experimental Avançado no semestre passado.

— Fala sério! — Steve exclama, sem parecer nem um pouco surpreso. — Bom, se alguém ia conseguir, tinha que ser você. Tem visto aquele cara, o Mitch, que estava no nosso grupo em Teoria da Tecnologia?

— Não muito — diz Gavin. — Pegaram o cara com metanfetamina.

— Que merda — Steve sacode a cabeça. — Isso é uma merda.

— É, bom, ele foi mandado para a prisão federal de segurança mínima, não para a estadual.

— É, até que deu sorte.

— É. Deixaram levar dois equipamentos para esporte, ele levou aquela bolinha cheia de areia e um frisbee. Já montou uma equipe de frisbee irada. A primeira de todo sistema penitenciário.

— O Mitch sempre foi um cara que se destaca da média — Steve observa. O olhar dele passeia até mim. Tento adotar a mesma expressão vaga que vejo no rosto das meninas tamanho PPP à minha volta. Não é difícil. É só imaginar que não como nada há 24 horas, igual a elas.

— Quem é a sua amiga? — Steve quer saber.

— Ah, esta aqui é a Heather — diz Gavin. — Ela está na minha aula de Oficina de Narrativa.

Fico ligeiramente em pânico com essa parte improvisada da conversa inventada por Gavin, já que não sei nada a respeito das oficinas de cinema dele. Mas me inclino para frente (assegurando-me de que os meus peitos dentro do sutiã preto meia-taça de babadinho, bem visível por baixo do top diáfano, se apertem contra o tecido o máximo possível) e digo:

— É um prazer conhecer você, Steve. Acho que temos uma amiga em comum.

O olhar de Steve está magnetizado nos meus peitos. Ah, sim. Engulam essa, suas PPPs.

— É mesmo? — ele pergunta. — E quem seria?

— Ah, uma menina chamada Lindsay... acho que o nome inteiro dela é Lindsay Combs.

Do meu lado, Gavin começa a engasgar, mesmo sem ter bebido nada. Pelo visto, ele gostou tanto do meu improviso quanto eu gostei do dele.

— Acho que não conheço ninguém com esse nome — Steve diz, afastando o olhar dos meus peitos e me encarando de frente. Já vi que é a maior besteira aquela coisa que os especialistas em linguagem corporal da revista *US Weekly* sempre dizem sobre os mentirosos desviarem o olhar quando querem enganar alguém.

— É mesmo? — Finjo não notar que todas as meninas tamanho PPP à minha volta estão se cutucando e cochichando umas com as outras. Elas sabem muito bem quem é Lindsay Combs. — Nossa, que estranho. Ela estava me falando na semana passada mesmo... Ah, espere. Talvez ela tenha dito *Doug* Winer.

— É — Steve responde. Será minha imaginação ou ele relaxou um pouco? — É, ele é meu irmão. Ela deve ter falado dele.

— Ah — digo. Dou a risada mais desmiolada possível. — Foi mal! Winer errado.

— Espere — diz uma das meninas tamanho PPP, que parece estar ligeiramente mais bêbada (ou sei lá o quê) do que as outras, soluça para mim. — Você está sabendo o que aconteceu, certo? Com a Lindsay?

Tento imitar a expressão dela de olhos arregalados e vazios o melhor possível.

— Não, o que foi?

— Meu Deus — a menina responde. — Ela foi, tipo assim, totalmente assassinada.

— Totalmente! — concorda a amiga da tamanho PPP, que parece estar quase chegando no PP. — Encontraram a cabeça dela em uma panela no fogão do refeitório do Alojamento da Morte!

Ao ouvir isso, todas as tamanho PPP e PP ao redor da mesa de sinuca respondem com um:

— Eeeca!

Engulo seco e finjo estar chocada.

— Meu Deus — exclamo. — Não é para menos que ela não tem aparecido na aula de Áudio ultimamente.

Do meu lado, Gavin está da cor da bola de bilhar branca.

— A Lindsay fazia contabilidade — ele sussurra ao meu ouvido.

Droga! Eu tinha esquecido!

Mas tudo bem, porque a música está bombando bem alto. Acho que só ele me ouviu. Steve Winer, para o exemplo, pegou um copo de martíni (é sério, o cara está bebendo martíni em uma festa de fraternidade) enquanto seu adversário se prepara para dar uma tacada que requer que todos à volta dele cheguem um pouco para trás.

Sinto que perdi o ímpeto da conversa, de modo que aproveito o momento em que todo mundo se junta ao redor da mesa de novo, para ver Steve jogar depois de o adversário dele ter errado a tacada, e digo:

— Meu Deus, por que alguém faria isso? Matar a Lindsay? Ela era tão legal...

Vejo várias tamanho PPP trocando olhares tensos entre si. Uma se afasta da mesa, resmungando algo sobre ter de fazer xixi.

— Quer dizer... — eu digo. — Ouvi umas fofocas sobre ela e o técnico de basquete... — Pensei em jogar esse verde para ver o que acontece.

E o que acontece é bem previsível. As meninas tamanho PPP parecem confusas.

— A Lindsay com o técnico *Andrews*? — uma morena sacode a cabeça. — Nunca ouvi falar *disso*. Mas ouvi dizer que não era nada bom deixar um bagulho largado com a Lindsay por perto...

A morena para de falar quando a amiga lhe dá uma cotovelada e, olhando nervosa para Steve, faz:

— Shhh.

Mas já é tarde. A tacada de Steve toma um rumo maluco. E ele não fica nada feliz com isso. Olha para o Gavin e diz:

— Essa sua amiga fala demais.

— Bom — Gavin responde, parecendo constrangido. — Ela está estudando roteiro.

Os olhos azuis pálidos de Steve se fixam nos meus. Não acho que seja minha imaginação. Apesar de ser lindo do jeito que ele é, tem alguma coisa assustadora de verdade nele. Com aquela barriga tanquinho e tudo.

— Ah, é — ele diz. — Alguém já disse que você é muito parecida com... Como ela chama mesmo? Aquela pop star que cantava em todos os shoppings?

— A Heather Wells! — a tamanho PP que não está tão bêbada (ou sei lá o que) quanto todo mundo (sem dúvida alguma por ter um pouco mais de gordura no corpo para absorver o álcool) reage bem rápido. — Meu Deus, ela parece MESMO com a Heather Wells! E... você não disse que o nome dela é Heather? — Ela pergunta ao Gavin.

— Hum — respondo, com voz fraca — É. Muita gente me diz isso. Porque o meu nome é Heather. E porque eu sou bem parecida com a Heather Wells.

— Que coisa mais *aleatória* — uma das tamanho PPP, visivelmente desequilibrada, precisa se segurar na borda da mesa para ficar em pé. — Porque você não vai acreditar em quem está aqui. O Jordan Cartwright. Da Easy Street. Mas não é um sósia com o mesmo nome. É o *próprio*.

Ouço gritinhos excitados de descrença vindos das outras garotas. Um segundo depois, todas estão perguntando à amiga onde ela viu Jordan. A menina aponta e a maioria das espectadoras do jogo de bola oito de Steve Winer debanda para ir pegar um autógrafo de Jordan... no peito.

— Meu Deus — eu digo para os rapazes depois que as meninas se foram. — Não dava para adivinhar que Jordan Cartwright ainda fazia tanto sucesso, com a vendagem do último álbum dele.

— Ele é o maior veadinho — o adversário de Steve nos garante. Depois que Steve perdeu a última tacada, ele assumiu o controle da mesa, e vai encaçapando uma bola atrás da outra. Steve, na outra extremidade do feltro, não parece muito feliz com isso. — Ouvi dizer que essa história de casamento com Tania Trace é só para acobertar o fato de que ele e o Rick Martin são muito mais do que amigos.

— Uau — digo, empolgada por saber que existe um boato desses circulando, mesmo que não seja verdade. — É mesmo?

— É sim — diz o adversário de Steve. — E aquele cabelo dele? Tudo implante. O cara está ficando mais careca que esta bola de bilhar.

— Uau — digo de novo. — E eles acobertam isso tudo tão bem quando ele aparece no *Total Request Live*...

— Bom — Gavin diz e, por algum motivo, me puxa pelo braço. — Desculpe interromper seu jogo. Nós já vamos indo.

— Não vá — diz Steve. Ele passou os dois últimos minutos apoiado em cima do taco de bilhar, olhando fixo para mim. — Gostei desta sua amiga. Você disse que o seu nome é Heather? Heather de quê?

— Snelling — respondo, sem pestanejar. Não faço ideia por que o nome do meu chefe saiu com tanta espontaneidade dos meus lábios. Mas lá está ele. De repente, meu nome vira Heather Snelling. — É polonês.

— É mesmo? Parece inglês ou algo assim.

— Bom — respondo. — Não é. E Winer é de onde?

— Da Alemanha — Steve diz. — Então você conheceu a Lindsay em uma das suas aulas de roteiro?

— Não, de áudio — eu corrijo. Pelo menos sou capaz de sustentar minhas mentiras. — Então, do que aquela menina estava falando? Que papo foi aquele de a Lindsay ser legal só se você não deixasse seu bagulho dando sopa?

— Tem certeza de que você quer falar sobre a Lindsay? — Steve pergunta.

A esta altura, o adversário dele finalmente errou uma tacada e está esperando com impaciência que ele jogue. Fica repetindo em intervalos de poucos segundos:

— Steve, é a sua vez.

Mas Steve o ignora. Do mesmo jeito que eu ignoro Gavin, que continua me puxando pelo braço e dizendo:

— Vamos, Heather. Estou vendo outras pessoas que conheço. Quero apresentar você. — Essa é a maior mentira na cara dura, claro.

— Bom — eu respondo, olhando bem nos olhos de Steve. — Ela era uma menina especial.

— Ah, ela era especial sim — Steve concorda, sem entonação.

— Pensei que você não conhecia a Lindsay — comento

— Certo — Steve diz, larga o taco de sinuca e se aproxima de mim com toda rapidez, enquanto Gavin aperta meu braço de maneira convulsiva. — Quem *é* essa vaca, McGoren?

— Caramba! — A voz que vem de trás de nós me é familiar, infelizmente. Quando viro a cabeça, vejo Doug Winer com um braço ao redor do ombro de uma garota que usa tamanho 38 normal, com pouquíssima roupa (é bom constatar que os irmãos Winer não têm preconceito com tamanho). Doug aponta para mim, com o rosto muito vermelho:

— Essa é a garota que estava com o cara que tentou quebrar a minha mão ontem!

Qualquer traço amistoso desaparece do rosto de Steve.

— Então — ele diz, com uma certa satisfação na voz. — Ela é sua amiga do curso, hein? — Essa foi dirigida ao Gavin. E o tom não foi nada simpático.

Eu imediatamente me arrependo daquilo tudo. Não do fato de não estar em casa na cama, tocando meu violão, com Lucy enrolada ao meu lado. Mas do fato de eu ter envolvido Gavin nisto. Claro que ele se ofereceu para ajudar. Mas eu nunca deveria ter aceitado. Eu percebi meu erro no instante em que vi o brilho nos olhos de Steve. É tão frio e duro quanto o metal congelado das estátuas de George Washington no parque lá embaixo.

Não sei se foi este cara que matou Lindsay. Mas sei que estamos com problemas. Muitos problemas.

Gavin não parece estar tão convencido quanto eu de que vamos nos dar mal. Pelo menos a julgar pelo tom calmo em que ele diz:

— Do que você está falando, cara? A Heather é minha amiga, cara. Ela só estava a fim de arrumar um pó.

Espere. *O quê? Eu estava o quê?*

— Mentira — Doug desdenha. — Ela estava junto com aquela cara que foi até o meu quarto e começou a me fazer aquele monte de perguntas sobre a Lindsay. Ela é da polícia.

Como Gavin realmente não faz ideia do que Doug está falando, sua indignação é bastante verossímil.

— Ei, cara — ele diz, virando para encarar o menor dos Winer. — Você anda consumindo um pouco além da conta sua própria mercadoria? Crack é cafona, cara.

Steve Winer cruza os braços sobre o peito. No contraste com o suéter escuro, a pele parece bem bronzeada. Ele com certeza esteve em algum lugar de clima quente recentemente.

— Eu não vendo crack, seu imbecil.

— É só modo de dizer — Gavin responde com um risinho irônico. Fico só observando, admirada. Ele pode estar estudando para ser diretor, mas, como ator, não está nada mal.

— Olhe, cara, se você vai ficar me enchendo, vou sair fora.

O lábio superior de Steve se contrai.

— Sabe o que você é, McGoren?

Gavin não parece estar nem um pouco preocupado com a opinião dele.

— Não, cara. O quê?

— Um agente da narcóticos — enquanto Steve fala, dois corpos se desgrudam dos sofás de couro. Aparentemente, sem que eu tivesse notado, eles tinham estado ali o tempo todo, assistindo a um jogo de basquete na TV de tela *wide screen*. As meninas que tinham saído correndo para pegar o autógrafo de Jordan estão volta, mas pararam de dar risadinhas e só estão olhando de boca aberta para o drama que se desenrola à sua frente, como se fosse um episódio de *Real World* da MTV ou qualquer coisa do tipo.

— A gente não gosta de agentes da narcóticos — diz um dos membros da Tau Phi. Ele é um pouco mais novo do que Steve e tem bíceps consideravelmente maiores.

— É — diz seu gêmeo. Bom, pelo menos em tamanho de bíceps.

Fico olhando de um para o outro. Eles provavelmente não são parentes, mas parecem iguaizinhos, com o mesmo modelito de suéter de cashemere e jeans que Steve veste. E com os mesmos olhos azuis que não guardam o menor resquício de calor (ou de inteligência).

— Caramba, Steve! — Gavin diz, em tom tão desdenhoso que até dá a entender que ele ficou ofendido com a insinuação. Aponta para mim com o polegar. Continua segurando no meu braço. — Ela é só minha amiga, só quer arrumar um bagulho. Mas se você vai dar uma de babaca, esqueça, cara. Vamos cair fora. Venha, Heather.

Mas a tentativa de retirada de Gavin é interrompida pelo próprio Doug Winer, que se posta bem na frente dele.

— Ninguém ameaça os Winer e sai fora — Doug diz para mim. — Seja lá quem você for... vai se arrepender.

— Ah, é? — não sei o que deu em mim. Gavin está tentando me arrastar para longe dali, mas eu planto meus saltos no assoalho e me recuso a sair. Para piorar as coisas, eu me ouço perguntando: — Do mesmo jeito que alguém fez a Lindsay se arrepender?

Alguma coisa acontece com Doug. O rosto dele fica vermelho feito as luzes das torres aéreas que vejo brilhando através das janelas escuras atrás dele.

— Vai se foder! — ele berra.

Eu não devia ter ficado tão surpresa ao sentir, um segundo depois, a cabeça de Doug Winer se chocar contra o meu abdômen. Afinal, eu estava *mesmo* pedindo. Bom, mais ou menos.

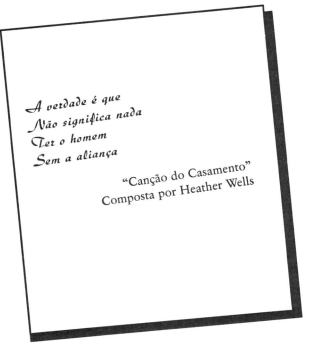

A verdade é que
Não significa nada
Ter o homem
Sem a aliança

"Canção do Casamento"
Composta por Heather Wells

Levar uma cabeçada de um universitário de uns 90 quilos na barriga é uma sensação única, difícil de descrever. Para falar a verdade, até que é bom eu ser cheinha como sou. Talvez eu não tivesse sobrevivido se fosse tamanho PPP.

Mas já que, a dizer bem a verdade, Doug não é assim tão mais pesado que eu (e, além do mais, eu vi quando ele se aproximou, de modo que dobrei o corpo, em um movimento instintivo), só fiquei estirada no chão com dificuldade de respirar. Não sofri nenhuma lesão interna. Não que seja perceptível, pelo menos.

Gavin, por outro lado, não se deu tão bem. Bom, ele estaria ótimo se tivesse ficado parado. Mas ele cometeu o erro de tentar tirar Doug de cima de mim.

Porque Doug luta sujo (e sinceramente, isso não é surpresa nenhuma). Assim que Gavin o agarra pelos ombros, Doug se vira para trás e começa a tentar arrancar os dedos do Gavin a dentadas.

Como não posso deixar um dos meus residentes ser comido, recolho uma das pernas (sem largar o meu casaco e a minha bolsa) e enfio meu salto numa área do corpo de Doug em que a maioria dos caras preferia não levar um chute com salto. Bom, eu não faço ioga nem nada (aliás, não faço exercício nenhum), mas como toda garota que já morou em Nova York durante qualquer período, sei causar danos físicos usando meus calçados.

Depois que Doug desaba no chão segurando suas partes íntimas, começa um pandemônio, com objetos e corpos arremessados de um lado para o outro no loft, como se o lugar tivesse virado de repente a área de mosh de um show de heavy metal. Os espelhos atrás das estantes sobre o bar são quebrados por uma bola de bilhar voadora. Gavin consegue arrastar um dos caras da fraternidade até a tela de TV *wide screen* e a derruba com estrondo e faíscas. As meninas que vestem tamanho PPP estão gritando e fugindo para o corredor, passando pelo aviso de GORDAS, VÃO PARA CASA, bem na hora que uma das máquinas de pinball desmorona por causa do peso de Jordan (nem me pergunte o que ele estava fazendo em cima dela... nem por que a calça dele estava abaixada até o tornozelo).

Felizmente, o caos é tão grande que consigo agarrar o Gavin e gritar:

— Vamos! — Daí, cada um de nós pega Jordan por um braço (ele não está em condição de andar sozinho) e o arrastamos pendurado nos nossos pescoços para fora do loft até o corredor...

... Bem na hora em que os sprinklers disparam por causa do incêndio iniciado pela televisão derrubada.

Todas as meninas tamanho PPP que estavam no corredor começam a berrar porque o cabelo com chapinha está começando a enrolar. Nós nos esgueiramos pela saída em que estava escrito ESCADA e não paramos de correr (e isso arrastando um ex-membro de boy band semiconsciente nas costas) até chegar à rua.

— Mas que porra — Gavin grita quando o ar frio penetra nos nossos pulmões. — Você *viu* aquilo?

— Vi — respondo, tropeçando um pouco na neve. Jordan não é exatamente um peso-pesado, mas também não é leve. — Não foi nada legal.

— Não foi legal? Não foi legal? — Gavin sacode a cabeça todo contente enquanto nós vamos tentando seguir em direção oeste pelo meio de Washington Square North, escorregando e deslizando. — Eu queria estar com minha câmera! Nenhuma daquelas garotas estava de sutiã. Quando a água bateu nelas...

— Gavin — eu digo para cortar logo o papo dele. — Ache um táxi. Precisamos levar o Jordan de volta ao Upper East Side, onde ele mora.

— Não tem táxi nenhum — diz Gavin, em tom de ironia. — Não tem ninguém na rua. Só a gente.

Ele tem razão. A praça está morta. As ruas em volta dela mal foram limpas pelos removedores de neve. Não tem nenhum carro em lugar nenhum, só na 8th Street. Nenhum dos motoristas de táxi que está lá nos enxerga, apesar de eu ficar acenando feito louca.

Estou perplexa. Não sei o que fazer com Jordan. Acreditei nele quando disse que nenhum dos táxis conseguia atravessar a ponte. E não vou ligar para o pai dele de jeito nenhum (o cara que me disse que ninguém quer ouvir minha "merda de som de uma garota roqueira nervosinha") para ver se ele pode vir buscá-lo com a limusine da família.

No entanto, Jordan está feliz da vida, tropeçando no meio de nós dois, mas ele com toda a certeza está acabado. Não posso simplesmente largá-lo na porta da casa de alguém (por mais que a ideia me pareça tentadora). Ele vai congelar até morrer. E ainda faltam muitas quadras (quadras *compridas*, não curtas) até o metrô, que ainda fica do outro lado (teríamos que passar pelo Edifício Waverly para chegar até Astor Place).

Eu não me arriscaria a dar de cara com um monte de caras de fraternidade raivosos. Principalmente porque dá para ouvir sirenes tocando ao longe. O corpo de bombeiros deve receber um aviso automático quando o sistema de sprinkler dispara.

Ao ouvir as sirenes, Jordan, pendurado entre nós dois, ergue a cabeça e exclama, todo alegre:

— Êh! Lá vêm eles! Lá vem a polícia!

— Não dá para acreditar que você já tenha sido noiva desse cara — Gavin diz, com nojo, revelando assim, sem querer, que andou pesquisando meu nome no Google. — Ele é um otário.

— Ele nem sempre foi assim — asseguro a Gavin. Mas a verdade é que Jordan provavelmente sempre foi assim, acho, eu é que não reparei por ser muito jovem e boba. E por estar encantada por ele. — Além disso, ele vai se casar depois de amanhã. Está meio nervoso.

— Não é depois de amanhã — Gavin diz. — É amanhã. Já passa da meia-noite. Oficialmente, já é sexta-feira.

— Droga — eu digo. Os Cartwright devem estar querendo saber o que aconteceu com o seu filho mais novo. Tania deve estar histérica. Se é que ela notou que ele sumiu. Não posso mandá-lo de volta nesse estado (com o zíper aberto e marcas de batom no rosto). Meu Deus, por que ele não consegue ser um *pouco* mais igual ao irmão?

Ai meu Deus. O irmão dele. Cooper vai me matar quando descobrir por onde andei. E vou ter que contar para ele. Não posso arrastar o Jordan para casa desse jeito e não explicar nada.

E *tenho* que levar o Jordan para casa. É o único lugar para onde posso levá-lo. Acho que não consigo carregá-lo até muito mais longe do que isso. Além do mais, estou congelando. Meia-calça com certeza não é o tipo de roupa apropriada para uma noite após uma nevasca, em Manhattan, no mês de janeiro. Não sei como aquelas garotas de calça de cintura baixa conseguem aguentar. Será que o umbigo delas não fica com frio?

— Certo — eu digo para Gavin quando chegamos à esquina de Washington Square Park North com West. — É o seguinte: vamos levar o Jordan para minha casa.

— Está falando sério? Eu vou ver onde você mora? — O sorriso de Gavin sob o brilho rosado da iluminação pública me deixa alarmada. — Que *demais*!

— Não, não é demais, Gavin — eu respondo, ríspida. — É o *oposto* de demais. O irmão do Jordan é meu senhorio e ele vai ficar aborrecido, *muito* aborrecido, se ouvir a gente entrando e der de cara com o Jordan nesse estado. Por isso, temos que ficar em silêncio. Em supersilêncio.

— Eu consigo — diz Gavin, bem cavalheiro.

— Porque não é só o Cooper que não quero acordar — explico a ele. — Meu, hum, pai está passando um tempo lá.

— Vou conhecer o seu pai? Aquele cara que foi preso? — Ah, sim. Gavin com certeza andou pesquisando o meu nome no Google.

— Não, não vai conhecer, não — respondo. — Porque espero que ele, assim como Cooper, esteja dormindo. E nós não vamos acordar ninguém, certo?

— Certo — Gavin responde, com um suspiro.

— Heather. — Parece que os pés de Jordan estão um pouco mais arrastados.

— Cale a boca, Jordan — eu digo. — Estamos quase lá.

— Heather — ele repete.

— Jordan — eu digo. — Juro por Deus, se vomitar em mim, eu mato você.

— Heather — Jordan diz pela terceira vez. — Acho que alguém colocou alguma coisa na minha bebida.

Olho para ele preocupada.

— Quer dizer que não é assim que você sempre fica depois de uma festa?

— Claro que não — Jordan responde com a fala enrolada. — Eu só bebi uma cerveja.

— Sim — respondo. — Mas quantas taças de vinho você tomou antes de vir para cá?

— Só dez — Jordan responde, todo inocente. — Falando nisso, onde estão os meus esquis?

— Ah, tenho certeza que eles estão ótimos — respondo. — Pode ir lá buscar de manhã. Por que alguém colocaria alguma coisa na sua bebida?

— Para se aproveitar de mim, é claro —Jordan diz. — Todo mundo quer se dar bem à minha custa. Todo mundo quer um pedacinho do bolo do Jordan Cartwright.

Gavin recebe o bafo de cerveja do Jordan bem na cara quando ele diz isso e torce o nariz.

— Eu não quero — ele diz.

Chegamos à casa de Cooper. Faço uma pausa para pegar minhas chaves na bolsa e aproveito para dar um minissermão enquanto faço isso.

— Prestem atenção. Quando entrarmos — eu digo para Gavin —, nós vamos jogar o Jordan no sofá da sala. Depois, eu vou levar você de volta para o Conjunto Fischer.

— Não preciso de ninguém na minha cola — diz Gavin com desprezo, retomando suas gírias de sempre agora que não tem nenhum cara da Tau Phi em volta e ele está se achando de novo.

— Os caras da fraternidade estão irritados — eu digo. — E eles sabem onde você mora...

— Ah, droga, mulher — diz Gavin. — O Steve não sabe nada de mim, só meu nome. Ele nunca me achou descolado o suficiente para andar com ele, porque eu não gosto de colocar substâncias químicas dentro do meu corpo.

— Só 21 doses de bebida.

— Quer dizer, fora álcool — Gavin se corrige.

— Ótimo — eu digo. — Vamos discutir isto depois. Primeiro vamos colocar o Jordan no sofá. Depois vamos nos preocupar em chegar em casa.

— Fica a dois quarteirões daqui — diz Gavin.

— Heather.

— Agora não, Jordan — eu digo. — Gavin, só quero que você...

— Heather. — Jordan diz mais uma vez.

— O *que é*, Jordan?

— O Cooper está olhando para nós.

Ergo os olhos.

E é claro que o rosto de Cooper está na janela ao lado da porta. Um segundo depois, ouvimos as fechaduras sendo destrancadas.

— Certo — eu digo para Gavin enquanto meu coração começa a acelerar. — Mudança de planos. Quando eu contar até três, nós largamos o Jordan e corremos feito loucos. Um. Dois.

— Nem pense nisso — Cooper diz parado nos degraus de entrada. Está com uma calça de veludo cotelê e um suéter de lã. Parece quentinho, calmo e sensato. Eu tenho vontade de me jogar para cima dele, enterrar minha cabeça naquele peito firme, sentir aquele cheiro que é só dele e falar sobre a noite terrível que eu tive.

Em vez disso, digo:

— Eu posso explicar.

— Tenho certeza que pode — Cooper responde. — Bom, vamos lá. Tragam o Jordan para dentro.

Nós arrastamos Jordan com esforço, especialmente porque Lucy aparece e começa a pular para cima e para baixo, toda animada. Em cima de mim, na verdade. Por sorte, minhas coxas estão tão congeladas que não consigo sentir as unhas dela que rasgam minhas meias de náilon.

Quando Lucy faz um esforço extra e tenta pular para lamber a mão de Jordan, ele de repente se anima, ao passar na frente de Cooper, a caminho do hall de entrada, e diz:

— E aí, maninho? O que está rolando?

— Sua noiva ligou — Cooper responde enquanto fecha a porta atrás de si e começa a trancar todas as fechaduras. — É isso que está rolando. Você simplesmente se mandou sem dizer a ninguém para onde ia?

— Mais ou menos isso — Jordan responde enquanto nós o largamos no sofá rosa meio puído de seu avô, onde Lucy começa a lambê-lo com vontade. — Ai. Cachorro bonzinho. Façam a sala parar de girar, por favor.

— Como ele chegou aqui? — Cooper pergunta. — Não tem táxi na rua. E duvido que Jordan tenha andado de metrô.

— Ele veio de esqui — explico, desalentada. Dentro da casa está quente, graças a Deus. Dá para sentir minhas coxas formigando enquanto se descongelam.

— Ele veio esquiando? — Cooper ergue as sobrancelhas. — Onde estão os esquis?

— Ele perdeu — Gavin responde.

Cooper parece reparar em Gavin pela primeira vez.

— Ah — ele diz. — Você de novo, hein?

— Você não devia ficar bravo com a Heather — Gavin começa a dizer. — Foi tudo culpa daquele cara. Olha, ela estava tentando fazer com que ele ficasse sóbrio com uma caminhada enérgica pelo parque, mas ele não estava a fim. Por sorte, eu estava passando por ali e pude ajudar a trazer o cara até aqui, se não, vai saber o que poderia ter acontecido. Ele podia ter congelado. Ou podia ter acontecido algo pior. Ouvi dizer que tem um médico que ataca qualquer bêbado que encontre no parque e colhe os rins para doar para bolivianos ricos que precisam fazer diálise. Você acorda de manhã sentindo dores no corpo sem saber por que e... bum! Alguém roubou seu rim.

Uau. Gavin é mesmo o rei do improviso. Ele mente com tanta facilidade e de forma tão convincente que não posso evitar me perguntar quantas das histórias contadas a mim por ele nos últimos meses são invenções como esta.

Mas Cooper não parece impressionado.

— Sei — ele responde. — Bom, obrigado pela ajuda. Acho que agora nós podemos cuidar disso. Então, tchau.

— Eu vou com você até o conjunto — começo a dizer a Gavin, mas uma voz vinda do corredor me interrompe.

— Aqui está ela! — meu pai aparece de pijama e chambre. Por causa do jeito que o tufo de cabelo que sobrou na parte de trás da cabeça dele está arrepiado, dá para ver que ele estava dormindo, mas a ligação de Tania deve tê-lo acordado, assim como fez com Cooper.

— Heather, nós estávamos tão preocupados. Quando essa tal de Tania telefonou e nós não conseguimos encontrar você... Nunca mais faça isso, mocinha. Se for sair, é melhor avisar para um de nós aonde vai.

Fico olhando para o meu pai e para Cooper, estupefata.

— Está falando sério? — pergunto, incrédula.

— *Eu* levo você de volta para o alojamento — Cooper diz, deixando óbvio que ele já sabia o que eu faria a seguir: evitaria a situação. — Heather, pegue uns cobertores para o

Jordan. Alan, retorne a ligação da Tania e diga que o Jordan vai passar a noite aqui.

Meu pai assente:

— Vou dizer que ele estava fazendo uma despedida de solteiro improvisada — ele explica. — E que veio dormir aqui para não incomodar.

Eu só fico olhando, principalmente porque esqueci que meu pai tinha primeiro nome, e Cooper acabava de usá-lo. E também porque o que o meu pai acabou de dizer é completamente absurdo.

— O Jordan não tem amigos — eu digo. — Quem vai fazer uma despedida de solteiro para ele? E ele nunca seria tão atencioso a ponto de não querer incomodar a Tania.

— Eu tenho amigos sim — Jordan insiste do sofá, onde Lucy agora lambe seu rosto. — Vocês dois são meus amigos. Ou vocês seis. Ou sei lá quantos você são.

— Não preciso de ninguém para me acompanhar — declara Gavin enquanto Cooper pega o casaco.

— Talvez não — Cooper diz, mal-humorado. — Mas preciso tomar um ar fresco. Vamos.

Os dois saem e me deixam sozinha com Jordan e meu pai: os dois homens que me abandonaram quando mais precisei deles e que voltaram se arrastando quando eu não precisava (nem queria) nenhum dos dois.

— Você me deve uma — eu digo para Jordan quando volto para a sala com um cobertor e uma saladeira para ele vomitar. Apesar de saber que ele não vai se lembrar de nada disso pela manhã, completo: — E eu não vou ao seu casamento. — Para o meu pai, digo: — Não conte à Tania que eu estou com ele quando você ligar para ela.

— Eu posso ter passado as duas últimas décadas na cadeia, Heather — meu pai diz, com a dignidade ferida. — Mas ainda tenho uma ideia de como as coisas funcionam.

— Que bom para você — respondo. Então chamo Lucy e corro escada acima para o meu quarto, achando que, se eu trancar a porta bem rápido e me enfiar embaixo das cobertas, não vou ver quando Cooper chegar. Sei que Sarah me acusaria de praticar técnicas de escape.

Mas, bom, quando o assunto é Cooper, escape talvez seja a única saída.

Porque se ela é a mulher dele
E não é você
Não vai ser só ela
Que vai fazer papel de tola

"Canção do Casamento"
Composta por Heather Wells

Eu saio de fininho na manhã seguinte, para evitar Cooper. Consigo esse feito ao acordar no horário desumano das 8h da manhã, tomo banho, troco de roupa e saio às 8h30. Isso está tão fora do meu horário de sempre (costumo descer só às 8h55) que evito todo mundo da casa, incluindo o meu pai, que ainda está tocando seu "tributo à manhã" em sua flauta indiana quando passo pelo quarto dele com minhas botas Timberland na mão, para não fazer o piso ranger.

Não há sinal de Cooper (espio pela porta entreaberta do quarto dele e vejo a cama bem arrumadinha) e, o mais sinistro, também não há sinal de Jordan. Os cobertores usados por Jordan estão dobrados na ponta do sofá e a saladeira ainda está em cima dele, graças a Deus vazia. Para mim, o que aconteceu parece claro: Cooper acordou o irmão e o levou para casa no carro dele. Seria impossível Jordan ter acordado tão cedo sozinho na manhã seguinte a uma confusão como a da noite passada. Sei que Jordan é capaz de dormir até às 16h depois de uma bebedeira. Nosso desapreço compartilhado pelas manhãs era uma das únicas coisas que tínhamos em comum (fora gostar dos cookies vendidos pelas bandeirantes de porta em porta; ele gostava de Thin Mints, e eu, de Do-Si-Does).

Eu me sinto como se tivesse ganhado na loteria quando levo Lucy para fora para fazer suas necessidades, pego uma barra de proteína com chips de chocolate (para ter energia durante a caminhada até o trabalho), trago-a de volta e saio... Mas aí, dou de cara com um bilhete pregado na porta.

Nele, Cooper escreveu com sua letra certinha e infinitesimalmente pequena, que fui forçada a aprender a ler por fazer sua contabilidade: *Heather, precisamos conversar.*

Heather, precisamos conversar? Heather, precisamos conversar? Será que existem duas palavras mais sinistras do que *precisamos conversar?* Falando sério, quem vai querer topar com um bilhete que diz ISSO na porta de casa?

Ninguém, é claro.

É por isso que eu o arranco, amasso e enfio no bolso ao sair.

Sobre o que Cooper pode querer conversar comigo? Sobre eu ter trazido o irmão dele completamente bêbado para casa na noite passada para dormir no sofá, quando Cooper já tinha deixado muito claro que não queria ter nada a ver com a família dele? Sobre eu ter saído escondida para investigar o assassinato de Lindsay Combs sem dizer a ninguém para onde eu ia depois de ter jurado que desta vez deixaria a investigação a cargo dos profissionais? Ou talvez sobre o fato de eu ter arriscado a vida de um dos meus residentes ao fazer isso?

Ou vai ver que não tem nada a ver com a noite passada. Talvez Cooper tenha decidido que já está cheio de aguentar as loucuras de Heather e todas as suas excentricidades (a flauta indiana do meu pai e minha tendência para trazer pop stars bêbados para casa junto com moleques de 21 anos usando calças largas, achando que são rappers estilo "gangsta"). Pode ser que ele nos jogue na rua. Alguns de nós com certeza merecem esse tratamento.

E não estou nem falando de Lucy ou do meu pai.

Minha caminhada até o trabalho é cheia de reflexão e tristeza. Até a barra de proteína está muito mais com gosto de papelão, muito menos parecida com um chocolate Kit Kat do que normalmente. Não quero ser expulsa da casa do Cooper. É o único lar que já tive, de verdade, sem contar o apartamento em que eu e Jordan moramos juntos, agora para sempre manchado pela lembrança de ter visto ele com os lábios de Tania Trace ao redor do...

— Heather — Reggie, de volta a sua esquina de sempre, parece surpreso por me ver na rua tão cedo. *Eu* é que fico surpresa por vê-lo de volta ao trabalho. Apesar de a neve ter parado de cair e de os removedores de neve terem feito algum progresso, as ruas ainda parecem tiras estreitas entre vastas montanhas de neve empilhada.

— Bom dia, Reggie — digo, saindo detrás de um monte de neve de quase dois metros que cobre o carro de alguma pessoa sem sorte. — Bela tempestade, hein?

— Não fiquei nem um pouco contente com ela — diz Reggie. Ele está todo encapotado para se proteger do frio, com uma parca dourada da Tommy Hilfiger. Um copo de café de papel está fumegando em sua mão enluvada. — Às vezes acho que talvez fosse melhor voltar para a ilha.

— Mas o que você faria lá? — pergunto, realmente interessada.

— Meus pais têm uma plantação de banana — diz Reggie. — Eu poderia ajudar na administração. Eles querem que eu volte para lá há tempos. Mas ganho mais dinheiro aqui.

Não posso evitar fazer uma comparação mental entre os irmãos Winer e sua situação familiar e a de Reggie. O pai de Doug e Steve Winer quer que eles ganhem a própria fortuna, por isso os dois resolveram vender drogas. Os pais de Reggie querem que ele assuma os negócios da família, mas ele ganha mais dinheiro vendendo drogas. Essa coisa toda é tão... idiota.

— Acho que você estaria melhor na fazenda de bananas — digo. — Pelo menos seria bem menos perigoso.

Reggie parece refletir sobre o assunto.

— Menos na temporada de furacões — ele finalmente responde. — Mas, se eu estivesse lá, não veria seu rosto alegre toda manhã, Heather.

— Eu poderia ir fazer uma visita — digo. — Eu nunca estive em uma fazenda de bananas.

— Você não iria gostar — Reggie responde com um sorriso que mostra seu dente de ouro. — A gente acorda muito cedo, antes do sol nascer. Por causa dos galos.

— Meu Deus — digo, horrorizada. — Isso deve ser horrível. Não é à toa que você prefere Nova York.

— Além do mais, quem consegue vencer aqui é capaz de vencer em qualquer lugar — diz Reggie, dando de ombros.

— Com certeza — respondo. — Ei, você ouviu falar alguma coisa sobre aquele tal Doug Winer que eu perguntei?

O sorriso de Reggie desaparece.

— Não ouvi falar dele, não — ele responde. — Mas soube que rolou uma confusão danada em uma das fraternidades ontem à noite.

Finjo interesse.

— É mesmo? Uau. Que tipo de confusão?

— Uma confusão que parece envolver o seu ex, Jordan Cartwright — Reggie responde. — Mas deve ser só boato... O que o famoso Jordan Cartwright estaria fazendo em uma festa de fraternidade duas noites antes do casamento?

— Tem razão — afirmo. — Isso deve ser só boato. Bom, tenho que ir. Não quero me atrasar!

— Não — Reggie concorda, sério. — Você nunca se atrasa.

— Até mais! Fique quentinho! — eu aceno toda alegre e viro a esquina em Washington Square West. Ufa! Essa foi por pouco. Não acredito que o que rolou na noite passada já esteja sendo comentado pelos traficantes de drogas. Será que vai sair na coluna social da *Page Six*? Graças a Deus os gregos não exigem assinatura no livro de visita para entrar no prédio. Eu estaria bem encrencada se soubessem que estive lá.

Quando entro pela porta do Conjunto Fischer às 8h40, Pete, que está no posto de segurança, quase engasga no bagel que está comendo.

— O que aconteceu? — ele pergunta, fingindo preocupação. — Será o fim do mundo?

— Muito engraçado — respondo para ele. — Já cheguei aqui na hora antes, sabe?

— Sei — Pete responde. — Mas nunca chegou adiantada.

— Talvez eu esteja virando uma nova página na vida — eu digo.

— E talvez eu receba aumento neste ano — Pete diz. Depois dá uma bela risada da própria piada.

Faço cara de brava para ele, vou falar com o aluno que está na recepção para pegar os formulários da noite anterior e entro na minha sala. Percebo, aliviada, que a porta da frente está fechada e trancada. Beleza! Sou a primeira a chegar! Tom vai ficar muito surpreso quando me encontrar aqui!

Tiro o casaco e o gorro e saio para pegar um café e um bagel. Fico feliz ao ver que Magda está de volta ao seu posto habitual. Ela parece melhor do que esteve a semana toda. A sombra no olho dela é rosa fluorescente, o cabelo, como sempre, está 15 centímetros para cima da testa e o lápis de olho, preto feito carvão, não está borrado. Ela sorri quando eu chego.

— Lá está ela — Magda exclama. — Minha pequena pop star. Sentiu saudade da sua Magda?

— Senti, sim — respondo. — Foi bem de folga?

— Fui — diz Magda, em tom mais sério. — Eu realmente estava precisando, sabe? Foi bom não ficar pensando neste lugar... Ou no que aconteceu aqui... Para variar. — Quando dois alunos aparecem atrás de mim, o corpo dela se estremece todo e ela exclama, em tom de voz completamente diferente: — Olhe, lá vêm dois dos meus astros de cinema! Olá, minhas estrelinhas de cinema!

Os alunos ficam olhando para ela meio desconfiados enquanto ela passa o cartão de refeição deles, que também serve de identificação, pelo scanner. Quando ela os devolve e os garotos vão embora, Magda diz, com sua voz habitual:

— Ouvi dizer que você visitou o Manuel. Como ele está?

— Hum, fui lá ontem. Ele não está muito bem — digo.

— Mas, ontem quando voltei para casa, disseram que ele tinha sido transferido da UTI e que o estado dele era estável.

— Que bom — diz Magda. — E a polícia ainda não pegou as pessoas que fizeram isso com ele?

— Não — respondo, tentada a contar para Magda que tenho uma ideia muito boa de quem foi. Mas primeiro preciso saber como foi o encontro de Tom. — Mas tenho certeza de que estão tentando descobrir.

Magda desdenha.

— Ninguém está fazendo nada para descobrir quem matou a Lindsayzinha — ela diz. — Já se passaram três dias, e ninguém foi preso. É porque ela era mulher — ela acrescenta, triste, e apoia o queixo nas mãos. — Se tivessem encontrado a cabeça de um homem, alguém já estaria preso. A polícia não liga para o que acontece com as meninas. Principalmente com meninas como a Lindsay.

— Magda, isto não é verdade — eu garanto a ela. — Estão fazendo tudo que podem. Tenho certeza de que vão prender alguém logo. Quer dizer, todo mundo ficou preso em casa por causa da neve ontem, igual a você.

Mas Magda não acredita nem um pouco. Percebo que é inútil tentar fazer com que ela mude de ideia quando tem tanta certeza de que está certa. Por isso, pego meu bagel (com cream cheese e bacon, claro) e meu café com chocolate e volto para a minha mesa.

Estou lá sentada tentando imaginar quem é Tad Tocco e por que ele quer que eu ligue para ele (o número dele é de um ramal administrativo da Faculdade de Nova York), quando o Tom entra aos tropeções, todo sonolento, na minha sala, com um ar de surpresa no rosto por me ver ali.

— Nossa! — ele diz. — Será uma ilusão?

— Não — respondo. — Sou eu mesma. Cheguei na hora.

— Você chegou *mais cedo* — Tom balança a cabeça, sem acreditar. — Será que os milagres nunca vão parar de acontecer?

— Então. — Observo seus movimentos com atenção. — Como foi? Com o técnico Andrews, quer dizer?

Ele está pegando a chave para destrancar a porta da sala dele, mas eu pego o sorrisinho breve e secreto no rosto dele, antes que consiga esconder.

— Foi bom — ele responde, sem demonstrar maiores emoções.

— Ah, sei — digo. — Vamos lá. Desembuche.

— Não quero dar azar — Tom diz. — É sério, Heather. Eu tenho o costume de apressar as coisas. E desta vez não vou fazer isto. Não vou mesmo.

— Então... — eu o observo com atenção. — Se você quer que as coisas rolem devagar com ele, significa que foi tudo bem.

— Foi ótimo — Tom diz. Já não consegue mais esconder o sorriso. — O Steve é... Bom, ele é incrível. Mas, como eu disse, nós vamos fazer tudo bem devagar.

Nós. Ele já começou a dizer *nós*.

Fico feliz por ele, é claro. Mas um pouco chateada por mim. Não porque eu gostaria de ser parte de um *nós* algum dia... Apesar de que eu gostaria sim, naturalmente.

O negócio é que preciso ficar me perguntando por que Kimberly contou uma mentira tão óbvia para mim... Quer dizer, a não ser que Steven Andrews seja um ator tão bom quanto Heath Ledger, e disso eu duvido muito.

Mesmo assim, só posso me sentir feliz por Tom.

— Então, se vocês vão fazer tudo bem devagar — digo —, significa que, no fim das contas, você planeja ficar por aqui mais algum tempo, certo?

Ele dá de ombros, com o rosto vermelho.

— Veremos — ele responde. E entra em sua sala.

E isso me lembra outra coisa.

— Então, cadê a Dra. Morte? Ela vem aqui hoje?

— Não, graças a Deus — Tom responde. — O Serviço de Aconselhamento decidiu que, se mais algum aluno precisar do auxílio de conselheiros para luto, pode ir até o outro lado do parque.

— Deixe ver se adivinho — eu digo. — A Cheryl Haebig passou aqui para falar com a Dra. Kilgore um pouco demais.

— Acho que a Cheryl quase fez a Dra. Kilgore se distrair — Tom responde, alegre. — Minha sala agora é minha de novo. Toda minha! Vou até o refeitório pegar uma bandeja... Uma *bandeja*! Para tomar café da manhã *na minha mesa*.

— Aproveite bem! — eu digo, bem feliz, pensando em como é legal ter um chefe que acha que tomar café da manhã na própria mesa é algo apropriado para o local de trabalho. Eu realmente tirei a sorte grande por ter Tom de chefe. Ainda bem que ele não vai mais embora. Pelo menos por enquanto.

Estou conferindo os formulários de relatório quando Gavin aparece, com uma expressão estranhamente desconfortável.

— Hum, oi, Heather — ele diz, parado, todo tenso, na frente da minha mesa. — O Tom está por aí? Preciso remarcar minha sessão de aconselhamento sobre bebida.

— Está sim — respondo. — Ele só foi até o refeitório buscar alguma coisa para comer. Sente aí. Ele deve voltar logo.

Gavin se acomoda no sofá perto da minha mesa. Mas, em vez de se afundar nele, abrindo as pernas em uma pose obscena, como certamente teria feito antes, Gavin se senta com o corpo bem ereto, olhando fixamente para frente. Ele não fica mexendo nos clipes de papel ou nos bonecos de *Toy Story 2* do McDonald's na minha mesa, como costuma fazer.

Eu o encaro.

— Gavin, está tudo bem?

— O que foi? — O olhar dele está fixo na reprodução de Monet na parede, ele faz questão de não olhar para mim. — Eu? Claro. Está tudo bem. Por quê?

— Não sei — digo. — Você me parece meio... distante.

— Não estou distante — Gavin diz. — Só estou deixando você respirar.

É minha vez de ficar surpresa.

— Você o quê?

Finalmente, ele olha para mim.

— Sabe como é — ele diz. — Estou deixando você respirar. Seu amigo Cooper me disse ontem à noite que você está precisando de muito espaço. Então, estou tentando não sufocar você.

Sinto algo frio passar por mim. Acho que é um mau presságio.

— Espere — eu digo. — O Cooper falou que eu preciso de espaço?

— Falou — Gavin responde, assentindo com a cabeça. — Ontem à noite. Quando ele me acompanhou até aqui. E, aliás, eu não precisava nem um pouco disso. Caramba, eu tenho 21 anos de idade. Não preciso de ninguém para me acompanhar até o dormitório.

— Conjunto residencial estudantil — corrijo. — E o que mais o Cooper falou de mim?

— Bom, sabe — Gavin dá de ombros, pouco à vontade, e se vira para o Monet na outra parede. — Que você ficou muito, muito magoada quando o irmão dele, Jordan, traiu você, e que ficou confusa, e que ainda está tentando superar essa perda, e que não está pronta para um novo relacionamento amoroso...

— O QUÊ? — eu me levanto. — Ele disse *o quê*?

— Bom — Gavin responde, finalmente virando a cabeça para me encarar, sem entender nada. — Sabe como é. Quer dizer, levando em conta que você ainda está apaixonada por ele...

Meu coração parece explodir dentro do peito.

— *Apaixonada por QUEM?*

— Bom, pelo Jordan Cartwright, é claro. — Gavin parece surpreso. — Ah, que merda! — ele completa, ao ver minha expressão. — Esqueci. O Cooper pediu para eu não contar para você o que ele disse... Você não vai dizer para ele que eu falei, vai? Aquele cara meio que me assusta...

A voz de Gavin vai sumindo e ele fica olhando para mim, preocupado. Nem imagino por quê. Vai ver que é por eu estar largada em cima da minha mesa, com a boca escancarada e os olhos arregalados, quase pulando para fora das órbitas.

— Bom, quer dizer... Não é por isso que você não quer ir ao casamento do Jordan amanhã? — Gavin começa a balbuciar. — Porque você ainda está apaixonada por ele e não aceita o fato de ele estar se casando com outra pessoa? Porque é isso que o seu amigo Cooper acha, aliás. Ele acha que por isso que você ainda não encontrou outra pessoa, porque continua triste com a perda de Jordan e ainda vai demorar um tempo para se recuperar...

O grito começa na sola dos meus pés e vai subindo pelo meu corpo como o vapor saindo de uma chaleira. Estou quase inclinando a cabeça para trás para deixar o som sair quando Tom volta apavorado para a sala, com o rosto tão branco quanto a neve lá fora. Não está carregando nenhuma bandeja com café da manhã.

— Acabaram de encontrar o que sobrou dela — ele diz e se joga no sofá, ao lado de Gavin.

O grito desaparece.

— O resto de quem? — Gavin quer saber.

— Da Lindsay — Tom responde.

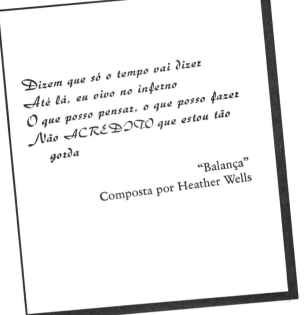

*Dizem que só o tempo vai dizer
Até lá, eu vivo no inferno
O que posso pensar, o que posso fazer
Não ACREDITO que estou tão
gorda*

"Balança"
Composta por Heather Wells

Magda está no caixa, chorando.

— Magda — eu digo, acho que pela quinta vez. — Conte para mim. Diga o que aconteceu.

Magda balança a cabeça. Contrariando todas as leis da física e do spray de cabelo, o penteado dela desabou. Está tombado, todo triste, por cima de um dos lados do rosto dela.

— Magda. Diga para mim o que eles encontraram. Tom não quer falar no assunto. Gerald não deixa ninguém entrar na cozinha. A polícia está vindo para cá. *Simplesmente* me diga.

Magda não consegue falar. Está embargada pela tristeza. Pete nem precisa discutir com os residentes que está enxotando para fora do refeitório: eles vão saindo por vontade própria, dando olhadas nervosas para Magda.

Considerando o fato de ela estar praticamente tendo um ataque, eu não os culpo.

— Magda — eu digo — Você está histérica. Precisa se acalmar.

Mas ela não consegue. Assim, eu dou um suspiro, ergo a mão e dou um tapão nela.

E ela, por sua vez, devolve o golpe.

— Ai — eu exclamo. Fico ultrajada e coloco a mão na bochecha. — Por que você fez isso?

— Você me bateu primeiro! — Magda declara, irritada, apertando sua própria bochecha.

— É, mas você estava histérica! — Magda é bem forte, estou meio zonza. — Eu só estava tentando fazer você sair daquele estado. Não precisava me bater de volta.

— Não se deve bater em pessoas histéricas — Magda responde. — Não ensinaram nada naqueles cursos de primeiros-socorros metidos a besta que obrigaram você a fazer?

— Magda. — Meus olhos finalmente secaram das lágrimas causadas pelo tapa. — Diga para mim o que eles encontraram.

— Eu mostro para você — Magda diz e estende a mão que não usou para me estapear. Ali, na palma da mão dela, está aninhado um objeto estranho. Feito de ouro, parece um brinco, só que é muito maior e encurvado. Tem um diamante na ponta dele. O ouro está bem gasto, como se tivesse sido mastigado.

— O que é isso? — pergunto, olhando para o objeto.

— *ONDE VOCÊ ARRUMOU ISSO?*

Magda e eu ficamos sobressaltadas com a reação de Cheryl Haebig quando ela e o namorado, Jeff, passam por nós, saindo do refeitório. Os olhos de Cheryl estão arregalados, fixos no objeto na palma da mão de Magda. Pete, que está tentando conduzir todo mundo para fora dali, fica aborrecido.

— Cher — diz Jeff, puxando o braço da namorada. — Vamos. Pediram para a gente sair daqui.

— Não — Cheryl diz, sacudindo a cabeça, com o olhar fixo no que Magda está segurando. — Onde você arrumou isso? Diga para mim.

— Você reconhece esse objeto, Cheryl? — pergunto a ela, apesar de estar bem óbvio, pela reação, que ela reconhece sim. E também que eu provavelmente não vou querer saber por quê. — O que é isso?

— É o piercing do umbigo da Lindsay — Cheryl responde. O rosto dela está tão branco quanto a blusa que está usando. — Ai meu Deus. onde você arrumou isso?

Magda aperta os lábios. E fecha os dedos.

— Ah, não — ela diz — naquela voz meio cantarolante que usa apenas quando os alunos estão por perto. — Deixe para lá. Vá para a aula agora, ou então vai se atrasar...

Mas Cheryl dá um passo à frente e diz, com olhos tão duros quanto o chão de mármore embaixo dos nossos pés.

— *Diga onde encontrou.*

Magda engole em seco, olha para mim e logo responde, com voz normal:

— Isto aqui estava preso no fundo do triturador de lixo.

Passou a semana inteira sem funcionar direito. O técnico do edifício finalmente veio dar uma olhada e encontrou isto.

Ela vira o piercing. Do outro lado do ouro, está gravada a palavra LINDSAY (é difícil distinguir por a peça estar tão amassada. Mas está lá).

Cheryl engole em seco, depois parece ter dificuldade para ficar em pé. Pete e Jeff a ajudam a se sentar em uma cadeira próxima.

— Diga para ela colocar a cabeça entre os joelhos — eu digo a Jeff. Ele assente com a cabeça, com um ar de pânico, e faz a namorada se inclinar para frente até que o cabelo longo cor de mel esteja varrendo o chão.

Eu me viro para Magda e olho fixamente para o piercing.

— Colocaram o corpo dela no triturador? — eu sussurro.

Magda sacode a cabeça.

— Tentaram. Mas os ossos não passaram pelo triturador.

— Espere, então... *ainda está tudo lá?*

Magda assente. Estamos cochichando para que Cheryl não escute.

— A pia estava entupida. Ninguém quis saber por quê, sempre ficava assim. A gente só ficou usando a outra.

— E polícia não examinou o local?

Magda torce o nariz.

— Não. A água estava toda... Bom, você sabe como aquilo lá fica. E, além disso, serviram chili na noite de segunda.

Sinto um pouco de vômito subindo pela minha garganta.

— Ai meu Deus! — digo.

— Eu sei — Magda olha para baixo, para o piercing. — Quem poderia fazer uma coisa dessas com uma garota tão simpática e bonita? Quem, Heather? *Quem?*

— Eu vou descobrir — respondo e me afasto, caminhando às cegas (porque meus olhos estão cheios de lágrimas) na direção de Cheryl, que ainda está sentada com a cabeça entre os joelhos. Eu me agacho ao lado dela para poder perguntar:

— Cheryl. A Lindsay e o técnico Andrews estavam indo para a cama?

— O QUÊ? — Jeff parece atônito. — O técnico A e a Lind... DE JEITO NENHUM!

Cheryl ergue a cabeça. Está vermelha por causa de todo o sangue que se acumulou ali enquanto ela estava com a cabeça abaixada. As bochechas estão todas molhadas e seus cílios compridos acumulam lágrimas que ainda não caíram.

— O técnico Andrews? — ela repete com uma fungada. — N-não. Não, claro que não.

— Tem *certeza*? — pergunto.

Cheryl faz que sim com a cabeça.

— Tenho — ela responde. — Quer dizer, o técnico A, ele... — Ela ergue os olhos para Jeff. — Hum...

— O que tem? — Jeff parece apavorado — O técnico A *o quê*, Cher?

Cheryl suspira e olha para mim de novo.

— Bom, ninguém tem certeza — ela diz. — Mas sempre achamos que o técnico A fosse gay.

— *O QUÊ?* — agora é Jeff que parece à beira das lágrimas. — O técnico Andrews? De jeito nenhum. *DE JEITO NENHUM!*

Cheryl olha para mim surpresa, com os olhos cheios de lágrimas.

— Você está vendo por que guardamos nossas desconfianças para nós mesmas — ela diz.

— Estou — respondo. Encosto de leve no pulso dela. — Obrigada.

Então eu saio, passando pelo Pete para sair do refeitório e me encaminhar para o elevador.

— Heather? — Magda sai andando atrás de mim com seus saltos agulha. — Aonde você vai?

Dou um soco no botão de SUBIR e a porta do elevador se abre.

— Heather — Pete me segue até a recepção, com ar de preocupação no rosto. — O que está acontecendo?

Eu ignoro os dois. Entro no elevador e aperto o botão do 12º andar. Enquanto a porta se fecha, vejo Magda vindo na minha direção, tentando impedir que eu vá sozinha.

Mas é melhor que ela não venha comigo. Não vai gostar do que eu vou fazer. *Eu* não vou gostar do que vou fazer.

Mas alguém tem que fazer isto.

Quando a porta se abre no 12º andar, saio batendo os pés na direção do quarto 1218. O corredor (que a AR decorou com imagens do Tigrão, já que é fã do Ursinho Puff... só que é um Tigrão irônico, porque ela colocou dreadlocks nele) está em silêncio. Só passa um pouco das nove, e as garotas que não estão na aula, estão dormindo.

Mas tem uma delas que eu pretendo acordar, totalmente.

— Aqui é da sala do diretor — eu grito, batendo na porta com o punho. Nós não temos permissão para entrar em nenhum quarto antes de nos anunciar.

Mas isso não significa que a gente tenha que esperar o residente atender a porta. E eu não espero. Enfio minha chave mestra na fechadura e viro a maçaneta.

Kimberly, como eu esperava, está encolhida na cama. A cama de solteiro idêntica da colega de quarto dela (que tem até a mesma colcha, em branco e dourado, as cores da faculdade) — está vazia. Kimberly se senta na cama, parecendo meio tonta.

— O-o que está acontecendo? — ela pergunta, sonolenta. — Meu Deus, o que *você* está fazendo aqui?

— Saia já da cama — eu digo a ela.

— O quê? Por quê? — Apesar de ter acabado de despertar de um sono profundo, Kimberly Watkins está bonita. O rosto dela (ao contrário do meu, quando acabo de acordar) não está coberto com várias pomadas antiespinha e cremes antirrugas, e o cabelo dela, em vez de estar todo arrepiado de um jeito cômico, cai em camadas perfeitamente lisas ao lado do rosto.

— Está pegando fogo em alguma coisa? — Kimberly pergunta.

— Não tem incêndio nenhum — eu respondo. — Vamos.

Kimberly se arrastou para fora da cama e está lá parada, com uma camiseta enorme da Faculdade de Nova York, cueca samba-canção e meias cinzentas volumosas nos pés.

— Espere — ela diz, colocando um cacho de cabelo atrás da orelha. — Aonde nós vamos? Preciso me vestir. Tenho que escovar os...

Mas eu já a peguei pelo braço e a puxo porta afora. Ela tenta resistir, mas, francamente, eu sou muito maior que ela. Além disso, estou totalmente acordada, e ela, não.

— Pa-para onde você está me levando? — Kim gagueja, tentando me acompanhar enquanto eu a arrasto na direção do elevador. Sua única alternativa é me deixar arrastá-la, e ela parece perceber que estou totalmente disposta a fazer exatamente isso.

— Tenho uma coisa para mostrar a você — é a minha resposta.

Kimberly fica piscando, nervosa.

— Eu não quero ver.

Por um minuto, considero a hipótese de jogá-la contra a parede mais próxima, como se ela fosse uma bola de handebol. Em vez disso, digo:

— Bom, você vai ver. Você vai ver o que eu quero mostrar e depois a gente conversa. Entendeu?

O elevador ainda está parado no 12º andar. Eu a puxo para dentro da cabine e aperto o botão do térreo com força

— Você é louca — Kimberly diz com voz trêmula enquanto descemos. Ela está começando acordar. — Sabe de uma coisa? Você vai ser demitida por causa disso.

— Ah, é? — dou risada. Porque essa foi a coisa mais engraçada que ouvi o dia todo.

— É sério. Você não pode me tratar desse jeito. O reitor Allington vai ficar louco da vida com você quando descobrir.

— O reitor Allington — eu digo ao chegarmos ao térreo e a porta do elevador se abrir — pode ir se ferrar.

Eu a arrasto pelo corredor, passando pela frente da minha sala e me encaminhando para a recepção, onde a aluna de plantão até chega a tirar os olhos da *Cosmo* que está lendo, roubada da caixa de correio de alguém, e olha para mim, chocada. Pete, que está conduzindo os bombeiros para dentro do prédio para no meio de sua iniciativa de coordenação e fica me encarando. (Por que será que quando a gente liga para a emergência, seja por causa de um residente louco de anfetamina ou por causa de ossos humanos encontrados no triturador de lixo, os bombeiros de Nova York sempre conseguem chegar antes de todo mundo?)

— Espero que você saiba o que está fazendo — Pete diz enquanto arrasto Kimberly na frente dele.

— Não fique aí parado — Kimberly grita. — Faça com que ela pare! Não vê o que ela está fazendo? Está me segurando contra a minha vontade! *Está machucando meu braço*.

O walkie-talkie de Pete começa a apitar. Ele leva o aparelho aos lábios e diz:

— Não, tudo bem aqui na recepção.

— Pseudopolicial idiota! — Kimberly diz para ele enquanto eu a arrasto refeitório adentro. Magda, que está em pé na entrada junto com seu chefe, Gerald, e vários bombeiros, parece sobressaltada. A mão dela está aberta, mostrando aos bombeiros o que ela achou. Cheryl, percebo, continua sentada ali perto, ao lado de Jeff Turner, que está pálido, mas tem expressão solene. Agarro Kimberly pela nuca e enfio a cara dela na palma da mão aberta de Magda.

— Está vendo? — eu pergunto. — Você sabe o que é isso?

Kimberly está se debatendo, tentando escapar de mim.

— Não — ela responde, mal-humorada. — Do que está falando? É melhor me largar.

— Mostre para ela — digo a Magda, e ela ergue o piercing bem na frente do rosto de Kimberly para que ela enxergue.

— Você já viu isto aqui? — pergunto a ela.

Os olhos de Kimberly estão tão arregalados que parecem moedas de 25 centavos. Seu olhar colou no objeto que Magda segura.

— Já — ela responde, com a voz fraca. — Já vi, sim.

— E o que é? — pergunto, largando a nuca dela. Não preciso mais segurar para obrigá-la a olhar. Na verdade, ela não consegue tirar os olhos daquilo.

— É um piercing de umbigo.

— De quem é esse piercing?

— Da Lindsay.

— Isso mesmo — eu digo. — É da Lindsay, sim. Sabe onde foi encontrado?

— Não. — A voz de Kimberly está começando a parecer embargada. Fico imaginando se ela vai começar a chorar ou se só está passando mal.

— No triturador de lixo — explico. — Tentaram moer o corpo da sua amiga, Kimberly. *Como se ela fosse lixo.*

— Não — diz Kimberly. A voz dela está ficando cada vez mais fraca. E isso é bem incomum para uma animadora de torcida.

— E você sabe o que a pessoa que matou a Lindsay fez com o Manuel Juarez no jogo naquela noite — eu digo. — Só porque ficaram com medo que Lindsay tivesse dito alguma coisa sobre eles. O que acha disso, hein, Kimberly?

Kimberly, ainda com a voz fraca, o rosto agora inchado de lágrimas, murmura:

— Não sei o que isso tem a ver comigo.

— Não me enrole, Kimberly — eu digo. — Primeiro você me disse que a colega de quarto podia ter matado a Lindsay por ciúme. Depois, tentou me fazer pensar que o técnico Andrews e a Lindsay estavam tendo um caso, apesar de você saber muito bem que o técnico Andrews gosta de homens...

Ouço alguém engolir em seco atrás de mim e sei que o som veio de Cheryl Haebig.

— Encare os fatos, Kimberly — eu digo, sem me virar. — Você sabe quem matou a Lindsay.

Kimberly está sacudindo a cabeça com tanta força que o cabelo cai por cima dos olhos.

— Não, eu...

— Você quer ver, Kimberly? — pergunto. — O triturador de lixo onde tentaram enfiar a Lindsay? Está todo entupido. Com o sangue e os ossos dela. Mas eu mostro para você, se quiser.

Kimberly solta um gemidinho. Os bombeiros estão me encarando como se eu fosse algum tipo de maluca. Acho que eles têm razão. Eu *sou* maluca. E não me sinto mal pelo que estou fazendo com Kimberly. Nem um pouquinho.

— Quer saber o que eles fizeram com a Lindsay, Kim? Quer saber? — Ela sacode a cabeça ainda mais, mas eu prossigo, de todo jeito. — Primeiro, alguém a estrangulou... com tanta força e por tanto tempo que os vasos capilares ao redor dos olhos dela estouraram. Ela provavelmente estava se esforçando para respirar, mas a pessoa que estava com as mãos no pescoço dela nem se importou, e não soltou. Assim, ela morreu. Mas isso não foi o bastante. Porque daí eles a cortaram em pedaços. Cortaram em pedaços e colocaram cada parte no triturador...

— Não — Kimberly está chorando agora. — Não, isso não é verdade!

— É verdade, sim. Você sabe que é verdade. E sabe do que mais, Kimberly? Você é a próxima. Eles vão vir pegar você.

Os olhos marejados de lágrimas dela se arregalam.

— Não, você está dizendo isso para me assustar!

— Primeiro a Lindsay. Depois o Manuel. Depois você.

— Não! — Kimberly se desvencilha de mim... Mas infelizmente vai parar na frente de Cheryl Haebig, que se levantou e está de pé ali, com os olhos faiscando, fixos em Kimberly.

Só Kimberly parece não perceber o olhar de fúria.

— Ai, graças a Deus — ela exclama ao ver Cheryl. — Cheryl, diga para ela... Diga para esta vaca que não sei nada! Mas Cheryl só balança a cabeça.

— Você disse para ela que a Lindsay e o técnico A estavam tendo um caso? — ela explode. — Por que faria uma coisa dessas? Sabe muito bem que não é verdade.

Kimberly, percebendo que não vai conseguir apoio de Cheryl, afasta-se dela, ainda sacudindo a cabeça.

— Você... Você não está entendendo — ela soluça.

— Ah, estou sim — Cheryl responde. Para cada passo que ela dá à frente, Kimberly dá outro passo para trás, até que as costas de Kimberly encostam na mesa de Magda, onde ela fica paralisada, olhando apavorada para o rosto de Cheryl. — Eu sei que você sempre teve inveja da Lindsay. Sei que você sempre quis ser tão querida e popular quanto ela. Mas isso não iria acontecer nunca. Porque você é uma porra de uma...

Mas Cheryl não consegue terminar a frase. Porque Kimberly desabou contra a registradora, foi caindo lentamente até o chão, formando um monte de branco e dourado, as cores da Faculdade de Nova York.

— Não — ela soluça. — Eu não fiz isso. Eu não fiz nada. Eu não matei a Lindsay!

— Mas você sabe quem matou — eu digo, dando um passo à frente. — Não sabe, Kimberly?

Ela está sacudindo a cabeça.

— Não sei! Juro que não sei! Eu só... eu sei o que a Lindsay fez.

Cheryl e eu trocamos olhares confusos.

— O que a Lindsay fez, Kimberly? — eu pergunto.

Kimberly, com os joelhos dobrados contra o peito, murmura suavemente.

— Ela roubou o bagulho dele.

— Ela fez *o quê*?

— Ela roubou o bagulho dele! Meu Deus, você por acaso é burra? — Kimberly olha para cima, para nós, por entre as lágrimas. — Ela roubou todo o bagulho dele, mais ou menos um grama de coca. Ela estava louca da vida com ele, porque ele era tão pão-duro com ela. Tipo, ela fazia um boquete nele, e ele só dava uma ou duas carreiras para ela. Além disso, ele também ficava com outras meninas além dela. Ela estava ficando louca da vida com isso.

Ao ouvir isso, Cheryl recua, em um movimento que parece involuntário.

— Você está mentindo — ela diz para Kimberly.

— Espere — eu digo, confusa. — Ela pegou a cocaína de quem? Do Doug Winer? Você está falando do Doug Winer?

— Estou — Kimberly assente, com tristeza. — Ela achou que ele não ia perceber. E, se percebesse, ia achar que foi um dos caras da fraternidade. Ah, não me olhe com essa cara, Cheryl! — Kimberly está olhando fixo para sua colega da torcida organizada. — A Lindsay não era um porra de uma santa, sabia? Não importa o que você e as outras meninas queiram acreditar. Meu Deus, eu não sei porque vocês nunca perceberam o que ela era... Uma puta que se vendia por cocaína. Que recebeu exatamente a merda que merecia!

O choro de Kimberly agora se elevou ao ponto de não conseguir mais respirar direito. Ela está apertando os braços contra a barriga como se estivesse com apendicite, os joelhos no peito, a testa nos joelhos.

Mas se Cheryl recuou, parecendo horrorizada, eu ainda não estou disposta a liberar Kimberly.

— Mas o Doug deu falta da cocaína — digo. — Ele deu falta e saiu procurando, não foi?

Kimberly assente de novo.

— Foi por isso que a Lindsay teve que entrar no refeitório. Para devolver a cocaína para ele. Porque ela tinha escondido aqui, não foi? Porque ela não achou que seria seguro deixar no quarto, onde a Ann poderia encontrar. — Ela assente com a cabeça enquanto eu falo.— Por isso ela pegou a chave com Manuel, entrou aqui, deu um jeito de fazer o Doug entrar no prédio e... E aí o que aconteceu? Se ela devolveu... Por que ela a matou?

— Como é que eu vou saber? — Kimberly ergue a cabeça bem devagar, como se estivesse muito pesada. — Só sei que, no fim, a Lindsay recebeu tudo que merecia.

— Você... — Cheryl olha para a outra menina com tanto ódio, com o peito subindo e descendo acelerado de tanta emoção, os olhos brilhando com lágrimas não derramadas. — Sua... sua... *vaca*!

É aí que Cheryl move o braço para trás para dar um tapa em Kimberly (que se encolhe), mas alguém agarra a mão de Cheryl antes que ela possa acertar o rosto de Kimberly.

— Já basta, mocinhas — diz o investigador Canavan, que se aproximou de nós por trás, com toda calma.

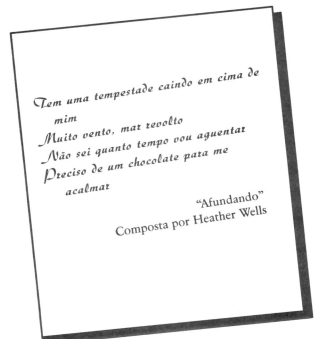

Tem uma tempestade caindo em cima de mim
Muito vento, mar revolto
Não sei quanto tempo vou aguentar
Preciso de um chocolate para me acalmar

"Afundando"
Composta por Heather Wells

— Então é isso — eu digo a Pete, enquanto estamos sentados na mesa grudenta nos fundos do Stoned Crow depois do trabalho. — Este foi o motivo do crime, é tão claro quanto o dia.

Uma olhada rápida para o rosto do segurança revela que ele está pelo menos tão confuso quanto Magda.

— O *quê*? — os dois perguntam ao mesmo tempo.

— Foi por isso que eles a mataram — eu explico, cheia de paciência. — A Lindsay andava por aí falando um monte sobre o tráfico de drogas dele. Ele tinha que fazer com que ela ficasse quieta, ou ia acabar sendo pego.

— Ninguém precisa cortar a cabeça de outra pessoa para fazê-la ficar quieta — Magda diz, indignada.

— É — Pete concorda. — Quer dizer, assassinato é um pouco de exagero, não acha? Só porque sua namorada é um pouco fofoqueira, também não precisa matar.

— Talvez ele tenha feito isso como um aviso — Sarah diz do bar, onde ela assiste um jogo de basquete de faculdade na TV suspensa. — Um aviso para os outros clientes dele. Um aviso para ficarem de boca fechada, para não sofrerem destino semelhante. Meu Deus! Ele empurrou! EMPURROU! O juiz é cego?

— Talvez — Pete responde, cutucando o burrito de micro-ondas que ele pegou na loja de conveniência ali perto. Mas esse é o preço que se paga quando o refeitório do seu local de trabalho está fechado para equipes de perícia retirarem pedaços de um corpo da pia da cozinha. O burrito é a primeira coisa que Pete consegue comer desde o café da manhã. Já, no meu caso, é a cerveja com pipoca que estou saboreando agora. — Ou talvez seja só uma coisa que um pervertido doente como Winer ache engraçado.

— Não sabemos com certeza se foi esse tal de Winer — Magda ressalta.

Pete e eu a encaramos.

— Bom — ela diz —, não dá para saber. Só porque aquela garota falou que a Lindsay ia se encontrar com ele, não quer dizer que ele *de fato* se encontrou com ela. Vocês ouviram o que o investigador falou.

— Ele falou que a gente deveria cuidar de nossa própria vida — eu lembro a ela. — Não falou nada se achava ou não que o Doug, ou o irmão dele, tinham cometido o crime.

Eu tinha puxado o investigador de lado e, depois de contar o que eu tinha observado na festa da fraternidade da noite anterior, acrescentei: "É óbvio que o Doug e o Steve (está lembrado que o Manuel disse que a Lindsay tinha mencionado o nome Steve?) mataram a Lindsay por ficar falando sobre o tráfico de drogas deles, depois deixaram a cabeça dela como aviso para os outros clientes. Você tem de prender os dois! TEM de prender!".

O Investigador Canavan, porém, não gostou de ouvir alguém dizer que ele "tinha" de fazer algo. Ele só franziu a cara para mim e disse: "Eu devia saber que era você que estava na festa da noite de ontem. Será que você não consegue ir a lugar algum sem causar confusão?".

E isso me deixou ressentida. Porque já estive em muitos lugares em que nenhuma briga começou. Muitos. Olhe só para mim aqui sentada no bar em frente ao Conjunto Fischer.

E, tudo bem, são só 17h15, então quase ninguém saiu do trabalho e o lugar está quase vazio, exceto por nós.

Mas não tem nenhuma confusão aqui. Por enquanto.

— Então, quando é que vão tomar uma atitude? — Magda pergunta. — Quando vão prender aqueles garotos?

— *Se* é que vão prender — Pete a corrige.

— Mas eles têm que prender — Magda diz, piscando por cima de sua bebida alcoólica preferida, White Russian. Pete e eu não conseguimos nem olhar para esse negócio sem engasgar um pouco. — Quer dizer, eles levaram aquela tal de Kimberly para ser entrevistada depois que ela disse aquelas coisas na nossa frente... Mesmo que ela tenha mentido para eles depois, todo mundo ouviu o que ela disse no refeitório.

— Mas será que isso serve de prova? — Pete pergunta.
— Por acaso isso não é... Como eles chamam mesmo no seriado *Law & Order*? Mera especulação?

— Está me dizendo que eles não conseguiram nem uma impressão digital naquela cozinha? — Magda pergunta. — Nem um fio de cabelo de onde possam tirar DNA, para saber quem cometeu o crime?

— Quem pode saber o que eles encontraram? — pergunto, cheia de tristeza enquanto enfio um punhado de pipocas velhas de bar na boca. Por que pipoca passada é tão gostosa, hein? Principalmente com cerveja gelada. — Nós provavelmente vamos ser os últimos a saber.

— Pelo menos o Manuel vai ficar bem — Pete diz. — O Julio falou que ele está melhorando cada dia. Mas ainda tem policiais na porta do quarto.

— O que será que ele vai fazer quando receber alta? — pergunta Magda. — Não vão colocar um policial na frente da casa dele, não é mesmo?

— Até lá, o Doug já vai ter sido preso — Sarah diz, do bar. — Quer dizer, só pode ter sido o Doug o cara que estrangulou a Lindsay. A única questão é se ele fez isso sem querer. Tipo, será que ele asfixiou a Lindsay durante algum tipo de brincadeira sexual e depois entrou em pânico? Pelo que você me disse, ele não parece ser do tipo que consegue controlar bem o próprio temperamento...

— É mesmo. Eu comentei que ele me deu uma cabeçada na barriga? — pergunto.

— Mas colocar os pedaços do corpo dela no triturador de lixo para se livrar de provas? — Sarah sacode a cabeça. — O Doug não é inteligente o bastante para pensar em uma coisa dessas... Apesar de não ter dado muito certo, porque o equipamento quebrou. Ai, meu Deus, foi falta! FALTA!

Olho por cima da tigela vazia de pipoca e vejo que Pete e Magda não são os únicos que olham incrédulos para Sarah. A atendente do bar, Belinda, uma ovelha desgarrada em estilo punk rock, com cabeça raspada e de macacão, também olha para ela sem acreditar.

Sarah percebe, olha ao redor de si e diz, na defensiva:

— Podem me dar licença? Uma pessoa tem o direito de ter interesses variados, sabiam? Posso me interessar por psicologia e por esportes também. Isso se chama ser uma pessoa culta.

— Mais pipoca? — Belinda pergunta, parecendo bastante assustada para alguém com tantos piercings no nariz.

— Ah, não — diz Sarah. — Esse negócio está passado.

— Hum — eu digo. — Vou aceitar, sim. Obrigada.

— Bom, aproveitando a deixa — Pete diz, levanta da cadeira e larga a bebida. — Eu preciso ir para casa antes que os meus filhos destruam tudo. Magda, quer carona até o metrô?

— Ah, quero sim — diz Magda, que também se levanta.

— Esperem — eu reclamo. — Acabei de pedir mais pipoca.

— Desculpe, querida — diz Magda, apertando-se para dentro de seu casaco de pele de coelho falsa. — Mas está fazendo uns dez graus negativos lá fora. Não vou andar até o metrô. A gente se vê na segunda.

— Até mais — eu respondo, triste, observando enquanto eles se afastam. Eu também iria embora, mas ainda tenho metade da minha cerveja. Não dá para simplesmente sair e largar uma cerveja assim. Seria antiamericano.

Só que, um minuto depois eu já me arrependo de não ter aproveitado a chance de escapar quando deu, porque a porta abre e, adivinhe só quem entra? Ninguém menos que... Jordan.

— Ah, aí está você — ele diz ao me avistar, imediatamente. Mas isso não é nem um pouco difícil, já que não tem ninguém no bar além de mim, Sarah e dois sujeitos que têm cara de ser do Departamento de Matemática jogando sinuca. Jordan se acomoda na cadeira que Pete acabou de vagar e vai explicando, enquanto tira o casaco: — O Cooper disse que você às vezes vem aqui depois do trabalho.

Olho para ele por cima da cerveja. Não sei por quê. Acho que é porque ele mencionou o nome de Cooper. Cooper não está no topo da minha lista de pessoas favoritas no momento.

Aliás, o irmão dele também não.

— Que lugar legal — Jordan diz e olha ao redor de si. É óbvio que está sendo sarcástico. A ideia dele de lugar legal é o bar do hotel Four Seasons, que não está exatamente dentro do alcance do meu poder aquisitivo. Não mais.

— Bom, você me conhece — eu digo, de um jeito mais leve do que realmente me sinto — Para mim, só o melhor.

— É — Jordan para de olhar em volta e olha para mim em vez disso. Isso é até pior, de certo modo.

Sei que não estou exatamente encantadora no momento. A correria maluca da noite anterior só piorou as bolsas sob meus olhos e, para falar a verdade, não lavei o cabelo hoje de manhã. Eu tinha lavado à noite, para tirar o cheiro da fumaça de cigarro da casa da Tau Phi. Dormir com o cabelo molhado faz com que fique... bom, meio sem brilho no dia seguinte. Acrescente a isso o fato de eu estar vestindo minha segunda melhor calça jeans (ainda não consegui substituir a que está com manchas de sangue no joelho), que não está exatamente folgada, por isso preciso me preocupar toda hora com o fato de ela estar marcando muito na frente... Bom, acho que já deu para entender.

Mas Jordan também não está nada atraente hoje. Ele está com olheiras no lugar onde eu tenho bolsas e o cabelo dele está ainda mais amassado do que o meu. Fios louros se espetam em tufos na cabeça toda.

— Quer uma cerveja? — pergunto a ele, já que Belinda está nos olhando com ar questionador.

— Ai, meu Deus, não — ele diz, e estremece. — Nunca mais vou beber depois de ontem à noite. Acho mesmo que alguém colocou alguma coisa na minha bebida. Eu só tomei um...

— Você me falou que bebeu dez taças de vinho antes de sair de casa — eu lembro a ele.

— É — diz Jordan com uma cara de *E daí?* — Eu faço isso quase toda noite. E nunca fiquei tão mal quanto ontem.

— Por que é que alguém iria colocar alguma coisa na sua bebida? — pergunto. — Você não é um cara que tem problemas para transar com alguém que não conhece.

Ele olha com ódio para mim.

— Ei! — ele diz. — Isso não é justo. E não sei porque alguém faria isso. Talvez fosse, sei lá, uma garota feia, ou alguém com quem eu normalmente não ficaria.

— Não vi nenhuma menina feia naquela festa. — Mas logo me animo. — Talvez tenha sido um cara! Todo mundo sabe que esses garotos de fraternidade têm homossexualidade latente.

Jordan faz uma careta.

— Faça-me o favor, Heather... Vamos mudar de assunto, pode ser? Basta dizer que eu nunca mais vou beber.

— Bom, assim o brinde com champanhe amanhã vai ser meio chato, com certeza — digo.

Jordan passa os dedos pelas inicias que alguém entalhou no tampo da mesa, sem me olhar nos olhos.

— Olhe, Heather — ele diz. — Sobre ontem à noite...

— Não sei onde os seus esquis foram parar, Jordan — aviso. — Eu liguei para o Edifício Waverly e o segurança disse que ninguém deixou nenhum esqui lá, então, é óbvio que foram roubados. Sinto muito, mas...

— Eu não me importo com a porcaria dos esquis — ele diz. — Estou falando de nós dois.

Olho para ele, espantada. Depois me lembro de que Cooper devia tê-lo levado para casa hoje de manhã.

Ai, não.

— Jordan — eu me apresso em dizer. — Eu *não* estou mais apaixonada por você. Não me importo com o que o Cooper disse para você, certo? Claro que eu já fui apaixonada por você. Mas já faz muito tempo, e as coisas mudaram...

Ele olha para mim, espantado.

— O Cooper? Do que você está falando?

— Ele não deu uma carona para você voltar para casa hoje de manhã?

— Deu sim. Mas nós não falamos de você. Falamos da mamãe e do papai. Foi legal. Eu não falava com o Cooper assim, cara a cara, há muito tempo. Acho que acertamos algumas das nossas questões. Quer dizer, das nossas diferenças. Ambos concordamos que não somos nem um pouco parecidos... Mas que tudo bem. Independentemente da relação que ele possa ter com a mamãe e o papai, não é motivo para nós dois não nos darmos bem.

Fico olhando para ele. Não dá para acreditar no que estou ouvindo. Cooper não suporta Jordan. Tanto que se recusa a atender os telefonemas dele e não abre a porta quando ele vai à casa dele.

— Uau — eu digo. — Isso é... é... Bom, uma evolução. Que bom para vocês.

— É — Jordan diz. Ele não para de passar os dedos no escrito da mesa. — Acho que eu o convenci a ir ao casamento amanhã. Quer dizer, ele não concordou em ser o padrinho como eu havia pedido, mas disse que iria.

Fico chocada de verdade. Cooper não suporta a família, e agora está planejando ir a um megacasamento na Catedral St. Patrick, com recepção no Plaza, junto com aquela gente? Esse não é o tipo de evento de que ele gosta, de jeito nenhum...

— Bom — eu falo, já que não sei mais o que dizer. — Isso é incrível, Jordan. Estou muito feliz por você, de verdade.

— Isso realmente é muito importante para mim — diz Jordan. — A única coisa melhor que isso seria... Bom, se você tivesse concordado em ir ao meu casamento amanhã, Heather.

Aperto minha cerveja na mão.

— Ah, Jordan — digo. — É muito gentil da sua parte, mas...

— É por isso que para mim é tão difícil dizer o que vou dizer agora — Jordan prossegue, como se eu não tivesse dito nada. — E é o seguinte, Heather. — Ele estica a mão dele por cima da mesa pegar na minha mão que não está segurando o copo de cerveja e depois me olha com franqueza nos olhos. — Isso me dói muito, mas... Não posso deixar você ir ao meu casamento amanhã...

Fico olhando para ele sem entender nada.

— Jordan — digo. — Eu...

— Por favor, deixe-me terminar — Jordan diz, apertando minha mão. — Não é que eu não queira você lá, Heather. Mais do que qualquer pessoa no mundo, quero você lá. Você é a pessoa que esteve mais próxima de mim por mais tempo na minha vida. Se é que tem alguém que eu queira ao meu lado no acontecimento mais importante da minha vida, essa pessoa é você.

— Hum, Jordan — eu digo. — Estou lisonjeada. Realmente estou. Mas a pessoa que você mais quer ao seu lado não deveria ser...

— É a Tania — Jordan interrompe.

— Certo — eu falo. — Foi o que eu quis dizer. A Tania não deveria ser a pessoa que você mais quer ter ao seu lado? Levando em conta que é com ela que você...

— Não, é a Tania que não quer que você vá — Jordan diz. — Não depois do que aconteceu ontem à noite. Ela não ficou nada feliz quando descobriu que passei a noite com você...

— Meu Deus, Jordan! — eu solto, arranco a minha mão da dele e olho rapidamente para Sarah e Belinda, para me assegurar de que elas não ouviram nada. — Você não passou a noite comigo! Você passou a noite no sofá da sala da casa do seu irmão!

— Eu sei disso — diz Jordan, dignando-se a ficar vermelho. — Mas a Tania não acredita. Veja bem, a Tania acha que você ainda me ama e...

— Ai, meu Deus — eu exclamo de novo. — Por que todo mundo acha que ainda gosto de você? Eu não gosto! Eu parei de amar você muito antes de eu ter dado de cara com a Tania com o seu...

— Ei, espere aí — Jordan diz, abaixando a cabeça enquanto os dois nerds da matemática olham para nós com interesse. — Não precisa usar esse tipo de linguagem.

— Mas falando sério, Jordan — digo. — Eu parei de amar você na época em que estávamos em turnê no Japão, lembra? E você ficava visitando todos aqueles templos. Só que não tinha templo nenhum, tinha?

Jordan fica mais vermelho ainda.

— Não. Eu não sabia que você sabia. Você nunca disse nada.

Dou de ombros.

— O que eu poderia dizer? Além disso, achei que você ia acabar superando essa fase. Mas você não superou.

— É que eu nunca tinha conhecido uma mulher capaz de fazer aquelas coisas com uma bola de pingue-pongue — diz Jordan, com voz sonhadora.

— É — eu respondo, ríspida. — Sorte sua a Tania ser uma moça de muitos talentos.

O nome da noiva dele faz com que ele desperte de seu transe, como eu sabia que aconteceria.

— Então, para você tudo bem, mesmo? — ele pergunta com expressão preocupada. — Não ir ao casamento?

— Jordan, eu nunca tive intenção de ir ao seu casamento amanhã. Está lembrado? Eu já *disse* isso. Tipo umas cinco vezes.

Ele tenta pegar na minha mão de novo.

— Heather — ele diz, olhando para meus olhos vermelhos com os dele, também cansados. — nem consigo dizer o
que isso significa para mim. Isso prova que, não importa o
que aconteça, você ainda se preocupa comigo... Pelo menos
um pouco. E espero que acredite quando digo que sinto muito
pelo jeito como as coisas terminaram. Mas está na hora de
eu começar uma vida nova, com a minha nova parceira. Se
isso serve de consolo, espero que você um dia também encontre alguém para dividir sua vida.

— Jordan — eu digo e me inclino para frente para dar
um tapinha carinhoso na mão dele. — Eu já encontrei outra
pessoa. O nome dela é Lucy.

Jordan faz uma cara estranha e solta minha mão.

— Estou falando de um homem, Heather, não um cachorro. Por que você sempre tem que fazer piada com tudo?

— Não sei — respondo, com um suspiro. — Eu sou esse
tipo de garota, eu acho. Você tem sorte de ter escapado na
hora certa.

Jordan me olha com tristeza, sacudindo a cabeça.

— Você nunca mais vai ser como era quando nos conhecemos, não é mesmo? Você era tão doce naquela época. Nunca
era cínica.

— Isso era porque, naquela época, o meu namorado não
achava que estava perdendo alguma coisa pelo fato de eu não
fazer truques vaginais com uma bola de pingue-pongue —
explico a ele.

— Já chega — Jordan diz, veste o casaco e levanta. —
Vou andando. A gente se vê... Bom, mais tarde.

— Depois que você voltar da lua de mel — respondo. —
Para onde você vai, afinal?

Jordan não consegue olhar olho no olho.

— Para o Japão. A Tania vai fazer turnê lá.

— Bom — respondo. — *Ja mata.*

Jordan sai do bar batendo os pés, bem aborrecido. Só depois que ele já foi embora Sarah para de prestar atenção ao jogo (está passando um comercial) e diz:

— Caramba. Mas o que você disse a ele, afinal?

Dou de ombros.

— Tchau.

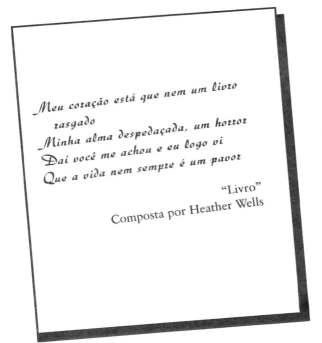

Meu coração está que nem um livro rasgado
Minha alma despedaçada, um horror
Daí você me achou e eu logo vi
Que a vida nem sempre é um pavor

"Livro"
Composta por Heather Wells

Depois do dia que tive, estou ansiosa por uma noite sozinha. Estou planejando pegar meu velho violão e dar a ele uma ginástica daquelas e depois acender a lareira e me acomodar no sofá para assistir a todos os programas de TV que eu gravei ao longo da semana. Acho que ainda tem um pouco de comida indiana na geladeira. Eu vou mandar ver nos samosas e no nan, além das reprises de *America's Next Top Model*. Por acaso existe algum programa melhor para sexta-feira à noite? Principalmente uma sexta que vem depois de uma semana inteira lidando com corpos sem cabeça e rapazes de fraternidade.

Só que, quando entro pela porta da frente do prédio de Cooper, percebo que esqueci de equacionar uma coisa no meu plano. É que agora moro com meu pai.

O cheiro me atinge no minuto em que entro no corredor. Impossível confundir com qualquer outro. Alguém está cozinhando os bifes que dei uma fugidinha do trabalho para comprar no Jefferson Market. Os bifes que eu comprei para mim e Cooper, mas que nunca tive a chance de preparar por causa de... Bom, por causa de tudo o que aconteceu.

Tiro o casaco e me esgueiro até a cozinha. Meu pai está lá de avental na frente do fogão, preparando meus bifes em uma frigideira de ferro, com os cogumelos e as cebolas que eu também trouxe. Ele arrumou a mesa para duas pessoas, com guardanapos, velas acesas e tudo mais. Lucy, enrolada em uma de suas muitas camas de cachorro (é o Cooper que fica comprando essas camas sem parar, não eu. Ele acha que são fofas), levanta a cabeça quando eu entro e balança o rabo, mas só isso. É óbvio que ela já saiu hoje.

— Bom — eu digo. Tenho que falar alto para ser ouvida por cima da música de Bollywood que meu pai colocou para tocar no som de Cooper. — Está esperando companhia?

Meu pai se sobressalta e se vira. Ele está tomando uma das minhas Coca Light. Ele até derrama um pouco, porque se virou de um jeito meio abrupto.

— Heather — ele exclama. — Você chegou! Não ouvi você entrar.

Fico olhando os bifes. Não consigo evitar. Estavam na *minha* geladeira, no meu apartamento, no andar de cima. É verdade que nunca tranco a porta lá, mas isso não significa que homens estranhos são bem-vindos para bisbilhotar por lá e ficar mexendo nas minhas coisas.

Porque meu pai *é* um estranho. Para mim. Quer dizer, de certo modo.

— Espero que não se importe — meu pai diz, aparentemente percebendo para onde estou olhando. — Achei que era melhor alguém fritar esses bifes, ou iam estragar. Eu fui até o seu apartamento para procurar o telefone da sua mãe.

— Na *geladeira*? — pergunto.

— Eu só estava tentando adivinhar o que você gosta de comer — ele diz, todo gentil. — Parece que eu mal conheço você. Desculpe, você estava guardando esses bifes para alguma ocasião especial? Porque se estivesse, devia ter guardado no freezer. Assim eles durariam mais.

O cheiro de carne fritando e das cebolas é delicioso, está me deixando meio tonta.

— Eu meio que estava guardando os bifes... Mas tudo bem — respondo, um pouco triste. Não faz mal, porque, pelo menos de acordo com Gavin, Cooper acha que ainda estou loucamente apaixonada pelo irmão dele. Fazer um jantar para ele não vai mudar isso. Acho que eu vou ter que recorrer a lançar bolas de pingue-pongue do meu ying-yang no palco antes que alguém acredite que esqueci Jordan. Incluindo o próprio Jordan.

— Ah, que bom — meu pai diz. — Porque estão quase prontos. Você gosta do seu bife mal passado, certo?

Ergo as sobrancelhas, espantada de verdade.

— Espere... Você preparou os bifes para *mim*?

— E para quem mais? — meu pai parece meio surpreso.

— Bem — mordo o lábio inferior. — Uma amiga, talvez?

— Heather, só faz uma semana que eu saí da prisão — meu pai diz. — Não deu tempo de arrumar amiga nenhuma.

— Bom, então para o Cooper — digo.

— O Cooper está ocupado com o último caso dele — meu pai responde. — Então, acho que vamos ser só nós dois. Eu não tinha certeza de quando você estaria em casa, é claro, mas arrisquei. Sente-se. Tem uma garrafa de vinho ali. Espero que não se importe de beber sozinha. Eu só tenho bebido refrigerante ultimamente.

Chocada, puxo uma cadeira e me afundo nela, tanto por não ter certeza se consigo ficar em pé quanto porque ele me pediu para sentar.

— Pai — eu digo, olhando para a mesa toda arrumadinha. — Pai, você não precisa fazer jantar para mim. Nem café da manhã, aliás.

— É o mínimo que posso fazer — meu pai responde. Ele tira os bifes da frigideira e coloca em dois pratos com os cogumelos e as cebolas. — Vou deixar repousarem um pouquinho. — Ele explica. — Assim fica mais gostoso. A carne fica mais suculenta. Então… — ele puxa uma cadeira na frente da minha e senta. — Como foi o seu dia?

Eu fico olhando fixo para ele por um minuto e me sinto tentada a realmente contar para ele: *Bom, pai, não foi muito bem não, para falar a verdade. Nós descobrimos o que aconteceu com o resto de Lindsay Combs, e não foi nada bonito. Depois, eu me envolvi em um embate físico com uma aluna, e quando os meus chefes souberem disso, eu provavelmente vou ser demitida.*

Mas, em vez disso, eu respondo:

— Foi bem, acho. E o seu? — porque não estou a fim de entrar em detalhes.

— Foi bom, foi bom — diz meu pai. — O Cooper me fez

seguir um sujeito do escritório até o compromisso de almoço dele, e depois de volta ao escritório.

Faço cara de espanto. Muito espanto. Não dá para acreditar que eu finalmente estou descobrindo o que Cooper fica
fazendo o dia inteiro.

— É mesmo? E quem contratou o Cooper para seguir o
sujeito? O que ele supostamente aprontou?

— Ah, não posso contar nada disso para você. Tem a ver
com a confidencialidade entre cliente e detetive — meu pai
diz, em tom agradável. — Aqui está. — Meu pai serve uma
taça de vinho tinto e me entrega.

— Mas eu trabalho para a empresa — digo. — A confidencialidade entre cliente e detetive me inclui.

— Ah, não, acho que não — meu pai responde, balançando a cabeça. — O Cooper foi bem claro a respeito de eu
comentar alguma coisa sobre o assunto com você.

— Mas isto não é justo! — reclamo.

— Ele falou que você diria isto. Sinto muito, querida. Mas
parece que ele realmente prefere que você não saiba de nada,
por causa de sua tendência a se envolver em situações que
não devia, como esse negócio do assassinato no alojamento.
Acho que os bifes já estão prontos.

Meu pai se levanta para pegar a comida. Dou um gole no
vinho, olhando torto para a chama das velas.

— Conjunto Residencial Estudantil — eu digo, enquanto
ele coloca um prato cheio de bifes perfeitos na minha frente.

— Desculpe?

— É um Conjunto Residencial Estudantil — eu digo. —
Não um *alojamento*. Quando a gente diz alojamento, não
incentiva a noção calorosa de comunidade, e é isso que bus-

camos. Bom, menos o negócio do assassinato sem sentido.
— Corto um pedaço da carne e mastigo. É o céu. O tempero está perfeito.

— Entendo — meu pai diz. — É mais ou menos pelo mesmo motivo que chamávamos Englin de campo, não do que era na verdade: uma prisão.

— Sei — respondo e tomo um gole de vinho. — Assim você se esquecia das facas improvisadas e se concentrava nas escutas.

— Ah, não. Lá ninguém usava faca improvisada — meu pai diz, com uma risada. — Gostou do seu bife?

— Está ótimo — respondo e engulo mais um pedaço. — Bom, então, já que estamos trocando amenidades a respeito do nosso local de trabalho, ou de encarceramento, o que está acontecendo? Por que está aqui, pai? Não é por não ter nenhum outro lugar para ir, porque eu sei que você tem muitos amigos ricos com quem poderia ficar em vez de mim. E este papinho de querer conhecer sua filha melhor... desculpe, mas não caio nesta. Então, vamos ser sinceros. Qual é a jogada? E, por favor, saiba que eu sou mais pesada do que você, disto eu tenho bastante certeza.

Meu pai solta o garfo e dá um suspiro. Depois toma um gole de Coca Light e diz:

— Você é tão parecida com sua mãe que é inacreditável.

Tenho aquela sensação de animosidade que sempre toma conta de mim quando ele diz isso. Mas, desta vez, eu seguro a onda.

— É, acho que você já deixou essa sua opinião bem clara — digo. — Então, vamos avançar mais um pouco. Por que você foi procurar o número de telefone da mamãe no meu apartamento?

— Porque — meu pai responde — já faz alguns anos que estou trabalhando em uma espécie de programa. Ele inclui certos passos que o praticante deve seguir e, no final, espera-se atingir a iluminação espiritual. E um dos passos é se desculpar com as pessoas a quem fez mal. É por isso que eu queria o telefone da sua mãe. Para tentar me desculpar.

— Pai — eu digo. — A mamãe *abandonou* você. Não acha que ela deveria pedir desculpas? Para nós dois?

Meu pai sacode a cabeça.

— Eu prometi a sua mãe quando me casei com ela que eu a amaria e a apoiaria. E não só do ponto de vista emocional. Prometi que a sustentaria financeiramente, principalmente enquanto ela ficasse em casa para criar você. Quando fui para a prisão, fui forçado a não cumprir minha parte do acordo. É minha culpa, na verdade, a sua mãe ter sido obrigada a colocar você na estrada para conseguir sustentar as duas.

— Certo — respondo, com sarcasmo. — Será que ela não podia simplesmente ter arrumado um trabalho de recepcionista no consultório de algum médico? Ela precisava mesmo sair exibindo a filha com dons artísticos para plateias enormes em shopping centers?

Meu pai estala a língua, em sinal de desaprovação.

— Veja bem, Heather — ele diz. — Não vá reescrever a história. Você adorava cantar. A gente não conseguia arrancar você do palco. Pode acreditar, eu tentei. A sua mãe só fez o que achou certo... E você com certeza nunca reclamou.

Largo o garfo.

— Pai, eu tinha 11 anos de idade. Acha mesmo que eu seria capaz de tomar esse tipo de decisão sozinha?

Meu pai fica olhando para o garfo dele.

— Bom, essa questão você vai ter que discutir com a sua mãe. Receio que, na época, eu já estivesse em posição que me impossibilitava de me envolver diretamente na sua educação.

— É verdade — respondo. E até parece que algum dia eu terei oportunidade de "discutir" as minhas questões pendentes com a minha mãe. Isso é algo meio difícil de se fazer por telefone. Apesar de meu pai parecer bastante disposto a tentar — Então... Você achou o número do telefone dela?

— Achei — meu pai responde. — Estava na sua caderneta de telefone. Lá tinha uns endereços bem velhos, sabe? Você devia comprar uma caderneta nova. Posso fazer isso para você amanhã.

Ignoro a oferta.

— Você ligou para ela?

— Liguei — diz meu pai.

— E você pediu desculpas?

— Eu tentei — diz meu pai. — Mas, como você sabe, a sua mãe consegue ser uma pessoa bem difícil. Ela se recusou a admitir que eu a magoei de algum jeito. Aliás, ela me lembrou, como você mesma acabou de fazer, que ela é que *me* abandonou, e que se alguém deveria se desculpar, tinha que ser era ela. Mas ela nem se importa porque, de acordo com ela mesma, eu mereço tudo que me aconteceu.

Assinto com a cabeça.

— É, isso parece bem coisa da minha mãe mesmo. É um saco quando você diz que sou igual a ela, aliás. Se você tentasse me pedir desculpas, eu seria mais receptiva.

— Bom — meu pai diz —, fico feliz, porque você é a próxima da minha lista.

Dou de ombros.

— Desculpas aceitas.

— Eu ainda não pedi desculpas.

— Pediu sim — eu respondo. — Este jantar já basta. Está delicioso.

— Este jantar não é o suficiente — diz meu pai. — Você não teve uma figura paterna durante seus anos de formação na adolescência. Esse é o tipo de mágoa que não pode ser curada só com um jantar como este.

— Bom — eu digo. — Agora que você mora aqui, pode curar essa mágoa com vários jantares como este. Tipo, toda sexta-feira ou algo assim. Mas talvez seja bom variar um pouco o cardápio. Eu gosto de costeletas de porco. Ah, e de frango frito.

— Heather — meu pai diz, parecendo triste. — Comida não pode servir como um bálsamo para todos os danos que causei a você. Eu sei que, de todas as pessoas que magoei quando desrespeitei a lei, foi você quem mais sofreu. Deixei você sozinha com sua mãe, que fez você se apresentar nos shopping centers. Mesmo que tenha gostado, isso não é jeito de passar a infância, morando em um trailer e viajando de shopping em shopping, sendo explorada pela única pessoa que deveria estar cuidando do seu bem-estar.

— *Foi* mais divertido do que ir para a escola — observo. — E, como você bem disse, era difícil alguém conseguir me tirar do palco naquela época.

— Mas você perdeu algumas das alegrias normais da infância. E não posso deixar de achar que essa privação é em parte a causa de você ser assim hoje.

Olho bem fixo para ele.

— O que tem de errado no jeito como eu sou hoje? — pergunto.

— Bom, uma das coisas é que você já está quase com 30 anos e não tem marido nem filhos. Você parece não se dar conta de que a família é a coisa mais importante do mundo... Não aquele violão que eu escuto você arranhando tarde da noite e nem o seu trabalho. *Família*, Heather. Ouça o conselho de alguém que perdeu isso... A família é o que importa.

Solto meu garfo e digo em um tom bem suave:

— Existem muitos tipos diferentes de família hoje em dia, pai. Nem todas são formadas por marido, mulher e filhos. Algumas são formadas por uma mulher, um cachorro, um detetive particular, o pai dela, a melhor amiga dela e as várias pessoas com quem ela trabalha. Isso sem falar no traficante de drogas da rua. Para mim, se você gosta de alguém, essa pessoa já se torna automaticamente parte da sua família, não?

Meu pai digere a informação e então diz:

— Mas você não se preocupa com o fato de que, se não tiver filhos, não vai ter ninguém para cuidar de você quando ficar velha?

— Não — respondo. — Porque eu poderia ter filhos e eles poderiam acabar me odiando. Acredito que tenho amigos que se importam comigo hoje, e que esses amigos provavelmente vão cuidar de mim quando eu estiver velha. Nós vamos cuidar uns dos outros. E, nesse meio tempo, deposito tudo que posso no meu plano de previdência e separo o máximo possível para a minha aposentadoria também.

Meu pai olha para seu próprio bife. Fico perturbada ao perceber que há lágrimas em seus olhos.

— Isso é muito profundo, Heather — ele diz. — Principalmente porque estou vendo que, de muitas maneiras, essa gente que você chama de família tem sido muito mais legal com você do que as pessoas do seu próprio sangue.

— Bom — eu admito. — Pelo menos nenhuma dessas pessoas roubou todo o meu dinheiro e fugiu do país. Ainda.

Meu pai levanta a lata de Coca Light dele:

— Vou brindar a isso — ele diz.

Encosto minha taça de vinho na lata dele e fazemos um brinde.

— Então você realmente não se incomoda se eu ficar por aqui para tentar consertar a situação entre nós? — ele diz depois que terminamos o nosso brinde — Apesar de você dizer que não é necessário?

— Eu não me incomodo — respondo. — Contanto que não ache que eu vou cuidar de você na sua velhice. Porque só comecei a depositar dinheiro no plano de previdência há alguns meses. Eu não tenho recursos suficientes nem para sustentar a mim mesma, que dirá um pai idoso.

— Já sei o que podemos fazer —meu pai diz. — Por que não combinamos de nos apoiar apenas do ponto de vista emocional?

— Para mim está bom — eu digo, garfando o meu último pedaço de bife.

— Parece que você está pronta para a salada — meu pai diz.

Ele se levanta, vai até a geladeira e tira de lá a saladeira na qual Jordan (ainda bem) não vomitou. Parece estar cheia com diversos tipos de alface, alguns tomates-cereja e (para a minha alegria) croutons.

— Vou temperar — diz meu pai, e começa a fazer isso. — Espero que goste de molho gorgonzola.

Sem esperar pela resposta (afinal, é sério, por que precisaria de resposta? Quem é que não gosta de molho gorgonzola?), prossegue:

— Agora, vamos falar de você e do Cooper.

Eu quase engasgo com o gole de vinho que tomei.

— É só a minha opinião — meu pai diz —, e faz tempo que eu não saio com ninguém, admito. Mas se você quer mesmo que as coisas evoluam romanticamente com ele, eu sugeriria que você não passasse tanto tempo com o irmão mais novo dele. Sei que você e o Jordan ficaram muito tempo juntos, e isso é difícil de superar. Mas percebo um certo atrito com Cooper no que diz respeito à família dele e, se eu fosse você, limitaria meus contatos com eles. Principalmente com o Jordan.

Espeto com força algumas folhas de alface que ele serviu no meu prato.

— Nossa, pai — eu digo. — Obrigada pela dica. — Afinal, o que mais eu poderia dizer? Não vou conversar sobre a minha vida amorosa (ou a ausência dela) com o meu *pai*.

Mas parece que ele nem se dá conta disso, porque continua falando.

— Acho que, depois que o Jordan se casar, e que o Cooper perceber que você finalmente o superou, vai ter mais chance com ele — meu pai senta de novo e começa a comer a salada. — Mas não iria ser ruim para você se você fizesse um pequeno esforço para ser agradável pela manhã.

Eu como mais salada.

— Bom saber — digo. — Eu vou levar isso em consideração.

— Mas parece que você realmente causou boa impressão ontem à noite — meu pai comenta.

Paro de mastigar.

— Ontem à noite? Está falando de quando o Cooper me pegou arrastando o irmão dele completamente bêbado pela porta?

— Não — meu pai diz, todo simpático. — Estou falando do fato de você ter usado saia. Devia fazer isso mais vezes. Os rapazes gostam de ver garotas de saia. Eu vi o Cooper olhando com muita atenção.

Nem me dou ao trabalho de dizer a ele que o motivo pelo qual Cooper estava olhando daquele jeito não era por gostar de me ver de saia, mas porque a saia estava *tão curta* que eu parecia uma prostituta. Cooper provavelmente estava tentando não dar risada.

Mesmo assim, isso é o tipo de coisa que não se pode dizer ao pai.

— Eu nem perguntei — meu pai diz, pouco depois, na hora da sobremesa (sorvetes Dove Bar, é claro). — Você tinha alguma coisa marcada para hoje à noite? Estou atrapalhando?

— Só *America's Next Top Model* — respondo.

— O que é isso? — meu pai pergunta, todo inocente.

— Ah, pai — digo. E mostro a ele. Quer dizer, se ele realmente quer se desculpar comigo, assistir a *ANTM* já é um bom começo.

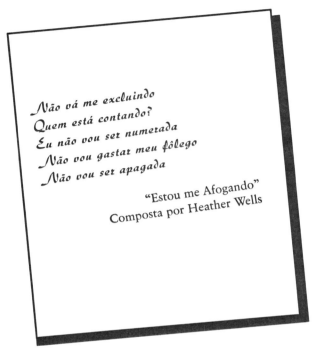

*Não vá me excluindo
Quem está contando?
Eu não vou ser numerada
Não vou gastar meu fôlego
Não vou ser apagada*

"Estou me Afogando"
Composta por Heather Wells

Meu pai dormiu depois do nosso quarto episódio de *ANTM* seguido. Acho que não posso culpá-lo por isso. Apesar de as mulheres acharem infinitamente interessante ficar assistindo moças bonitas fazendo joguinhos complicados entre si (como aconteceu hoje no refeitório, com Cheryl e Kimberly), os homens heterossexuais medianos não conseguem aguentar muitas horas disso antes de desmaiar de puro tédio (como aconteceu com o meu pai e como sempre acontece com Frank, marido de Patty).

Ele está dormindo tão profundamente que, quando o telefone toca, nem acorda. Talvez, no final das contas, tenha alguma coisa a ver com esse negócio de ioga, já que ele é capaz de dormir tão profundamente que nem acorda com um telefone tocando.

— Alô — sussurro, depois de conferir o número de quem está ligando (*Número Desconhecido*) e atender.

— Alô, Heather? — pergunta uma voz de homem que me é vagamente familiar.

— Sou eu — respondo. — Quem é?

— Ah, eu acho que você sabe quem é — diz a voz masculina. — Quem mais te telefonaria à meia-noite em uma sexta-feira?

Reflito sobre o assunto. Na verdade, não conheço ninguém que poderia me ligar a essa hora, com exceção de Patty. Mas ela não ousaria me telefonar tão tarde, agora que tem uma babá rígida que mora na casa dela.

Além do mais, Patty não tem voz de homem.

— É o... — sei que isso soa ridículo, mas digo assim mesmo. — Tad Tocco? Desculpe eu não ter ligado antes, mas andei muito ocupada.

Ouço uma risada descontrolada. Quem quer que esteja do outro lado da linha está se divertindo muito. Eu imediatamente suspeito que sejam alunos.

Alunos bêbados.

— Não, não é o Tad — diz a voz. — Na verdade, é um amigo seu de ontem à noite. Não me diga que não se lembra.

E, de repente, a lembrança daqueles olhos azuis gelados volta à tona.

E todo sangue parece sumir de minhas extremidades. Fico sentada ali, paralisada, segurando o telefone, com meu pai adormecido de um lado e Lucy do outro.

— Oi, Steve — eu consigo dizer, apesar de meus lábios terem ficado frios. — Como conseguiu meu telefone?

— Como eu podia saber o seu sobrenome e procurar, é isso que deseja saber? — pergunta Steve, dando risada. — Um passarinho me contou. Quer falar com ele? Ele está bem aqui.

Em seguida, ouço uma voz que é sem dúvida alguma a de Gavin McGoren xingando (sem parar e com muita criatividade) no telefone. Eu reconheceria esse "filhos da puta" em qualquer lugar. São os mesmos que Gavin costumava dizer quando eu o pegava surfando no elevador.

Depois ouço um som de pancada (como o de pele contra pele) e, em seguida, Steve está dizendo:

— Fale para ela, seu merda. Fale o que eu mandei você dizer.

— VÁ SE... FODER — é a resposta de Gavin.

A isto se segue um som de luta e mais pancadas. Quando ouço a voz de Steve novamente, ele está ofegante.

— Bom, acho que você entendeu a ideia — ele diz. — Estamos dando uma festa. E, desta vez, você está convidada. E para ter certeza de que você vai vir, estamos com o seu amigo Gavin aqui. Se não fizer exatamente o que eu vou dizer, ele vai sofrer lesões corporais. E isso você não vai querer, vai?

Estou tão horrorizada que mal consigo respirar. Respondo:

— Não.

— Achei mesmo que não. Vou dizer qual é o acordo. Você vem aqui. Sozinha. Se chamar a polícia, ele vai sofrer. Se você não aparecer, ele vai...

— HEATHER, NÃO — ouço Gavin começar a gritar, mas a voz dele logo é abafada

— ...acabar ficando muito machucado. — Steve conclui. — Entendeu?

— Entendi — respondi. — Eu vou lá. Mas lá onde? Na Casa da Tau Phi?

— Por favor — diz Steve, em tom entediado. — Estamos *aqui*, Heather. Acho que você sabe onde.

— No Conjunto Fischer — eu digo e o meu olhar passeia até as janelas da sala de estar, que dão para os fundos do edifício de vinte andares onde trabalho. Ainda é cedo para os padrões dos moradores do Conjunto Residencial Estudantil da Faculdade de Nova York, e isso significa que a maioria das luzes nas janelas está acesa, enquanto seus ocupantes se preparam para sair, sem nem desconfiar que no primeiro andar, no refeitório, a portas trancadas, algo terrível está prestes a acontecer.

É então que paro de sentir frio e começo a ficar com raiva. Como eles têm coragem? É sério. Como eles ousam pensar que podem escapar desta *de novo*? Será que eles realmente acreditam que vou ficar sentada sem fazer nada e deixar que transformem o Conjunto Fischer no Alojamento da Morte?

E tudo bem, talvez o lugar já seja o Alojamento da Morte. Mas não vou deixar que continue sendo.

— Heather? — a voz de Steve é calorosa em meu ouvido. É incrível como assassinos psicopatas conseguem ser sedutores quando querem. — Você ainda está aí?

— Ah, estou sim — respondo. — E já estou indo.

— Que bom — diz Steve, parecendo satisfeito. — Estamos ansiosos para ver você aqui. Sozinha, como eu disse.

— Não se preocupe — eu garanto a ele. — Eu vou sozinha. — Até parece que preciso de ajuda para chutar o traseiro magrelo dele. Steve Winer tomou uma péssima decisão ao me desafiar para um confronto no meu próprio território. Ele pode ter conseguido matar uma garota pequena como a Lindsay sem ser pego, mas se acha que uma garota como eu vai se entregar sem brigar (e, aliás, vai ser uma luta barulhenta o bastante para fazer o edifício inteiro entrar correndo pelas portas do refeitório), vai ter uma boa surpresa.

Mas ele, como o irmão, não me parece ser especialmente inteligente.

— Que bom — diz Steve. — E, lembre-se. Nada de polícia. Ou o seu namorado é um homem morto.

Ouço uma pancada e depois um grito. O grito vem de Gavin.

Eu sei que, por mais burro que seja, Steve Winer não deve ser subestimado.

Eu bato o telefone no gancho e me viro para ver meu pai se levantando da cadeira, piscando, meio desnorteado.

— Heather? — ele pergunta. — Qual o problema?

— Tem uma coisa acontecendo lá no alojamento — eu digo, pegando um pedaço de papel e escrevendo um número nele. — Quer dizer, no Conjunto Residencial Estudantil. Uma coisa ruim. Preciso que você ligue para este sujeito e diga que precisa chegar lá o mais rápido possível. Diga a ele que vou encontrá-lo no refeitório. Diga a ele para trazer reforços.

Meu pai aperta os olhos para enxergar melhor o número.

— Aonde você vai?

— Estou indo para o Conjunto Fischer — respondo e pego meu casaco. — Volto o mais rápido que puder.

Meu pai parece confuso.

Tamanho 44 também não é gorda

— Não estou gostando nada disto, Heather — ele diz. — O seu salário não basta para você ter que sair correndo no meio da noite deste jeito.

— Nem me fale — eu digo e saio porta afora.

A caminhada até o Conjunto Fischer nunca me pareceu tão longa. Mesmo correndo, parece uma eternidade para chegar lá. Em parte é por causa das calçadas escorregadias que eu tenho que atravessar, mas também, tenho certeza, por causa do jeito como meu coração está batendo feito louco dentro do peito. Se eles fizeram alguma coisa para ferir Gavin... Se eles tiverem feito um único arranhão nele...

Estou tão determinada a chegar logo que nem vejo Reggie, até colidir com ele.

— Ei, mocinha — ele grita, na hora em que nos chocamos. — Aonde vai com tanta pressa a esta hora da noite?

— Caramba, Reggie — eu digo e me esforço para retomar o fôlego. — Você nunca vai para casa, não?

— As sextas são as minhas melhores noites — Reggie responde. — Heather, qual o problema? Você está tão branca quanto... Bom, quanto uma moça branca.

— São aqueles caras — eu respondo, ofegante. — Aqueles de que eu tinha falado para você. Estão com um dos meus residentes. No refeitório. Se eu não chegar lá logo, vão machucá-lo...

— Ei, ei, ei. — Reggie me segura pelos braços e não parece disposto a me largar. — Está falando sério? Heather, não acha que eu deveria chamar a polícia?

— Já chamei! — Preciso agitar os braços feito um moinho antes de conseguir me libertar do agarrão dele. — O meu pai está chamando a polícia. Mas alguém tem que entrar lá enquanto eles não chegam...

— Por que esse alguém tem que ser você? — Reggie pergunta.

Mas já é tarde demais. Já me desvencilhei dele e saí correndo, pisando duro com minhas botas Timberland na calçada que acabou de ser limpa, com o coração na garganta.

Quando abro as portas do Conjunto Fischer, o mistério de como os irmãos de fraternidade de Doug (isso sem mencionar o irmão de verdade dele) entraram no edifício para matar Lindsay sem ter assinado o livro de registro se esclarece no minuto em que entro e vejo o segurança.

— Você! — eu exclamo. É o segurança velho e rabugento que fica na recepção do Edifício Waverly.

— Crachá — ele diz. *Nem me reconheceu.*

— Você estava no Edifício Waverly ontem à noite — digo, ofegante, e aponto para ele, com ar acusatório.

— Estava — o Segurança Velho e Rabugento responde, dando de ombros. — Lá é meu posto habitual. Eu ocupo outras posições quando tem vaga. Como aqui, hoje à noite. Preciso ver o seu crachá antes de deixar você entrar.

Estou abrindo minha carteira para mostrar minha identificação de funcionária.

— Eu sou a diretora-assistente deste edifício — digo a ele.

— Sei que você deixou um monte de Tau Phis entrarem aqui hoje à noite sem assinar o livro de registro. Do mesmo jeito que fez na segunda-feira à noite, quando eles assassinaram uma pessoa.

O Segurança Velho e Rabugento (no crachá dele está escrito Curtiss) solta um resmungo.

— Não sei do que você está falando — ele afirma, ranzinza.

— Sei — respondo. — Bom, vai descobrir daqui a um minuto, pode acreditar. Enquanto isso, quero que você telefone para o diretor do edifício e diga a ele que vá para o refeitório. E quando a polícia chegar, mande todo mundo para lá também.

— Polícia? — o Curtiss Rabugento parece espantado. — O quê...

Mas já estou passando por ele correndo.

Eu não vou na direção das portas principais do refeitório. Não vou cair na armadilha às cegas (por mais ridículo que isto possa soar). Em vez disso, saio correndo pelo corredor, passo pela porta da minha sala, depois pela da sala do governo estudantil (fechada e trancada, como sempre) e finalmente pela do chefe do refeitório e alcanço a entrada dos fundos da cozinha. A porta, como eu já sabia, está trancada.

Mas tenho a minha chave mestra. Tiro-a do bolso (com uma latinha de spray de pimenta na mão livre), destranco a porta no maior silêncio possível e entro na cozinha.

Está escuro. Como eu esperava, eles estão todos no salão do refeitório. Não deixaram ninguém de plantão na cozinha. Nem se incomodaram de acender as luzes aqui. Amadores.

Vou me esgueirando pelo espaço aberto, escutando com a máxima atenção. Dá para ouvir o murmúrio de vozes masculinas na área de alimentação. Tem alguma luz acesa lá, também... Mas não são as luzes do teto. Eles não acenderam as lâmpadas dos lustres. Em vez disso, estão usando algum tipo de iluminação bruxuleante... Lanternas?

Ou chamas?

Se estão queimando velas lá dentro, vão ter problemas. Acender velas não é permitido em nenhum dos alojamentos.

Eu não tenho muita certeza de qual é meu plano. Acho que vou me esgueirar o mais próximo que puder dos bufês para olhar por cima deles para ver o que os meninos estão fazendo. Depois, vou rastejar de volta e relatar o que vi ao Investigador Canavan quando ele chegar com reforços. Assim, ele terá uma boa ideia do tipo de pessoa com quem ele está lidando.

Engatinho por trás dos bufês quentes, pensando que realmente vou querer conversar sério com Gerald, porque isto aqui está um nojo. É sério, meus joelhos estão ficando imundos, e minha mão está em cima de alguma coisa úmida que eu sinceramente espero ser uma porção de batatinhas.

Só que batatinhas não soltam um grito estridente e pulam para longe.

Mal consigo me segurar para não berrar.

Mas ainda bem que eu me esforcei. Porque quando dou uma olhada por cima do bufê, vejo algo que me deixa horrorizada e atordoada.

São umas 12 figuras encapuzadas com vestes tipo de monge, só que em tom de vermelho-sangue, de pé, ao redor de uma das mesas do refeitório, que foi arrastada do lugar normal e colocada em uma posição de destaque no centro da sala, coberta com um pano também de cor vermelho-sangue. Em cima dela há vários itens que não consigo identificar, por estar longe demais. Mas um deles deve ser um candelabro ou algo do tipo. A luz bruxuleante que vejo vem mesmo de velas.

Não estou tão longe a ponto de não ser capaz de identificar a silhueta que está sentada em um canto com os pulsos amarrados aos braços de uma das cadeiras da sala de jantar. É Gavin. Com uma fita adesiva tapando a boca dele.

Aquilo vai doer muito quando eu tirar. Quer dizer, vai puxar todo o cavanhaque dele.

Obviamente, identifico na hora a cena que presencio. Afinal, eu assino o serviço premium dos canais a cabo. É algum tipo de ritual de iniciação de fraternidade, como naquele filme *Sociedade Secreta*.

E não quero tomar parte nisto. Gavin parece estar bem (pelo menos, não parece correr perigo iminente). Chego à conclusão de que a melhor coisa a fazer talvez seja recuar e esperar por reforços.

É por isso que volto engatinhando para a cozinha, mas o bolso do meu casaco fica preso numa vasilha de aço guardada muito baixo na prateleira. Ela cai no chão (imundo) com estrondo e, antes que eu tenha tempo para qualquer coisa, vejo um par de tênis Adidas na minha frente, saindo por baixo de uma veste vermelha.

— Vejam só o que temos aqui — diz uma voz masculina bem grave. Um segundo depois, mãos duras escorregam por debaixo dos meus braços e me colocam de pé.

Mas é claro que eu não cedo sem resistir. Ergo a mão para esguichar jato de spray de pimenta para dentro do capuz dele, mas a latinha é imediatamente arrancada da minha mão. Acontece que eu estou usando meus Timberland, o calçado mais adequado para as intrépidas diretoras-assistentes de alojamento de Manhattan. Levo o pé envolvido em aço até a canela do meu captor, e faço com que ele solte xingamentos muito criativos.

Mas, infelizmente, ele não me solta, e o único resultado disso é que outro dos caras de veste se aproxima para me segurar também. Além disso, um monte de outras vasilhas cai, fazendo uma barulheira danada.

Mas uma barulheira é o que *desejo* fazer agora. Quero que todo mundo no prédio venha correndo. É por isso que começo a gritar feito louca enquanto sou arrastada até a mesa cerimonial que os caras da Tau Phi arrumaram.

Pelo menos até Steve Winer (ou pelo menos um sujeito que eu imagino ser ele, já que é o mais alto do grupo e tem um debruado dourado na gola da veste, como se ele fosse o presidente da fraternidade) se aproximar de onde Gavin está sentado e bater no rosto dele com força com o cetro que tem na mão.

Paro de gritar. A cabeça de Gavin foi para trás com o golpe. Por um minuto, ela permanece assim. Depois, lentamente, ele vira o pescoço e vejo o corte aberto na bochecha dele... e a fúria que arde em seus olhos.

Junto com as lágrimas.

— Chega de gritar — Steve diz, apontando para mim.

— Ela me chutou também — diz o Adidas ao meu lado.

— Chega de chutar — Steve acrescenta. — Se você espernear e gritar, o garoto leva outra porrada. Entendeu?

Digo, com voz que considero relativamente calma:

— A polícia vai chegar a qualquer momento. Sei que você disse para não chamar, mas... Agora é tarde.

Steve tira o capuz para me enxergar melhor. A única fonte de luz (que é mesmo um candelabro, colocado bem no meio do altar que ele montou) não é exatamente forte, mas dá para ver a expressão dele muito bem. Só que ele não parece nada preocupado.

E isso *me* deixa preocupada.

Principalmente porque, um segundo depois, a porta dupla do refeitório se abre de supetão e Curtiss Rabugento entra com uma expressão chateada. Ele segura um sanduíche meio comido. Parece ser um Blimpie Best.

Que por acaso é um dos meus preferidos, principalmente se tiver picles adocicados e apimentados.

— Dá para fazer essa mulher ficar quieta? — ele pergunta a Steve, em tom irritado. — As pessoas estão começando a querer saber que diabos está acontecendo aqui.

Olho para ele, horrorizada. Ao ver minha expressão, Steve ri.

— Ah, sim — ele diz. — Existe gente leal à Tau Phi no mundo inteiro, Heather. Até trabalhando como seguranças em grandes faculdades urbanas.

— Apareceram uns policiais aqui — Curtiss diz para mim, dando outra mordida do seu sanduíche e falando de boca cheia. — Eu disse que não sabia do que eles estavam falando, que eu tinha passado a noite aqui e não tinha visto você. Então eles foram embora. Pareciam muito irritados, por isso acho que não vão voltar.

Olho para ele com ódio.

— Você — eu digo — está totalmente demitido.

Curtiss ri disso. Parece estar se divertindo de verdade.

— Demitido — ele diz, rindo. — Certo.

Ele se vira e se arrasta de volta para o lugar de onde veio. Olho para Steve.

— Tudo bem — eu digo. — Vamos acabar logo com isso. Mas solte o Gavin. Seu problema é comigo, não com ele.

— Nós não temos *problema* nenhum —Steve explica, com muita educação. — Com nenhum de vocês dois.

— Bom — eu olho em volta do salão, para os vários Tau Phis reunidos, imaginando qual deles é Doug. — O que eu estou fazendo aqui, então?

— Ah, eu não expliquei pelo telefone? Acho que esqueci. — Ele dá um passo adiante e ergue um faca ornamental comprida do altar que montou. Ela é toda cheia de detalhes, tem cabo dourado coberto de pedras semipreciosas.

Mas a lâmina parece bem real. E afiada.

— Iniciandos — diz Steve. — Está na hora.

E, das sombras, sai mais meia dúzia de figuras trajadas com vestes, que aparentemente estavam escondidas no fundo, perto da caixa de Magda.

— Hora do quê? — pergunto, curiosa.

— Da iniciação — Steve informa.

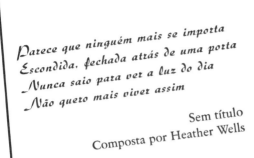

*Parece que ninguém mais se importa
Escondida, fechada atrás de uma porta
Nunca saio para ver a luz do dia
Não quero mais viver assim*

Sem título
Composta por Heather Wells

— Ah, você só pode estar brincando — eu digo, enojada.

— Iniciandos — Steve diz, ignorando a minha pergunta completamente. — Agora chegou a hora de vocês terem a oportunidade de provar sua dedicação à casa Tau Phi Epsilon.

— Sério — eu digo. — Isso é uma idiotice completa.

Steve olha para mim.

— Se você não calar a boca — ele diz —, vamos matar o seu namorado primeiro, depois você.

Olho para ele, atônita. Quero ficar quieta. Quero mesmo. Mas...

— O Gavin não é meu namorado — eu digo. — E, falando sério. Não acha que já houve assassinatos demais?

— Hum... — um dos iniciandos remove o capuz. Fico surpresa ao ver que é Jeff Turner, o namorado de Cheryl Haebig. — Com licença. O que ela está fazendo aqui?

— Cale a boca — Steve se vira de frente para Jeff. — Ninguém deu permissão para você falar!

— Mas, cara — Jeff diz. — Ela é diretora-assistente do edifício. Ela vai contar...

— Ela não vai contar nada — Steve interrompe. — Porque vai estar morta.

A notícia parece ser chocante para outros além de Jeff. Alguns dos iniciandos se agitam, incomodados.

— Cara — diz Jeff. — Isto é alguma piada?

— SILÊNCIO, INICIANDOS! — brada Steve. — Se querem ser Tau Phis, vocês têm de estar preparados a fazer sacrifícios pela causa!

— Ah, certo — eu me apresso em dizer, enquanto os iniciandos (ou pelo menos Jeff) ainda estão do meu lado. — Foi isso que a Lindsay Combs representou, Steve? Um sacrifício? Foi por isso que você a matou?

Mais movimentação nervosa entre os iniciandos. Steve se vira para olhar para mim.

— Aquela vaca traiu um membro da nossa ordem — ele responde, ríspido. — Ela tinha que ser punida!

— Certo — eu digo. — E você fez isso cortando a cabeça dela fora e moendo o corpo dela em um triturador de lixo?

Jeff olha chocado para Steve.

— Cara, foi *você*?

— Ah, foi o Steve sim — eu digo. — Só porque a Lindsay roubou...

— Uma coisa que não era propriedade dela — Steve vocifera. — Uma coisa que ela não ia devolver...

— Ela tentou — eu insisto. — Ela deixou o seu irmão entrar aqui...

— E tudo tinha sumido! — Steve grita, mais alto do que a minha voz. — Ela alegou que alguém deve ter roubado dela. Como se a gente pudesse acreditar numa coisa dessas! Ela era uma mentirosa e uma ladra. Ela mereceu ser executada pela sua traição!

— Cara. — Há mágoa e descrença no rosto de Jeff. — A Lindsay era a *melhor amiga* da minha namorada.

— Então, você deveria me agradecer — diz Steve, em tom superior. — Porque se sua namorada continuasse a se envolver com tipos como aquela mulher, ela acabaria sendo influenciada pela Lindsay e acabaria traindo você também, assim como traiu um dos nossos irmãos.

Jeff parece demorar um minuto para assimilar a informação. Mas quando ele finalmente consegue, não hesita mais nem um segundo.

— Agora chega — diz Jeff Turner, balançando a cabeça. — Estou fora. Só entrei para esta fraternidade idiota porque meu pai também pertenceu a ela. Eu não me inscrevi nela para sair por aí matando pessoas. Quer bater no meu traseiro com uma palmatória? Tudo bem. Quer me forçar a virar um engradado de cerveja? Sem problema. Mas matar garotas? De jeito nenhum. Vocês estão completamente malucos...

Enquanto diz isso, ele abaixa a mão para tirar a veste. Steve observa e sacode a cabeça, cheio de tristeza. Então ele faz um sinal com a cabeça para duas das figuras encapuzadas que formam o círculo ao redor do altar e elas atravessam a sala para dar golpes no abdômen de Jeff (enquanto ele ainda está tirando a veste), até ele cair no chão, quando então começam a chutá-lo, ignorando seus gritos de dor. Os outros iniciandos, ao ver o tratamento brutal dispensado a um de seus pares, ficam paralisados, assistindo.

Eles não são os únicos a se sentir paralisados. Eu não consigo acreditar no que estou vendo. Onde está a polícia? Eles não podem ter acreditado naquele idiota do Curtiss, podem?

Sabendo que só existe uma pessoa que poderá deter isso (ou morrer tentando) eu digo alto para os outros iniciandos, que estão parados ali, assistindo ao espancamento:

— Só para vocês saberem, aquele negócio que a Lindsay roubou? Foi a cocaína que o Doug Winer tinha no estoque.

É impossível dizer qual é a reação dos rapazes a essa informação, já que seus rostos ainda estão escondidos debaixo dos capuzes. Mas parece que eu os deixei ainda mais incomodados.

— Não deem ouvidos a ela — Steve diz para eles. — Ela está mentindo. É o que todas elas fazem... Tentam transformar nossa ordem em um bando de demônios espalhando suas mentiras maldosas a nosso respeito.

— Hum, nós não precisamos demonizar vocês, rapazes — eu digo. — Vocês mesmos já conseguem fazer isso sozinhos. Ou vai dizer que seu irmão Doug não estrangulou a namoradinha dele porque ela roubou o pozinho preferido dele?

Um dos caras que está chutando Jeff Turner para e, um segundo depois, Doug Winer está vindo na minha direção, com o capuz abaixado.

— Retire o que disse! — ele grita, com os olhos queimando de ódio. — Não fui eu! Não fui eu quem matou a Lindsay!

Steve estica a mão para agarrar o braço do irmão mais novo.

— Doug...

— Eu não matei a Lindsay! — Doug grita. — Você não tem provas! — Para Steve, ele diz: — Ela não tem provas!

— Ah, nós temos bastante provas! — eu digo. Estou tentando ganhar tempo. Steve deve saber disso. Mas parece que ele se esqueceu de Gavin e de que pode usá-lo como meio para me manter em silêncio. E isso é a única coisa que eu desejo. — Nós encontramos o corpo dela hoje, sabe? O que sobrou dele, pelo menos.

Steve parece totalmente incrédulo.

— De que porra você está falando?

— Do corpo. Do corpo da Lindsay. Veja bem, você se esqueceu de levar em consideração o fato de que trituradores de lixo não conseguem moer ossos... Nem piercings de umbigo. Encontramos a Lindsay hoje de manhã.

Doug solta o tipo de lamento que as meninas soltam às vezes, quando digo a elas que não vão poder ter um quarto só para elas no ano que vem. É uma coisa entre um suspiro e uma reclamação, que soa mais ou menos como "Ãh-ãhm!".

Steve segura a faca com mais força ainda. A lâmina brilha à luz das velas.

— Ela está blefando. E mesmo que não esteja... E daí? Nada poderia fazer com que chegassem até nós. Não depois de a gente ter limpado tudo.

— É. — Agora eu estou suando muito, estou morrendo de calor com o meu casaco de inverno. Ou talvez não seja o calor. Talvez eu esteja nervosa. Meu estômago está dando nós. Eu não deveria ter comido aquele segundo Dove Bar. Jeff está deitado no chão, totalmente imóvel agora. Não sei se é porque ele está inconsciente ou se só está fingindo para pararem de chutá-lo. — Vocês podem ser bons em fazer festa e rituais de iniciação metidos a besta, mas em matéria de limpeza são uma porcaria. Encontraram cabelos.

Doug lança um olhar assustado para o irmão.

— Steve?

— Cale a boca, Doug — Steve reage. — Ela está blefando.

— Não está, não — Doug ficou branco como um fantasma dentro de sua veste. — Ela sabia! Ela sabia sobre a cocaína guardada!

— Deixar a cabeça dela lá foi o primeiro erro — eu prossigo, em tom despreocupado. — Vocês poderiam ter escapado se não tivessem deixado a cabeça no fogão daquele jeito. O pessoal teria reparado nos ossos e no piercing de umbigo e tudo mais, mas ninguém saberia o que era. Seria como se a Lindsay tivesse desaparecido. Ninguém ficaria sabendo que vocês tinham estado lá, por isso ninguém ficaria se perguntado como é que vocês entraram. O segundo erro foi tentar pegar o Manuel. Ele não teria contado a ninguém sobre a chave se vocês não o tivessem assustado daquele jeito. E se ele tivesse falado com alguém, que diferença isso teria feito? Ele é apenas um faxineiro. Ninguém dá ouvidos a um faxineiro — sacudo a cabeça. — Mas, não. Vocês tinham que ser arrogantes.

— Steve — choraminga Doug. — Você falou que ninguém ia saber que fomos nós. Você falou que ninguém saberia de nada. Se o papai souber que nós...

— Cale a boca — grita Steve. Eu me sobressalto um pouco com o volume da voz dele. O sujeito que continua segurando meu braço também. — Pelo menos uma vez na vida, cale essa droga de boca, seu merdinha!

Mas Doug não vai fazer o que o irmão mandou.

— Meu Deus, Stevie! — ele exclama, com a voz falhando. — Você disse que o papai nunca ficaria sabendo de nada. Você disse que cuidaria de tudo!

— E eu *cuidei* de tudo, seu merdinha — retruca Steve. — Assim como sempre cuido de todas as suas cagadas.

— Não se preocupe, foi o que você disse. Deixe tudo comigo, você disse — Doug está praticamente chorando. — Seu filho da puta! Você não cuidou de merda *nenhuma*! Agora a Lindsay está morta e nós vamos ser presos... e eu *ainda* não sei o que aconteceu com meu bagulho.

Aparentemente alheio ao fato de que o irmão acabou de incriminar a todos, Steve grita:

— Ah, é? Bom, e quem foi o babaca que matou aquela vaca, para começo de conversa? Eu mandei você matar a menina? Eu mandei você matar? Não, não mandei.

— Não foi minha culpa ela ter morrido! — De repente, Doug está cambaleando para frente e, para meu horror completo, une ambas as mãos na parte da frente do meu casaco. Um segundo depois, ele está chorando na minha cara. — Eu não queria matar a Lindsay, moça. Juro que não. Ela me deixou tão puto da vida, depois de roubar minha cocaína e tudo mais. E ela não queria devolver! Aquele papo todo, dizendo que alguém dèvia ter roubado o pó... Todas aquelas mentiras. Se ela tivesse me devolvido quando pedi... Mas, não. Eu achei que a Lindsay era diferente, sabe. Achei que ela era como eu, não como todas essas outras garotas, que só saem comigo por causa do meu sobrenome. Eu não queria ter apertado o pescoço dela com tanta força...

— Cala a boca, Doug — a voz de Steve soa ríspida mais uma vez. — Estou falando sério. Cale esta droga de boca.

Doug me solta e se vira para apelar ao irmão mais velho, com lágrimas rolando pelo rosto.

— Você falou que ia cuidar disso, Steve! Disse para eu não me preocupar. Por que você teve que fazer aquilo com a cabeça dela? Eu disse para você não fazer aquilo...

— Cale a boca! — Pelo jeito como as mãos de Steve estão tremendo, percebo que ele está perdendo o controle. A faca que ele segura aponta uma hora para mim e outra para Doug. Uma parte isolada do meu cérebro se pergunta se Steve Winer daria mesmo uma facada no próprio irmão.

A mesma parte meio que torce para que ele faça isso.

— O que você esperava que eu fizesse, hein, seu merdinha? — Steve está tão enfurecido que sua voz agora não é mais alta que um chiado. — Você me liga no meio da noite, chorando feito um bebezinho, e diz que matou a merda da sua namorada. Eu tenho que acordar, vir até aqui e limpar toda a bagunça para você. E você tem a coragem de *me* criticar? Você tem a audácia de questionar *meus* métodos?

Doug faz um gesto impotente na minha direção.

— Caramba, Steve. Essa droga de GERENTE DE ALOJAMENTO descobriu tudo. Quanto tempo você acha que vai demorar até a polícia perceber?

Steve olha para mim surpreso, depois lambe os lábios, nervoso, a língua dele sai da boca igual à de uma cobra.

— Eu sei. É por isso que precisamos nos livrar dela.

É aí que uma das silhuetas de veste vermelha ao meu lado se agita e diz:

— Hum, cara. Você falou que nós só íamos dar um susto nela, igual a gente fez com o tal do faxineiro...

— Vocês assustaram o Manuel? Ele quase morreu de tanto sangrar! — eu exclamo.

— Se você disser mais uma única palavra — Steve diz, apontando a faca para mim. — Vou matar você agora mesmo, aí onde está, em vez de permitir que se vá da maneira mais fácil. — A ponta da faca se afasta de mim e acaba apontando na direção do copo no altar. Ele parece estar cheio de água. — Beba aquilo —Steve ordena.

Olho para o copo. Não faço a menor ideia do que tem dentro dele. Mas posso tentar adivinhar, julgando pelo que aconteceu com Jordan na outra noite.

Rohypnol, também conhecido como Ropinol, é um sedativo que faz muito sucesso nas faculdades. Uma dose disso, dissolvido em água, deve me deixar bem mais maleável quando chegar a hora de ele me cortar.

É bem aí que chego à conclusão de que, para mim, já basta. Estou com calor, meu estômago dói e estou bem preocupada com Gavin e Jeff. Gostaria de ter deixado Cooper matar Doug Winer quando ele teve oportunidade. Gostaria de ter eu mesma tirado um dos travesseiros de Doug e o enfiado em cima do rosto dele, segurando até ele parar de se debater.

Não. Isso é muita gentileza. Eu queria ter colocado as mãos ao redor do pescoço grosso de Doug e apertado até ele morrer, do mesmo jeito que ele fez até tirar a vida de Lindsay.

— Ande logo, Heather — Steve diz e agita a faca com impaciência. — Não temos a noite inteira.

— Hum, Steve — diz o outro sujeito ao meu lado. — Falando sério, cara. Isto aqui está ficando esquisito.

— Cale a boca — Steve diz para o companheiro de Tau Phi. Pega o copo, traz até mim e enfia embaixo do meu nariz. — BEBA!

Viro o rosto para o lado.

— Não.

Steve Witner fica olhando para mim com ódio.

— O quê?

— Não — repito. Dá para sentir que todo mundo no salão me apoia. Os Tau Phis estão começando a perceber que seu líder perdeu o controle. Eles não vão deixar que ele me machuque. Tenho quase certeza. — Não vou beber isto.

— Como assim, não vai beber? — A sombra de um sorriso retorna ao rosto de Steve. — Você é cega? Estou segurando uma faca na sua garganta.

— E daí? — eu dou de ombros. — Que diferença faz para mim? Você vai me matar de qualquer jeito...

Não é isso que Steve quer ouvir. Seu sorriso desaparece dos lábios e não há nenhum sinal de humor em seu rosto quando ele passa o copo para o sujeito à minha direita, vira-se, vai até Gavin, agarra o cabelo dele, puxa sua cabeça para trás e ergue a faca até sua garganta exposta.

— Steve, cara, não!

Um dos meus guardas grita quando eu digo:

— Ei, eu bebo, eu bebo!

Pego o copo e tomo todo o conteúdo.

— Agora chega — o sujeito que estava segurando o copo diz. — Vou embora, Jeff tem razão. Vocês estão todos loucos

Tamanho 44 também não é gorda   385

E ele começa a sair do refeitório (junto com vários outros Tau Phis, inclusive todos os iniciandos, menos Jeff Turner, que continua estirado no chão, imóvel como se estivesse morto).

— Não deixem que eles saiam — Steve ordena para os Tau Phis que chutaram Jeff até ele desmaiar.

Mas até eles hesitam.

— Vocês me ouviram? — Steve solta o cabelo de Gavin e fica em pé ali, olhando confuso para seus irmãos de fraternidade enquanto eles começam a abandoná-lo, um por um.

— Caras. Vocês não podem fazer isso. Vocês fizeram o juramento. O juramento de lealdade. Que diz que vocês... Vocês não podem...

Mas Doug parece estar começando a se assustar.

— Meu Deus, Steve — ele diz. — Deixe irem embora. Só...

Mas Doug interrompe a frase no meio. Isso porque Steve largou a faca e, de algum lugar nas entranhas de sua veste, tirou um revólver pequeno, que agora aponta para o peito do irmão.

— Douglas — diz Steve. — Estou ficando de saco cheio de você e das suas reclamações.

— Meu Deus, Steve! —Doug exclama de novo. Mas, desta vez, as lágrimas e o medo em sua voz fazem com que seus companheiros de Tau Phi se virem para olhá-lo.

É é aí que eu faço o que precisa ser feito. Afinal, ninguém está prestando atenção em mim. Todos os olhares estão sobre Steve, que está de costas para mim.

É é por isso que, tão logo vejo seu dedo indicador no gatilho, eu me atiro no chão, com os braços bem abertos. Porque tem uma coisa que eu sei sobre o piso do refeitório do Conjunto Fischer, que Steve Winer nunca saberá: ele é imaculadamente limpo. Julio pode não estar encarregado do piso atrás dos bufês aquecidos, mas é responsável pelo piso do refeitório, que está liso como se fosse gelo. E isso significa que posso escorregar sobre ele como se fosse uma patinadora olímpica fazendo uma manobra, até colidir com as pernas do Winer mais velho. Então eu as agarro e o puxo para o chão.

Então eu estico o braço, puxo o pulso de Steve e cravo os dentes ali, forçando-o a largar a arma. E também fazendo com que ele grite e se contorça de dor e de pavor.

Doug parece ser o primeiro a superar seu estado de espanto com o que eu fiz (talvez por ele ter sido o único a não se abaixar ao ver Steve agitando a arma para todo lado, assim sendo a única pessoa que restou em pé no refeitório). Ele avança aos tropeções até que seus dedos se fecham no cabo do revólver que o irmão derrubou. Com as mãos trêmulas, ele ergue a arma e aponta...

Bom, para mim.

— Não — Steve exclama, com a voz rouca. — Não atire, seu porra! Você pode acertar em mim!

— Eu *quero* acertar você! — grita Doug. É sério. Ele grita isso mesmo. Lágrimas escorrem por seu rosto. — Estou cheio de você sempre me dizendo como eu sou fracassado! E, tudo bem, posso até ser fracassado... Mas pelo menos não sou um esquisitão! É, eu matei a Lindsay... Mas não foi por querer. Você é o maluco da porra que achou boa ideia deixar a cabeça dela em cima do fogão. Quem é que faz uma merda dessas, Steve? *Quem*? E depois você nos fez esfaquear o coitado do faxineiro... E agora quer que a gente mate esta pobre mulher aqui... E por quê? Para você parecer fodão na frente dos seus amiguinhos da fraternidade. Porque o *papai* era fodão quando era da Tau Phi.

O cano da arma que Doug está apontando para nós continua passando de mim para Steve de um jeito irritante. Steve, debaixo de mim, está começando a suar. Copiosamente.

— Doug — ele diz. — Dougie. Por favor. Me dê o...

— Mas o papai não matava ninguém, Steve! — Doug prossegue, como se nem tivesse escutado. — Ele não cortava ninguém. Ele era fodão sem precisar fazer essas merdas! Por que você não consegue enxergar isso? Por que você não consegue entender que, não importa o que faça, *nunca será igual ao papai?*

— Tudo bem — diz Steve. — Eu nunca vou ser igual ao papai. Agora abaixe a arma...

— Não! — Doug berra. — Porque eu sei o que vai acontecer! Você vai distorcer as coisas para colocar a culpa em mim. Como sempre faz! Como sempre fez! Mas eu não vou mais aguentar isso! Não desta vez!

E é bem aí que ele aponta a arma bem para o meio da testa de Steve.

E é aí também que uma voz calma e vagamente familiar vem da porta do refeitório dizendo:

— Largue a arma, garoto.

Doug ergue os olhos com uma expressão que mistura estarrecimento e indignação. Eu também viro a cabeça e fico bastante confusa ao ver Reggie (sim, o traficante de drogas Reggie) apontando uma Glock 9mm grande e brilhante para o peito de Doug Winer.

— Largue a arma — diz Reggie. Estranhamente, seu sotaque jamaicano desapareceu. — Eu não quero ter que machucar você, mas se tiver que fazer isso, farei. Acho que nós dois sabemos que sim.

Steve, ainda preso debaixo do meu corpo, grita:

— Ah, seu guarda, graças a Deus você chegou! Esse cara aqui pirou e estava tentando me matar!

— Sei — Reggie diz, sem entonação. — Me dê a arma, garoto. — Doug olha para o irmão, que faz um gesto de incentivo com a cabeça, embaixo de mim. — Vamos, Dougie. Dê a arma para o policial simpático.

A essa altura, Doug está chorando demais para conseguir atirar.

— Você é um merda, Steve — ele diz, enquanto entrega a arma a Reggie, que a passa ao investigador Canavan, que está espreitando à porta, atrás dele, de arma em punho também.

— Você pode não saber, policial, mas acaba de salvar a nossa vida — Steve Winer diz. — Meu irmão estava tentando me matar...

— Certo — Reggie diz e tira algemas no cinto. — Heather, por favor, saia de cima do Sr. Winer.

Obediente, saio de cima de Steve Winer. E ao fazer isso, percebo que a sala está rodando. Mas de um jeito agradável.

— Reggie! — eu exclamo, de onde estou estendida no chão. — Você é um policial disfarçado? Por que não me *disse* antes?

— Porque ele é da Federal — o investigador Canavan está em pé em cima de mim, comandando cerca de vinte policiais uniformizados preparados para algemar todo mundo que está de veste vermelha. — Com sua sutileza de sempre, Wells, você conseguiu se intrometer em uma operação secreta de captura que o Departamento de Narcóticos estava coordenando há meses. Parabéns por isso, aliás.

— Investigador! — grito eu, feliz, olhando para o Investigador Canavan. — Por que demorou tanto?

— Tivemos um pouco de dificuldade para conseguir entrar — ele explica. — O segurança estava sendo um pouco... resistente. E ninguém conseguia achar a chave. — Ele revira os olhos. — Típico deste lugar, aliás. Por que suas pupilas estão tão grandes?

— Por que estou tão feliz em ver você! — eu exclamo e me sento com o tronco ereto para jogar os braços em volta do pescoço dele, e ele se inclina para me ajudar a ficar de pé. — Eu amo tanto você!

— Hum — o investigador Canavan diz e eu me agarro a ele (porque a sala está girando bastante agora). — Wells? Você tomou alguma coisa?

— Eles a obrigaram a beber uma coisa — quem diz isto é Gavin, que foi desamarrado pela empregada/agente da Narcóticos. Uma dupla de paramédicos, surgida aparentemente do nada, examina o corte aberto no rosto dele. Como eu esperava, a fita adesiva deixou uma marca vermelha na boca dele e arrancou um pouco do bigodinho fino e macio, fazendo com que ficasse ainda mais ralo.

— Gavin! — exclamo, largo o investigador Canavan e lanço meus braços para cima dele (para grande irritação dos paramédicos que estavam tentando fazer um curativo nele). — Eu amo você! Mas só como amigo.

Gavin não parece feliz em ouvir isso o tanto quanto acho que deveria.

— Acho que ela tomou Rohypnol — ele diz, tentando sair do meu abraço. O que acho rude, para dizer o mínimo.

— Certo — o investigador Canavan diz e me pega pelo braço. — Vamos.

— Para onde nós vamos? — pergunto.

— Ah — o investigador Canavan diz. — Acho que o hospital é um bom lugar para começar. Vamos colocar alguns fluidos neste seu corpo.

— Mas eu não estou com sede — garanto a ele. — Mas bem que um sorvetinho cairia bem. Ei, quer um Dove Bar? Fica bem ali no freezer. Todo mundo devia pegar um Dove Bar. Ei, pessoal — eu me viro para gritar. — Peguem um Dove Bar! É por minha conta!

— Vamos, Wells — diz o investigador Canavan, segurando meu braço com firmeza. — Agora já chega.

Então, ele me leva do refeitório para a recepção e eu vejo uma coisa que me faz esquecer todos os Dove Bars. Não é Curtiss Rabugento algemado. Apesar de isso ser algo agradável de se ver. E também não é metade dos alunos residentes em pé ali, tentando ver o que está acontecendo, com Tom e os ARs, junto com Sarah, tentando convencê-los a ir dar conta do que sempre fazem às sextas-feiras à noite, seja lá o que for.

Não. É o meu pai.

— Papai! — eu exclamo, desvencilhando-me do investigador Canavan e me jogando nos braços abertos de meu pai.

— Heather! — ele diz, parecendo muito surpreso pela minha saudação, mas não descontente com ela. — Graças a Deus você está bem!

— Eu amo *tanto* você — digo a ele.

— Ela ama bastante todo mundo no momento — ouço o Investigador Canavan explicar. — Ela tomou Ropinol.

— Não é por isso que eu amo você — garanto ao meu pai, preocupada em não magoá-lo. — E também não é só porque você chamou a polícia e impediu que eu fosse decapitada, também.

— Bom — meu pai diz, e dá risada. — É bom saber disso. Sua boca está cheia de sangue. Por que ela está sangrando?

Então percebo que meu pai não está ali sozinho. Cooper está ao lado dele! Está pegando um de seus sempre presentes lenços. Lenços são, aparentemente, uma ferramenta muito importante no ramo das investigações particulares.

— Ah — o investigador Canavan responde. — Ela mordeu alguém. Só isso.

— Cooper! — eu exclamo, e em seguida lanço os braços ao redor do pescoço dele, enquanto ele estica a mão para limpar o sangue de Steve Winer da minha boca. — Estou tão feliz em ver você!

— Dá para notar — Cooper diz. Ele está rindo, por algum motivo. — Fique parada, tem um pouco de...

— Eu amo *tanto* você — eu digo a ele. — Apesar de você ter dito ao Gavin que eu ainda amo o seu irmão. Por que você fez isso, Cooper? Eu não amo mais o Jordan. *Não* amo.

— Certo — diz Cooper. — Vamos acreditar na sua palavra. Fique quietinha.

— Eu não amo — garanto a ele. — Eu não amo o Jordan. Amo *você*. Amo mesmo, de verdade.

Então Reggie aparece no meu campo de visão mais uma vez, bem na hora em que Cooper está acabando de limpar o sangue, e eu grito:

— Reggie! Eu amo você! Eu amo tanto você! Quero ir fazer uma visita à sua família na plantação de banana!

— Na verdade eu não tenho plantação de banana nenhuma, Heather — diz Reggie. Ele está rindo. Por que todo mundo está rindo? É sério, acho que eu devo desistir desse negócio de fazer música e entrar para a comédia *stand up*, já que eu aparentemente sou hilária. — Eu sou do Iowa.

— Tudo bem — eu digo enquanto os paramédicos tentam abrir meus braços com todo o cuidado, para que eu solte o pescoço de Cooper. — Mesmo assim, eu amo você. Amo todos vocês! Você, Tom... e a Sarah e até a Dra. Kilgore. Onde está a Dra. Kilgore, aliás?

E a sala começa a girar ainda mais rápido... Quer dizer, rápido *de verdade*... e a minha sonolência fica forte demais para eu conseguir resistir.

Depois disso, não me lembro de mais de nada.

Você disse que me ama
E essa merda não vem do nada
Só vem do coração

"Canção de Gavin"
Composta por Heather Wells

Meu coração está batendo MUITO FORTE.

É sério.

Isso não tem a menor graça.

Eu não acredito que alguém use essa droga para se divertir. Se foi assim que o Jordan se sentiu ontem (foi só ontem mesmo?), não me admira que tenha recusado uma cerveja no Stoned Crow. Eu nunca mais quero beber. Nada. Nem água. Nem...

— Heather...

Abro os olhos. Não dá para acreditar em quem vejo ali, em pé ao lado da minha maca. Meu chefe. De todas as pessoas do mundo para acordar e dar de cara, eu tinha que abrir os olhos para dar de cara justo com o meu chefe? Quer dizer, eu adoro o Tom e tudo mais.

Mas nem tanto *assim*.

— Como você está se sentindo?

— Uma merda — informo a ele.

— Sinto saber disso. — Ele traz nas mãos um punhado de balões de MELHORAS que comprou na loja de presentes. — O departamento mandou isto aqui.

Eu resmungo e fecho os olhos. Sério, é um mau sinal quando as cores de um monte de balões parecem ofuscantes demais para os seus olhos.

— Você vai se sentir melhor logo —Tom diz. A voz dele treme um pouco, com uma sugestão de risada. — Você está tomando soro com vitamina B.

— Quero ir para casa — eu digo com um gemido. Mal consigo levantar o braço, de tão cheio de agulhas que ele está.

— Bom, está com sorte — Tom diz. — Você não vai precisar ficar internada. Só mais algumas horas de soro aqui no pronto-socorro e já vai poder ir embora.

Solto outro gemido. Não dá para acreditar nisso. Estou no pronto-socorro do Hospital St. Vincent, no mesmo pronto socorro em que visitei tantos alunos nas mesmas condições em que estou agora.

Mas nunca tinha me dado conta de como eles estavam se sentindo mal.

— Ouça — Tom diz, com uma voz que já não carrega mais risada nenhuma. — Eu queria que você fosse a primeira a saber.

Abro um olho.

— Você vai mesmo pedir demissão?

— De jeito nenhum — Tom responde e dá risada. — Fui promovido. A coordenador de área.

Abro o outro olho.

— *O QUÊ?*

— O Stan ficou tão impressionado com o jeito que lidei com toda a situação da Lindsay — Tom explica, animado — que me promoveu. Ainda vou trabalhar no Departamento de Acomodação, mas agora vou ficar no Edifício Waverly. O das fraternidades, Heather. O Stan disse que agora percebeu que o prédio precisa da presença de um adulto o tempo todo... Vou ganhar aumento de dez mil dólares por ano. É claro que vou ter de trabalhar com coisas chatas como os Tau Phis... Mas não vai ser assim tão difícil lidar com eles, agora que o Doug e o Steve foram presos. E o Steven... O técnico A... diz que vai me ajudar...

Fecho os olhos. Não dá para acreditar nisso. Finalmente arrumo um chefe de que gosto e ele é tirado de mim.

Sinto muito, mas não foi Tom que lidou com a situação de Lindsay. Fui *eu* quem lidou. Eu que quase fui morta fazendo os assassinos dela confessarem. Cadê a *minha* promoção?

Por um lado, eu até que gostaria que eles *tivessem* me matado. Pelo menos, a minha cabeça não estaria doendo tanto.

— Uau — eu digo. — Que ótimo, Tom.

— Não se preocupe — ele diz. Sinto que ele pegou na minha mão. — Vou me assegurar que arrumem um chefe novo bem legal para você, certo?

— Claro — respondo. — Tudo bem.

Devo ter adormecido de novo, porque quando volto a abrir os olhos, Tom foi embora. No lugar dele estão Magda, Sarah e Pete.

— Vão embora — digo a eles.

— Ah, graças a Deus — diz Magda, parecendo aliviada.
— Está tudo bem com ela.

— Estou falando sério — eu digo. — Minha cabeça está
me matando.

— É a benzodiazepina perdendo o efeito — Sarah diz,
toda animada. — Esta substância deprime o sistema nervoso
central. Você vai se sentir péssima por algum tempo.

Olho para ela com ódio.

— Obrigada.

— Nós só queríamos ver como você está — Pete diz. —
E dizer que não precisa se preocupar.

— É — Magda diz, apoiada na lateral da maca e pulando
para cima e para baixo, toda animada. — Eles encontraram a
cocaína!

— Isso mesmo — diz Pete. — Acharam cocaína. A cocaína que era do Doug Winer. Aquela que Lindsay roubou.

Isso faz com que eu abra meus olhos um pouco mais.

— É mesmo? Onde estava?

— Onde você acha? — pergunta Sarah. — No quarto de
Kimberly Watkins.

— Mas... — Eu sei que estou meio fora de mim, mas dá
para acreditar que estou assim *tão* sem noção. — A Kimberly
e a Lindsay estavam nessa juntas?

Sarah sacode a cabeça.

— Não. A Lindsay prendeu o saquinho com fita adesiva embaixo da mesa preferida dela no refeitório... E é por
isso que não estava lá quando ela foi procurar para devolver para o Doug, quando ele percebeu que era ela que estava com a droga. Porque alguém já tinha encontrado. Alguém

que sempre dividia aquela mesa com a Lindsay. Ou que dividia, pelo menos.

Fico olhando fixamente para ela.

— A *Kimberly Watkins*? A Kimberly estava com a cocaína do Doug esse tempo todo?

Como Sarah assente, eu pergunto:

— Como foi que descobriram?

— Foi a Cheryl — Magda explica. — Ela ficou tão irritada... com o que a Kimberly disse sobre a Lindsay e o técnico Andrews e depois, mais tarde, com o que aconteceu com o coitado do Jeff, que vai ficar bem, só quebrou algumas costelas, que foi confrontar a Kimberly e... Bom, vamos apenas dizer que elas não se comportaram como duas estrelas de cinema.

— Bom, a não ser que você esteja falando de Paris Hilton e Nicole Richie — Sarah diz.

— A Cheryl deu a maior surra na Kimberly — Pete relata. — E a Kimberly confessou. Ela ia começar uma rede de tráfico de drogas própria, ao que parece. Ela viu a Lindsay esconder a droga e roubou assim que teve oportunidade. Mas, depois do que aconteceu com a Lindsay, ela ficou assustada demais para fazer qualquer coisa. Ela ficou morrendo de medo de os irmãos Winer descobrirem que era ela que estava com a droga deles e fizessem com ela o que fizeram com a Lindsay.

— Foi por isso que ela ficou tentando me despistar — eu murmuro.

— Exatamente — diz Sarah. — A Cheryl foi direto à polícia contar o que descobriu, e agora a Kimberly está presa também. Acho que o Departamento de Narcóticos estava trabalhando há meses para desbaratar esta rede de tráfico, que é considerada a maior controlada por alunos em um campus. Só que, até o assassinato de Lindsay, eles realmente não faziam a menor ideia de onde a garotada arrumava a droga. Por isso colocaram o Reggie trabalhando disfarçado no parque. Esperavam que ele fosse conseguir algumas pistas... E isso finalmente acabou acontecendo quando você perguntou a ele sobre os irmãos Winer. Mas, mesmo assim, eles não tinham provas...

Sarah dá de ombros.

— Agora, além de posse e tráfico, os irmãos Winer também são acusados de assassinato e tentativa de assassinato... E outros caras da fraternidade deles também estão sofrendo as mesmas acusações. Papai Winer já contratou o maior advogado criminalista da cidade. Mas eu não consigo imaginar como eles vão conseguir enrolar alguém, com você para testemunhar. Ah, e a Kimberly também, já que ela concordou em ser testemunha da promotoria em troca de retirarem as acusações de posse de drogas contra ela...

— Então a Kimberly foi expulsa da faculdade? — eu murmuro.

— Hum — Magda responde. — Foi sim. Todos foram. Até os Winer.

— Que bom — eu digo, com toda sinceridade. Minhas pálpebras voltam a se fechar lentamente. — Assim vou ter mais espaço para efetuar as trocas de quartos até a semana que vem, quando os alunos transferidos já estiverem acomodados.

Tudo escurece por um instante, e eu me sinto agradecida... Deve ser meu sistema nervoso central se deprimindo mais uma vez. Quando volto a abrir os olhos, vejo na minha frente o investigador Canavan e Reggie.

— Você — eu digo a Reggie. — Você mentiu para mim.

Ele sorri. Fico estarrecida de ver que os dentes de ouro sumiram.

— Desculpe — ele diz. — Aquilo era necessário para meu trabalho.

— O Brian é um agente especial do Departamento de Narcóticos, Heather — o investigador Canavan explica. — Ele estava trabalhando disfarçado havia um ano no parque, tentando entender de onde o influxo de drogas recreativas para o campus estava vindo. Graças à sua dica sobre os Winer, o Brian pôde dizer ao pessoal dele para enviar uma agente disfarçada de empregada — a empregada que eu tinha visto no corredor da Casa da Tau Phi, esfregando a pichação de GORDAS, VÃO PARA CASA — e pegar todas as provas de que precisavam para prender os Winer, não só por tráfico de drogas, mas também por assassinato e agressão.

Olho para Reggie.

— Brian?

Ele dá de ombros.

— Reggie parece ter mais a ver com a rua, sabe como é?

— Você já esteve na Jamaica? — eu pergunto a ele.

— Ai, meu Deus, não — ele responde. — Quando consigo algum tempo de férias, vou direto para as montanhas. Sou esquiador.

Olho de novo para o investigador Canavan.

— Será que eu vou ganhar uma medalha ou algo assim?

— Hum — o investigador Canavan responde. — Não. — Ele me estende uma barra de chocolate meio-amargo Dove. — O sorvete meio que está derretido — ele explica.

Ergo a mão (a que está com todas as agulhas intravenosas) e pego o chocolate da mão dele.

— Esta cidade — eu digo — está ficando muito muquirana com as recompensas por ações valorosas.

Eles vão embora e eu como meu chocolate. Está delicioso. Tão delicioso que eu adormeço de novo. Quando acordo, Gavin McGoren está debruçado por cima de mim.

— Muito bem, muito bem — ele diz, com um sorrisinho. — Não é que as coisas terminaram bem? Para variar, é *você* que está na maca, em vez de mim. Preciso dizer, é bem melhor assim.

— Quem deixou você entrar aqui? — pergunto.

Gavin dá de ombros.

— Sou um paciente também, não visitante — ele responde.

Ele se vira para me mostrar a bochecha onde Steve bateu nele.

— Sete pontos. O que acha? Vai deixar uma cicatriz e tanto, hein?

Fecho os olhos.

— A sua mãe vai me matar.

— Do que é que você está falando, mulher? — Gavin zomba. — Você salvou minha vida.

— Por minha causa, você foi sequestrado e surrado — digo, abrindo os olhos mais uma vez. — Gavin, nem consigo dizer o quanto lamento. De verdade, eu nunca deveria ter envolvido você em nada disso.

As marcas vermelhas em volta da boca de Gavin desapareceram. E o cavanhaque dele também sumiu. Ao que parece, ele se deu ao trabalho de raspá-lo antes de vir me ver. E eu já devia ter entendido isso como sinal do que iria acontecer a seguir, mas minhas faculdades mentais ainda estão meio confusas.

— Tem um jeito de você me recompensar, se quiser — ele diz.

— É? E como?

Realmente fico achando que ele vai me pedir um quarto individual com vista para o parque. Mas, em vez disso, ele me convida para sair.

— Sabe como é — ele diz. — Só uma vez. Nós poderíamos relaxar juntos. Jogar um pouco de sinuca ou algo assim. Quando você estiver se sentindo melhor. Não precisa ser um encontro — ele acrescenta, apressado. — Eu sei que você ainda está apaixonada pelo Jordan Cartwright e tudo mais. Mas, sabe, só para experimentar. Só para ver.

— Gavin. — Não tenho certeza, mas acho que sou a primeira diretora-assistente de conjunto residencial de uma faculdade em Nova York a ser convidada para sair enquanto ainda deitada em cima de uma maca no pronto-socorro do hospital St. Vincent, recuperando-se de ter tomado uma bebida batizada. — Eu não posso sair com você. Você é um aluno residente. Eu não posso sair com residentes.

Gavin fica refletindo sobre o assunto. Depois dá de ombros.

— Vou arrumar um apartamento.

Abro os olhos ainda mais.

— Gavin. Você faz ideia de quanto custa um aluguel em Manhattan? Além disso, você ainda é universitário. Os funcionários da Faculdade de Nova York são proibidos de sair com alunos.

Gavin reflete sobre a questão por um instante. Depois diz, em tom monótono:

— Certo, bom, então depois que eu me formar. No ano que vem. Daí você sai comigo?

Estou cansada demais para resistir.

— Saio, Gavin — respondo e volto a fechar os olhos. — No ano que vem, depois que você se formar, eu saio com você.

Gavin parece satisfeito.

— Legal. Você disse que me amava, sabe.

Meus olhos se arregalam.

— Gavin, eu estava drogada.

— Eu sei — ele diz, ainda satisfeito. — Mas essa merda não vem do nada. Vem do coração.

Quando abro os olhos de novo, vejo Patty e Frank.

— Oi — digo com voz rouca.

— Você poderia simplesmente ter dito que ainda não estava pronta para tocar na frente de ninguém — Frank diz —, em vez de se meter nesta confusão toda para escapar do show.

— Frank! — Patty parece muito irritada. — Não ouça o que ele está dizendo, Heather. Nós acabamos de saber o que aconteceu. Como você está?

— Ah — eu digo. Minha voz soa horrível. — Ótima.

— Sério — diz Frank. — Nós vamos tocar no pub a semana toda. Então, se você ainda não estiver se sentindo tão bem assim hoje, pode ir amanhã à noite. Ou depois de amanhã.

— Frank — Patty diz, em tom irritado. — Deixe a Heather em paz. Você não percebe que cantar é a última coisa que ela quer fazer?

— Não — eu me surpreendo dizendo.

Frank e Patty olham para mim de um jeito estranho.

— Não o quê, querida? — Patty pergunta.

— Não. Eu quero cantar — respondo. Só quando as palavras estão saindo da minha boca percebo o que quis dizer. — Quero tocar com vocês. Mas só uma música.

Patty sacode a cabeça.

— Ah, Heather. Você ainda está sob efeito de drogas.

— Não, não está — diz Frank, sorrindo. — Ela está falando sério. Você está falando sério, não está Heather?

Eu assinto com a cabeça.

— Mas não hoje à noite, certo? Porque estou com dor de cabeça.

Frank sorri mais um pouco.

— Ótimo — ele diz. — Então o que é que você vai cantar? Alguma composição sua? Algo novo?

— Não — respondo. — Uma música da Ella.

O sorriso de Frank desaparece.

— Você tem razão — ele murmura para Patty. — Ela ainda *está* sob efeito de drogas.

— Ela está falando de Ella Fitzgerald. — Patty sussurra para ele. — Sorria e concorde.

Frank sorri e concorda.

— Certo, Heather. Boa noite, Heather.

Fecho os olhos e eles vão embora. Quando acordo, mais tarde, meu pai está me olhando.

— Querida? — ele parece preocupado. — Sou eu, o papai.

— Eu sei. — Cada palavra parece uma facada na minha cabeça. Fecho os olhos de novo. — Como está, papai?

— Estou bem — meu pai responde. — Estou tão feliz que você esteja bem... Liguei para sua mãe para contar tudo a ela.

Isso faz com que eu abra um dos olhos.

— Pai. Por que fez uma coisa dessas? Ela nem sabia que eu... Ah, deixe para lá.

— Acho que ela tem o direito de saber — meu pai diz. — Ela ainda é sua mãe. Ela ama você. Do jeito dela.

— Ah — eu digo. — Certo. Acho que sim. Bom, obrigada por chamar o investigador Canavan.

— Bom, é para isso que serve a família, querida — ele responde. — Escute, eu estava falando com o médico. Eles vão dar alta para você logo.

— Será que vão me dar alguma coisa para essa dor de cabeça passar primeiro? — pergunto. — Mal consigo enxergar, de tanto que a minha cabeça está latejando.

— Deixe-me ver, vou tentar encontrar um médico — meu pai diz. — Heather... Isso que você fez. Estou muito orgulhoso de você, querida.

— Obrigada, papai — respondo. E agora as lágrimas dos meus olhos já não são apenas por causa da dor nas minhas têmporas. — Pai, onde está o Cooper?

— O Cooper?

— É. Todo mundo já veio aqui me ver, menos o Cooper. Onde ele está? — Ele me odeia. Sei que sim. Eu disse alguma coisa para ele... Não lembro o que foi. Mas eu sei que disse. E agora ele me odeia por causa disso.

— Bom. Ele está no casamento do Jordan, querida. Lembra? Hoje é sábado. Ele ficou aqui um tempão enquanto você estava dormindo. Mas no fim, teve que ir embora. Ele prometeu ao irmão, sabe?

— Ah — respondo. A decepção que sinto é ridícula. E dolorosa. — Claro.

— Ah, lá vem o médico — meu pai diz. — Vamos ver o que ele tem a dizer?

Recebo alta naquela noite. Depois de mais de 12 horas de soro e, apesar de eu ainda não estar me sentindo totalmente melhor de jeito nenhum, pelo menos minha dor de cabeça se foi e a sala parou de girar. Dou uma olhada no espelho do banheiro feminino e descubro mais do que desejo saber a respeito dos efeitos do Rohypnol sobre o rosto de uma garota: minha pele está branca feito giz e meus lábios estão rachados. As olheiras debaixo dos meus olhos parecem hematomas.

Mas, ei! Estou viva.

É mais do que a pobre Lindsay Combs pôde dizer.

Assino meus documentos de liberação e saio com uma amostra grátis de Tylenol como única lembrancinha (Tylenol foi o melhor que puderam fazer por mim), esperando encontrar meu pai na recepção.

Mas, em vez do meu pai, deparo com Cooper.

De smoking.

Quase dou meia-volta para ser internada de novo, por causa do jeito como o meu coração se revira no peito ao vê-lo. É claro que isso não é normal. É claro que meu sistema nervoso central precisa de mais fluidos ou algo assim.

Ele se levanta quando me vê e sorri.

Ah, veja bem, compreenda. Sorrisos assim deveriam ser contra a lei. Considerando o que eles fazem com uma garota. Bom, com uma garota como eu.

— Surpresa — ele diz. — Deixei seu pai ir para casa. Ele ficou aqui a noite toda, sabe?

— Ouvi dizer que você também ficou — digo. Não consigo olhar nos olhos dele, tanto por causa do jeito que meu coração está batendo acelerado quanto pelo jeito como estou constrangida. O que foi que eu disse para ele antes? Tenho quase certeza de que disse que o amava.

Mas meu pai disse que andei falando isso para todo mundo... Inclusive para os vasos que ladeiam a entrada do Conjunto Fischer.

Mesmo assim, Cooper com certeza sabe que só foi por causa da droga.

Só que, no caso dele, claro, não foi.

— É — Cooper responde. — Bom, você costuma sempre me deixar preocupado.

— Sinto muito — digo. — Você deve estar perdendo a recepção.

— Eu disse que iria ao casamento — Cooper responde. — Não falei nada sobre a recepção. Eu não sou o maior fã de salmão. E não faço a dança do passarinho.

— Ah — eu digo. Realmente não dá para imaginá-lo fazendo a dança do passarinho. — Bom, obrigada.

— De nada — Cooper responde.

E saímos para o frio, onde ele estacionou o carro, na 12th Street. Lá dentro, ele liga o motor e deixa o aquecedor funcionar. Está escuro lá fora, apesar de ainda não serem nem 17h, e a iluminação da rua está acesa. Os postes iluminam as pilhas de neve ao longo da rua com um brilho rosado.

A neve, tão bonita quando caiu a primeira vez, está ficando feia, já que a fuligem e a sujeira estão deixando tudo cinza.

— Cooper — eu me pego dizendo quando ele sai com

o carro. — Por que você disse ao Gavin que eu ainda gosto do seu irmão?

Nem posso acreditar que eu falei isso. Não faço ideia de onde saiu essa pergunta. Talvez seja um pouco de Rohypnol ainda no meu sistema nervoso central. Talvez eu precise voltar ao hospital para remover o que ainda resta da droga em meu corpo.

— Isso de novo? — pergunta Cooper, com ar de quem está achando aquilo divertido.

Essa diversão me deixa um pouco irritada.

— É, *isso* de novo — respondo.

— Bem, o que você queria que eu dissesse a ele? — Cooper pergunta. — Que ele tem chance com você? Porque é horrível ter que dar esta notícia, Heather, mas aquele cara está super a fim de você. E, quanto mais você pede a ele que a leve a festas de fraternidade e tudo mais, mais você está reforçando esse sentimento nele. Eu tive que contar algo que cortasse essa paixonite pela raiz. Pensei que você ficaria agradecida.

Tomo cuidado para não olhar diretamente para os olhos dele.

— Então, você não acredita nisso. Sobre seu irmão e eu, quer dizer.

Cooper fica em silêncio por um minuto. Então, diz:

— Você é quem tem de dizer. É difícil acreditar que não existe nada. Cada vez que eu olho, vocês dois estão juntos.

— Isso é coisa dele — eu digo, inabalável. — Não minha. Eu não sinto nada por ele. Fim de papo.

— Certo — diz Cooper, com o tom apaziguador que alguém usaria para falar com uma pessoa mentalmente perturbada. — Ainda bem que esclarecemos isso.

— Não esclarecemos nada — eu me ouço dizendo. O que eu estou fazendo? O QUE EU ESTOU FAZENDO?

Cooper, que estava prestes a sair da vaga, pisa no freio.

— O que foi que nós não esclarecemos?

— As coisas — respondo. Mal posso acreditar nas palavras que saem de minha boca. Mas elas continuam saindo. Não há nada que eu possa fazer para detê-las. Só pode ser efeito do Rohypnol. *Tem* de ser. — Como é que você nunca me convidou para sair? É porque você não se interessa por mim assim ou o quê?

Cooper demonstra surpresa ao responder.

— Você é a ex-noiva do meu irmão.

— Certo — eu digo e bato com o punho no painel do carro. — Ex. Ex-noiva. Jordan está casado agora. Com outra mulher. Você estava lá, você mesmo viu. Então, qual o problema? Eu sei que não faço muito seu tipo... — Ai, meu Deus, isto está indo de mal a pior. Mesmo assim, não posso mais voltar atrás. — Mas acho que nós nos damos bem. Sabe como é. Na maior parte do tempo.

— Heather — agora há certa impaciência na voz de Cooper. — Você acabou de sair de uma relação péssima que durou muito tempo...

— Faz um *ano*.

— ...Começou em um novo emprego...

— Faz quase um ano...

— ...Retomou o relacionamento com o pai que mal conheceu...

— Está tudo bem com o meu pai. Nós tivemos uma boa conversa ontem à noite.

— ...Está lutando para descobrir quem você é e o que vai fazer com a sua vida — Cooper conclui. — Tenho certeza de que a última coisa de que precisa agora é de um namorado. Principalmente se for o irmão do seu ex-noivo. Com quem você mora. Acho que sua vida já está bem complicada.

Finalmente me viro no meu assento para olhar para ele.

— Você não acha que eu deveria tomar esta decisão?

Desta vez, é ele que olha para o outro lado.

— Certo — ele diz. — Minha vida é muito complicada, Heather... Eu não quero ser o cara que vai ajudar você se recuperar de um relacionamento que deu errado. Isso... Eu não sou assim. Eu não faço a dança do passarinho. E eu não sou o cara indicado para consolar você depois do fim de um relacionamento ruim.

Estou atônita.

— O cara que vai me ajudar a me recuperar? Como assim? Cooper, o Jordan e eu terminamos faz um ano...

— E de lá para cá, com quem mais você ficou? — Cooper exige saber.

— Eu... Eu... — engulo em seco. — Com ninguém.

— Pronto — Cooper responde. — Você está no ponto para um cara que ajude você a superar isso. Só que não vou ser eu.

Olho para ele. *Por quê?* Tenho vontade de perguntar. *Por que você não quer ser esse cara na minha vida? Porque na verdade você não me quer?*

Ou porque você quer algo mais de mim do que isso?

Olho para ele e percebo que nunca vou saber.

Pelo menos... Não por enquanto.

Também percebo que provavelmente não quero saber. Porque se for a segunda opção, vou acabar descobrindo mais cedo ou mais tarde.

E se for a primeira...

Bom, então eu só vou querer morrer.

— Sabe de uma coisa? — eu digo, evitando o olhar dele. — Você em razão. Tudo bem.

— Mesmo? — Cooper pergunta.

Olho de novo para ele. E sorrio.

Isso exige tudo o que resta das minhas forças. Mas eu consigo.

— Mesmo — respondo. — Vamos para casa.

— Certo — ele diz.

E retribui o meu sorriso.

E isso me basta.

Por enquanto.

Tad Tocco
Professor-Assistente
Horário de atendimento
14h-15h em dias úteis

É isso o que a placa na frente da sala diz.

E é por isso que, quando eu abro a porta, não consigo entender o que um Deus grego está fazendo ali, sentado na minha frente.

É sério. O cara sentado no computador atrás da mesa tem cabelo comprido e dourado (quase tão comprido quanto o meu), uma aura rosada de saúde a seu redor e uma plaquinha em cima da mesa que diz JOGAR FRISBEE É ANIMAL, e as mangas da camisa social dele estão arregaçadas, revelando um par de antebraços tão musculosos e lindos que acho que devo ter entrado em alguma loja de snowboard ou algo assim.

— Oi — diz o sujeito atrás da mesa, sorrindo. Um sorriso que revela dentes brancos e regulares. Mas não tão regulares que pareçam, tipo, perfeitos. Apenas certinhos o suficiente para que eu adivinhe que ele provavelmente teve de brigar com os pais para não usar aparelho.

E que ele ganhou.

— Espere, não me diga — ele fala. — Você é Heather Wells, certo?

Ele é da minha idade. Talvez um pouco mais velho do que eu. 30, 31 anos. Tem que ter esta idade, apesar dos óculos de leitura... Um modelo adorável, com armação dourada. E ainda tem uma lancheira do Scooby Doo em uma estante acima da cabeça dele. Não é nova. É original, daquelas que os garotos usavam quando eu estava na primeira série.

— Hum — eu respondo. — É... como você... — Minha voz some. Certo. Eu esqueço às vezes que o meu rosto já esteve colado no quarto de todas as meninas adolescentes (e até no dos irmãos delas, em alguns casos).

— Para falar a verdade, eu vi você se apresentar com Frank Robillard e a banda dele uma noite dessas — o sujeito diz, todo alegre. — No Joe' Pub, sabe?

Meu estômago se revira.

— Ah. Você viu aquilo?

— Jazz não é muito meu lance — o sujeito diz. — Mas gostei da música que você cantou.

— Foi um cover de Ella Fitzgerald — explico. Estou com

muita vontade de vomitar agora. "I Wish I Were in Love Again", uma música de Rodgers e Hart, por acaso é uma das preferidas do Cooper. E não foi necessariamente esse o motivo pelo qual eu escolhi cantá-la, mas... Bom, talvez tenha sido uma das razões.

Graças a Deus ele foi chamado no último minuto para algum tipo de emergência de detetive particular. No fim, acho que eu não teria conseguido subir no palco se soubesse que ele estava na plateia.

— O Frank e eu... — gaguejo — No-nós estávamos só brincando.

Bom, *Frank* estava brincando. Eu estava superséria... Pelo menos enquanto ninguém nos vaiou. Depois, comecei a relaxar e me divertir um pouco. Depois, as pessoas até aplaudiram... mas é claro que estavam aplaudindo Frank (apesar de Patty ter garantido que também estavam batendo palmas para mim. Mas foi só por eu ter tido coragem de subir no palco, tenho certeza. Eu andava enferrujada... e não deixei de me dar conta do fato de que o meu pai, na plateia, estava batendo palmas mais forte do que qualquer um. Acho que é legal saber que, independentemente do que aconteça, pelo menos o meu pai está lá para me dar apoio).

— Bom, para mim pareceu ótimo — diz o sr. Bonitão. — Então, você finalmente recebeu meus recados?

Olho para ele, surpresa.

— Hum, acho que sim. Recebi um recado de um sujeito chamado Tad Tocco...

— Sou eu — Tad diz. Seu sorriso se abre ainda mais. E ele também fica maior, porque se levanta e estende a mão direita. Ele é mais alto que eu. E provavelmente mais pesado do que eu. É um sujeito grande e musculoso. — Sou o seu professor do curso de recuperação de matemática. — A mão dele engole a minha. — Eu ia me apresentar a você depois do show naquela noite, mas parece que você sumiu logo depois da sua música.

Digo alguma coisa. Não tenho ideia do quê. A mão dele é calejada. De tanto jogar frisbee superbem, tenho certeza.

— Mas, bom, preciso dizer uma coisa — ele fala, soltando minha mão finalmente e se afundando de novo em sua cadeira, bem na hora em que meus joelhos falham e eu meio que caio na cadeira na frente da mesa dele. — A sua desculpa para faltar à minha aula é bem melhor do que a da maior parte dos meus alunos. Nunca aconteceu de alguém perder a primeira semana de aula porque estava ocupado tentando pegar um assassino.

Meu queixo cai.

— Você é o meu... você é o meu... — Esqueci como se faz para formular palavras.

— Sou o seu professor do curso de recuperação de matemática — diz Tad, todo alegre. — Queria entrar em contato com você para marcarmos algumas aulas extras. Sabe, para as aulas que você perdeu. Não quero que você fique para trás. Então, achei que a gente podia se encontrar. Quando for conveniente para você, claro. Que tal depois do trabalho? Tem um bar perto de onde você trabalha... é no Conjunto Fischer, certo? O Stoned Crow. Uns colegas e eu jogamos dardos lá, então seria conveniente para mim se a gente pudesse se encontrar lá, já que nós dois temos mais de 21 anos. — Então ele pisca para mim. *Ele pisca para mim.* — Acho que álgebra desce muito mais fácil com pipoca e cerveja. Tudo bem para você?

Eu só consigo ficar olhando para ele. Ele é tão... gostoso. Bem mais gato que o Carinha do Café.

De repente, começo a achar que vou gostar da faculdade. Muito.

— Para mim, parece *ótimo* — respondo.

Este livro foi composto na tipologia
Classical Garamond, em corpo 11/16, e impresso
em papel off-set 90g/m^2 no Sistema Cameron da
Divisão Gráfica da Distribuidora Record.